Günther Zäuner

Dreckiges Geld

Verseuchte Scheine

Ein Kokoschansky-Krimi

Die Kokoschansky-Reihe im Verlag federfrei:

Dunkle Schatten
Tödliche Jeans
Killerdiplomat
Allahs Internet
Die Rache des Rembetiko
Paragraf 301
A negativ
Nowitschok

Günther Zäuner

Geboren 1957 in Wien; Studium der Klassischen Philologie, Geschichte und Zeitgeschichte, musikalische Ausbildung. Freier Schriftsteller, Sach-, Drehbuch- und Theaterautor, Dokumentarfilmer, Journalist, Autor der erfolgreichen »Kokoschansky«-Thriller; Kurzkrimis in verschiedenen Anthologien; Verfasser zahlreicher Artikel, Gestalter von TV-Beiträgen und Dokumentationen; spezialisiert auf Organisierte Kriminalität, Drogen, Sektenunwesen, Rechtsextremismus, Terrorismus und Politik.
Günther Zäuner ist Mitglied im PEN-Club.
www.guenther-zaeuner.at
www.kokoschansky.at

Günther Zäuner

Dreckiges Geld

Verseuchte Scheine

Ein Kokoschansky-Krimi

federfrei

www.federfrei.at

Dieser Krimi ist reine Fiktion. Namen und Personen, verschiedene Ereignisse, Orte und Zeiten sind teilweise real, teilweise erfunden. Manche Menschen existieren, andere sind fiktiv. Ähnlichkeiten der erfundenen Personen mit Lebenden oder Verstorbenen sind rein zufällig.

Marchtrenk, 2020
www.federfrei.at

Umschlagabbildung: © perfectlab, Adobe Stock
Lektorat: F. Burgstaller
Satz und Layout: Verlag federfrei
Printed in EU

ISBN 978-3-99074-116-0

»Als sich damals mehr und mehr Ärzte und Schwestern infizierten, war es jedermann klar, dass eine Übertragung von Mensch zu Mensch stattfindet, aber niemand hat den Mund aufgemacht, weil es untersagt war. Man schweigt, weil es untersagt ist zu reden? Jedermann weiß Bescheid, aber keiner spricht es aus? Liegt nicht genau darin das Problem? Warum durften die Krankenhausleitungen nicht reden? Und wenn sie nicht reden durften, warum haben wir geschwiegen? Wir sind Ärzte, wir tragen unsere eigene Verantwortung.«

Li Wenliang

Augenarzt am Zentralkrankenhaus von Wuhan, nachdem er am 30. Dezember 2019 Informationen über ein neu entdecktes SARS-ähnliches Virus an Kollegen weitergab. Nachdem diese Kenntnis durchsickerte und sich rasch verbreitete, starb der Arzt nach offizieller Version am 7. Februar 2020 um 2.38 Uhr. Tatsächlich soll er bereits am 6. Februar gegen 23.00 Uhr verschieden sein.[1]

»Es wird eine weitere große Welle geben, eine globale Welle, wenn wir im Bereich eines Impfstoffes vorankommen.«

Interpol-Generalsekretär Jürgen Stock am 11. Mai 2020 im »General-Anzeiger«

»Es besteht die Gefahr, dass ganze Wirtschaftszweige in die Abhängigkeit der organisierten Kriminalität geraten.«

Italiens Innenministerin Luciana Lamorgese am 27. Mai 2020 in der »Frankfurter Rundschau«

»Regierung, Militär, Gesellschaft und Schulen, Norden, Süden, Osten und Westen – die Partei herrscht über alles.«

Der chinesische Staatspräsident Xi Jinping zitiert Mao auf dem 19. Parteitag in Beijing 2017

»China wird uns in die Pfanne hauen? Was für ein Unfug?«

Joe Biden, demokratischer Präsidentschaftskandidat, im Mai 2020 während einer Wahlkampfveranstaltung in Iowa City[2]

»Landet das Staubkorn einer Epoche auf dem Kopf eines Einzelnen, wird es zum Berg.«

Fang Fang, eine der bekanntesten chinesischen Schriftstellerinnen[3]

»Wir haben es sehr gut unter Kontrolle. Wir haben in diesem Land im Moment sehr wenige Probleme – fünf. Und diese Menschen erholen sich alle erfolgreich.«

US-Präsident Donald Trump am 31. Jänner 2020 in Washington[4]

»Die Wahrheit ist: Es ist die Ruhe vor dem Sturm. Und wie grausam dieser Sturm sein kann, das merkt man,
wenn man in unser Nachbarland Italien schaut.«
»Wir werden auch in Österreich bald die Situation haben, dass jeder irgendjemanden kennt, der an Corona verstorben ist.«

Sebastian Kurz, österreichischer Bundeskanzler, am 30. März 2020

PROLOG
Wien
Anfang Oktober 2020, spätnachts

Einer stützt den anderen, um nicht über die Böschung zu kullern und in den Donaukanal zu stürzen. Die beiden Nachtschwärmer haben ordentlich getankt. Plötzlich bleibt einer wie angewurzelt stehen, schaut auf das dunkle, ruhig dahinfließende Wasser.

»Schau, des is‘ a großer Fisch…«

»Wo?«

»Na, dort! Er schwimmt direkt auf uns zua. Könnt‘ a Wal sein?«

Die Tequilas zum Schluss waren doch etwas zu viel und zeigen nun volle Wirkung.

»Wal? Bist du deppert?«, sein Kumpel hat sein Gehirn noch nicht gänzlich in hochprozentigem Alkohol ertränkt. »A Wal im Donaukanal. Gemma weiter.«

Er versucht seinen Saufkumpanen weg zu ziehen, der bleibt stur wie ein Esel.

»Warum net? Vielleicht is‘ er aus dem *Haus des Meeres*[5] ohposcht?«[6]

»Wo is‘ des Haus des Meeres und wo is‘ der Donaukanal? Wie kann' ma si nur so niedersaufen? Außerdem, du Trottel, haum de gar keine so großen Becken, wo a Wal einepasst.«

Der junge Mann stutzt, tritt ein paar wankende Schritte vor, lässt seinen Spezi einfach stehen, der sich mit letzter Kraft auf eine Bank fallen lässt. Im diffusen Licht der Beleuchtung des Treppelweges ist deutlich zu sehen, hier treibt ein Mensch im Wasser und wird gerade angespült. Der leblose Körper verfängt sich im Ufergestrüpp.

Sein Freund, der ohnehin nichts mehr mitbekommt, ist ihm nun völlig egal. Dieser ist eingeschlafen und schnarcht als würde er einen Wald umsägen. Sein Kumpel sucht nach seinem Handy und ruft die Polizei. Inzwischen hat er begriffen, dass es sich um einen menschlichen Körper handelt. Innerhalb von drei Minuten ist ein Streifenwagen zur Stelle. Für die Bergung wird die Feuerwehr verständigt. Ein Rettungsdienst eilt herbei, kann aber nichts mehr tun.

Es ist offensichtlich: Jede Hilfe kommt zu spät. Als die Leiche aus dem Wasser gezogen wird, müssen sich zwei Polizisten übergeben. Auch die Feuerwehrmänner kämpfen gegen die Übelkeit an.

Der unbekannte Mann hat kein Gesicht mehr. Die Gesichthaut wurde abgezogen, sämtliche Zähne sind ausgeschlagen oder herausgerissen worden und seine Finger fehlen. Nach einer ersten vorläufigen Diagnose des Rettungsarztes wurde er erschossen und lag noch nicht lange im Wasser.

Die Polizei nimmt die Personalien der jungen Männer auf. Es dauert eine Weile bis der Schnarchende auf der Bank wachgerüttelt werden kann. Seine größte Sorge ist, ob der Wal eingefangen wurde. Die Polizisten bestätigen ihm, dass der Zustand des Riesenfisches ausgezeichnet ist.

Eine Polizistin schlägt eine Untersuchung durch den Rettungsarzt vor, beide lehnen ab. Da es keine gesetzliche Handhabe gibt, weil nichts gegen sie vorliegt und sie auch keinerlei strafbare Handlungen begingen sowie von ihnen keine Gefahr ausgeht, dürfen sie nicht angehalten werden. Ob sie in den nächsten Stunden tatsächlich ihr Zuhause erreichen, steht in den Sternen.

Am nächsten Vormittag

Jedem Teilnehmer ist der Ernst der Lage bewusst. Heute geht es um alles oder nichts. Allen ist klar, dass es voraussichtlich das Ende sein wird. Dennoch versucht jeder das Unvermeidliche auf seine Art zu verdrängen. Heißt es nicht, die Hoffnung stirbt zuletzt?

Nach langer Zeit ist das Team wieder vollzählig versammelt. Der Boss hat gerufen und er heißt Heinz Kokoschansky, von allen nur Koko genannt. Ein Spitzname, den er bereits in seiner Schulzeit erhielt.

Niemandem ist es bisher gelungen ihn in seinem Beruf zu Fall zu bringen. Weder durch politische Einflussnahme und Interventionen noch durch wirtschaftlichen Druck oder gar körperlich. Obwohl der investigative Journalist bereits zweimal angeschossen wurde, weil er zum wiederholten Male seine Nase etwas zu tief in gewisse Angelegenheiten steckte, die besser unter der Decke hätten bleiben sollen und nur knapp überlebte.

Jetzt sitzt der dreiundsechzigjährige Zwei-Meter-Hüne am Kopfende des Konferenztisches, neben ihm sein langjähriger Partner und blickt in dreißig größtenteils traurige Gesichter. Nur in wenigen spiegeln sich noch etwas wie Zuversicht und Optimismus wieder.

Im Laufe seiner Karriere legte sich Kokoschansky laufend mit Gott und der Welt an. Wenn sich die Möglichkeit bietet wird er sicherlich nicht kneifen. Doch plötzlich taucht ein unsichtbares, unbekanntes Etwas mit dem Namen SARS-CoV-2 auf, legt ihn und sein Team aufs Kreuz. Ein verfluchtes Virus ist drauf und dran sein Lebenswerk, für das er brennt, zu zerstören. Dafür hätte er nötigenfalls alles, was ihm lieb und teuer war, riskiert.

Vor ihm auf dem Tisch liegt ein dicker Aktenordner. Er legt die Hand darauf, sieht nochmals seine Mitarbeiter an. Einige von ihnen tragen Schutzmasken. Zum Glück ist bisher keiner an Corona erkrankt. Alle lassen sich regelmäßig testen. Bedauerlicherweise gibt es dennoch im näheren Umfeld zwei Todesfälle zu beklagen. Die Großmutter einer Kollegin und der Schwager eines Mitarbeiters litten bereits an Vorerkrankungen und wurde daher von diesem heimtückischen Corona dahingerafft.

Kokoschansky holt tief Luft, blickt kurz zu seinem Partner, der unmerklich nickt, und kommt gleich zur Sache.

»Wahrscheinlich ist es vorbei«, sagt er und deutet auf den Ordner, »hier drinnen sind die gesammelten Werke unserer Sponsoren und Unterstützer, bestehend aus Absagen. Einer nach dem anderen ist abgesprungen und ich kann es ihnen gar nicht übelnehmen. Sie kämpfen selbst um ihr wirtschaftliches Überleben und ihre letzte Sorge ist unsere Nachrichtenplattform weiterhin zu unterstützen.«

Nachdem Kokoschansky vor vielen Jahren aus dem ORF und anderen TV-Sendern ausgestiegen war, wollte er unbedingt seinen Traum von einem unabhängigen Nachrichtensender, der nicht nachbetet, was von oben größtenteils diktiert wird, realisieren.

Message Control lautet seit geraumer Zeit die Zauberformel der politisch Verantwortlichen. Seit Bundeskanzler Kurz abermals am Ruder ist, gesteuert von seinem im Hintergrund agierenden Beraterstab, wird dieser neue Umgang mit Journalismus sehr offen praktiziert.

Noch weit vor Kurz wollte Kokoschansky ein Medium schaffen, das hinter die Kulissen blickt und sich ausschließlich auf investigativen Journalismus spezialisiert. Das geeignete Transportmittel dafür ist das Internet. Anfänglich fehlte ihm der Mut dieses Projekt allein auf die Beine zu stellen und, abgesehen von seinen privaten Problemen, die er vordergründig lösen musste, an den nötigen finanziellen Mitteln.

Eine glückliche Schicksalsfügung war es, dass sich eines Tages seine Wege mit denen von »Freitag« kreuzten, seinem späteren langjährigen Partner, der aus dem gleichen Holz wie er geschnitzt war. Ein nigerianischer Journalistenkollege, der mit seiner Familie aus Afrika flüchten musste, da er den Ölmultis zu nahekam, was wiederum der Regierung nicht passte und er um sein Leben fürchten musste. Die Frohnatur nennt sich selbst »Freitag«, da er der Ansicht ist, weiße Zungen können ohnehin seinen wahren Namen niemals richtig aussprechen. Daher musste Robinson Crusoes schwarzer Freund als Alternative herhalten.

Nachdem es die Familie nach Wien verschlagen hatte, arbeitete er als Taxifahrer, um sich und seine Angehörigen über die Runden zu bringen. Heute sind Freitag und seine Familie längst österreichische Staatsbürger. Damals, als sie aus Nigeria abhauten, war der Weg nach Europa noch um einiges leichter.

Dann saß Kokoschansky eines Tages in Freitags Auto, die Männer kamen ins Gespräch und verstanden sich auf Anhieb. Der Taxifahrer, der in seinem ursprünglichen Beruf in Österreich, trotz seiner Qualifikationen, nicht Fuß fassen konnte, erzählte von seinem Lebensziel und beide lachten hellauf als sich ihre Träume als identisch erwiesen. Anscheinend hatte es so sein sollen.

So entstanden FNews. Zuerst als Zwei-Mann-Betrieb, der jedoch rasch anwuchs und immer größer wurde. Der Name selbst ist eine Hommage an den Nigerianer, der letztendlich den entscheidenden Anstoß gab, dieses Ding auf die Beine zu stellen und durchzuziehen.

Das F steht für *Free* und *Freedom*: Nachrichten und Storys ungefiltert anhand von Fakten und wasserdichten Beweisen publizieren. Damit hatte sich das Portal rasch eine Menge mächtiger Feinde in allen Lagern herangezüchtet.

Kokoschansky und Freitag sind gleichberechtigte Partner, üben die Funktionen von Senderchefs sowie Chefredakteuren aus, sind für alle Belange zeichnungsberechtigt. Bereits als kleiner Betrieb konnte FNews mit einigen aufsehenerregenden Erfolgen auf sich aufmerksam machen und die ersten Unterstützer traten auf den Plan.

Später kamen einige sehr potente Sponsoren hinzu, die ebenfalls mit vielem, was sich in Österreich abspielte, nicht einverstanden waren. Kokoschansky und Freitag konnten sich ihre Mitarbeiter für das Nachrichtenportal aussuchen, vergaben absolut faire Verträge und bezahlten überdurchschnittlich hohe Löhne, was in der deutschsprachigen Journalistenbranche keine Selbstverständlichkeit ist. Deswegen rannten ihnen die Leute die Bude ein. Und plötzlich kam aus dem fernen China dieses verdammt gefährliche, unsichtbare, heimtückische Etwas angerauscht und macht mit einem Schlag alles zunichte.

»Wir haben nicht nur das kaum zu bewältigende Problem der

künftigen Finanzierung unseres Babys am Hals«, sagt Kokoschansky, »wir kämpfen auch gegen die zunehmende Konkurrenz. Als wir begannen, gab es nur vereinzelte Blogger, die zwar ihre Fangemeinden hatten, aber für uns nie ernstzunehmende Konkurrenten waren.

In den letzten Jahren konnte sich im Netz eine Unzahl an Portalen etablieren, die wir auch nie unterschätzt haben. Manche sind sehr gut, verfügen über ausgezeichnete Leute. Andere sind nicht ernst zu nehmen wie diese unsaglichen Seiten der Verschwörungstheoretiker und Fake News-Verbreiter, die leider immer mehr an Zulauf gewinnen. Ein großer Konkurrent wurde im Sommer eingestellt.«

»Was lernen wir daraus? Auch ein Zuckerwasser-Milliardär im Hintergrund ist nicht immer eine sichere Bank«, meint Freitag ironisch und jeder im Raum versteht diese Anspielung, »hilft uns allerdings auch nicht weiter. Unsere FNews, unsere Produktionsfirma stehen mit dem Rücken zur Wand. Wie ihr alle wisst, haben wir das veröffentlicht und es gab einige Spender, denen wir natürlich sehr dankbar sind. Aber um den laufenden Betrieb wie vor Corona wieder aufzunehmen und die Fixkosten abzudecken, ist es nicht mehr als ein Tropfen auf den heißen Stein.«

»Unsere Reserven und Rücklagen sind inzwischen mehr als geschrumpft«, klinkt sich nun wieder Kokoschansky ein, »die Bücher stehen euch allen, wie immer, zur Einsicht. Ihr wisst, dass Freitag und ich immer größten Wert auf völlige Transparenz legen.

Mit Glück und wenn nicht doch ein Wunder geschieht, halten wir noch bis Jahresende, vielleicht bis ins kommende Frühjahr durch. Danach sind wir gezwungen den Hauptschalter für immer umzulegen, was unsere Feinde sicherlich mit einem kräftigen Schluck begrüßen werden.

Ein Teil von euch befindet sich noch immer in Kurzarbeit, auf Dauer ist das keine Lösung. Wir wollen keinen einzigen kündigen. Wenn es so sein muss, gehen wir alle gemeinsam.

Drei haben von sich aus gekündigt, was Freitag und ich verstehen. Astrid ist alleinziehende Mutter von zwei Kindern, Bernd ist zu seiner Freundin nach Helsinki gezogen und Othmar will endlich sein Studium beenden.

Den Härtefallfonds des Staates in Anspruch nehmen? Nein, danke. Darüber sind wir uns alle einig gewesen. Ohnehin die reinste Augenauswischerei und klappt nicht. Außerdem wollen wir von dieser Witz-Regierung keinen Cent. Selbst wenn Kurz nicht Kanzler spielen würde, niemals. Damit sind wir ebenfalls alle einverstanden, dass es unmoralisch wäre, einerseits Missstände in diesem Land anzuprangern und die dafür Verantwortlichen ans Kreuz zu nageln, und gleichzeitig die Hand aufzuhalten, wenn es uns dreckig geht.

Im Nachhinein betrachtet war es ein schwerer Fehler, dass wir vergangenes Jahr nicht um schweres Geld FNews an die Amis verkauft haben. So hätte jetzt jeder von euch einen mehr als fetten Kontostand, Freitag und ich könnten wieder ruhig schlafen und der Krise den Mittelfinger zeigen.

Die zweite Welle hat sich bereits im vergangenen Sommer angekündigt. Vielfach auch durch die Unvernunft der Leute und deren Leichtsinn. Im Herbst die heimkehrenden Urlauber und dann voller Ausbruch. Noch ist es zu keinem zweiten Lockdown gekommen. Aber wir müssen jederzeit damit rechnen und die Regierung wird Österreich abermals zusperren. Die Pläne liegen dafür sicherlich schon in den Schubladen im Bundeskanzleramt. Man wartet nur die Wiener Wahlen ab. Dann macht die Regierung wieder dicht.

Danach haben wir 1945 ohne Bombenschäden. Dann bricht die Wirtschaft endgültig zusammen. Es ist bereits jetzt ein Drama und es wird viele Jahre dauern, bis Österreich wieder dort sein wird, wo es einmal war. Oder nie mehr…?

Was können wir derzeit auch groß berichten? Genau das, was unsere Konkurrenten tun. Diese leidigen Ballhausplatz-Pressekonferenzen abfilmen? Oder dieses Kasperltheater von Ibiza-Ausschuss? Den geballten Schwachsinn dürfen sich die anderen antun.

Kommt es zu Hintergrundgesprächen vor dem offiziellen Bla-Bla darf nichts darüber veröffentlicht werden. Herzliche Grüße von Metternich. Wer jetzt gehen will, Freitag und ich akzeptieren das. Jeder hat seine Verpflichtungen. Viele von euch haben Familien und Kinder. Da sitzt das Hemd näher als der Rock. Es war eine tolle Zeit mit euch allen. Nur mit euch war das Projekt FNews überhaupt möglich und hat es so erfolgreich gemacht. Vielleicht hat es etwas Gutes, gerade jetzt zu neuen Ufern aufzubrechen?«

Kokoschansky hat diese Ansprache ziemlich viel Kraft gekostet. Er sitzt in sich zusammengesunken da und kaut an seiner Unterlippe. Die Stille im Redaktionssitzungszimmer schmerzt nahezu körperlich. Gesenkte Häupter, jeder hängt den eigenen Gedanken nach.

Plötzlich wird dieses Schweigen durch ein energisches Sesselrücken unterbrochen. Cora Widmers ist aufgestanden. Eine langjährige Redakteurin, die damals unter den ersten war, dic bei dem Nachrichtenportal anheuerten.

»Ihr beide, Koko und Freitag, könnt wieder ruhig schlafen«, sagt sie mit fester Stimme und aus voller Überzeugung, »als ihr euer Rundmail ausgeschickt hattet, konnten wir uns leicht ausrechnen, dass es sich nur um die Existenz von FNews drehen kann.

Also haben wir uns untereinander abgesprochen und sind zu der Einigung gekommen, wir alle machen weiter. Bis auf Astrid, Bernd und Othmar bleiben alle an Bord. Auch ohne momentane Bezahlung. Ihr wart immer fair zu uns und nun ist es an der Zeit euch ein wenig davon zurückzugeben. Macht euch keine Sorgen, keiner von uns wird verhungern oder obdachlos sein. Wir haben zusammen FNews groß gemacht und daran soll sich nichts ändern. Wir haben schon so manche Hürde überwunden und es wird nicht die letzte sein. Zugegeben, dieses Hindernis ist gewaltig und betrifft nicht nur uns als News-Unternehmen. Daher jetzt erst recht.«

Kokoschansky fühlt den dicken Kloß in seinem Hals. Damit hat er unter diesen Umständen nicht gerechnet. Auch Freitag muss schwer schlucken. Auf dieses Team konnten sie sich immer blind verlassen, doch in dieser Ausnahmesituation ist diese Solidarität noch von weitaus größerer Bedeutung.

»Seht euch das mal an«, legt Cora Widmers nach und reicht Kokoschansky einen schmalen Folder, »damit könnten wir punkten, wenn wir uns dahinterklemmen und dadurch vielleicht wieder auf die Beine kommen.«

Kokoschansky überfliegt die ersten Zeilen, bekommt große Augen, ebenso wie sein Partner.

»Das ist ja ein Hammer! Woher hast du das, Cora?«

»Lest es euch in Ruhe durch«, meint Cora Widmers zu Kokoschansky und Freitag, »natürlich stimmen die Fakten und wie mir meine Quelle verriet, hat sie noch mehr auf Lager.«

»...und die du uns aber noch nicht verrätst«, sagt Kokoschansky, noch immer sehr beeindruckt von dem Material, das sich in dem Folder verbirgt.

»Derzeit nicht«, antwortet die attraktive, fünfundzwanzigjährige Frau mit abgeschlossenen Publizistikstudium, »die Person ist sehr vorsichtig und will sich nach allen Seiten absichern. Wenn es so weit ist und meine Quelle mir die Erlaubnis erteilt, dann werde ich euch selbstverständlich einweihen.«

Freitag sieht seinen Partner an, hebt die Augenbrauen.

»Was ist, Koko? Willst du jetzt noch immer FNews abdrehen? Unser Team steht geschlossen hinter uns, hast du selbst gehört. Das könnte die Story werden, mit der wir den Karren aus dem Dreck ziehen können.«

»Ja, ich weiß«, Kokoschanskys Stimme klingt weiterhin belegt und er muss sich sehr am Riemen reißen, wendet den Kopf zu Seite um zu vermeiden, dass die Mannschaft seine feuchten Augen sieht, »mir fehlen einfach die Worte und das ist, wie ihr mich kennt, selten der Fall. Gebt mir ein paar Minuten, ich muss eine rauchen.«

Der Journalist geht hinaus in den kleinen Innenhof, setzt sich an den kleinen Gartentisch, erinnert sich, dass hier noch vor einem Jahr im Sommer Redaktionspartys gefeiert wurden, wenn dem Nachrichtenportal wieder einmal ein Scoop gelungen war. Sofort befällt ihn wieder Wehmut.

Er steht vor der schwersten Entscheidung seines Lebens. Leute, es war schön mit euch, aber es ist vorbei. Das bringt er nicht übers Herz. Schließlich trägt er Verantwortung. Viele haben Familien, Kinder, laufende Kredite und so weiter. Der übliche Alltag.

Wo sollen sie danach einen Job in der Journalistenbranche finden? Bereits vor der Pandemie war in den Verlags- und Medienhäusern, in den TV-Anstalten und auf Internetportalen der Sparstift rigoros an allen Ecken und Enden angesetzt worden.

Das kann Kokoschansky seinen Leuten, die ihm und Freitag so

treu zur Seite stehen, nicht antun. Er will sich auch morgen noch in den Spiegel blicken können. Dass sie sogar gratis arbeiten wollen, weil sie mit ihrem Herzblut bei der Sache sind, bis FNews wieder auf die Beine kommt, ehrt dieses Team ganz besonders.

»Na, Koko, geht's wieder?«, fragt Freitag, setzt sich zu ihm und schnorrt eine Zigarette.

»Du rauchst wieder?«

»Zu Hause darf ich kein Gras genießen«, grinst der Nigerianer über beide Ohren, »meine Frau ist dagegen und mein Dealer darf nicht zu mir. Also bleibt mir nur das Nikotin. Und Alkohol mag ich nicht.«

Kokoschansky weiß, dass sich sein Partner privat hin und wieder einen Joint gönnt. Er versteht ihn. Schließlich war er selbst vor vielen Jahren schwer auf Drogen und es beschränkte sich nicht ausschließlich auf Marihuana.

»Was machen wir?« Freitag ist nun wieder todernst. »Wollen wir den Laden wirklich dicht machen?«

»Mir ist tatsächlich der Schmäh ausgegangen«, muss Kokoschansky zugeben, »ehrlich, ich weiß beim besten Willen nicht wie wir unser Problem lösen können. Seit die ersten Absagen eingetroffen sind, zermartern wir beide uns die Köpfe und kommen dennoch auf keinen grünen Zweig. Bisher war ich immer ein Optimist, egal wie knapp es wurde, dieses Mal hänge ich tatsächlich in den Seilen. Ich bin der festen Überzeugung, dass wir vor einem Abgrund stehen, mit dem Rücken zur Wand. Und damit meine ich nicht nur unser Unternehmen, sondern Österreich, Europa, die gesamte Welt.«

»Früher gab es auch Pandemien«, meint Freitag, »beispielsweise die Spanische Grippe 1918 und es herrschte allgemeine Weltuntergangsstimmung, dazu das Ende des Ersten Weltkriegs.«

»Da gebe ich dir schon Recht«, pflichtet ihm Kokoschansky bei, »zwar haben wir kein Kriegsende und die Auswirkungen zu bewältigen, dennoch sind wir alle mehr als angeschlagen. Nimm nur unsere Leute. Wo sollen sie unterkommen, wenn wir zusperren müssen?

Die Wirtschaft wird noch viele Jahre brauchen um sich annähernd zu erholen. Über den vergangenen Sommer ging mehr schlecht als recht, aber im Herbst und im Winter folgen die noch härteren Tiefschläge. Sieh dir die Arbeitslosenzahlen an. Kleine Gewerbetreibende sind gezwungen das Handtuch zu werfen. Täglich müssen Firmen Insolvenz anmelden, in den Schuldnerberatungen stehen die Leute Schlange.«

»Ich frage mich die längste Zeit«, sagt Freitag, »wie diese Regierung das Land wieder aus dem Schlamassel führen will. Eigentlich ist es eine Chaos-Truppe…«

»Du nimmst mir das Wort aus dem Mund. Mit dem Herrn Ibiza als Vizekanzler und der blauen Sippschaft als Koalitionspartner war es bereits eine Untergangspartie, die jedoch noch halbwegs nach außen übertüncht werden konnte, weil es noch kein Corona gab.

Dann stellte sich H.C. selbst ein Bein und riss alle mit. Danach eine Posse, wo einem das Lachen nur mehr im Hals stecken blieb. Jetzt die Prolongierung dieser Posse mit der Zugabe der Pandemie. Ich kann diese Gurkentruppe weder sehen noch hören. Diese Lippenbekenntnisse mit den antrainierten, NLP[7]-geschulten Stehsätzen, abgespult von personifizierten Drehleiern.

Wo sind denn die Milliarden der Soforthilfe? Wer den Härtefallfonds und andere extra dafür geschaffene Einrichtungen in Anspruch nimmt, muss einen Wust an Formularen ausfüllen, die Hosen herunterlassen und danach heißt es, bitte warten. Erdreisten sich die Betroffenen zu urgieren, hagelt es Vertröstungen und Beschwichtigungen. Wer Gelder erhält, muss sie auch in absehbarer Zeit wieder zurückzahlen. Woher und womit? Ein fataler Teufelskreis, der nun richtig zu rotieren beginnt und noch lange Zeit nicht stoppen wird.«

»*Koste es, was es wolle*«, lautet Freitags zynischer Kommentar, »So sprach unser Rechengenie von Finanzminister als es mit dem Lockdown ernst wurde. Mag sein, dass es sich in der Öffentlichkeit gut anhörte. Allerdings ein riskanter Trip in Kombination mit Angst schüren und Verunsicherung.«

»Kurz lässt zunehmend seine Maske fallen, spielt mit dem Feuer und sein Machthunger wird immer präsenter. Für mein Gefühl wirkt es wie ein Spiel. Wo drehen wir heute am Rad und warten ab, was passiert. Noch eine Windung mehr oder zwei? Wie lange sich die Leute das wohl gefallen lassen?

Paradebeispiel das neue Epidemiegesetz. Eine Horuck-Aktion, ein Pfusch von vorne bis hinten.

Es passt einfach nicht zusammen, dass ein junger Mann mit vierunddreißig Jahren ein Land, selbst wenn es so klein wie Österreich ist, tatsächlich erfolgreich regieren kann. Dazu fehlt es ihm an Lebenserfahrung, am Durchblick der Zusammenhänge sowohl national wie auch international. Er kann sich nur auf seine Partei verlassen, die in neuer Formation hinter ihm steht, stehen muss. Schließlich spielt er den Kanzler. Was hat er denn tatsächlich vorzuweisen?

Außer die Parteikader durchgelaufen zu sein und eine treu ergebene Kamarilla um sich scharen mit dem Ziel die verkrusteten Strukturen der alten ÖVP aufzubrechen, um danach das Steuerrad zu übernehmen. Aus Schwarz machen wir Türkis und verkaufen es den Leuten als neue Volkspartei. Und wie man sieht, ein Großteil der Wähler hat es gefressen.

Kurz verfügt über keine eigenen Visionen. Er ist ein Meister im Aufspringen auf Züge, nützt geschickt Stimmungen und Entwicklungen für seine Zwecke aus. Wie Migration, Flüchtlingsrouten, das Versagen der EU in vielen Bereichen, präsentiert sich gerne innerhalb der EU als Hardliner wie während des Juli-Gipfels in Brüssel, schwadroniert dort über Staaten mit *kaputten Systemen*.

Der Kanzler beherrscht einen simplen Trick, indem er vorgibt gegen gewisse Entwicklungen anzukämpfen, die jedoch niemand verlangt und die so gar nicht existieren. Tritt naturgemäß das nicht ein, weil es ohnehin nie vorhanden war, präsentiert er es als seinen Erfolg. Diese Strategie funktioniert und er nützt das weidlich aus. Ein Kollege in *ZEIT ONLINE* hat ihn ausgezeichnet seziert.[8]

Erinnere dich wie diese Regierung im anfänglichen Corona-Chaos in einer Nacht-und- Nebel-Aktion die neuen Maßnahmen und Verordnungen durchgeboxt hatte. Sämtliche parlamentarischen und demokratischen Mechanismen missachtend. Wie das alte Epidemie-Gesetz ausgehebelt wurde. Und das neue Gesetz im Bedarfsfall massiv in die persönliche Freiheit des Individuums eingreifen kann. Dieser Ampel-Wirrwarr versteht ohnehin keiner mehr und am wenigsten die Regierung selbst. Ich kann den Gesundheitsminister Rudi Ratlos mit seinen lächerlichen Tafeln nicht mehr sehen, die er in die Kameras hält. Anscheinend hat es sich noch nicht bis ins Bundeskanzleramt herumgesprochen, dass es Power Point-Präsentationen gibt. Was ist mit dem Vizekanzler? Holen sie ihn für die Pressekonferenzen aus dem Fundus, stellen ihn vors Rednerpult und danach wieder ab in die Versenkung. Der Innenminister: Nichts weiter als ein Befehlsempfänger. Wieso muss immer diese Vierer-Bande drauflos quasseln? Weshalb kommen nicht tatsächliche Experten zu Wort, erklären, was Sache ist in verständlichen Worten, damit sich auch der Dümmste auskennt und zurechtfindet?«

»Auf Dauer halte ich diesen Bundeskanzler gefährlich für dieses Land«, meint Freitag, »und ich wage zu behaupten, dass ihm und seiner Regierungsmannschaft diese Pandemie nicht ganz ungelegen kam. So ergibt sich die Gelegenheit gewisse Dinge auszuprobieren. *Message Control* und *Political Correctness* waren noch vor Corona der erste Schritt. In etwas entschärfter Form gleitet dieses Land langsam, aber stetig in Richtung Orbanisierung. Ohne zu relativieren, es ist alles andere als Honiglecken ein Land mit dem Corona-Schreckgespenst im Nacken zu regieren. Gepaart mit Unerfahrenheit und einem aufgeblasenen Ego, weil man eben das persönliche Ziel erreicht hat und die Regierungsbank anführt, kann das fatal enden.

Was können Anschober, Nehammer und Kogler tatsächlich an Politikerfahrenheit vorzuweisen? Der eine hält andauernd Tafeln in die Kameras, der andere sieht die Regierung als Flex, als Trennscheibe für die Gesundheitsbehörden, die Infektionsketten rasch zu durchbrechen. Und der grüne Vizekanzler plappert nach, was die anderen bereits vor ihm bis zum Abwinken durchgekaut haben.

Koko, du kennst die Spendenlisten für Kurz von den Wahlkämpfen 2017 und 2018. Einige Namen sind durchgesickert, der Großteil der überaus honorigen Spender bleibt der breiten Öffentlichkeit unbekannt. Darunter auch der Österreich-Statthalter eines russischen Oligarchen. Dazu gibt es eine sehr interessante Webseite.

Wer eine Parteispende leistet, verspricht sich davon eine Gegenleistung. Sonst würde es der edle Spender bei diesen Summen nicht tun. Und dabei schwingt in den Hinterköpfen mit, wir unterstützen den jungen Mann in seiner politischen Karriere und wenn er den Zenit erklommen hat, ist Zahltag.«

»Wenn das Ziel erreicht ist«, Kokoschanskys Sarkasmus ist unüberhörbar, »nehme man sich einen Koalitionspartner, der immer schon gierig nach Ämtern und Würden war, und vor allem intellektuell sehr einfach gestrickt ist und warte ab. Einige Zeit läuft alles nach außen hin prima, aber der entscheidende Fehler wird passieren. Mit etwas Geduld und siehe da, der Vizekanzler tappte in die Falle. Oder um es mit den Worten des ehemaligen Oberrabbiner Paul Chaim Eisenberg zu sagen, *ich bin sehr dankbar, dass Gott Ibiza erschaffen hat.*[9]

»Und wieder profitierte nur einer davon«, Freitag kann nur seinen Kopf schütteln, »unser Kanzler-Messias. Skandal, Aufruhr, Rücktritt, Neuwahlen, Wiederwahl – perfektes Timing. Wegen der Wahlarithmetik gab es eigentlich nur einen Koalitionspartner. Und die Grünen entpuppten sich rasch als Wendehälse, weil sie endlich Regierungsbankluft von Kurz' Gnaden atmen dürfen, sind pro forma nicht immer mit allem zufrieden was von den Türkisen kommt. Ein Sturm im Wasserglas. Ansonsten sind sie dazu verdonnert, brav ihre Häkchen zu allem, was Kurz und seine Partei durchzusetzen beabsichtigt, zu machen. Erinnern wir uns an Moria. Beinharte Verweigerung von Kurz zumindest einige dieser unschuldigen Elendskinder aufzunehmen. Das wahre Gesicht einer Partei mit ach so christlichem Anspruch. Und der neue Koalitionspartner ist um keinen Deut besser. Bloß nicht den jungen Mann vergrämen!«

»Somit hat der Kanzler derzeit alle Trümpfe in der Hand. Die Opposition tümpelt vor sich hin, ist im Grunde nicht ernst zu nehmen. Zwei hübsche Damen, doch das ist zu wenig. Die eine mag eine kompetente Ärztin sein, doch das reicht noch nicht für eine gestandene Politikerin. Ihre Statements wirken stets stereotyp eingelernt. Und ihr Gottseibeiuns sitzt im Burgenland, schießt kontinuierlich seine Giftpfeile Richtung Löwelstraße[10] ab.

Die andere, eine typische Bobo-Frau, die deutlich mehr an argumentativer Durchsetzungskraft an den Tag legt, aber mit ihrer

Pinken weiterhin auf verlorenem Posten stehen wird. Ich mache mir echt Sorgen um dieses Land.«

»Inzwischen«, Kokoschansky greift nach einer neuen Zigarette, »ist Kurz die heimische Provinzbühne viel zu klein geworden, jetzt sucht er die großen Auftritte in Brüssel und auf internationaler Ebene, feiert sich in seinen Fernsehauftritten selbst, betreibt seine Karriere, wie es der Kollege in *ZEIT ONLINE* analysierte, auf Kosten Europas. Der Kanzler benutzt die EU für seine innenpolitischen Ziele. Wird ihm das unverblümt oder verklausuliert an den Kopf geworfen, geht er sofort in die Defensive und benutzt sein Lieblingswort *anpatzen*.

Allerdings dürften ihm inzwischen seine Berater, die man kaum zu Gesicht bekommt, eingetrichtert haben, dass er diesen Ausdruck aus seinem Wortschatz streichen soll, weil es nicht gut ankommt. Wenn ihm im Parlament etwas gegen den Strich geht oder er angegriffen wird, tippt er auf seinem Handy herum, macht auf cool und alles prallt an ihm ab. Das Dumme daran, er schüttelt sich tatsächlich wie ein begossener Pudel und nichts bleibt haften. Das ist auch zuletzt in Brüssel Macron schwer auf den Geist gegangen.«

»Ich kann mich noch sehr gut erinnern«, lächelt Freitag vor sich hin, »wie seinerzeit über Jörg Haiders Buberl-Partie gelästert wurde. Zugegeben, die Getreuen des Kanzlers haben weitaus mehr auf dem Kasten. Nur von der Altersstruktur sind sie ungefähr gleich wie damals Typen in Haiders Dunstkreis.

Ein treuer Diener seines Herrn ist Stefan Steiner mit einer interessanten Biografie. Er beherrscht fließend die türkische Sprache, da er bis zur Matura in Istanbul lebte. Nach seinem Doktorat in Rechtswissenschaften begann der politische Aufstieg. Auch sein Bruder Thomas ist fest in den Machtstrukturen verankert. Nach einem Gastspiel als Geschäftsführer der Bundesfinanzierungsagentur stieg er zu einem der Direktoren in der Österreichischen Nationalbank auf. Stefan Steiners Schwägerin ist die amtierende Verteidigungsministerin Klaudia Tanner.« Freitag verzieht spöttisch das Gesicht. »Gibt es nicht dafür einen bestimmten Ausdruck?«

»Lass mich nachdenken«, grinst nun erstmals an diesem Tag Kokoschansky, »kann es sein, dass du Nepotismus meinst? Bernhard

Bonelli ist ebenso eine sehr interessante Figur. Die stramme rechte Hand von Kurz. Bonelli war in der Bierlein-Übergangsregierung im Außenministerium umtriebig. Angeblich war er, wie die Gerüchtebörse zu berichten weiß, am Sturz des glücklosen SPÖ-Bundeskanzlers Christian Kern beteiligt. Selbstverständlich weist Bonelli das entschieden zurück.

Auch wehrt er sich vehement gegen den Vorwurf, dass er im rechten, christlich-fundamentalistischen Netzwerk *Opus Dei* involviert sei. Nicht zu leugnen ist die Tatsache, dass Bonelli in Barcelona in einer Wirtschaftsuniversität studierte, die Opus Dei betreibt. Und er ist Gründungsmitglied von *Association / Verein International Catholic Legislators Network / Internationales Netzwerk katholischer Parlamentarier* mit Sitz in Trumau bei Wien.[11]«

»Moment!«, unterbricht Freitag, »gab es da nicht, ich glaube im Juni 2019, einen äußerst skurrilen Kurz-Auftritt während des Wahlkampfes in der Wiener Stadthalle? Koko, du bist doch der Spezialist für diese christlichen, rechten Fundamentalisten und Sekten.«

Tatsächlich fand zu diesem Zeitpunkt in dieser riesigen Veranstaltungshalle mit zehntausend Rechtsauslegern des christlichen Glaubens »Awakening Europe«, eine sogenannte Erweckungskonferenz mit deren Gründer Ben Fitzgerald, einem angeblich geläuterten, früheren Drogendealer, statt. In diesem sogenannten »Gottesdienst« wurde gegen Homosexualität gewettert, angeblich fanden auch »Wunderheilungen« und Exorzismen statt. Natürlich ist das nicht umsonst. Unabhängig von Dankgebeten an Gott wird man kräftig zur Kasse gebeten. Schließlich müssen Fitzgerald und seine Entourage von etwas leben. Wer Partner dieser obskuren Vereinigung werden will, muss für die Liebe zu Jesus und Gott jährlich mindestens zweihundertvierzig Euro berappen.

Mittendrin in diesem Glaubensspektakel auf der Bühne Altkanzler Kurz – damals war Wahlkampf nach der Ibiza-Affäre – die rechte Hand des Predigers auf der Schulter, Fitzgerald sprach ein Gebet und es wurde von einem Simultandolmetsch übersetzt.

Gott, wir danken dir so sehr für diesen Mann. Für die Weisheit, die du ihm gegeben hast. Für das Herz, das du ihm für dein Volk gegeben hast. Wir beten, dass du ihm gerechte Führung gibst, Weisheit und viel Schutz.

Kurz hat bereits Erfahrung mit christlisten Fundamentalisten. Ebenfalls im Juni, nur drei Jahre vorher, 2016, sprach er beim *Marsch für Jesus*. Die Demonstrationsteilnehmer wetterten unter anderem gegen das Recht der Frauen für Abtreibungen, gegen die Pille und die Scheidung.[12]

Bindeglied zwischen ÖVP und den erzkonservativen Freikirchen ist die Nationalratsabgeordnete Gudrun Kugler, seit September 2017 stellvertretende Vorsitzende der ÖVP-Frauen im 15. Wiener Gemeindebezirk. Sie ist gegen Schwangerschaftsabbrüche und gegen die Ehe für alle wie Schwule und Lesben, tritt für ein konservatives Familienbild ein.

Deswegen betreibt sie anscheinend die erzkatholische Ehevermittlung *Kath-Treff*. Keine Singlebörse oder ähnliche Foren, es geht um den kirchlichen Ehesegen. Sex vor der Ehe ein Tabu. Lernen sich zwei Menschen via Kath-Treff kennen und stammen aus verschiedenen Orten, sind private Treffen in Wohnungen untersagt. Übernachtet wird in getrennten Hotels.

Kugler selbst ist mit dem ehemaligen Opus Dei-Pressesprecher verheiratet.

»Nicht zu vergessen«, bemerkt Freitag, »Kurz' gefürchteter Pressesprecher Gerald Fleischmann, der sofort interveniert und sei es mitten in der Nacht, wenn ihm die Berichterstattung über seinen Chef nicht behagt. Kein Wort, kein Satz dringt nach draußen ohne Fleischmanns Abgesegnung. Ein Vollblutjournalist, der vom *Standard* zu *News* wechselte, um letztendlich in der ÖVP Niederösterreich Fuß zu fassen. Angeblich soll er in der Silberstein-Affäre mitgemischt haben, was er jedoch vehement bestreitet. Ein Verfahren gegen ihn wurde eingestellt.«

Im Nationalratswahlkampf 2017 engagierte die SPÖ den Israeli Tal Silberstein als Politikberater. Seit 2001 begleitete er diese Partei in Wahlkämpfen. Silberstein startete Schmutzkübelkampagnen gegen Sebastian Kurz, was zwei Wochen vor dem Wahltermin durch *Die Presse* und das Wochenmagazin *News* aufflog. Der Skandal war perfekt.

Am 14. August 2017 wurde Silberstein in Israel wegen des Verdachts der Bestechung, Urkundenfälschung und Geldwäsche verhaftet. Die SPÖ löste den Vertrag mit ihm auf, geriet aber in gewaltige Turbulenzen.

Fleischmann soll in diesem miesen Spiel angeblich den zeitweiligen Silberstein-Partner Peter Puller für hunderttausend Euro von den Roten zu den Schwarzen zum Überlaufen ermuntert haben, doch Fleischmann weist das entschieden zurück.

Allerdings existiert ein Naheverhältnis zwischen Fleischmann und Puller als der heutige Kurz-Pressesprecher noch bei der ÖVP Steiermark tätig war.[13]

»Zur Kurz-Partie gehören auch Johannes Frischmann«, ergänzt Kokoschansky, »der Chef-Pressesprecher. Nicht zu vergessen Markus Gstöttner, des Kanzlers wirtschaftspolitischer Vordenker und Netzwerker. Kristina Rausch, die sich um Kurz' Online-Auftritte kümmert. Axel Melchior als ÖVP-Generalsekretär, Wahlkampfmanager und Kontrolleur der Parteibasis.«

»Philipp Maderthaner ist ebenfalls eine interessante Erscheinung«, fügt Freitag hinzu, »ein, zumindest stellt er sich so dar, erfolgreicher Jung-Unternehmer, der Wahlkampagnen gestaltet und mit Vorliebe Daten sammelt. Er steckt hinter dem *Growth Club*[14], der den Leuten beibringen will wie man erfolgreich wird und es bleibt. Er vollzog die Umfärbung von der schwarzen ÖVP zur türkisenen Partei. Maderthaner tritt in Facebook-Videos auf und sagt der Community, wie man zu Erfolg kommt. Vielleicht sollten wir ihn engagieren, damit er FNews wieder hochbringt?«

»Da sprenge ich vorher die Bude selbst in die Luft«, knurrt Kokoschansky, »eines muss man Kurz neidlos zugestehen. Er versteht es äußerst geschickt seine Tafelrunde um sich zu scharren. Einer seiner wichtigsten Wegbegleiter von Beginn ist Gernot Blümel.«

»Dafür wurde er auch mit dem Posten des Finanzministers belohnt. Wenn er endlich noch Rechnen lernt«, kann es sich Freitag nicht verkneifen, »August Wöginger bildet als Fraktionschef des ÖVP-Parlamentsklubs die Brücke zu den alten, schwarzen ÖVP-Granden, die mittlerweile zähneknirschend akzeptieren müssen, dass von ihrer Partei kaum mehr etwas übrig geblieben ist und ein neuer, nicht ungefährlicher Wind weht.«

»Innenminister Karl Nehammer, der Mann fürs Grobe, geht für

Kurz durchs Feuer. Nationalratspräsident Werner Sobotka und Johanna Mikl-Leitener, die niederösterreichische Landeshauptfrau als Mentoren des Kanzlers. Harald Mahrer, der Multifunktionär und Hans Dampf in allen Gassen. Elisabeth Köstinger darf sich als getreue Mitstreiterin um Landwirtschaft und Tourismus kümmern. Und damit die Frauenquote stimmt sind Schramböck, Aschbacher, Raab und Edtstadler zu Ministerinnen ernannt worden.«[15]

»Du kennst mich lange genug, Koko«, wird nun Freitag sehr ernst, »ich bin meist gut aufgelegt, doch in letzter Zeit ist es oft nur gespielt. Ich werde dieses Gefühl nicht los und mit jedem Tag wird es intensiver, dass alles, nicht nur in Österreich, den Bach runter geht. Das hat jetzt überhaupt nichts mit Corona zu tun, das ist nur die negative Krönung. Diese politischen Entwicklungen und die unterschiedlichen Strömungen gefallen mir ganz und gar nicht.

Alles dreht sich nur mehr um Wirtschaft, Arbeitsplatzsicherung, Profite, Gewinne und das um jeden Preis. Dafür hätte es dieses Scheiß-Virus nicht gebraucht, das war bereits davor das Überdogma. Corona liefert nun zusätzlich Munition, dass sich wiederum nur alles darum dreht und dafür wird viel Wichtiges links liegen gelassen.«

»Ich weiß«, bestätigt Kokoschansky seufzend, »Der dahinsiechende Kulturbetrieb wird von der Regierung eigentlich ignoriert, ist völlig ausgehungert worden, steht auf der Agenda ganz weit unten. Hätten Künstler und Kulturschaffende nicht Eigeninitiativen ergriffen, wäre die Lage noch ärger. Eine unfähige Kulturstaatssekretärin musste den Hut nehmen und an ihre Stelle trat eine ebenso, vorher vielfach hochgepriesene, weitere Unfähige. Seit Wochen hört man von der Dame nicht einen Mucks. Wo ist sie eigentlich?

Detto in unserer Branche. Wie viele freie Journalisten, Kameramänner, Cutter, technisches Personal sind beim AMS[16] gemeldet? Laufend werden Mitarbeiter auf die Straße gesetzt, zuletzt auf einen Schlag siebenundfünfzig, weil die Rechercheplattform *Addendum* seinem Geldgeber und Gründer Mateschitz nicht mehr zusagte.

Nicht nur in unserem Geschäft, wie wir beide wissen, ackern die Leute oft für einen Hungerlohn und beuten sich selbst aus, nur um nicht das Arbeitslosenheer zu vergrößern.«

»Unsere Leute haben wieder einmal mehr bewiesen, dass man jederzeit auf sie bauen kann. Wir dürfen sie nicht vor den Kopf stoßen«, insistiert Freitag und wischt sich dabei über die Augen.

»Das meine ich ja«, Kokoschansky atmet tief durch, »aber ich habe keinen blassen Schimmer wie wir aus dieser Krise wieder herauskommen sollen. Ohne Sponsoring, ohne Werbeeinnahmen und somit ohne Geld. Unsere Hauptsponsoren und Werbekunden waren große, potente Unternehmen, die nun selbst krachen wie die Kaisersemmeln.

Crowdfounding scheidet auch aus. Ich sage nicht, dass wir keine Unterstützer fänden. Aber in unserem Fall hilft es uns nichts, dass Kleinvieh auch Mist macht. Das funktioniert mit kleineren Projekten, nicht mit unserem Betrieb. Der Großteil der Leute muss inzwischen jeden Cent zweimal umdrehen. Wer seine Lebensmittel in Sozialmärkten besorgen muss, hat nichts mehr für andere Zwecke übrig. Wen interessiert ein Haufen unabhängiger Journalisten, wenn die Leute ohnehin nachrichtenmüde sind und die Politikverdrossenheit ständig wächst?

Das wird noch viel ärger, die Wirtschaftskrise fährt jetzt so richtig ihre Krallen aus. Sämtliche Hilfsorganisationen und karitative Vereine werden zum Handkuss kommen, wenn Spenden ausbleiben.« Kokoschansky kickt wütend einen Stein beiseite. »Jetzt stehen wir tatsächlich mit dem Rücken an der Wand. Alles ist bestens, da muss völlig unerwartet Corona auftauchen…«, er korrigiert sich, »… nun so unerwartet auch wieder nicht, da hat unsere tolle Regierung schon einiges im Vorfeld verschlafen, ignoriert oder nicht wahrhaben wollen und als sie es kapierte, aus die Maus. Was konnten wir während des Lockdowns tatsächlich produzieren?«

»Nichts von wesentlichem Belang«, bestätigt Freitag, »abfilmen und nachschreiben wie alle anderen, was unsere Scheinschutzheiligen täglich in ihren Pressekonferenzen absonderten. Nichts Exklusives dabei, kein einziger Hintergrundbericht mit Biss, womit wir hätten punkten können. Noch dazu die halbe Belegschaft auf Kurzarbeit, Homeoffice, nur einen Notbetrieb aufrechtgehalten. Seit den Lockerungen, auch nicht viel besser, zumindest für uns.«

»Da braut sich etwas zusammen«, prophezeit Kokoschansky pessimistisch, »etwas Erschreckendes und wir werden alle fürchterlich draufzahlen. Das zeichnete sich längst vor Corona kontinuierlich ab, das Virus ist nur der Zünder gewesen für einen Schwelbrand, den nur die wenigsten bemerken. Die Flämmchen züngeln bereits, werden größer und größer, bis ein Flächenbrand ausbricht, der nicht mehr zu löschen sein wird, denn die Löschmittel besitzen andere und geben sie nur zu ihren Bedingungen her. Wer nicht untergehen will, wird das akzeptieren müssen.«

»Koko, wovon redest du?« Freitag sieht seinen Partner ungläubig an. »Ich kann dir momentan nicht folgen.«

»Ich weiß es selbst nicht genau. Es ist dieses Gefühl, das mich seit geraumer Zeit in seinem Bann hält. Wenn ich die Antwort darauf hätte, würde ich sie nicht zurückhalten. Dieses Unbekannte, wofür ich weder Bezeichnung noch Namen habe, kommt von außen. Ich meine nicht China, obwohl unbestritten Covid 19 von Wuhan aus seinen Feldzug gegen die Welt startete.

Es hat nichts mit Österreich zu tun. Wir sind nur ein Land wie viele, das davon betroffen ist. Auch nicht mit unserer Regierung. Diese und sämtliche andere davor scheinen nur als Fußnoten in der Geschichte auf. Mit und ohne Krisen. Wenn sich auch Herr Kurz während des letzten Gipfels in Brüssel rein zufällig, weil gerade ein paar Kameras dabei waren zu Merkel und Macron dazugesellen musste. Die tatsächlichen Hardliner rauchen Österreich, wenn es darauf ankommt, mitsamt Kurz und seinem Kabinett in der Pfeife.

Die Gefahr gilt es zu erkennen und den Leuten begreiflich zu machen. Aber ich weiß nicht, wie sich das anstellen lässt.«

»Wie denkt eigentlich Lena über unsere Situation und warum ist sie nicht hier?«, versucht Freitag abzulenken und seinen Partner von diesen düsteren Gedanken abzubringen.

»Sie ist zu Hause, mit Günther beschäftigt«, antwortet Kokoschansky, » zumindest das Homeschooling ist überstanden.«

»Wem sagst du das?«, seufzt Freitag, »Unsere Kinder müssen schon einiges an Schmarren lernen. Das ist mir erst so richtig bewusst geworden als ich mit ihnen büffelte und Hausaufgaben machte. Das Wesentliche fürs Leben wird ihnen nicht beigebracht.«

»Eigentlich habe ich jetzt keinen Bock darauf mich über unser

Schulsystem und die dafür Verantwortlichen auszulassen. Das hat schon seine Gründe, weshalb wir in den PISA-Studien stets in den hinteren Rängen aufscheinen. Was meint eigentlich deine Frau, wie es mit uns weitergehen soll?«

Freitag zieht ein verdrießliches Gesicht.

»Du kennst sie, Koko. Aufgrund unserer Familiengeschichte und den Erlebnissen seinerzeit in Nigeria wäre es ihr lieber, wenn ich besser heute als morgen umsattle. Geld verdienen mit einem Job, der weit entfernt vom Journalismus ist. Doch das kann ich nicht. In ein Taxi steige ich nur mehr als Fahrgast. Ich nehme an, da sind sich unsere Frauen einig, oder? FNews *ad acta* legen.«

»Bis zu einem gewissen Grad«, pflichtet Kokoschansky bei, »aber das letzte Wort ist noch nicht gesprochen. Es stimmt, ich habe mehrmals meine Familie durch meine journalistischen Eskapaden mehr als egoistisch in schwere Bedrängnis gebracht und dabei selbst dem Tod ins Auge geblickt. Das reicht wohl jeder Frau irgendwann. Noch dazu, wenn das Kind mit hineingezogen wird.«

Lena Fautner, Kokoschanskys langjährige Lebensgefährtin, könnte aufgrund des Altersunterschiedes seine Tochter sein. Trotz aller anfänglichen Unkenrufe klappt die Beziehung hervorragend. Denkbarerweise gibt es ab und zu ein kleines Tief, das ist dann schnell wieder vom Tisch. Allerdings hat sich diese Harmonie durch Corona extrem verändert.

Die frühere Polizistin hing die Uniform an den Nagel, weil sie mit den dauernden Reformen nicht mehr klarkam, obendrein immer wieder an Kollegen und Vorgesetzte geriet, die einfach nicht begriffen, dass ihnen Frauen in diesem Beruf ebenbürtig sein konnten.

Heute ist sie froh diesen Schritt getan zu haben, da die Polizei, besonders zunehmend in den letzten Jahren immer mehr zum absoluten Feindbild in einigen Teilen der Bevölkerung geworden ist. Mit Schaudern denkt sie an die vergangenen Ausschreitungen der *Grauen Wölfe* in Favoriten.[17] Besonders für Migranten, junge Österreicher mit Migrationshintergrund, Links- und Rechtsradikale sind Polizisten das Letzte. Wer durch die Stadt mit offenen Augen geht findet an unterschiedlichen Orten eine eindeutige Botschaft gesprüht: *ACAB – All Cops Are Bastards*.

Als Lena noch Polizeidienst versah, lernte sie, oder besser las sie Kokoschansky von der Straße auf. Der Hüne war in einem erbärmlichen Zustand, versoffen und zugedröhnt. Schwere private und berufliche Probleme ließen den Journalisten abstürzen.

Sie sah in ihm den Menschen, dem noch zu helfen war und spürte instinktiv: Da steckt mehr drin. Das war nur eine Phase, die wieder vorübergehen würde und in ihm war viel mehr als er damals vielleicht selbst wusste. Zuerst war es Mitleid und da Kokoschansky von Natur aus stur ist, verweigerte er prompt jede Hilfe.

Sein Sträuben spornte Lena nur noch mehr an bis daraus Liebe wurde und zwar nicht nur einseitig. Nach zwei gescheiterten Beziehungen mit anschließendem Lotterleben war Kokoschansky ein gebranntes Kind. Seine zweite Frau schenkte ihm Günther, da war bereits der Ofen aus. Zunehmend verfiel sie dem Wahnsinn, landete in der Psychiatrie und beging schließlich Selbstmord als Günther kaum dem Babyalter entwachsen war. Kokoschansky setzte Himmel und Hölle in Bewegung, dass er trotz seines Vorlebens das Sorgerecht erhielt und gewann.

Naturgemäß konnte der Junge nie eine Bindung zu seiner leiblichen Mutter aufbauen. Lena ist seine Mutter und sie akzeptiert ihn als Sohn voll und ganz.

Zwar hätte sie gerne mit Kokoschansky noch ein weiteres Kind, aber er ist dagegen, findet, dass er bereits für Günther zu alt war und möchte keinesfalls ein Bernie Ecclestone für Arme werden. Fallweise wird Kokoschansky noch immer für Günthers Opa gehalten und im Gegensatz zu seinem Sohn findet er das überhaupt nicht lustig.

Lena war maßgeblich am Aufbau von FNews beteiligt. Im Laufe seiner Karriere konnte sich Kokoschansky ein weitverzweigtes Informantennetzwerk aufbauen, sowohl auf der guten wie auch auf der bösen Seite, wie er es nennt, und darum beneidete die Konkurrenz Kokoschansky. Von Beginn an war das Nachrichtenportal entschieden im Vorteil.

So hing Lena nicht in der Luft als sie ihren ursprünglichen Beruf aufgegeben hatte. Für Kokoschansky war es nur ein Anruf, ein kurzes Gespräch und sie hatte sofort wieder einen Job. Wolfram

Panker, ein ehemaliger Kriminalbeamter in der Wirtschaftspolizei, reichte es ebenfalls und war aus der Exekutive ausgeschieden.

Er gründete seine eigene Wirtschaftsdetektei und befand sich in kürzester Zeit auf der Gewinnerstraße. Lena nahm er mit Handkuss und zusammen mit einigen Mitarbeitern florierte das Unternehmen noch besser.

Dann schlug das Schicksal erbarmungslos zu. Im Zuge von Recherchen für eine brisante Geschichte, die letztendlich FNews aufgestöbert hatte, wurde Panker ermordet. Der Privatdetektiv hatte für seinen Todesfall rechtzeitig vorgesorgt: Der anhanglose Mann vererbte Lena und Kokoschansky seine Detektei, die anschließend in das Nachrichtenportal integriert wurde. Gegenüber der damals noch überschaubaren Konkurrenz war er also wieder einen Schritt voraus.

Es wäre perfekt gewesen, dann überfällt diese verfluchte Pandemie die Welt und nimmt sie in ihren Würgegriff.

»Und was meint Lena dazu? Sollen wir FNews vom Netz nehmen?«, hakt Freitag nochmals nach.

»Lena ist ebenso eine Zerrissene wie ich selbst. Einerseits beschaulich wie andere Familien das Leben genießen, die Partnerschaft funktioniert wunderbar, Günther ist ein toller Junge, sorgen- und schuldenfrei. Was darf man sich mehr erwarten? Andererseits lieben wir beide diese Abwechslung. Nie genau wissen, was der Tag bringt. Vor allem aber, etwas zu bewirken, etwas zu verändern, zumindest die Leute zum Nachdenken und kritischem Hinterfragen anregen. So wie es der Philosophie von FNews entspricht.

Noch will sie zuwarten, aber wie lange noch? Ich will das nicht. Wir können unsere Leute nicht ewig bei Laune halten, sie müssen von etwas leben, haben Familien und so weiter und so fort. Corona wird uns noch viele Jahre beschäftigen, wenn nicht sogar unser noch verbleibendes Leben. Weißt du, wie lange es dauert, bis ein wirksamer Impfstoff tatsächlich entwickelt ist?«

»Keine Ahnung«, Freitag schüttelt den Kopf.

»Zwölf bis achtzehn Jahre.«

»Aber es soll doch bald…«

»Ach«, winkt Kokoschansky ab, »natürlich forschen sie derzeit weltweit rund um die Uhr auf Teufel komm raus. Müssen sie auch, sonst werden die Leute noch verunsicherter als sie es ohnehin bereits sind. Zugleich ist es ein internationaler Wettlauf, gekoppelt mit einem andauernden Expertendisput. Während die einen für diese und jene Maßnahmen plädieren, sind die anderen strikt dagegen.

Wer zuerst mit einem brauchbaren Ergebnis aufwarten kann, dem ist der Nobelpreis sicher und macht sich unsterblich. Ich habe mich mit Experten unterhalten und sie meinten, dass für den Impfstoff nur gewisse Komponenten entwickelt werden. Frag mich nicht welche. Tatsache bleibt, dass dieser Impfstoff dann nur über einen kurzen Zeitraum wirksam sein wird.

Das heißt, der Schutz wirkt zwei, drei Monate oder vielleicht ein wenig länger. Wie soll das in der Praxis ablaufen? Sollen die Menschen mehrmals im Jahr zur Impfung? Wie kann das finanziert werden? Übernehmen die Kassen die Kosten? Wie kann das weltweit funktionieren? Wie in den Dritte-Welt-Ländern?

Klappt bereits nicht mit den Corona-Tests, die in Apotheken und Drogeriemärkten zu kaufen sind, weil sie offiziell nicht anerkannt werden, kosten über hundert Euro. Zwar versprechen sie den Leuten in den Teststationen das Ergebnis binnen vierundzwanzig Stunden, aber das stimmt nicht. Die Wartezeit beträgt im Regelfall mehrere Tage und wer nachfragt wird vertröstet. Das kann es wohl auch nicht sein.

Nimm nur Österreich als Beispiel. Testen, testen und abermals testen lautet das Credo. Wie es in der Realität abläuft, kennen wir zur Genüge. Oder die Grippeimpfungen. Welche bescheuerte Bürokratie damit verbunden ist! Bis der Impfstoff in einer Arztpraxis einlangt, wird unnötig viel Zeit verschleudert.

Ich hatte genug Zeit mich eingehend mit diesem Virus zu beschäftigen, habe alles gelesen, was mir unter die Finger kam. Da ist in den letzten Monaten, nicht nur bei uns, sondern in der gesamten Welt einiges schiefgelaufen.«

»Da sollten wir ansetzen, Koko«, unternimmt Freitag einen weiteren Versuch seinen Partner umzustimmen, damit FNews am Leben bleibt.

Kokoschanskys Miene verrät nichts Gutes.

»Wenn wir auf unsere Reserven zurückgreifen, vielleicht noch privat zuschießen, damit wir unsere Leute ordentlich bezahlen können, dann noch bis Weihnachten, vielleicht bis ins Frühjahr, wie ich es schon vorhin sagte. Wenn bis dahin nichts Entscheidendes passiert, ist danach tatsächlich alles zu Ende. Wir sind uns doch einig, dass wir unser Team nicht umsonst schuften lassen.«

»Sicher. Da reduziere ich lieber mein eigenes Gehalt.«

»Nicht nur du, Freitag. Wir lassen alles nochmals von unserer Buchhaltung durchkalkulieren.«

Freitag grinst wieder bis über beide Ohren.

»Wenn unsere Rechenkünstler nicht mehr weiterwissen, können wir noch immer Blümel zu Rate ziehen. Wenn unser Finanzminister im Staatsbudget ein paar Nullen vergisst, übersieht dieses Mathematikgenie sicher auch bei uns einige. Uns hilft es wenigstens.«

»Das Problem«, kontert Kokoschansky, »dann vergisst er wieder alles und außerdem besitzt er keinen Laptop.«

»Eines unserer Auslaufmodelle können wir ihm schon spenden«, Freitag wird wieder ernst, »Spaß beiseite, was tun wir?«

»Ich bespreche heute nochmals alles mit Lena. Und du mach' Gutwetter bei deiner Frau. Wir beide ackern Coras Material durch. Das Wenige, was ich bisher überflogen habe, klingt sehr vielversprechend. Und wir nehmen uns den Cluster der Unfähigkeit vor.«

»Was?«

»Ballhausplatz«, lautet Kokoschanskys trockene Antwort.

Hotel Bellagio, Las Vegas
Zur gleichen Zeit

Knapp 9.500 Kilometer von Wien entfernt weiß mit Sicherheit niemand in Las Vegas von der Existenz dieses nach außen hin unscheinbaren, unauffälligen Gebäudes am Stadtrand, in dem FNews seit Jahren seine Zelte aufgeschlagen hat. Es würde bestimmte Leute nicht mal interessieren. Abgesehen davon ist gar nicht sicher, ob diese Herrschaften auch wissen, wo die österreichische Hauptstadt auf dem Globus zu finden ist.

Kokoschansky und seine Leute haben nicht die geringste Ahnung, dass in der Spielermetropole ebenfalls eine Konferenz stattfindet. Eine Zusammenkunft der besonderen Art, in der es darum geht, größtmöglichen Profit aus der Corona-Krise herauszuschlagen, während das Nachrichtenportal in Wien um das wirtschaftliche Überleben kämpft.

Oft sind Wege äußerst verschlungen und kreuzen sich unverhofft irgendwann …

*

Eine weiße Stretch-Limousine mit dunklen und zusätzlich verhängten Scheiben fährt im gemäßigten Tempo am Hotel Mirage vorbei. Noch immer liegen Blumen und brennende Kerzen vor dem imposanten Portal für den an Corona verstorbenen Roy Horn des legendären Magier-Duos Siegfried & Roy.

Die Insassen und ihre Entourage interessieren sich nicht im Geringsten für die Vorgänge draußen in den Straßen. Ihr Ziel ist das Hotel Bellagio, 3600 S Las Vegas Boulevard.

Doch man weilt nicht zum Zocken in der Stadt, wo einst Meyer Lansky und Bugsy Siegel von der *Kosher Nostra*, der jüdischen Mafia, die Grundsteine in der 1920er und 1930er für das spätere Imperium gelegt hatten. Wahrscheinlich rotieren sie in ihren Gräbern darüber, was inzwischen aus ihrem Las Vegas geworden ist.

Das überlange Fahrzeug fällt nicht weiter auf, Alltag in der Stadt.

Daher kümmert es niemanden als die Limousine an der Hinterseite des riesigen Hotelkomplexes zum Stillstand kommt.

Es ist kurz nach einundzwanzig Uhr. Die Außentemperatur ist merklich kühler geworden, im klimatisierten Auto war es weitaus angenehmer.

Die Männer in sündteuren Maßanzügen legen ihre Schutzmasken an. Immerhin sind sie im vorgerückten Alter, einige von ihnen sind Diabetiker und zählen somit zur Risikogruppe. Zwar lassen sie sich regelmäßig von ihren Leibärzten testen, Leichtsinn und Unbekümmertheit sind für sie Fremdwörter.

Die Masken bieten noch anderwärtigen Schutz. In der Stadt tummeln sich genug Paparazzi, denen der Lockdown ebenso übel mitgespielt hatte. Ihre potentiellen Promi-Opfer blieben brav zu Hause. Nun brauchen diese Typen jedes Foto und jedes Video, die halbwegs verkäuflich sind, um über die Runden zu kommen. Genau das will die geheimnisvolle Gruppe vermeiden, auf keinen Fall in den Medien auftauchen. Nur wenige Eingeweihte kennen den Grund für dieses konspirative Treffen im Hotel Bellagio.

Angereist waren die Männer mit einem privaten Gulf Stream Jet aus New York und landeten auf dem McCarran International Airport von Las Vegas. Es handelt sich weder um alternde Rockstars, Hollywood-Schauspieler noch Showgiganten, die inkognito für ein paar vergnügliche Tage absteigen.

Aus einem Begleitauto steigen Bodyguards, sichern das Terrain und geben ihr Okay. Unter ihren Sakkos zeichnen sich gewisse Ausbuchtungen ab, die sicherlich nichts mit dicken Portemonnaies zu tun haben. Die beiden älteren Herren, für die dieser Aufwand getrieben wird, verlassen mit ihrem Gefolge den überlangen Hummer, werden augenblicklich abgeschirmt und ins Bellagio eskortiert.

Bereits im Vorfeld wurde alles perfekt organisiert. Niemand vom Hotelpersonal darf sich blicken lassen. Nur der Hoteldirektor nimmt persönlich die Gäste in Empfang. Dieser wirkt sehr nervös und unterwürfig, wird völlig ignoriert, während sich sein Assistent diskret im Hintergrund hält. Offiziell ist keiner dieser Gäste registriert. Viermal ist dieses Procedere bereits an diesem Tag abgelaufen, nun sind die letzten dieser hochkarätigen Delegation eingetroffen.

Lieber wäre dem Direktor gewesen, diese Leute hätten ein anderes Haus ausgesucht, aber sie werden in der Zeit ihres Aufenthaltes eine Menge Geld hierlassen und in dieser Krise darf man nicht wählerisch sein. Außerdem, diesen Herren keine Unterkunft zu gewähren, hätte ohnehin niemand gewagt.

Keiner spricht ein Wort bis auf einen, dem man lieber nicht im Dunklen oder besser überhaupt nie begegnen möchte und locker als Wrestler durchgeht. Für einige Minuten ist er autorisiert das Kommando zu übernehmen, knurrt seine Anweisungen, während der Direktor servil nickt und die Truppe zu einem der Lifte, die nur für Hausangestellte bestimmt sind, geleitet. Einer der Männer trägt einen schmalen Aktenkoffer, der mit einer massiven Kette an seinem Handgelenk gesichert ist. Unabhängig vom Eigengewicht scheint der Inhalt darin federleicht zu sein, da der Träger überhaupt nicht angestrengt wirkt.

Bis 1998 verfügte das Bellagio über dreitausendfünfzehn Zimmer im hunderteinundfünfzig Meter hohen Main Tower, verteilt auf sechsunddreißig Stockwerke. 2004 erfolgte der Bau des Spa Towers mit dreiunddreißig Stockwerken und mit einer Höhe von hundertneunzehn Metern. Somit erhöhten sich die Zimmer- und Suiten-Kapazitäten um weitere neunhundertfünfunddreißig.

Bei diesem Gigantismus ist das der ideale Ort, um ungesehen und ungestört eine Konferenz abzuhalten. Alles, was benötigt und gebraucht wird, kommt direkt in die Räumlichkeiten. Die beiden Männer sind extrem vorsichtig und deshalb mit ein Grund, dass sie in ihrer speziellen Branche so lange überleben. Sie haben ihr eigenes Personal, vom Koch bis zum Butler, einfliegen lassen. Jede Speise, jeder Drink muss vorgekostet werden.

Die beiden letzten Stockwerke im Maintower sind komplett für die Konferenzteilnehmer und ihre Begleiter gebucht, werden von ihrer eigenen Security abgeriegelt. Selbst James Bond hätte massive Probleme in diesen Bereich unbemerkt einzudringen.

Wer diese alten, nicht unsympathischen Männer auf der Straße antreffen würde, was ohnehin nie der Fall sein wird, möchte nicht glauben, dass ein Wink von ihnen genügt, um über Leben und Tod zu entscheiden.

Mit den beiden, zuletzt eingetroffenen älteren Herren sind die Konferenzteilnehmer komplett. Hätten FBI, DEA, ATF[18], sämtliche Ermittlungsbehörden und Geheimdienste Wind davon erhalten, würden nun die Alarmglocken schrillen.

Doch gegen die anwesenden Herrschaften liegt offiziell nichts vor. Selbst wenn, wäre das mit hoher Wahrscheinlichkeit kein Problem, da man sich auf renommierte Anwaltssozietäten verlassen kann. Außerdem sind die persönlichen Advokaten ohnehin mit nach Las Vegas gereist.

Mit den Bossen der Bonnano-Familie ist die letzte der *Five Families* der New Yorker Cosa Nostra eingetroffen. Allerdings ist unklar, wer von den beiden Herren tatsächlich über das letzte Wort in diesem Clan verfügt.

Zumindest tappen die Behörden im Dunklen und das soll weiterhin so bleiben.

*

Eigentlich wird der fünfundsechzigjährige Michael Mancuso als Oberhaupt geführt, der 2013 Vincent John Basciano ablöste, nachdem dieser in eine Zelle übersiedeln musste. Zwar saß zu diesem Zeitpunkt Mancuso wegen Auftragsmordes hinter Gittern und fasste dafür fünfzehn Jahre aus. Das ist in Mafiakreisen irrelevant: Eine Familie lässt sich über exzellente, blind ergebene Vertrauensleute, sündteure Rechtsverdreher und mit reichlichen Schmiergeldern auch aus dem Bau heraus steuern.

Bereits im Mai 2019 wurde Mancuso aus der Haft in Edgefield, South Carolina, wieder entlassen. Vielleicht tritt er seither als graue Eminenz innerhalb der Bonnanos auf, da nach offiziellen Angaben der siebenundsechzigjährige »Tommy D.« alias Thomas DiFiore als Boss geführt wird.

»Wonderboy« alias Steven Lorenzo Crea von der Lucchese-Familie hat es sich bereits seit Stunden in seiner Suite gemütlich gemacht. Mit seinen dreiundsiebzig Jahren ist er ebenfalls bereits im besten Rentenalter, denn in der organisierten Kriminalität gibt es keinen Ruhestand.

Crea ist ein Unterboss und wird jede Entscheidung, die im Bellagio fällt, umgehend an den greisen Vittorio »Victor« Amuso weiterleiten, dem seit 1991 ein Gefängnistor die Freiheit verwehrt. Es ist ein Akt des Respekts, des Gehorsams und der Höflichkeit, dass der sechsundachtzigjährige Mann von Crea informiert wird, obwohl der Unterboss das tatsächliche Oberhaupt der Lucchеses ist.

Ähnlich wie bei den Bonnanos sind die Machtverhältnisse an der Spitze der Genoveses für Außenstehende unersichtlich. Liborio Salvatore Bellomo ist mit seinen dreiundsechzig Jahren nahezu ein Jungspund in dieser Altherrenriege und führt seit 2005 angeblich die Familie. Offiziell gilt »Danny the lion« alias Daniel Leo als Pate, nachdem er 2013 aus der Haft in Florida entlassen wurde.

Auf eine der wohl wildesten und extrem blutigen Familiengeschichten blicken die Gambinos zurück. Der letzte Boss, Francesco »Frank« Paolo Augusto Cali, wurde im März 2019 in New York mit sechs Schüssen vor seinem Haus niedergestreckt und mit einem Pickup überfahren. Sicher ist sicher, der Killer ist unbekannt.

Nach mehr als dreißig Jahren wurde im Big Apple wieder ein Mafiamord an einem Oberhaupt verübt. Im Bellagio wird Joseph »Jo Jo« Corrozo sen., der Consigliere, also der Familienanwalt, der Gambinos, die Syndikatsinteressen vertreten.

»Little Allie Boy« alias Alphonse T. Persico, Jahrgang 1954 und somit ebenfalls zur jüngeren Generation zählend, führt die Colombo-Familie. Im Bellagio hat sich die Führungsriege der New Yorker Cosa Nostra versammelt.

Ebenfalls anwesend *Chicago Outfit*, das Syndikat, das auf keinen Fall ausgeschlossen werden darf, die Cosa Nostra vom Michigansee in Illinois. Die einzige Verbrecherorganisation, die eigenständig operiert und nicht von den New Yorkern kontrolliert wird. Im Mittleren Westen sind die Chicagoer Mobsters tonangebend und ihre langen Arme reichen bis Las Vegas und Florida.

Daher auch die Spieler-Metropole als Tagungsort, New York erscheint den Five Families zu unsicher. Ebenso war man sich im Vorfeld einig, dass die amerikanischen Bosse der Camorra und

'Ndrangheta an diesem Treffen nicht teilnehmen. Es ist davon auszugehen, dass diese Organisationen dennoch Wind von dem Treffen bekommen und das könnte einige Probleme auslösen. Für diesen Fall ist man vorbereitet.

Vorerst will sich die Cosa Nostra als mächtigste Organisation untereinander einigen und danach entscheiden, ob die Ableger dieser beiden Syndikate in das weitere Vorgehen eingebunden werden. Zu groß und waghalsig sind die Zukunftspläne, zu riskant wäre es, zu viele Mitwisser daran teilhaben zu lassen.

Bis 2018 leitete John »No Nose« DiFronzo Chicago Outfit, bevor er an Alzheimer erkrankte. In seine Fußstapfen ist ein Duo getreten: der Unterboss Salvatore »Sammy the cards« Cataudella und der Consigliere Marco »The Mover« D'Amico.

Neben diesen Big Five und Chicago Outfit sind auch gewichtige Vertreter der DeCavalcante-Familie abgestiegen, die eng mit den Five Families zusammenarbeitet und ihre Geschäfte vom Hauptquartier in Elizabeth in New Jersey aus leitet. Dieser Clan steht in enger Verbindung mit der Bruno-Familie in Philadelphia und der Patriarca-Familie in Boston.

*

Im Bellagio wird es vor allem darum gehen, wie sich die Zukunft für die Cosa Nostra nach Corona gewinnbringend gestalten lässt und gemeinsam eine Lösung zu finden mit der alle leben können. Da das Virus aus China seinen unheilvollen Weg rund um den Globus nahm, sucht man nach einer Möglichkeit zu suchen, um sich eventuell mit dem Reich der Mitte zu arrangieren. Keine der Familien ist restlos überzeugt, dass es nur ein gefährlicher Erreger ist wie seinerzeit bei Krankheiten wie Pest, Cholera, Pocken, AIDS oder Ebola.

Einige glauben, dass diese Pandemie bewusst ausgelöst wurde und das China der Drahtzieher ist. Daher muss ein Weg gefunden werden, um mit den Chinesen in Kontakt treten zu können.

Vordergründig ist es geplant, eine Möglichkeit zu finden, um sich in die weltweite Forschung nach einem Impfstoff und wirksame

Medikamente gegen Corona einzuschleusen. Optimal, wenn es gelänge in den Besitz von entsprechenden Formeln zu gelangen, das Zeug selbst zu produzieren und zu horrenden Preisen über Tarnfirmen auf den internationalen Markt zu werfen.

Nötigenfalls mit Fälschungen die Angst der Menschen ausnützen. Auch Wissenschaftler sind käuflich, sofern Preis und Rahmenbedingungen stimmen.

Ebenso Gutachter und Kommissionen für die erforderlichen Zulassungen, um der Sache einen seriösen Anstrich zu verpassen. Allerdings ist offensichtlich, dass die Pharmaindustrie nicht still zusieht, bereits auf Hochtouren an wirksamen Gegenmitteln für Corona arbeitet und sich auf keinen Fall in die Suppe spucken lässt.

Ein mächtiger Gegner und Konkurrent, den auch die Cosa Nostra fürchtet. Schließlich verfügen diese Konzerne ebenso über unbegrenzte Ressourcen in allen Belangen und kennen genau so wenig Skrupel wie die Mafia.

Es ist ein brandgefährliches Unternehmen, das die Cosa Nostra plant. Zwar sind die alten, bleischweren Zeiten vorbei, jedoch ein falsches Wort, eine Handlung zur Unzeit setzen und der ohnehin brüchige Frieden kann jederzeit ins Gegenteil umschlagen.

Sicher finden immer wieder konspirative Treffen statt: Neue Territorien abstecken und um deren Kontrolle schachern, Absprachen tätigen, Kompromisse eingehen. Die gewaltige Blutspur, die einst die Cosa Nostra kreuz und quer durch Amerika gezogen hatte, ist Kriminalgeschichte. Es waren goldene Zeiten für jene, die sich behaupten konnten und vor allem überlebten.

Trotzdem passen die Familien, Syndikate und Clans haarscharf auf und beobachten sich gegenseitig mit Argusaugen. Jederzeit kann jemand wortbrüchig werden, zum Gegner überlaufen und in letzter Konsequenz rattern wieder die Maschinenpistolen und Autobomben explodieren.

Die Pandemie ist Fluch und Segen zugleich, bietet die einmalige Chance in gewissen Bereichen eine neue Ordnung zu schaffen, im Sinne der organisierten Kriminalität. Regierungen zu korrumpieren, Politiker auf die Payroll zu setzen für die Interessen der Cosa Nostra. Wer nicht spurt, wird es bereuen. Einen neuen Lee Harvey

Oswald, einen Sirhan Bishara Sirhan, einen James Earl Ray[19] zu engagieren ist heute wesentlich einfacher als damals.

*

Am Abend findet ein gemeinsames Essen der Cosa Nostra-Bosse und ihren Begleitern im Bellagio unter strengsten Sicherheitsvorkehrungen statt. Da die Bonnanos zuletzt eingetroffen sind, findet die Zusammenkunft erst gegen Mitternacht statt. Viele haben sich länger nicht gesehen. Einigen wäre es durchaus lieber gewissen Personen nicht zu begegnen.

Man achtet und respektiert einander, doch keine Familie traut der anderen. Wer mitmischen will, muss anwesend sein. Niemand will einen Anlass geben und Auslöser für einen neuerlichen Unterweltskrieg sein.

In dieser Nacht sind Gespräche über das Geschäft tabu. Gleichzeitig beobachtet man sich, tauscht mit seinen Vertrauten verstohlene Blicke aus, raunt einander etwas unbemerkt zu. Trotzdem kommen Witze, Spaß und sich gegenseitig auf den Arm nehmen nicht zu kurz, aber eine gewisse Spannung kann nicht verleugnet werden.

Selbstverständlich kommen die alten Kamellen, und von diesen Geschichten gibt es mehr als genug, aufs Tapet. Damals als die Familien noch untereinander bis aufs Blut verfeindet waren und sich gegenseitig umnieteten. Vergeben, aber niemals vergessen, eine Zweckaussöhnung. Das weiß jeder in diesem hermetisch abgeschotteten Speisesaal mit den verhängten Fenstern in luftiger Höhe.

Auch in der Nacht kreisen ständig Helikopter und alle kennen die Szene aus der Trilogie »Der Pate«, in der ein Angriff vom Hubschrauber aus erfolgte. Einige Rechnungen sind noch unbeglichen und der Zahltag wird kommen. Die Cosa Nostra verfügt über ein phänomenales Gedächtnis, selbst wenn es Jahrzehnte dauert.

Diese Topgangster haben verstanden, dass Blei nicht unbedingt der Weisheit letzter Schluss sein kann. Das Lesen, Verstehen, Reagieren auf Börsenkurse und Aktienindices, erstklassige wirtschaftliche Ausbildungen sind weitaus bessere und vor allem unblutige Waffen.

Sicher gibt es immer wieder Probleme, die sich nur mit dem

Durchziehen des Abzugshahns lösen lassen. Inzwischen, zumindest für die Öffentlichkeit, eher die seltenen Ausnahmen. *Lupara bianca* ist die bevorzugte Methode.Der Mord ohne Leiche wird weiterhin praktiziert. Eine abgelegene Garage, eine verlassene Fabrikhalle und Säurefässer sind immer an der Hand, wenn sie gebraucht werden.

Im Mafia-Mutterland Italien dringt für den Geschmack der amerikanischen Cosa Nostra zu viel, was im Verborgenen bleiben soll, nach draußen. Doch das ist Europa und da mischen sich die Italo-Amerikaner nicht ein. Die Konflikte der unterschiedlichen Familien, Clans und Syndikate interessieren sie nur peripher, sofern sie nicht in die USA importiert und in ihren Territorien ausgetragen werden. Wenn sie sich in Italien gegenseitig umlegen, ist das ihre Sache.

Mit russischen Verbrecherorganisationen und ihren Trabanten, die natürlich in den USA vertreten sind, will die Cosa Nostra nichts zu tun haben und umgekehrt ist es ebenso der Fall. Zu groß sind die Unterschiede in der Lebensart, in der Mentalität und in vielen anderen Belangen, die nicht zusammenpassen. Daher beschränkt man sich auf gegenseitiges Beobachten und ist bemüht dem anderen nicht in die Quere zu kommen.

Im globalen Drogengeschäft hat sich seit den Kartellen von Medellin und Cali nicht viel geändert. *Violencia*, die Gewalt, ist allgegenwärtig, besonders in Mexiko, nachdem El Chapo alias Jose Archivaldo Guzmán Loera Herr über das Kokain wurde. Seit November 2018 ist auch er Geschichte und wird nie wieder das amerikanische Gefängnis verlassen dürfen. Seine Nachfolger haben diese Lücke längst geschlossen. Weiterhin sitzen in Kolumbien, Peru, Bolivien, Ecuador, Mexiko und anderen süd- und lateinamerikanischen Staaten die Waffen locker. Zu viel steht auf dem Spiel, Koks ist zu lukrativ.

Kokain ist derzeit nicht unbedingt das Thema. Jetzt geht es um mehr, um sehr viel mehr…

Wien, am gleichen Tag

Der Anruf erreicht Kokoschansky in der FNews-Redaktion auf seinem Handy. Am anderen Ende war »Django« und schlug ein Treffen vor. Obwohl er schon lange in Pension ist, zählt er nach wie vor als lebende Legende in österreichischen *Kieberer*[21]-Kreisen wie auch bei Polizeibehörden im Ausland, ist bestens vernetzt und noch immer in Kontakt mit unterschiedlichen Geheimdiensten.

In seiner aktiven Zeit zählte er mit seinen Leuten zu den erfolgreichsten Suchtgiftfahndern Österreichs, konnte eine Reihe von aufsehenerregenden Erfolgen, die auch international für Furore sorgten, erzielen. Sein Spitzname rührt daher, dass er im Dienst meist schwarz gekleidet und sein Markenzeichen ein breitkrempiger Hut war.

Kokoschansky lernte ihn in seiner Zeit als ORF-Journalist kennen und schätzen. Es war eine lange und fruchtbare Zusammenarbeit. Seit einigen Jahren ist Django bereits im Ruhestand und die Zusammenkünfte sind seltener geworden. Gelegentlich läuft man sich über den Weg, verliert sich nie gänzlich aus den Augen. Umso größer ist Kokoschanskys Freude als sich der Oberst – mit diesem Rang verabschiedete sich Django in die Rente – heute meldete.

Als Kokoschansky das Hinterzimmer des kleinen, urigen Wirtshauses am Wiener Stadtrand betritt, ist der alte Haudegen bereits eingetroffen, wählte den letzten Tisch in der hintersten Ecke, sitzt mit dem Rücken zur Wand, eine alte Kieberer-Gewohnheit. Die drei Gäste, die noch im Raum anwesend sind, befinden sich außer Hörweite.

Ellbogen an Ellbogen, die neue Form der Begrüßung. Beiden Männern ist die Freude über das Wiedersehen anzusehen. Nach ein paar Minuten des Austausches über die jeweiligen persönlichen Befindlichkeiten und über den Corona-Wahnsinn, kommt Django zum eigentlichen Grund dieses Treffens.

»Koko, hast du in den letzten Tagen über eine Leiche im Donaukanal gelesen, gehört oder etwas darüber gesehen?«

»Nicht das ich wüsste«, Kokoschansky ist mehr als erstaunt.

»Ich auch nicht«, lächelt Django hintergründig, »zwei Tage ist es jetzt her, so gegen 3.30 Uhr in der Früh. Wie das nun einmal bei älteren Herren oft der Fall ist, konnte ich nicht mehr schlafen, ging daher auf den Balkon, Luft schnappen. Von meiner Wohnung aus blicke ich direkt auf den Donaukanal.

Da sah ich zwei junge Männer, sturzbesoffen auf dem Weg daher taumeln. Sie waren friedlich, grölten nicht herum. Plötzlich blieb einer wie angewurzelt stehen, deutete auf das Wasser und sie debattierten eifrig, doch aufgrund der Entfernung konnte ich nichts verstehen.

Aber ich besitze ein ausgezeichnetes Nachtsichtfernglas. Dann sah ich, was ihr Interesse erregte. Etwas trieb im Wasser auf das Ufer zu. Es ist nur den beiden aufgefallen. Kein Mensch war um diese Zeit unterwegs, außerdem war es ziemlich frisch. Auch der Straßenverkehr hielt sich in Grenzen.

Während sich einer auf eine Bank legte um seinen Rausch *auszubüsseln*[22] verständigte sein Kompagnon per Handy die Funkstreife. Zweifelsfrei war eine Leiche angeschwemmt worden. Schließlich kam die Feuerwehr und zog den Körper aus dem Wasser. Trotz meines Fernglases konnte ich nicht erkennen, ob es sich um einen Mann oder eine Frau handelte.

Allerdings sah ich, dass einige von den Einsatzkräften *speiben*[23] mussten. Ein untrügliches Zeichen, dass dieser Mensch ziemlich zugerichtet war oder schon sehr lange im Wasser lag. Alles zusammen wäre nicht unbedingt seltsam. Nachdem die Personalien der beiden Betrunkenen aufgenommen waren, wurden sie fortgeschickt.

Kurz danach tauchten zwei zivile Autos ohne Blaulichter auf. Kieberer, aber vom *BVT*[24]. Einen von diesem Verein konnte ich eindeutig erkennen. Vor Jahren hatte ich einmal mit ihm zu tun gehabt. Schon sehr eigentümlich, dass bei einem normalen Leichenfund plötzlich Verfassungsschützer aufkreuzen, oder?«

»Haben sie dich bemerkt?«, will Kokoschansky wissen.

»Sicher nicht«, und Djangos Antwort klingt etwas indigniert, »ich weiß mich zu verbergen.«

Kokoschansky erkennt sofort seinen Fauxpas.

»Sorry, war nicht so gemeint. Hast du *nachgewassert?*«[25]

»Schon gut. Nein«, winkt der erfahrene Oberst ab, »es hätte auch keinen Sinn gemacht. Da ist eine neue Generation am Ruder, die mit uns Alten nichts mehr zu tun haben wollen. Für sie sind wir Auslaufmodelle und im Ausgedinge. Außerdem hätten sie mir nichts verraten. Mir dafür anhören, dass ich in Rente bin und Ruhe geben soll, brauche ich nicht. Außerdem habe ich schon lange nichts mehr mit denen und dem gesamten System am Hut.«

»Das kann ich verstehen«, meint Kokoschansky.

»Dann wissen wir beide, wovon wir sprechen. Ich sage es dir, vielleicht bekommst du mehr heraus? Und wenn, halte mich auf dem Laufenden.«

»Klar doch und danke. Das ist äußerst komisch. Es ist auch nichts in den sozialen Medien aufgetaucht. Sonst filmen immer gewisse Idioten jeden Schmarren und stellen es sofort ins Netz«, Kokoschansky gibt sich gleich selbst die Antwort, »gut, es war zeitig am Morgen, es war kalt und wie du selbst sagtest, kaum Verkehr und außer den beiden Besoffenen keine Leute unterwegs.«

»Für mich«, deutet Django an, »riecht das sehr nach Nachrichtensperre. Alles scheint möglich. Selbstmord, Mord, Unfall… Jedenfalls muss die unbekannte Leiche eine wichtige Persönlichkeit gewesen sein, sonst mischt sich nicht sofort der Verfassungsschutz ein.«

»Dieser Ansicht bin ich auch. Wenn es tatsächlich eine Sperre gibt, dann muss etwas Größeres dahinterstecken. Du hast gesagt, einige haben gekotzt.«

»Ja, aber das muss nichts bedeuten. Wenn jemand noch nicht viele Leichen in unterschiedlichen Zuständen gesehen hat, dann kann es durchaus vorkommen, dass der Magen verrücktspielt.«

»Wer weiß«, beginnt Kokoschansky zu orakeln, »vielleicht besteht sogar ein Zusammenhang mit Corona?«

»Wie kommst du jetzt darauf?«, fragt Django verwundert.

»Nur so. In diesen verrückten Zeiten ist inzwischen alles denkbar, da muss man gar kein Anhänger oder Befürworter von Verschwörungstheorien sein. Ich habe es bisher noch niemanden gesagt. Weder zu Hause noch gegenüber meinen Leuten von FNews, nicht einmal meinem Partner. Seit dieses Virus die Welt beherrscht, setze ich mich intensiv damit auseinander und nahezu täglich finde ich etwas Neues heraus. Ich habe mir stapelweise die neuesten Bücher darüber besorgt und gelesen und gelesen, das Internet durchforstet.«

»Und was meinst du, Koko?«

»China ist ein Meister der Täuschung, Vertuschung und Verschleierung. Es ist durchaus denkbar, dass dieses verfluchte Covid 19 künstlich in einem Labor in Wuhan erschaffen wurde. Danach hinausgeschmuggelt und über diesen Wildbret- oder Fischmarkt bewusst unter die Leute gebracht. Oder schlicht durch Unachtsamkeit entwischt?«

»Was ist der Hintergrund? Deswegen opfern sie ihre eigenen Leute?«

Django ist mehr als skeptisch.

»Sie haben ja genug davon«, antwortet Kokoschansky sarkastisch, »und hat sich jemals die Volksrepublik um das eigene Volk geschert?« Der Journalist zieht sein Notizbuch heraus, schlägt es auf. »Alle Regierungschefs waren und sind größtenteils Massenmörder. Beginnend mit Mao Zedong über Liu Shaoqui, Song Quingling, Dong Biwu, Zhu De, Ye Jianying, Li Xiannian, Yang Shangkun, Jiang Zenim, Hu Jinatao bis zum amtierenden Xi Jinping.«

»Wirst du jetzt auf deine alten Tage noch zum Sinologen?«, schmunzelt Django und ist sichtlich beeindruckt.

»Wenn nicht bald etwas Entscheidendes passiert, kann es leicht sein. Leider beherrsche ich nicht Chinesisch. Ich glaube, dieses Corona hängt mit *One belt, one road* zusammen. Durch dieses Virus eine Destabilisierung der westlichen Hemisphäre erreichen, was bislang hervorragend gelungen ist.«

»Was?«, Django sieht Kokoschansky ungläubig an.

»Das Riesenprojekt Neue Seidenstraße, bei dem sämtliche westliche Demokratien Beijing in den Arsch kriechen, auch Österreich. Vielleicht geht dieses Monstervorhaben der chinesischen Regierung zu langsam voran? Daher wird mit einer Pandemie, hergestellt im Reagenzglas nachgeholfen, um den Westen weichzukochen. Dann zaubert plötzlich China den wirksamen Impfstoff als

Zaubermittel aus dem Hut und die übrige Welt wird Beijing ewig dankbar sein und danach nach deren Pfeife tanzen, was ohnehin bereits einige Staaten bereitwillig tun. Überlege mal, Django. Die erste Pandemie im 21. Jahrhundert ereignete sich 2002/2003, hatte ebenfalls ihren Ursprung in China, aber nicht dieses Ausmaß wie Corona heute erreicht.

Du erinnerst dich bestimmt noch an die Hongkong-Grippe, die im Juli 1968 in Hongkong ausgebrochen war. Ich war damals noch ein Bub. Bis heute ist ungeklärt, ob diese Grippewelle auch in China aufgetreten ist. Damals hatte in Europa die ehemalige Bundesrepublik Deutschland im Winterhalbjahr 1969/70 zu leiden. Natürlich waren zu dieser Zeit noch nicht die Möglichkeiten einer Datenerfassung vorhanden, wie es heute der Fall ist. Heute spricht man weltweit von rund 700.000 Todesopfern. Elf Jahre davor, 1957, grassierte die Asiatische Grippe, wobei die Hongkong-Grippe milder verlaufen war. Diese Krankheit von 1968 wurde durch Viren von Geflügelpest in Kombination mit unter Menschen bereits zirkulierenden Influenzaviren ausgelöst. Gut, die Zeiten haben sich verändert, doch damals wurde weltweit nicht ein derartiges Tamtam veranstaltet, wie es heute der Fall ist.«

»Gehörst du auch zu denen, die Corona verharmlosen und nicht allzu ernst nehmen, Koko?«

»Nein«, wehrt Kokoschansky entschieden ab, »ganz bestimmt nicht. Wir sehen täglich wie sich das Chaos ausbreitet und die Dramatik immer wieder neue Höhepunkte erreicht. Ich denke, diese Pandemie hat bestimmte politische Hintergründe. Und es hat sicherlich damit zu tun, dass China unbedingt verhindern will, dass sich Trump für weitere vier Jahre im Weißen Haus breitmachen kann. Sicherlich auch als Rache für den Handelskrieg, die Sanktionen und Boykotte, die der Irre veranlasst hat.

Wir erinnern uns alle noch sehr genau, welchen Schwachsinn Trump nach der immer stärker und weiter ausbrechenden Pandemie verzapft hat, selbst als die USA davon schon schwer getroffen war. Erst im vergangenen Juli machte er eine Kehrtwendung als seine Umfragewerte im Keller landeten. Hundert- bis zweihunderttausend Tote, von denen in den USA Experten ausgingen, waren ihm scheißegal. Er sprach öffentlich von einem guten Job, den alle gemacht hatten. Bis es ihn selbst erwischte: Für den selbsternannten Wunderwuzzi war Corona ja nur ein Klacks.

Ohne die Pandemie könnte er wahrscheinlich eher problemlos gewinnen. Man muss sich nur die Bilder von seinen Wahlkampfveranstaltungen ansehen, welche Massen an Trotteln ihm zujubeln. Größtenteils Leute, die nur von einem Cheeseburger bis zum nächsten Softdrink denken und ob sie sich noch ihre Einkaufswägen bei *Walmart* vollstopfen können.«

»Und was ist mit Putin?«

»Der kocht sein eigenes Süppchen. Dem ist es nur recht, dass im Oval Office eine nützliche Dumpfbacke sitzt, die mit jedem Tweet Amerika schwächt und der Lächerlichkeit preisgibt.«

»Ziemlich schwere Geschütze, die du da auffährst, Koko.«

»Wenn ich noch dazu die passende Munition hätte…«

»…kommst du nicht einmal zum Laden, weil du längst ein toter Mann bist«, unterbricht ihn Django, »das ist kein heißes, sondern ein glühendes Eisen, das du, wie ich dich kenne, anzufassen bereit bist. Trotzdem interessiert mich diese Neue Seidenstraße. Hast du mehr auf Lager?«

»Einiges zusammengetragen, das ich erst langsam zuordnen muss.«

»Wenn du auf den guten Rat eines alten Freundes hörst, Koko, überlege dir zweimal, ob du dich darauf einlassen willst. Vergiss nie, die Chinesen sind überall und damit meine ich nicht das China-Restaurant um die Ecke. Beijing hat einen extrem langen Arm und täglich wird er länger.«

*

»Was hast du, Lena?«, fragt Günther als er aus seinem Zimmer in die Küche kommt und ihre geröteten Augen sieht, »Hast du geweint?«

»Nein, nein«, wehrt Kokoschanskys Lebensgefährtin ab, »das sind nur die Zwiebel.«

Allerdings nimmt er ihr das nicht ganz ab, dafür ist er mit seinen elf Jahren viel zu intelligent. Aber er bohrt nicht weiter nach. Instinktiv spürt er, es wäre der falsche Zeitpunkt.

»Hm, das riecht gut«, der Junge reibt sich den Bauch, »ich habe auch einen Bärenhunger. Was gibt es denn?«

»Cevapcici mit Pommes.«

»Dauert es noch lange?«

»Nein, nur mehr ein paar Minuten.«

»Kommt Papa auch zum Essen?«

»Nein, er ist erst später am Abend wieder zu Hause.« Zum Glück sieht ihr Ziehsohn nicht die ärgerliche Miene, weil sie ihm den Rücken zudreht. »Wie war es in der Schule?«

Günther zieht eine Schnute.

»Früher war es schöner und besser«, mault er.

»Wie früher?«

»Na, vor Corona. Jetzt müssen wir so viel nachholen.«

Inzwischen besucht Günther die erste Klasse einer NMS, einer Neuen Mittelschule, und nach seinen Erzählungen ist der Schulalltag, wie er sagt, komisch.

Es macht ihm offensichtlich keinen Spaß. Dennoch ist er ein guter Schüler, aber irgendwie hat dieses Virus seinen Elan, seinen Fleiß und Ehrgeiz ziemlich gebremst. Homeschooling vor den Sommerferien war auch nicht das Wahre. Manche vorherige Freundschaft ist wegen Corona in Mitleidenschaft gezogen worden, nicht mehr so intensiv wie es einmal war.

Dazu die wirtschaftlichen Probleme innerhalb der Familie. Zwar müssen die drei keine Einschränkungen hinnehmen, trotzdem versteht der hoch aufgeschossene Bub sehr wohl, was auf dem Spiel steht, wenn FNews nicht mehr existieren sollte. Natürlich hat Günther die Diskussionen zwischen Lena und seinem Vater mitbekommen und sie liefen nicht immer konfliktfrei ab. Der Junge weiß derzeit nicht, auf welche Seite er sich stellen soll. Von seinen Eltern ist er es einfach nicht gewohnt, dass sie sich zanken.

Diese Wortgefechte mag er überhaupt nicht, schließlich liebt er Lena und seinen Papa gleich. Verständlicherweise zitterte und bangte er um seinen Vater wie zuletzt als dieser lebensgefährlich verletzt wurde und sein Leben am seidenen Faden hing, weil er sich nicht einschüchtern ließ und sein Ding durchgezogen hatte. Zwar gab ihm der Erfolg Recht, leider zu einem sehr hohen Preis.

»Schmeckt es dir nicht?«, fragt Lena, weil Günther eher lustlos in seinem Essen herumstochert.

»Doch«, erwidert Günther, »es ist prima.« Dann wird er sehr nachdenklich. »Nicht wahr, du hast wegen Papa geweint, Lena?«

»Komm, iss fertig, du hast sicherlich eine Menge Hausaufgaben zu erledigen«, lenkt sie ab.

*

Nachdem Kokoschansky sich von Django verabschiedet hat, fährt er in die Innenstadt, streunt noch ein wenig herum. In einzelnen Geschäftsauslagen sind bereits Weihnachtsdekorationen und Lebkuchenstapel zu sehen. Und es ist nicht einmal noch November! Fehlt nur noch das Gedudel von »Last Christmas« und »Do You Know It's Christmas«.

Kokoschansky verkriecht sich in seine Jacke, ein eisiger Wind bläst. An einem Stand in der Kärntner Straße kauft er sich ein Stanitzel Maroni.

Unabhängig von drastischen Umsatzeinbußen, liegt über diesem Weihnachten ein düsterer Schatten, verursacht durch China. Die Leute plagen Existenznöte und für unzählige Familien wird es sicherlich ein sehr trauriges und bescheidenes Fest werden.

Kokoschansky versucht die trüben Gedanken zu verscheuchen. Nach Monaten, dank Django, hat er endlich wieder etwas Interessantes, das es zumindest wert ist, darüber zu recherchieren. Zwar hätte er sich als Journalist während des Lockdowns unbehindert bewegen können, aber wozu? Mit den anderen Kollegen im Bundeskanzleramt herumhängen und warten bis endlich der Kanzler und seine Truppe ihre Stehsätze vom Stapel lassen?

Beruflich herumreisen mit Einschränkungen wäre ebenfalls möglich gewesen, aber da hätte sicherlich Lena einen Aufstand gemacht. Abgesehen davon, viel zu riskant. Schließlich ist er für seine Familie und für seine Mitarbeiter verantwortlich.

Wer weiß, was sich tatsächlich hinter diesem mysteriösen Leichenfund verbirgt? Wenn sich sofort das BVT einschaltet, muss auf jeden Fall mehr dahinterstecken. Kokoschansky setzt sich in den Schanigarten eines Cafés am Graben unter einem Heizstrahler, bestellt sich einen großen Mokka und kann ungestört rauchen. Plötzlich kommt ihm eine Idee.

Er blättert im Telefonverzeichnis seines Handys, blickt auf die Uhr. Sein Kontakt müsste eigentlich noch in Amt und Würden sein. Kurzerhand ruft der Journalist an.

»Hallo, ich bin's, Koko…«

Da sie sich ebenfalls länger nicht sehen konnten, erfolgt zuerst das übliche Geplänkel über Nebensächlichkeiten, dann verrät der Journalist den wahren Grund für seinen Anruf.

»Manfred, ich habe da etwas läuten gehört. Bei euch soll jemand auf dem Seziertisch herumliegen von dem aber die Öffentlichkeit nichts erfahren soll. Zumindest jetzt noch nicht. Vor ein paar Tagen gefunden, aus dem Donaukanal gefischt. Ist da etwas dran oder wurde mir ein Floh ins Ohr gesetzt?«

Das Schnaufen am anderen Ende ist unüberhörbar und Kokoschansky jubiliert innerlich. Bingo, auf der richtigen Fährte. Da ihn sein Spezi nicht anlügen will, zieht er sich insofern aus der Affäre, dass er darüber nichts sagen kann. Doch das zieht bei dem Journalisten nicht.

»Kannst du nicht oder darfst du nicht?«, lässt Kokoschansky nicht locker.

»Gegen dich ist kein Kraut gewachsen. Wo bist du im Moment?« Der Journalist nennt seinen Standort. »Hast du so viel Zeit? Ich bin in dreißig Minuten dort.«

Der Journalist wartet nur zu gerne und steckt zufrieden sein Mobiltelefon ein. Selbstverständlich hat er seinen langjährigen Informanten nicht in seinem Büro im Department für Gerichtsmedizin angerufen, nur am privaten Handy.

Kokoschansky meldet sich bei Lena, sagt ihr, dass es vielleicht etwas später werden kann, aber nicht den Grund, erkundigt sich nach seinem Sohn, ob alles in Ordnung ist. Lena ist mehr als kurz angebunden, schließlich ist sie Kummer gewöhnt.

Das sind die Nachwirkungen der letzten Auseinandersetzung, die fast in einem Streit ausartete. Zum Glück bekam Günther nichts mit, da er in der Schule war. Es ging um FNews und wie es weitergehen soll. Zum wiederholten Male musste sich Kokoschansky anhören, dass in seinem Leben an erster Stelle die Arbeit kommt, dann erst sie und Günther. Wenn er ehrlich zu sich selbst ist, hat sie vollkommen Recht. Er kann nun einmal nicht aus seiner Haut heraus. Zwar redete er sich darauf hinaus, dass er Verantwortung gegenüber FNews, dem Team und den Usern habe, doch dieses Mal ließ es Lena nicht mehr widerspruchslos gelten.

Öfters warf sie ihm schon an den Kopf, dass sie keine Lust habe, hinter seinem Sarg herzugehen. Dass es einmal, sofern nichts Unvorhergesehenes passiert aufgrund des Altersunterschiedes ohnehin ein biologisches Faktum sein wird, steht außer Zweifel. Aber sie will nicht, dass eines Tages die Bullen vor der Türe stehen und ihr mitteilen, unser Beileid, ihr Mann wurde leider erschossen oder sonst irgendwie um die Ecke gebracht.

Wenn er schon nicht auf sie Rücksicht nehmen will oder kann, dann zumindest auf seinen Jungen. Kokoschansky war heilfroh, dass Günther eine Stunde früher aus der Schule nach Hause kam und die heftige Diskussion nicht mehr fortgesetzt werden konnte.

Zwar ist Lena nicht unbedingt böse auf Kokoschansky, aber zu Hause ist seit einigen Tagen die Spannung förmlich mit den Händen greifbar und der Haussegen hängt gewaltig schief. Bisher fand keiner den Mut es zu Ende zu bringen und Klartext zu sprechen. Jeder hat zu viel Angst, dass Corona vielleicht das Ende ihrer Beziehung bedeuten könnte.

Es war nicht immer einfach zu dritt während des Lockdowns vierundzwanzig Stunden aufeinander zu kleben. Da ergab sich einiges an Konfliktpotential, worüber beide vor der Pandemie nur darüber gelacht und Witze gerissen hätten. Der einzige Trost für Kokoschansky ist derzeit, dass Freitag in seiner Familie die gleichen Probleme zu bewältigen hat.

Eigentlich beabsichtigt der Journalist nochmals Lena anzurufen, um ihr zu sagen, dass sie und Günther alles in seinem Leben bedeuten, doch das muss er sich für später aufheben und ihr persönlich sagen, da soeben der Gerichtsmediziner um die Ecke biegt.

»Servus, Koko! Ich habe mich beeilt, schneller ging es nicht.«

»Hallo, Manfred, passt schon. Ich bin froh, dich wiederzusehen.«

»Ja«, grinst der Universitätsprofessor, »weil du mich jetzt ausquetschen willst. Machen wir's kurz. Du verträgst etwas, das weiß ich. Darum kann ich es dir zumuten.« Er tippt auf seinem Handy herum, öffnet die Fotogalerie und reicht ihm das Telefon. »Da, du musst nur mehr weiter wischen.«

»Scheiße«, murmelt Kokoschansky und sieht sich um, damit bloß niemand diese Horrorbilder mitbekommt. Manfred Fellacher hat eine Menge Details abgelichtet, jedes grausiger als das vorhergehende. Das unbekannte Opfer war ein Mann.

»Irgendwer wollte auf Nummer sicher geben«, sagt Fellacher, »darum wurde ihm die Gesichtshaut abgezogen und mit einer Trennscheibe oder einem Seitenschneider die Finger abgetrennt. Jedenfalls war es, wie man sieht, ein absolut tödlicher Kopfschuss.«

»Wenn nicht, dann wäre er sicherlich an diesen furchtbaren Verletzungen krepiert. Weiß man, wer er ist…«, Kokoschansky verbessert sich, »…war?«

»Nein. Er hatte überhaupt nichts bei sich, keine Papiere, rein gar nichts. Außer«, der Gerichtsmediziner sucht nach den passenden Fotos, »eine aufgeweichte, angebrochene Zigarettenpackung und das Etikett in seinem Sakko.« Er reicht wieder das Telefon weiter.

»Also auch nichts mit DNA.«

»Leider nein, keine Chance. Das Wasser vernichtete sämtliche Spuren.«

»Wie lange trieb er im Donaukanal?«

»Maximal sechs Stunden, länger sicher nicht.«

Kokoschansky vergrößert das Foto.

»Das sind doch asiatische Glimmstängel. *Chunghwa*, nie gesehen bisher. Aber er war kein Asiate.«

»Definitiv nicht«, bestätigt Fellacher, »schau weiter. Das Anzugetikett ist ebenfalls sehr interessant.«

Der Journalist zoomt den Schriftzug heran.

»Édouard Vermeulen…Wer ist das nun wieder?«

»Ich habe ein bisschen herum gegoogelt. Das ist ein belgischer Topschneider, der in den Adelshäusern verkehrt.«

»Dann war unsere Leiche ein Blaublüter?«
»Woher soll ich das wissen, Koko?«
»Chinesische *Tschicks*, aber kein Asiate und einen sündteuren Anzug von einem Nobelherrenausstatter«, fasst Kokoschansky kurz und bündig zusammen.
»Sein oder seine Mörder waren nicht sehr sorgfältig, die Zigaretten und das Etikett wurden übersehen.«
»Unsere Ermittler haben ziemlich geschlampt. Du hast das entdeckt, Manfred, oder?«
»Ja. Ich habe es ihnen auch gleich mitgeteilt und weitergegeben.«
»Vielleicht kam es zu einer unvorhergesehenen Störung während des Mordes? Da richten sie den Unbekannten dermaßen her, um seine Identität zu verschleiern, vergessen aber die Zigaretten und das Sakkoetikett.«
»Glaube ich nicht«, winkt Fellacher ab, »einen Menschen so zuzurichten, braucht seine Zeit. Die Tat muss in einem geschlossenen Raum verübt worden sein. Vielleicht waren Zigaretten und Etikett eine versteckte Warnung und wurden ihm bewusst gelassen?«
»So wie dieses Opfer aussieht«, Kokoschansky überwindet sich und sieht sich nochmals die Fotos an, schnauft, »lässt es sich nicht mehr identifizieren. Außer du hast einen Anthropologen an der Hand, der sein Gesicht annähernd rekonstruieren kann. Die Zähne sind auch komplett weg. Somit fällt das Zahnbild flach, um vielleicht so auf eine Spur zu kommen.«
»Genau das ist der Fall. Es war ein angesetzter Schuss in den Hinterkopf, gleichsam eine Hinrichtung. Das Projektil steckte noch im Schädel. Ein weiterer Hinweis für eine Warnung sich nicht mit Unbekannten anzulegen.«
»Und welches Kaliber, welche Waffe?«
»Freundchen, ich bin Gerichtsmediziner und kein Ballistiker. Da musst du schon mit den anderen Kollegen reden. Ich habe ohnehin schon viel zu viel preisgegeben.«
»Weil sie mir auch sofort brühwarm sämtliche Ermittlungsergebnisse, sofern überhaupt bereits vorhanden, auf die Nase binden. Manfred, wie lange kennen wir uns? Habe ich dich jemals aufs Kreuz gelegt?«

Fellacher bleibt die Antwort schuldig, schiebt Kokoschansky vielmehr sein Handy über den Tisch und der Journalist sieht ein weiteres Foto.

»Dieses Tattoo hatte er auf seinem rechten Schulterblatt.«

»Und was bedeuten diese Schriftzeichen?«

»*Lao Pengyou*, was im Chinesischen alter Freund bedeutet. Ein ehemaliger Kommilitone von mir hat Sinologie studiert und beherrscht die Sprache perfekt.«

»Also weiß er ebenfalls Bescheid.«

»Nein«, winkt Fellacher ab, »ich hab ihm nur das Foto mit dem Tattoo unter einem falschen Vorwand gesendet.«

»Und was meinen die Bullen?«

»Sie geben sich verschlossen wie eine Auster. Mir sagen sie ohnehin nichts. Ich habe ihnen daher auch nichts über die Übersetzung der Schriftzeichen gesagt. Sollen sie selbst draufkommen. Allerdings scheint es sie ohnehin nicht besonders zu interessieren.«

»Irgendwie ist da der Wurm drin«, meint Kokoschansky, »da wird eine Leiche angespült und kaum aus dem Wasser gezogen, steht schon das BVT auf der Matte. Nichts geht an die Presse als wäre es nie geschehen.«

»Mir und den Kollegen wurde nur mitgeteilt, Verschlusssache. Das heißt Schnauze halten. Was wirst du nun mit diesem Wissen anstellen, Koko?«

»Auf keinen Fall dich in etwas hinziehen, das ist mal klar. Wie denkst du über diesen Fall, Manfred?«

»Nicht den blassesten Schimmer, ich lasse es auf mich zukommen und denke, du wirst einen Weg finden, herauszubekommen, was dahintersteckt. Die Fotos kann ich dir leider nicht überspielen. Da wäre sofort klar, woher der Wind weht.«

»Ich danke dir für dein Vertrauen, Manfred. Und noch eine Bitte. Falls du mehr über diesen toten Mann erfahren solltest, lass es mich wissen.«

»Klar doch. Geheimer Informationsaustausch zwischen uns, so wie bisher.«

»Eigentlich bleibt nur diese Tätowierung als brauchbare Spur. Die Zigaretten, womöglich? Eine Marke, die allerdings in China erhältlich ist. Heißt auch, dass er in China war…«

»…oder mit Chinesen verkehrte«, bemerkt Fellacher.

»Vielleicht stammen die Zigaretten auch vom Schwarzmarkt? Und die Klamotten hat ein Belgier geschneidert.«

»Ich habe mich ein bisschen im Internet schlau gemacht«, Fellacher blättert in seinen Notizen, »in Wien vertreiben nur drei Geschäfte Vermeulen-Mode. Zwei im ersten Bezirk, eines im neunten. Sonst nirgendwo in Österreich.«

»Also nicht unbedingt zielführend. Außerdem«, Kokoschansky beugt sich vor, flüstert beinahe, »kann es sich bei dem Typ nicht um den Otto Normalverbraucher handeln, wenn sofort das BVT die Hand draufhält. Was hat dieser Mann gewusst, was ihm das Leben kostete? Wollte er auspacken? Bleibt nur zu hoffen, dass man ihm das nicht bei lebendigem Leibe angetan hat und bereits vorher abknallte.«

Mit einem riesengroßen Fragezeichen müssen sich die beiden voneinander verabschieden. Bei Kokoschansky bewirkt es etwas Positives, worauf er so lange gewartet hat. Als er letztes Jahr schwer verletzt wurde, kämpfte er sich wieder langsam ins Leben zurück, dennoch war danach irgendwie das alte Feuer erloschen.

Plötzlich flammt es wieder auf. Noch etwas zögerlich spürt er, wie der alte Biss sich wieder meldet. Aber eine innere Stimme warnt eindringlich.

Wozu sich andauernd in die Nesseln setzen, alles auf eine Karte setzen und im letzten Moment dem Sensenmann die lange Nase zeigen? Das geht nur eine Zeitlang gut und Kokoschansky hat das Glück mehr als einmal ausgereizt. Das wertvollste Gut, das ein Mensch besitzt, das eigene Leben wieder einmal riskieren? Zurück bleiben deswegen eine Frau, die für ihn bereits einige Male durch die Hölle gegangen ist und sein Sohn, der seinen Papa vergöttert. Die Welt wird deshalb nicht besser, genau das Gegenteil ist der Fall. Der Journalist verdrängt einmal mehr sämtliche Bedenken. Die Neugierde und der Drang, unbedingt aufdecken zu müssen, siegen.

Zeit nach Hause zu fahren. Einer spontanen Eingebung folgend betritt Kokoschansky einen auf dem Weg zu seinem Auto liegenden Blumenladen und lässt sich einen Riesenstrauß binden. Lena ist ein

Naturmensch, besitzt den grünen Daumen. In ihrer Obhut blüht und gedeiht alles, selbst wenn es vorher noch so mickrig aussah. Die Pflanzen in der Wohnung sind der beste Beweis.

Es ist eine alte Weisheit, bringt ein Mann außerhalb üblicher Anlässe Blumen mit, plagt ihn das schlechte Gewissen und davon ist bei Kokoschansky derzeit reichlich vorhanden. Zu allem Überdruss spukt auch noch »Hamkummst«, der Song von Seiler & Speer über eine gescheiterte Ehe, in seinem Kopf herum.

Wenn er Lena beschenkt, darf sein Sohn nicht leer ausgehen. Was kommt für einen aufgeweckten Elfjährigen in Frage, dem man förmlich beim Wachsen zusehen kann? Schließlich gerät er größenmäßig seinem Vater nach. Computerspiel scheidet aus, davon besitzt er genug. Vielleicht ein cooles T-Shirt? Inzwischen braucht Günther bereits Größe M.

Kokoschansky stöbert in dem passenden Geschäft und entscheidet sich für ein weißes Shirt mit schwarzem Aufdruck »Rebel«. Als er zu seinem Auto geht, findet er seine Wahl nicht mehr so vortrefflich. Der Junge wird es sicher für die Schule anziehen wollen. Ob sich da »Rebel« so gut macht? Lena wird Kokoschansky bestimmt fragen, ob er noch alle Sinne beisammen hat.

Der Journalist kommt rechtzeitig zum Abendessen. Sichtlich freut sich Lena über den Strauß. Kokoschansky ist nicht der Typ Mann, der sich nur zu Geburtstagen und so weiter mit Blumen und kleinen Geschenken einstellt, aber das letzte Mal liegt doch einige Zeit zurück.

Wie erwartet, deutet ihm Lena hinterrücks den Vogel als Günther sein T-Shirt bekommt. Nachdem er erfahren hat, was der Aufdruck bedeutet, ist er völlig aus dem Häuschen und es wird selbstverständlich morgen in die Schule ausgeführt.

»Du hast manchmal Einfälle, Koko«, sagt Lena leise, während sich Günther im Badezimmer zum Schlafen fertig macht, »klar gefällt es ihm. Aber wir wissen, dass ihn sein Klassenvorstand nicht leiden kann und dauernd auf dem Kieker hat. Er wird dieses T-Shirt sicherlich als Provokation empfinden und Günther darf es ausbaden.«

»Dann wird es Zeit, dass ich mir den Herrn Professor zur Brust nehme, wenn er weiterhin auf unseren Jungen herumhackt«, sagt Kokoschansky, »und ihm erklären, dass er ein lausiger Pädagoge ist, wenn er sich nur auf diese Weise durchsetzen kann.«

»In dir muss ein besonderes Gen stecken«, meint Lena kopfschüttelnd, »dass du dich ständig mit Gott und der Welt anlegen willst. Mit Glück ein paar Mal dem Teufel von der Schaufel gesprungen, dafür etliche Narben auf deinem Körper. Und was hat es dir gebracht? Uns dreien?«

»Bitte nicht streiten«, Günther steht unvermittelt in der Küche, »habt euch wieder lieb.«

Seine blauen Augen werden wässrig, er fährt sich mit seinem Pyjamaärmel übers Gesicht.

»Nein, Günther«, beschwichtigt Lena, nimmt den Jungen in den Arm, »Papa und ich sind nur in manchen Dingen derzeit nicht ganz einer Meinung. Das verstehst du doch, oder?«

Als Antwort schmiegt sich das Kind noch enger an seine Stiefmama, obwohl er ansonsten für bestimmte Zärtlichkeiten nicht mehr so empfänglich ist. Schließlich ist er schon groß, jetzt ist er wieder der kleine Bub.

»Du hast sicher auch öfters mit deinen Freunden etwas Zoff«, sucht Lena nach einer Erklärung, »dann redet ihr zusammen, geht Kompromisse ein. Alle sind zufrieden und die Welt ist wieder in Ordnung. Genauso ist es zwischen Papa und mir. Und jetzt ab in die Falle. Du hast morgen Matheschularbeit.«

»Aber das neue T-Shirt darf ich anziehen.«

Kokoschansky bemüht sich ein Grinsen zu unterdrücken.

»Ja«, Lena ist einverstanden, »sonst gibst du keine Ruhe. Und jetzt gute Nacht. Papa und ich schauen später noch vorbei.«

Günther gibt ihr einen Schmatz und will gehen.

»Und was ist mit mir?«, fordert der Vater.

Nachdem Kokoschansky auch sein Bussi erhielt, verschwindet Günther in seinem Zimmer.

»Unser Sohn ist kein Dummkopf«, sagt er, »der weiß genau, dass bei uns derzeit etwas schiefläuft.«

»Dann sollten wir es wieder geradebiegen«, sagt Lena, »jetzt haben wir Zeit.«

»Lena, ich spüre genau und sehe es dir auch an, dass du FNews am liebsten schließen möchtest. Ich verstehe dich, aber nur bedingt. Unser Nachrichtenportal sichert unsere Existenz und die unserer Leute.«

»Das war vor Corona, Koko«, entgegnet Lena sachlich, »und da mussten wir bereits gegen die zunehmende Konkurrenz ankämpfen. Durch die Pandemie ist es, wie wir alle wissen, noch weitaus schwieriger geworden. Gegen die Portale der Verschwörungstheoretiker ist es ein Kampf gegen Windmühlen und täglich erhalten sie mehr an regen Zulauf. Natürlich haben wir große Verantwortung für unsere Leute. Ich akzeptiere ebenso, dass du keinerlei staatliche Unterstützung in Anspruch nehmen willst, die wir mit hoher Wahrscheinlichkeit nicht bekämen und wenn dann nur einen Bettel.«

»Worauf willst du hinaus, Lena?«, fragt Kokoschansky und denkt sich, warum erzählst du mir das? Haben wir das nicht bereits hunderte Male durchgekaut?

»Wir werden keine Großsponsoren finden«, analysiert Lena weiter, »zumindest nicht in dieser prekären wirtschaftlichen Situation. Den Leuten steht selbst das Wasser bis zum Hals und es wird garantiert noch schlimmer. Außerdem sind die Menschen mehr als sauer über dieses gesamte Virus-Tohuwabohu, interessieren sich kaum mehr für Nachrichten.«

»Darum wollen wir Hintergrundberichte liefern«, kontert Kokoschansky, »was für öffentlich-rechtliche Sender aus politischen Gründen oder sonstigen Befindlichkeiten nicht möglich ist. Hofberichterstattung ist wieder einmal angesagt, ständig mit der Angst im Nacken anzuecken und womöglich seinen Job zu verlieren.

Die Privaten beten nur nach, was sie irgendwo aufreißen und blasen jeden Furz zu einem Sensationsbeitrag auf. Die TV-Sender haben gar nicht mehr die Zeit ordentlich und gründlich recherchieren zu lassen. Rigoroses Einsparen lautet die Devise. Die Produktionsbedingungen und Budgets sind ein Witz.

Es zählen nur Quoten und Reichweiten, gearbeitet wird größtenteils mit Archivbildern. Die Redakteure gehen aus Kostengründen nur mehr raus, wenn es unbedingt erforderlich ist. Die Pressesprecher in Politik und Wirtschaft mauern, wo sie nur können, liefern ihre lauen Pressemitteilungen und intervenieren sofort, wenn ihnen ein Beitrag gegen den Strich geht. Message Control, die Daumenschrauben unserer Regierung. Vom Kanzler abwärts nur unbedarfte Mitglieder auf der Regierungsbank, die dermaßen von sich selbst überzeugt sind, dass man glatt zum Anarchisten werden könnte.

Nicht wenige Journalisten kupfern und stoppeln sich ihre sogenannten Recherchen aus dem Internet zusammen, weil ihnen gar nichts anderes übrig bleibt. Es wird immer unmittelbare Vorgesetzte geben, die oft genug nur willfährige Parteiwerkzeuge sind und penibel darauf achten bloß kein Jota von der vorgeschriebenen Linie abzuweichen. Das Problem ist, dass es genug erstklassige Kollegen in dieser Branche gibt, die an der kurzen Leine gehalten werden.

Uns können sie kreuzweise, weil wir völlig unabhängig sind. Keiner unserer Unterstützer schrieb uns jemals eine bestimmte Richtung oder Linie vor.«

»Das ist richtig, aber…«, Lena wird nun sehr nachdenklich.

»Aber was?«

»Verdammt noch mal«, bricht es aus Lena heraus, »ich habe einfach Heidenangst. Um dich, du Depp, um Günther und um mich. Dir ist es anscheinend schnurzegal, wenn du draufgehst oder es mich oder das Kind erwischt. In solchen Extremsituationen sind wir…«, ihr durchdringender Blick spricht Bände, »…dank dir bereits einige Male geraten.«

»Lena«, seufzt Kokoschansky und zündet sich eine Zigarette an, »du warst selbst lange genug Polizistin und jetzt bist du eine erfolgreiche Wirtschaftsdetektivin. Beide Berufe ebenfalls nicht ungefährlich und…«

»Da habe ich dich noch nicht gekannt als ich Uniform trug und Günther auch nicht«, unterbricht sie, »und wenn du es noch immer nicht kapiert hast, ihr beide seid mein Leben. Ich habe doch nie eine richtige Familie gehabt! Ist das so schwer zu verstehen? Und als Detektivin habe ich mich noch nie so weit hinausgelehnt wie du es meistens tust.«

Lena stützt ihren Kopf in die Hände.

»Komm her, mein Schatz«, Kokoschansky zieht sie zu sich auf seinen Schoß, »was soll ich deiner Meinung nach tun? Einfach die Bude zusperren? Unsere Leute brüskieren und vor vollendete Tatsachen stellen? Wie oft haben verschiedene Medien versucht, einige abzuwerben. Keiner ist umgefallen, alle blieben standhaft. Soll das der Dank für ihre Treue und Loyalität sein? Unsere Gegner würden sich ins Fäustchen lachen, wenn wir jetzt w.o. geben. Unsere Reputation wäre im Kübel.

Freitag und du, ihr bekommt sicherlich adäquate Jobs. Zwar nicht sofort, aber irgendwann wird sich die Lage hoffentlich wieder halbwegs einpendeln. Und mich?

Mich nimmt schon aufgrund meines Alters niemand. Zuerst breche ich aus dem Hamsterrad aus und jetzt soll ich zu Kreuze kriechen und wieder meine Runden für irgendwelche Typen und Parteigünstlinge drehen? Für ein Rentnerdasein fühle ich mich noch zu jung. Tauben füttern im Park, Orchideen züchten? Einen Ikebana-Kurs in der Volkshochschule belegen?

Wir müssen an Günthers Zukunft denken. Seiner Generation steht noch einiges bevor, was wir uns gar nicht ausmalen möchten. Du, Lena, wirst es noch teilweise erleben, ich zum Glück nicht mehr.

Noch haben wir genügend Reserven, um halbwegs über die Runden zu kommen. Wenn es unbedingt erforderlich ist, mit Krediten.«

»...und diese müssen auch wieder getilgt werden«, Lena schüttelt den Kopf, »gegen dich kommt man einfach nicht an. Du gibst erst tatsächlich Ruhe, wenn du endgültig in der Kiste liegst. Hast du überhaupt eine Vorstellung davon wie Günther und ich wochenlang um dich gebangt haben als du im Krankenhaus gelegen bist, oft genug mehr im Jenseits als im Diesseits. Danach die Reha. Kaum bist du wieder auf den Beinen, pfuscht uns dieses Virus drein. Mir ist es schlicht zu viel. Zuerst der Lockdown, die wochenlange Quarantäne, Günther oftmals eine Nervensäge. Doch, wie soll man das einem Elfjährigen erklären?

Du und ich haben uns wegen Nichtigkeiten in die Haare gekriegt und so weiter und so fort. Natürlich weiß ich, dass wir nicht einfach FNews zudrehen können, aber…«

»Moment«, nun lässt Kokoschansky Lena nicht ausreden, »hör mir zu.«

Dann erzählt er von seinen Treffen mit Django und Fellacher, schildert eindrucksvoll und mit voller Absicht die grausigen Details der Fotos. Mehrmals muss Lena bei seinen Ausführungen schlucken. Er zeigt ihr auch die Unterlagen von der FNews-Redakteurin Cora Widmers.

»Deine Informanten sorgen schon dafür, dass dir nie die Storys ausgehen«, meint sie sarkastisch, »und ich kenne dich nur zu gut. Das ist der Treibstoff, den du zum Leben brauchst. Also«, sie schlingt die Arme und seinen Hals, blickt ihm tief in die Augen, »du bist zwar ein Scheusal und ein Freak, aber ich kann mich nicht dagegen wehren, da ich dich liebe und den Jungen ebenso. Daher Kompromiss – wir machen weiter, weil uns ohnehin nichts anderes übrigbleibt. Wenn uns jedoch die wirtschaftliche Lage in die Knie zwingt, müssen wir als letzte Konsequenz Insolvenz anmelden.

Ich habe keine Lust mich ständig beim AMS zu melden, um zu erfahren, dass es keinen Job gibt und möchte ebenso wenig von der Stütze leben müssen. A-b-e-r«, bewusst dehnt sie dieses Wörtchen, »du versprichst mir jetzt auf der Stelle, nein, du schwörst es mir, dass du sofort die Reißleine ziehen wirst, wenn es in Lebensgefahr ausartet. Haben wir uns verstanden?«

»Ay, ay, Ma'm.«

»Du, ich meine es ernst. Zieh es nicht ins Lächerliche«, Lena stellt Kokoschansky zum wiederholten Male die Rute ins Fenster, »selbst wenn es mir das Herz bricht, dann bin ich weg. Dann verlasse ich Österreich auf Nimmerwiedersehen und wenn ich dabei vor die Hunde gehe. Das hast du dir dann selbst zuzuschreiben. Auf der Strecke bleibt leider Gottes Günther. Er ist jung, deswegen hoffe ich, dass er darüber irgendwie hinwegkommen wird. Schließlich hat er auch das Drama um seine leibliche Mutter verkraftet. Ich würde dir den Jungen niemals wegnehmen. Außerdem bekäme ich nie das Sorgerecht.«

Es folgt minutenlanges Schweigen, beiden halten sich wie Ertrinkende aneinander fest und es ist ihnen einmal mehr bewusst, was sie tatsächlich füreinander empfinden. Zuletzt ist das aufgrund der Umstände ziemlich ins Hintertreffen geraten, vieles läuft nur mehr auf Schienen wie bei unzähligen anderen Paaren.

Wieder ergreift Lena die Initiative, lächelt nach längerer Zeit wieder aus vollem Herzen.

»Was soll ich machen? Ich kann nicht aus meiner Haut heraus, muss wohl so vorbestimmt sein, dass ich mit einem durchgeknallten Typ zusammenlebe. Und?«, fragt sie verschmitzt, »was machen wir nun, nachdem die Wogen endlich geglättet sind?«

»Netflix gucken«, Kokoschansky grinst ziemlich dreckig.

»Natürlich«, dann flüstert sie ihm ins Ohr, »reiß mir endlich die Klamotten vom Leib, du Dusel. Oder ist da weiter unten inzwischen auch Lockdown?«

»Günther ist doch hier.«

»Ja und? Der schläft wie ein Murmeltier.«

»Bist du dir sicher?«

»Ich kann ja nachsehen.«

Lena schleicht auf Zehenspitzen hinaus, kehrt nach wenigen Minuten wieder zurück.

»Wie ich es sagte, er ist längst im Land der Träume.«

Jetzt ist sie nackt, lehnt aufreizend im Türrahmen. Kokoschansky verdreht die Augen. Was für eine wunderschöne Frau. Nach den Querelen der letzten Wochen war beiden die Lust aufeinander vergangen.

»Jetzt, hier in der Küche?«

»Jetzt, hier in der Küche«, äfft sie ihn nach, »ist ja nicht zum ersten Mal. Oder ist der Herr auf seine alten Tage prüde geworden?«

Hotel Bellagio, Las Vegas

Das Licht der schweren, pompösen Kristalllüster ist gedämpft. Der luxuriöse, riesige Konferenzsaal, ausgestattet mit feinsten, seltenen, tropischen Hölzern und teurem Marmor ist bereit für die Zusammenkunft der Mächtigen aus der Schattenwelt. Dicke Teppichböden mit gewöhnungsbedürftigen, grellen Mustern und Ornamenten schlucken jeden Schritt. Der typische amerikanische Geschmack, wovon man leicht Augen-Tinnitus bekommt. Hauptsache, extrem teuer. Hier wird geklotzt und nicht gekleckert.

Der Raum wurde, wie zuvor die Suiten inklusive Korridore, mit dem besten technischen Überprüfungsgerät, was der Markt derzeit zu bieten hat, penibel untersucht. Jede Ritze und jeder Winkel sorgfältig in Augenschein genommen. Auf der Suche nach versteckten Kameras, verborgenen Mikros und anderen Abhöreinrichtungen, auch nach Sprengstoff. Vertrauen ist gut, Kontrolle besser.

Sämtliche Überwachungskameras in den beiden gemieteten Stockwerken sind abgeschaltet, das zuständige Personal zu absolutem Stillschweigen verdonnert. Das ist nichts Ungewöhnliches. Immer wieder steigen VIPs inkognito ab und bestehen auf absolute Diskretion. Logisch, wer will schon, dass Kokspartys und Sexorgien öffentlich werden, in den sozialen Medien und in der *Yellowpress* auftauchen.

Das Hotelmanagement bürgt persönlich dafür, dass von der Anwesenheit der Cosa Nostra kein Sterbenswörtchen nach draußen dringt. Abgesehen davon, weiß es gar nicht, wen es tatsächlich beherbergt.

Zutritt erhalten nur die Bosse, Unterbosse und Consiglieres. Alle müssen sich – unabhängig von Rang, Ansehen und Alter – filzen lassen, werden mit Metalldetektoren abgetastet. Widerspruchslos erduldet jeder diese Prozedur. Handys werden abgenommen und in einem Tresor eingeschlossen. Nur Kugelschreiber und Füllfedern nach eingehender Überprüfung sowie Notizpapier sind erlaubt.

Kein geschriebenes Wort wird diesen Konferenzsaal verlassen. Niemals etwas Schriftliches, weder in Kürzeln noch anderwärtig verschlüsselt bei sich tragen. Für die alten Bosse ein ehernes Gesetz. Die Technologien digitaler Kommunikationsmöglichkeiten passen nicht in die Welt dieser altgedienten Gangster. Das bleibt den jüngeren Generationen und Nachfolgern vorbehalten.

Die Jungen sind mit Messenger-Diensten, Internet-Telefonie und Apps groß geworden. Obwohl sie immer wieder versichern und beteuern, dass es absolut sichere Verbindungen gibt, die Zeit sparen und auch nicht von Bullen überwacht werden können. Die Alten trauen trotzdem nicht diesem Schnickschnack. Warum liest man immer wieder, dass Hacker in Datenbanken einbrechen können? Oder FBI, NSA, DEA, andere amerikanische Behörden und internationale Geheimdienste dennoch gelegentlich erfolgreich gegen Cybercrime vorgehen?

Die alten Ehrenmänner bevorzugen weiterhin das persönliche Gespräch, am besten unter vier Augen, und den *Pizzino* als bewährte Mitteilungsmethode. Diese *Pizzini*, Zettelchen mit verschlüsselten Botschaften, halfen über Jahre und Jahrzehnte Bossen wie Salvatore Lo Piccolo, Toto Riina und Bernando Provenzano von ihren Verstecken aus ihre Familien zu leiten und sich im Untergrund zu bewegen.

Sämtliche festgehaltene Notizen während dieser Konferenz werden anschließend vor Zeugen in dem großen Aschenbecher auf dem Tisch verbrannt.

Die Gespräche und Diskussionen verlaufen in ruhiger Atmosphäre. Jeder darf sich zu Wort melden und seine Meinung, seine Vorschläge zu den einzelnen Punkten der Tagesordnung kundtun. Mit nur einer Gegenstimme in einer geheimen Wahl ist Joseph »Jo Jo« Corrozo sen., der Consigliere der Gambinos, zum Diskussionsleiter bestimmt worden.

Sämtliche Animositäten und Rivalitäten treten in den Hintergrund. Man ist sich dieser Corona-bedingten Zeit der einmaligen Chance bewusst, die Welt in weiten Teilen und Bereichen für die eigenen Geschäfte zu missbrauchen. Unabhängig davon kümmert sich jede Familie um ihre bisherigen Einnahmequellen und Territorien. Als gemeinsames Ziel gilt es die Auswirkungen der Pandemie optimal auszunützen und daraus größtmögliches Kapital zu schlagen. Mit anderen Worten, alle sollen in diesem Punkt an einem Strang ziehen. Obwohl es unausgesprochen bleibt, ist es ein offenes Geheimnis und allen Syndikaten klar, auf Dauer wird sich ein Unterweltskrieg nicht vermeiden lassen. Fragt sich nur, wer die Auseinandersetzung zuerst vom Zaum bricht? Jede Familie kommt dafür in Frage. Je größer der Kuchen, umso größere Stücke sind zu vergeben und es gibt immer jemand, der den Hals nicht vollkriegen kann.

Jetzt geht es darum bereits entwickelte langfristige Strategien der einzelnen Familien zu bündeln und eine gemeinsame Vorgangsweise zu entwickeln.

Anfänglich dachten die *Five Families* wie weltweit viele, SARS-CoV-2 ist nur eine innerchinesische Angelegenheit und schenkten dem Virus keine sonderliche Beachtung. Zwar beobachtete man und wartete ab, aber nicht mehr.

Plötzlich überfiel Corona einen Staat nach dem anderen, nistete sich in den USA ein. Das große Sterben begann und wird noch lange nicht zu Ende sein. Die Mobsters reagierten rasch, entwarfen erste Pläne wie sich aus der Pandemie finanzielle Vorteile ziehen ließen. Jetzt in Las Vegas soll der Masterplan entstehen, das ist der Grund für diese konspirative Konferenz.

»*Gentlemen*«, erhebt nun Joseph »Jo Jo« Corrozo sen. seine Stimme, »Corona wird uns nach dem letzten Erkenntnisstand noch viele Jahre begleiten. Einige von uns werden vielleicht eine Corona-freie Zeit gar nicht mehr erleben. Wir müssen uns sofort intensiv um den wichtigsten Bereich kümmern, der seit Monaten topaktuell geworden ist und den wir bislang mehr als stiefmütterlich behandelten, eigentlich völlig ignorierten.

Das gilt für die Gambinos ebenso wie für alle anderen Familien. Zwar verzeichnen wir bereits erste kleine Erfolge, doch das reicht nicht. Wir müssen unseren Fuß, am besten beide, in unserem beschissenen Gesundheitssystem fest drin haben. Unsere unterschiedlichen Aktionen polieren öffentlich unser Image auf, obwohl wir uns nicht blicken lassen. Aber die Leute ahnen es und können sich leicht ausrechnen, wer dahintersteckt. Gleichzeitig stellen wir die Weichen für unsere Zukunft...«, er blickt in die Runde, sieht jeden durchdringend an, »…allerdings nach unseren Regeln und Vorgaben.«

Jo Jo wurde 1942 in Brownsville, Brooklyn, geboren. Auch sein Sohn Joseph ist Anwalt. Der Bruder des Seniors, Nicholas »Little Nick«, führte einst die Gambino-Familie an. Ein weiteres Familienmitglied der Corrozos, Blaise, arbeitet als Soldat für die Gambinos.

»Worauf willst du hinaus, Jo Jo?«, tönt es vom anderen Ende des imposanten Konferenztisches, »verdammt, mach's nicht so spannend!«

Im Augenblick kapiert niemand recht, was der gerissene Consigliere im Schilde führt. Mit seinen achtundsiebzig Jahren ist Corrozo sen. sehr rüstig, geistig voll auf der Höhe und stets bestens informiert. Er streicht über die Revers seines Sakkos des eleganten, sündteuren Maßanzugs, lässt sich Zeit, richtet seine gestreifte Krawatte, kostet mit Pokerfacemiene die Spannung aus, die er mit seiner Wortmeldung ausgelöst hat.

»Wir wissen alle, unser Gesundheitssystem ist unter aller Kritik und eine amerikanische Schande. Deutlicher als durch dieses verfluchte Virus kann uns nicht vor Augen geführt werden, wie schnell es an seine Grenzen gestoßen und teilweise in sich zusammengebrochen ist.

Daran hat sich unter den letzten Präsidenten kaum etwas verbessert und unter Trump schon gar nicht. Es ist egal, ob er bleibt oder seinen Stuhl räumen muss. Auch Biden wird keine Wunder vollbringen. Uns tangiert es nicht, es kann uns nur recht sein.

Wir zählen zu den Privilegierten, die sich die besten Ärzte und Privatkliniken leisten können. Daher lautet mein Appell: jetzt vehement in das Gesundheitswesen einklinken. Und, meine Herren, vergessen wir nicht das Bestattungsgeschäft.«

»Absolut krisensicher«, feixt einer in der Runde lakonisch, grinst breit und erntet entsprechendes Gelächter.

Selbst Corrozo sen. lächelt leicht, um sofort wieder für seine Ideen Stimmung zu machen.

»Unsere Verteilaktionen mit den Fresspaketen für die Armen in unseren Territorien sind ein voller Erfolg, obwohl wir uns selbst im Hintergrund halten. Doch die Leute wissen genau, wem sie volle

Mägen zu verdanken haben und sie werden es uns nie vergessen. Auch das Kreditgeschäft boomt. Manche fahren inzwischen im Rollstuhl, weil sie im Verzug waren oder uns für dumm verkaufen wollten. Zwei liegen am Grund des Hudson Rivers. Das sind nur Einzelfälle. Mehrheitlich reicht das Auftauchen unserer Inkasso-Mitarbeiter«, wieder ein spöttischer Zug um seine Mundwinkel, »zum vereinbarten Termin. Wer nicht bezahlen kann, unterschreibt. So hat unsere Familie in kurzer Zeit einige Läden, Bars, Restaurants und Firmen in besten Lagen einsacken können. Langsam werfen sie inzwischen erste Gewinne ab.« Der Anwalt sieht hinüber zu den Gangstern von Chicago Outfit. »Wie sieht es bei euch aus, *guys*?«

»Wir können ähnliche Erfolge aufweisen«, sagt einer von den Chicagoer Mobsters.

»Seht ihr«, sieht sich der alte Mafia-Advokat bestätigt, »es fruchtet und ist der richtige Weg. *Step by step*...unauffällig, aber dafür effektiv.«

»Was soll dieser Samariter-Schmonzes?«, regt sich einer aus der Colombo-Familie auf, »Kredite zu unseren Zinssätzen, ja. Aber dafür mussten wir nicht nach Las Vegas fliegen, das wissen wir selbst und tun es auch. Wir wollen an den Impfstoff, an die Medikamente, an die Formeln kommen. Dann kopieren wir den Scheiß und bringen das Zeug zu unseren Preisen unter die Leute.«

Inzwischen hängen, trotz perfekter Klimaanlage, dicke Rauchschwaden im Raum und immer neue Drinks werden geordert. Die anfängliche Ruhe scheint zu verfliegen.

»*Gentlemen*«, mit ruhiger Stimme bemüht sich Corrozo sen. die Lage wieder in den Griff zu bekommen, »hört mir zu. Ich habe mich schlau gemacht. Nur ein Beispiel. In *Austria* lebt ein ukrainischer Oligarch...«

»Was interessiert uns *Australia*?«, wird der Consigliere wieder von dem Colombo-Mann unterbrochen.

»*Austria*, du Trottel! Europa! Nicht Känguruh-Land!«, wird ihm sofort von ein paar Seiten derb auf die Sprünge geholfen.

»Okay«, nun grinst Jo Jo, »sind die geografischen Kenntnisse wieder einigermaßen im Lot? Allerdings ist das keine Schande.

Trump dachte auch eine Zeitlang, dass Finnland zu Russland gehört. Im Internet habe ich einen Zeitungsartikel entdeckt, dass dieser Ukrainer in Vienna im vergangenen Juni fünfhunderttausend Stück Schutzmasken, zwanzigtausend Schnelltests und fünftausend Schutzanzüge gespendet hatte. Sicherlich nicht aus reiner Nächstenliebe. Vielmehr um Pluspunkte zu sammeln, um nicht von den Austrians an unsere Behörden ausgeliefert zu werden.«

Mit dieser Aussage erweist sich der Anwalt keinen Gefallen. Sofort werden massive Unmutsäußerungen laut.

»Ja und? Was interessiert uns der Typ? Sollen wir ihn nachahmen? Keiner von uns hat Bock in *The New York Times*, in *USA Today*, dem *Time Magazine* oder sonst wo aufzutauchen. Vielleicht noch in den Talkshows neben Ellen DeGeneres oder bei Letterman zu hocken? Wenn der Ukrainer Publicity braucht, ist das seine Sache. Bullshit…«

»Wozu die unnötige Aufregung?« Der Consigliere hebt die Hände, um zu beschwichtigen. »Selbstverständlich treten wir niemals öffentlich in Erscheinung. Wir streuen bloß Gerüchte, lassen durchsickern, dass wir dahinterstecken könnten. Falls es findige Journalisten herausfinden sollten, werden wir es weder bestätigen noch dementieren. Die Öffentlichkeit macht sich schon ihr eigenes Bild und ist nicht so blöd, wofür sie oft gehalten wird. Wenn der Staat nicht helfen kann oder will, sind wir zur Stelle.

Wie war es damals in der Prohibitionszeit? Damals ging es um Alkohol. Wir organisierten den Fusel und versorgten die Leute. Das waren die Anfänge, die uns letztendlich groß und mächtig werden ließen. Für die Behörden war es ein totaler Reinfall, ein Schuss in den Ofen.

Heute ist es nicht anders. Nur geht es nicht mehr um Alkohol. Wir organisieren über unsere Strohleute das Zeug, nötigenfalls lassen wir es fälschen und danach landet es in Kliniken, die es am nötigsten brauchen.«

»Schön und gut«, lautet die einhellige Meinung, »das kostet uns Unsummen. Was springt für uns dann in der Endabrechnung heraus?«

»John Gotti ist tot«, meint ein Unterboss der Gambino-Familie und fällt dem eigenen Consigliere in den Rücken, »er bereitete uns mit seiner Profilierungsneurose, seinem Ego-Trip und seinen PR-Aktionen genug Probleme. Das brauchen wir kein zweites Mal.«

»Lass Jo Jo reden«, schnauzt ihn »Wonderboy« alias Steven Lorenzo Crea von der Lucchese-Familie an.

»Ich nenne euch ein weiteres Beispiel aus dem Land unserer Vorfahren«, lässt sich der Anwalt nicht beirren.

»Mann, du kannst die italienischen Verhältnisse nicht mit den unsrigen vergleichen, Jo Jo«, mischt sich der Gambino-Unterboss abermals ein, »Europa ist die alte Welt und wir…«

»Halt endlich dein Maul!«, keift ihn Crea an und wundert sich, dass sich Jo Jo, der immerhin die Gambino-Familie repräsentiert sich diesen doppelten Affront widerspruchs- und reaktionslos gefallen lässt.

»In Brescia in der Lombardei«, unbeirrt setzt der Consigliere seinen Vortrag fort als wäre nichts geschehen und der Unterboss täte gut daran kein drittes Mal zu unterbrechen, wenn er nicht zu einem späteren Zeitpunkt mit Betonschuhen für immer im Hudson abtauchen will, »in dieser Stadt spendierte ein bestimmtes Unternehmen«, dabei verzieht er spöttisch seine Mundwinkel, »in einem Schnellschuss fünfhunderttausend Schutzmasken und dreimal dürft ihr raten an wen – an Amerika.

Das ist der Zug, auf den wir schleunigst aufspringen müssen. Genau das meine ich. Andere Clans organisieren sich die heißbegehrten Masken der Typen FFP2 und FFP3 – keine Ahnung, warum diese Dinger so besonders sind -, jedenfalls exportieren sie die Dinger in Länder, denen es durch Corona besonders dreckig geht. Wie Indien, Russland, Kasachstan und in die Türkei, aber es ist ein Danäergeschenk.

Ein paar Tage später wird es über Scheinfirmen wieder nach Italien für die Krankenhäuser rückimportiert und unsere Leute in Europa machen einen gewaltigen Schnitt.[8] Darum sofort handeln, meine Herren. Wir haben zu lange gewartet.«

*

Corrozo hat sich das nicht aus den Fingern gesogen. Dieser eigenartige Deal der Firma *Copal* in Brescia fand im vergangenen März statt als Italiens Norden von der Pandemie besonders schwer heimgesucht worden war. Klammheimlich landete ein Flugzeug der US-Nationalgarde auf dem Luftwaffenstützpunkt Aviano bei Pordenone und kehrte mit der Fracht nach Memphis, Tennessee, zurück. Die extrem eigenartige Aktion ließ sich nicht vertuschen und sorgte nach Bekanntwerden in der italienischen Bevölkerung für entsprechende, verständliche Entrüstung.

Selbstverständlich versicherte Copal umgehend, der Deal lief völlig korrekt nach den italienischen Gesetzen ab, die Ware wurde ordnungsgemäß verzollt. Der schale Beigeschmack lässt sich dennoch nicht leugnen.

Warum ausgerechnet in der schweren Krise dieser Export, wo in der Lombardei Menschen wie die Fliegen starben und Masken im eigenen Land dringend gebraucht wurden? Bis dato ungeklärt. Wer in Italien den Rahm abschöpfte, lag auf der Hand. Wer in den USA absahnte, blieb im Dunklen.

Man wird im Internet vergeblich nach einer Copal-Firmenhomepage suchen und das wird wohl seine Gründe haben. Wer in Amerika die heißbegehrten Masken übernahm, ist ebenfalls unbekannt. Die Nationalgarde wird es kaum gewesen sein und es war sicher kein Alleingang. Was wussten Trump, die Leute in seiner nächsten Umgebung und Regierungsmitglieder?

Im Gegensatz zur italienischen Mafia hinkt die amerikanische Cosa Nostra im Gesundheitswesen erheblich nach. Noch weit vor dem Ausbruch der Pandemie hat sich in Kalabrien die 'Ndrangehta in diesem Bereich fest verankert.

Die Mafiosi haben Versorgung und Reinigung der Krankenhäuser fest im Griff, schneiden an Desinfektionsmittel und anderen Sanitärprodukten mit, kontrollieren Krankentransport und Bestattung.

Mittendrin Carlo Chiriaco, ehemaliger Direktor der Gesundheitsbehörde von Pavia, als 'Ndrangheta-Kontaktmann. Inzwischen aufgeflogen und zu zwölf Jahren Haft verurteilt. Wo ist das Problem? Dann wird eben ein neuer Verbindungsmann gekauft.

Die italienische Mafia fällt immer auf die Butterseite und weiß bestens, wie und wo sie ohne viel Anstrengung im großen Stil abzocken kann. Im Sommer 2019 zahlte Brüssel Italien Flüchtlingshilfen aus, von denen nahezu vierhundert Millionen unauffindbar in dubiosen Kanälen verschwanden. Da sind die italienischen Gangster gegenüber ihren amerikanischen Kollegen entschieden im Vorteil.

Die Gratisverteilung der Esspakete an Bedürftige ist auch nicht auf dem Mist des Gambino-Consigliere Joseph Corrozo sen. gewachsen. Während der Staat für Nothilfen gesetzliche, rechtliche und bürokratische Hürden überwinden muss, waltet und schaltet die Mafia nach Belieben.

In den heruntergekommenen Vierteln von Palermo, Neapel und Mailand spenden die Mafiosi offen Lebensmittel und Esspakete. Der Gangster Cusimano brüstet sich offen in Facebook. Ob er deswegen in Schwierigkeiten geriet, da er gegen das Schweigegelübde, die *Omertá*, verstieß, ist nicht bekannt.

*

Der vorlaute Gambino-Unterboss hat sich am Riemen gerissen, die Konferenz verläuft wieder ruhig.

»Die Gambino-Familie wird in diesem Sektor weiterhin aktiv bleiben«, erklärt der Consigliere Corrozo sen., »und wir werden unsere Tätigkeiten weiter ausbauen. Das solltet ihr in euren Territorien ebenfalls tun. Und wir unterstützen Staaten, die noch weitaus beschissener dran sind als Amerika. Wie beispielsweise Brasilien und Kolumbien. Ein weiterer Ankerplatz in Südamerika und es zahlt sich Folge für das Drogengeschäft aus. Wir erhalten Kontakte zu unterschiedlichen Klinikleitungen, sehen uns die Leute sehr genau an, suchen nach ihren wunden Punkten und dunklen Flecken. Dann setzen wir diese Typen unter Druck, sobald wir ihre Leichen im Keller kennen.« Corrozo sen. zündet sich eine Cohiba-Zigarre an. »Wir werden die Informationen über den neuesten Forschungsstand bezüglich eines Impfstoffes erhalten und über die betreffenden Präparate. Einige Medikamente sind inzwischen bekannt, wie *Remdesivir*, *Dexamethasan* und *Hydrooxychloroquin*, wobei letzteres bereits ausgeschieden ist, weil es gegen Corona nichts taugt.«

Was dem abgebrühten, mit allen Wassern gewaschenen, alten Gauner entgangen ist: In diesem entscheidenden Punkt ist er mit seiner Gambino-Familie bereits im Nachteil. Am unteren Ende des Konferenztisches sitzt »Tommy D.« alias Thomas DiFiore vom Bonnano-Syndikat und verzieht keine Miene.

In seiner Suite liegt sicher im Tresor ein Aktenkoffer und der beinhaltet nur eine einzige Packung gefälschtes *Remdesivir*. Kurz vor dem Abflug nach Las Vegas erhielt er das Präparat, das Gold wert ist. Der Bonnano-Boss denkt nicht im Traum daran sein Ass aus dem Ärmel zu ziehen. Allerdings weiß er, dass dieses Medikament ebenfalls nicht das Nonplusultra ist.

Jo Jo denkt, dass er mit seiner Familie bereits den Stein der Weisen gefunden hat und präsentiert sich entsprechend überlegen, aber die Bonnanos haben die Gambinos ausgetrickst. Ausgesuchte Spezialisten in Diensten von »Tommy D.« haben längst dieses Medikament analysiert und nachgebaut. Die nächsten Schritte sind die Gründungen von Scheinpharmafirmen mit Strohmännern, über die das Präparat in bewusst klein gehaltenen Mengen vertickert werden soll. Vielleicht auch über das Darknet, das ist noch nicht entschieden.

Der amerikanische Markt ist für DiFiore zwar vorerst gestorben, weil ihm die Trump-Administration in die Quere gekommen ist. Die USA haben sich nahezu den kompletten Bestand von Remidesivir unter den Nagel gerissen, nämlich mehr als fünfhunderttausend Dosen. Doch das ist zu wenig. Für die Bonnanos die einmalige Chance mit ihrem gefälschten Produkt das Manko auszugleichen.

Gewiss ist dieses Medikament nicht unbedingt das Allheilmittel. Ursprünglich gegen Ebola entwickelt, aber nicht sonderlich wirksam. Hergestellt wird Remdesivir vom Pharmakonzern und Biotechnologieunternehmen *Gilead* in Foster City, Kalifornien.

Das Mittel verkürzt bloß die Genesungszeit von fünfzehn auf elf Tage. Das ist dem Bonnano-Boss herzlich egal. Hauptsache, sein gefälschtes Produkt kommt unter die Leute. Wie beispielweise im schwer angeschlagenen Brasilien, Indien oder auch in Europa, wo die EU-Arzneimittelbehörde die Zulassung von Remdesivir ausdrücklich empfiehlt.

Mit dem Kauf dieser halben Millionen Dosen hatte Amerika die komplette Produktionskapazität für Juli und zu neunzig Prozent auch für August blockiert. So stand ab September für den Rest der Welt dieses Medikament nicht zur Verfügung.

Jetzt wird Thomas DiFiore zuschlagen und sie werden ihm dieses Präparat aus den Händen reißen. Auf jeden Fall in Brasilien, wo sie es mit den Bestimmungen, im Gegensatz zu Europa, nicht so genau nehmen. Für Europa muss er sich eine eigene Strategie überlegen.

Wie es ihm gelang Remdesivir nachbauen zu lassen, bleibt sein Geheimnis. Es war sehr viel Geld im Spiel, aber diese Investition wird sich rasch amortisieren. Der Pharmakonzern Gilead verlangt in Ländern mit hohem Standard pro Ampulle Remdesivir dreihundertneunzig Dollar. Pro Behandlung benötigt der Kranke sechs Ampullen, das heißt 2340 Dollar wandern in die Kassen von Gilead. Ein Privatversicherter muss sogar fünfhundertzwanzig Dollar pro Fläschchen auf den Tisch legen.

Wer kann sich das leisten? Daher wird DiFiore den Preis radikal senken und die Masse wird es ausmachen, um Spitzengewinne zu erzielen. Natürlich ist ihm klar, dass der Pharmakonzern sich das nicht bieten lassen, Himmel und Hölle in Bewegung setzen wird, um den Konkurrenten auszuschalten. Daher wird eine Unzahl an Scheinfirmen ins Leben rufen, abcashen und die jeweiligen Firmen nach und nach auflösen. Danach geht das Spiel mit anderen Unternehmen weiter. Sicherlich zeitlich begrenzt, doch in diesem Zeitraum, wo das gefälschte Präparat auf den internationalen Markt geworfen wird, klingelt es kräftig in der Familienkasse.

»Na, schön«, meint einer von Genoveses, »bislang klingt es ziemlich plausibel und einleuchtend. Wer sagt uns, dass nicht bereits andere auf diese Idee gekommen sind? Vielleicht sogar jemand in unseren Kreisen?«

Der siebenundsiebzigjährige Bonnano-Boss Thomas DiFiore mit dem schütteren Haarwuchs putzt umständlich seine Brille, lässt sich nichts anmerken, dass er bereits am längeren Ast sitzt. Insgeheim wünscht er sich nichts sehnlicher als in dem Augenblick eine Maschinenpistole in Händen zu halten und auf dem Tisch zwei Magazine. Ein Blutbad anrichten, die Konkurrenzfamilien umlegen und diesen Zukunftsmarkt im Alleingang an sich zu reißen. Doch ihm bleibt nichts anderes übrig als weiterhin den Ahnungslosen zu mimen und Jo Jo's Worten interessiert zu lauschen.

»Es wird noch sehr lange dauern«, sagt Jo Jo in dem Glauben weiterhin gegenüber den anderen Familien die Nase vorne zu haben, »bis tatsächlich ein wirksamer Impfstoff und entsprechende Medikamente auf dem Markt sein werden. Und zwar bis in die letzte Arztpraxis in den entlegensten Winkeln und zu moderaten Preisen. Viele von uns, mich eingeschlossen, werden es wahrscheinlich gar nicht mehr erleben. Daher, bis uns der Teufel holt, die Zeit nützen und jetzt losschlagen.« Dabei schlägt der Consigliere zur Untermauerung seiner Ansichten mit der flachen Hand auf den Tisch. »*Gentlemen*, jetzt beginnen wir die Medikamente zu fälschen und bringen sie in Umlauf. Sobald wir auch nur annähernd wissen wie sich dieser Wunderimpfstoff zusammensetzt, organisieren wir uns die Formel, produzieren selbst, überschwemmen den Markt mit Dumpingpreisen über Tarnfirmen und bleiben finanziell auf der Siegerseite.«

»Was ist, wenn der Krempel nichts taugt? Oder sich das FBI an unsere Fersen heftet? Nicht zu vergessen die investigativen Schmierfinken, die überall herumschnüffeln und uns gefährlich werden können«, lauten die unterschiedlichen Einwände.

»*Gentlemen*, kein Grund für Panik«, kontert Jo Jo und bleibt weiterhin souverän, »wir nützen die Hoffnungen und Ängste. Gewiss wird einiges auffliegen, sich nicht dauerhaft verbergen lassen. Es gibt genügend Leute, die sich an jeden Strohhalm klammern und Fakten ausblenden. Denen es scheißegal ist, was sich in die Venen spritzen und schlucken. Hauptsache, sie in dem Glauben zu belassen, das es wirksam ist und sie geheilt werden.«

Wenn sie nicht wissen, dass es Placebo ist und wenn, wird es ein gewisser Prozentsatz auch nicht wahrhaben wollen. Das sind unsere Kunden, die bringen uns das Geld. Die Leichtgläubigen, leicht Beeinflussbaren, die Blöden müssen wir für uns gewinnen. Dazu getürkte Studien und gefälschte wissenschaftliche Artikel zur pseudomedizinischen Manifestation.

Wenn es zu eng wird, blasen wir alles ab, bis dahin haben wir unsere horrenden Gewinne längst auf der sicheren Seite, sie sind gewaschen und wieder legal investiert. Jede Familie trägt ihren Teil dazu bei, um dieses Geschäft aus dem Boden zu stampfen.

Wir entwickeln einen Schlüssel, nach dem die Einnahmen unter uns aufgeteilt werden und dabei keiner übervorteilt wird. Noch müssen wir zuwarten, da wir über keine brauchbaren Unterlagen verfügen, um einen Pseudoimpfstoff und gefälschte Medikamente produzieren zu können. Weltweit wird in den Klinken und Labors rund um die Uhr geforscht und plötzlich taucht unser Impfstoff als Wundermittel aus dem Nichts auf. Das würde klarerweise sofort auffliegen.«

»Tommy D.« von der Bonnano-Familie glaubt seinen Ohren nicht zu trauen. Genau das sind seine Überlegungen. Aber er sprach nur mit seinen engsten Vertrauten über dieses Projekt und das sind nicht einmal eine Handvoll Leute. Gibt es einen Überläufer, einen Verräter, der dieses Geheimnis den Gambinos brühwarm gesteckt hat? Der Boss darf die Gambino-Familie nicht mehr aus den Augen lassen, muss über jeden ihrer Schritte Bescheid wissen. Das heißt, es muss ihm gelingen einen V-Mann einzuschleusen, der binnen kürzester Zeit Jo Jo's Vertrauen gewinnt.

Nun meldet sich Steven »Wonderboy« Lorenzo Crea von der Lucchese-Familie zu Wort.

»Du meinst, Jo Jo«, spricht er direkt Joseph Corrozo sen., den Consigliere und gleichzeitiges Oberhaupt des Gambino-Syndikats an, »wir sollten also unseren eigenen Impfstoff und Medikamente produzieren. Egal, ob nun gefälscht oder doch das Original nachbauen. Das heißt, wir müssen an den Ursprung, wo diese Scheiße ausgelöst wurde. Also nach China und somit nach Wuhan. Da werden die Triaden gar nicht damit einverstanden sein. Und mit denen zu kooperieren ist eine Illusion. Da kehrt früher Al Capone aus seiner Gruft zurück.«

»Ich weiß«, bestätigt Jo Jo, »die Triaden sind ebenso wie wir von dieser Pandemie völlig überrascht worden. Ob nun in Hongkong oder sonst wo im asiatischen Raum. Natürlich werden wir uns nicht mit den Bossen der *14K*, der *Bamboo Union*, der *Wo Shing Wo*, und wie sie alle heißen, an einen Tisch setzen können. Aber wir können herausfinden, was tatsächlich in Wuhan abgelaufen ist. Offiziellen Medienmeldungen traue ich schon lange nicht mehr.«

»Schön und gut«, sagt Crea, »da bin ich«, er blickt um sich, »da sind wir deiner Meinung. Allerdings sind wir auch nicht uninformiert.« Diesen Seitenhieb kann er sich nicht verkneifen. Ihm geht, wie einigen anderen Jo Jo's überhebliche Vortragsweise schwer auf den Geist als hätte der Consigliere die Weisheit mit dem Löffel gefressen. »Wahrscheinlich ist es auch bis zu dir durchgedrungen, Jo Jo, dass die Chinesen inzwischen finanziell angeschlagene Forschungseinrichtungen und Labors weltweit en gros kaufen. Da steckt System dahinter, China macht das nicht, weil es zu viel Moos übrighat und nicht weiß, was es damit anfangen soll.«

Für Thomas »Tommy D.« DiFiore ist diese Aussage wie ein Schlag in die Magengrube. Er darf sich nichts anmerkenlassen und bewahrt eine ruhige Miene. Das wusste er nicht und stört erheblich seine Zukunftspläne. Er kann sich leicht ausmalen, was das bedeutet.

Sobald der Boss wieder in New York ist, wird er seine Leute zur Rechenschaft ziehen und das wird nicht ohne Köpfe rollen über die Bühne gehen. Der ganze Aufwand wegen Remdesivir darf unmöglich umsonst gewesen sein. Vielleicht produzieren die Chinesen bereits heimlich Unmengen von diesem Zeug und keiner hat es bisher mitbekommen? Gleich darauf holt Crea zu einem weiteren Schwinger aus.

»Und habt ihr mitgekriegt, dass auch die Russen nicht untätig sind? Schon einmal von *Cozy Bear* gehört? Oder von *APT29* und *The Dukes*?«

Großes Staunen im Saal, selbst Jo Jo wirkt irritiert, versucht krampfhaft sich nichts anmerken zu lassen. Jetzt hat der Lucchese-Boss seinen großen Auftritt und genießt es sichtlich.

»Im Gegensatz zu vielen von uns verschließe ich mich nicht den neuen Technologien und sehe das Internet, mit allem was damit verbunden ist, nicht als Feind oder sonst etwas. Leute, es ist ein schwerer Fehler sich dagegen zu stemmen, weil es bereits seit vielen Jahren sinnlos ist, sich gegen diese Übermacht aufzulehnen. Man muss das Beste daraus machen und für die eigenen Zwecke herausholen, was möglich ist. Ich sage euch, Daten sind längst wertvoller als Koks und alles andere, womit wir Geld scheffeln. Hinter *Cozy Bear*, *ATP29* oder *The Duke*s verbirgt sich eine russische Hackergruppe, die wahrscheinlich für den *FSB*, den russischen Geheimdienst, arbeitet. Schon seit vergangenem Februar sind sie wegen Corona extrem aktiv auf der Suche nach Informationen wegen eines Impfstoffes und wirksamen Medikamenten. Oder sagt euch *Sandworm* etwas? Die gefährlichsten russischen Hacker von allen. Die Gruppierung gehört zur Einheit 74455 des militärischen Geheimdienstes GRU.«

»Ist mir bekannt, Wonderboy«, blufft Jo Jo und versucht wieder Oberwasser für seine Ideen zu gewinnen. Zwar hat er etwas über die Hacker gelesen, aber dem nicht weitere Bedeutung beigemessen.

Jedenfalls ist dem Consigliere vollkommen klar, dass für das gemeinsame Ziel, das ihm vorschwebt, bereits jetzt mit der Lucchese-Familie ein gefährlicher Gegner bereitsteht und er weiß nicht wie sich die anderen Familien verhalten werden, sich wahrscheinlich auf die Seite der Luccheses Seite schlagen. Ebenso logisch, dass die Gambinos bei diesem Projekt federführend sein wollen, aber das wird wohl nicht ohne Krieg durchzusetzen sein.

»*Gentlemen*, sobald wir in der Lage sind gefälschten Impfstoff und Medikamente zu produzieren, ist das nur die Vorstufe für unser eigentliches Ziel, womit wir tatsächlich und zwar alle das ganz große Geld machen werden. Wir müssen uns an *One Belt, One Road* heranmachen und kräftig mitmischen.«

Das Oberhaupt der Lucchese-Familie wiegt nachdenklich seinen Kopf hin und her. Ihm geht es wie den anderen, die momentan mit Jo Jo's kryptischen Aussagen wenig anzufangen wissen. Genau damit spekuliert der Consigliere, er hat wieder die Führung in dieser Konferenz an sich gerissen und lässt die Katze aus dem Sack.

»Ich rede vom chinesischen Projekt der Neuen Seidenstraße. Wir müssen mit China ins Geschäft kommen.«

»Aha, und wie willst du das anstellen?«, provoziert Crea, »einfach mal in Beijing vorstellig werden? Ach, übrigens, wir möchten in ein bestimmtes Projekt bei euch einsteigen.« Die Lacher sind ihm sicher.

Corrozo sen. überhört die Herausforderung, wieder steht die Stimmung kurz vorm Kippen.

»Es gibt mögliche Türöffner für China. Wir müssen es nur schaffen, sie auf unsere Seite zu ziehen. Und den Mann, den ich im Visier habe, ist Italiener. Schon einmal den Namen Michele Geraci gehört?« Allgemeines Schulterzucken und Kopfschütteln. »Ich glaube euch das gerne. Mir war dieser Name vorher auch nicht geläufig. Er war ein relativ unbekannter Ökonom und Finanzfachmann, der zehn Jahre in China lebte und danach in seine Heimat zurückkehrte.

Im Juni 2018 kam die neue italienische Regierung von Euro-Skeptikern und Rechtspopulisten ans Ruder. Da schlug Geracis große Stunde. Er war ein überzeugter Freund des Reiches der Mitte, für ihn lief dort alles bestens und perfekt.

Es gelang ihm Matteo Salvini von der rechten *Lega Nord* von seinen Ansichten zu überzeugen. Kaum saß Salvini als stellvertretender Ministerpräsident im Sattel, stieg Geraci zum Unterstaatssekretär für wirtschaftliche Entwicklung auf.

Jetzt hatte er die Möglichkeit, endlich seine chinafreundliche Haltung auszubauen und gründete umgehend die *Task Force China*. Im damaligen Minister für wirtschaftliche Entwicklung, Luigi di Maio, fand Geraci einen Verbündeten. Das Ziel war es, umfangreiche chinesische Investitionen in Italien zu ermöglichen und voranzutreiben. Inzwischen ist di Maio zum Außenminister aufgestiegen.

Mit allen Mitteln wollte Geraci Italien zum wichtigsten europäischen Partner des Neuen Seidenstraße-Projekts machen. Sein Plan ging tatsächlich auf. Er durfte die sogenannte *BRI-Vereinbarung*, nichts anderes als den Pakt zwischen China und Italien, aushandeln.

Seht euch doch nur in unseren Hafenterminals um, meine Herren. Wie viele chinesische Container von *COSCO* und *China Shipping Container Lines* werdet ihr wohl zählen? China mischt bereits überall kräftig mit und damit meine ich nicht unsere Chinatowns. Wir müssen in das Seidenstraßen-Projekt einsteigen!«

»Große Worte, ein vielversprechendes Vorhaben, Jo Jo«, mischt sich nun wieder Thomas »Tommy D.« DiFiore von der Bonnano-Familie ein, »aber denkst du wirklich, die Chinesen warten auf uns oder sind gar auf uns angewiesen? Und noch was…«, jetzt richtet er den Vorwurf gegen alle im Raum, »vor lauter Pläne wälzen habt ihr allerdings auf etwas sehr Wichtiges vergessen. Was ist mit dem Islamischen Staat? Während des Lockdowns mit allen seinen Konsequenzen war der IS, zumindest im Westen, zum Nichtstun verdammt. Daher keine Anschläge, keine Selbstmordattentäter. Der IS ist nicht vernichtet, auch wenn er nur mehr über Bruchteile seines einstigen Gottesstaates verfügt.

Wer sagt uns, dass diese Islamisten nicht Corona für ihre Ziele nützen? Auch sie werden über ihre Spezialisten verfügen. Vielleicht basteln sie gerade irgendwo an einem neuen Corona-Virus? Wozu einen Sprengstoffgürtel zünden und die Auswirkungen sind im Höchstfall nur ein paar Dutzend Todesopfer, wenn ich mit einem Virus gleichzeitig große Teile der Welt verseuchen kann. Absolut sicher für den oder die Attentäter. Denkt darüber einmal nach.«

Grabesstille im Konferenzsaal. Joseph Corrozo sen., der Boss und Consigliere der Gambino-Familie, weiß, dass er sich mit DiFiore und Crea zwei mächtige Konkurrenten geschaffen hat, wenn nicht sogar Todfeinde.

Wien, am nächsten Tag

Am Morgen ist Lena wie ausgewechselt. Sie ist wieder die Frau, in die sich Kokoschansky vor vielen Jahren, wenn auch nach anfänglichem Zögern, verliebt hatte. Allerdings möchte er nicht seine Hand ins Feuer legen, ob ihre plötzliche Fröhlichkeit wirklich echt oder nur exzellent gespielt ist. Lena hat es ebenso faustdick hinter den Ohren wie er selbst. Auf keinen Fall wird er seine Gedanken ihr gegenüber preisgeben. Auf jeden Fall besser als die bisherige dicke Luft zu Hause. Gestern Abend wurde endlich Tacheles geredet und es fand einen wundervollen Abschluss.

Nach dem gemeinsamen Frühstück bringt Kokoschansky seinen Sohn mit

stolzgeschwellter »Rebel«-T-Shirt-Brust in die Schule, wünscht ihm noch viel Glück für Mathe und fährt weiter in die FNews-Redaktion, um nach dem Rechten zu sehen.

Lena bleibt zu Hause, betreibt weiter Homeoffice. Natürlich spürt auch die Detektei die schwierige Wirtschaftslage enorm. Die Aufträge, die nur sporadisch eintrudeln, werden entweder aus Kostengründen wieder storniert oder es sind Anfragen, die Lena kategorisch ablehnt. Sozialbetrug, darum soll sich gefälligst Vater Staat mit seinen Behörden kümmern. Oder es handelt sich in Corona-Zeiten um Diffamierungen der Konkurrenz wie beispielsweise die Nichterfüllung der behördlichen Auflagen. Diese Blockwartmentalität kann ihr gestohlen bleiben. Das ist nicht ihr Metier.

Bereits vor Ausbruch der Pandemie überlegte Lena, ob sie nicht die Detektei auf die Bekämpfung von Cybercrime-Angriffen umstellen soll, eine Zukunftsbranche. Durch verstärktes Homeoffice wird dementsprechend die Cyberkriminalität ansteigen.

FNews beschäftigt einige ausgezeichnete IT-Spezialisten und legale Hacker, aber sie sind mit dem Nachrichtenportal ausgelastet, das in regelmäßigen Abständen angegriffen wird. Neue Leute zu engagieren ist in diesen Zeiten Schwachsinn. Exzellente Spezialisten haben zu Recht ihren Preis. Das muss sich Lena derzeit abschminken, da sie nicht einmal weiß, wie sie ihr eigenes Team bezahlen soll.

Als Kokoschansky in der Redaktion eintrifft, sitzt Freitag bereits im gemeinsamen Büro und sieht seinen Partner erwartungsvoll an.

»Guten Morgen. Und?«

Lächelnd geht Kokoschansky zur Kaffeemaschine, nimmt sich seinen obligatorischen schwarzen Kaffee, zündet sich eine Zigarette an, nimmt Platz an seinen Schreibtisch und legt die Füße auf die Platte.

»Alter, was ist? Hast du mit Lena gesprochen?«, sprudelt es aus dem Nigerianer heraus, »Mann, jetzt mach' es nicht so spannend! Lass dir nicht alles aus der Nase ziehen!«

»Ja«, antwortet Kokoschansky, »habe ich und…«, er nimmt einen Schluck Kaffee und zieht kräftig an seinem Glimmstängel, »…wir machen weiter, so lange, wie es möglich ist.«

»Ehrlich?«, Freitag sieht ihn ungläubig an.

»Du hast richtig gehört. Lena, und das ahnte ich, wollte eigentlich nie FNews endgültig auf Eis legen. Schließlich ist es die Existenzgrundlage für uns alle. Sie stellt logischerweise Bedingungen. Was immer wir jetzt auskochen, es darf unter keinen Umständen lebensbedrohlich werden, sonst ist sie weg.«

»Wie? Weg?«

»Stehst du auf der Leitung, Freitag? Dann gibt sie mir den *Weisel*, verlässt mich und Günther. Ich kann es verstehen, wenn auch nur sehr schwer, aber ich muss ihre Entscheidung akzeptieren.«

»Somit hängt das Damoklesschwert über dir, Koko. Zumindest ist es ein Kompromiss, wenn auch nur ein vorläufiger und nicht besonders reizvoll.«

»Und deine Frau?«

»Tja, wenn es ihr auch widerstrebt, sie wird einverstanden sein. Nicht, dass sie unsere Arbeit nicht schätzt, genau das Gegenteil ist der Fall, aber sie hat Angst, wenn wir uns mit den Berichten zu weit vorwagen. Außerdem, meine Familie und ich sind schwarz und dieses Land wird zunehmend rassistischer«, Freitag wird nun sehr ernst, »kaum ein Tag vergeht, an dem meine Frau und meine Kinder nicht blöd angegangen werden. Wie du weißt, Koko, ist mir das ebenso unzählige Male passiert und es wird weiterhin geschehen. Das reißt nicht ab.« Langsam erhellt sich wieder seine düstere Miene. »Zumindest die gute Nachricht zum Tag. Wie geht es weiter?«

»Indem wir für unsere Mitarbeiter sämtliche finanziellen Mittel aufwenden, die uns noch zur Verfügung stehen. Es darf nicht sein, dass sie unterbezahlt oder gratis für unser Portal arbeiten. Wir schreiben sofort ein Rundmail, dass FNews nicht vor die Hunde geht«, und leise fügt Kokoschansky hinzu, »...noch nicht.«

»Klar, einverstanden.«

»Ich will auch nicht, dass FNews so den Bach runtergeht wie unser ungarisches Pendant von *index.hu*.«

»Das kannst du nicht vergleichen, Koko. Denen haben die Eigentümer, die der Regierung nahestehen, den Hahn zugedreht. Wir sind unsere eigenen Eigentümer. Uns redet keiner drein. Unsere Entscheidungen fällen wir noch immer selbst.«

»Aber der Druck wird für FNews zunehmend stärker. Dieses Land, unter dieser Regierung, schlägt immer stärker in die gleiche Kerbe wie es bereits in Ungarn geschieht. Bei uns ist es eine Orbanisierung der österreichischen Art. *Message control* ist nur ein Teil davon.«

»Also werden wir uns dagegen wehren und weitermachen wie bisher. Unsere Pfeile abschießen, wo und wann wir immer können. Und wir werden endlich produzieren...«

Wieder Kokoschanskys geheimnisvolles Lächeln und er erzählt von seinem Treffen mit Django und Fellacher, schildert ihm genau wie Lena, was er auf den Fotos des Gerichtsmediziners sah. Natürlich sind diese beiden hochkarätigen Informanten auch Freitag bestens bekannt.

»Das ist zumindest ein verdammt guter Ansatz«, meint Freitag, »eine verstümmelte Leiche und die Öffentlichkeit erfährt nichts davon. Dafür tanzt sofort das BVT an, übergeht das LVT [26]. Das stinkt zum Himmel.«

»Ich bin der gleichen Meinung. Wir sollten über mehrere Dinge recherchieren. An erster Stelle der unbekannte Tote, den haben wir exklusiv, falls in nächster Zeit die Behörde nicht doch damit öffentlich herausrückt. Daher müssen wir sehr schnell sein. Vertuschen wird auf Dauer schwer möglich sein.

Dann machen wir uns über die Unterlagen von Cora her, da

scheint mehr dahinterzustecken. Wir müssen nochmals mit ihr reden, dass sie uns mehr verrät. Und«, Kokoschansky holt sich einen weiteren Kaffee, »irgendwie komme ich von der Idee nicht los, dass dieses Virus im Zusammenhang mit dem Neuen Seidenstraßen-Projekt der Chinesen stehen könnte. Ich hatte viel Zeit zu lesen und zu recherchieren, da bin ich auf einiges gestoßen, was einem die Gänsehaut aufsteigen lässt, echt Angst macht und sehr nachdenklich stimmt.«

Freitag lacht still vor sich hin.

»Was ist los? Hältst du mich jetzt auch für einen dieser Verschwörungstheoretiker?«

»Nein, Koko, bestimmt nicht. Während des Lockdowns war ich auch nicht ganz untätig, habe ebenfalls einiges herausgefunden. Womit wieder einmal bewiesen ist, dass wir auf einer Wellenlänge schwimmen. Nur hat sich keiner getraut seine Mutmaßungen dem anderen zu sagen, um sich nicht lächerlich zu machen. Das Problem ist, dass wir nicht die einzigen auf diesem Planeten sind, die ebenso denken. Unzählige Journalistenkollegen lauern weltweit auf den Superscoop.«

»Diese Pandemie hat so viele Verästelungen und Abzweigungen, dass man gar nicht weiß, wo man zuerst anfangen soll. Warte mal«, Kokoschansky sucht nach einem Artikel in einer Lade, »ah, hier ist es. Anscheinend hat noch niemand darüber richtig nachgedacht, weil alle nur mehr auf die Cluster und Infiziertenzahlen ihre Aufmerksamkeit richten, auf den Impfstoff warten. Schon einmal von Sheik Abdullah al-Muhaysini gehört?«

»Nein, noch nie«, schüttelt Freitag seinen Kopf.

»Er ist ein Saudi und einer der prominentesten Dschihadisten. Der IS ist nicht tot, nur sein ursprüngliches Staatsgebiet existiert nicht mehr, bis auf kleinere Enklaven. Dieser Scheich sieht Corona als ein Geschenk Allahs gegen die Kreuzfahrer-Nationen wie sie westliche Staaten bezeichnen. Unterstützt wird er von Khalid al-Siba'i, ein al-Qaida-Vertreter, der Miliz Hayat Tahrir asch-Scham und dem jordanischen Prediger Muhammad al-Maqdisi. Der Artikel stammt vom 27. März 2020.[27]

Der Bericht wiederum ist von al-Tamimi ins Englische übersetzt worden, einem Dschihad- und IS-Experten, der als Übersetzer arbeitet. Nahostkenner kreiden ihm zu viel Nähe sowohl zu Islamisten wie auch zu den Dschihadisten an. Er erhält Insider-Informationen und kommt an Dokumente heran, die anderen niemals zugänglich gemacht werden. Wahrscheinlich deswegen, weil er dem syrischen Regime äußerst kritisch gegenübersteht.«

»Ich kapiere«, meint Freitag, »durch den europäischen und amerikanischen Lockdown waren den Gotteskriegern die Hände gebunden gewesen, konnten keine Anschläge durchführen und keine Selbstmordattentäter losschicken.

Wenn ich weiter nachdenke, warum sich Sprengstoffgürtel umschnallen? Ist wesentlich einfacher, selbst ein neues Virus zu produzieren und unter die Leute zu bringen. Sicherlich ist der IS in der Lage sich das nötige Knowhow zu beschaffen und in ihren Reihen wird es Spezialisten geben, die nicht nur eine Kalaschnikow abfeuern und Handgranaten zünden können. Notfalls werden sie rekrutiert oder entführt und dazu gezwungen.«

»Bioterror in völlig neuer Qualität«, ergänzt Kokoschansky, »einen LKW in die Luft jagen oder einen U-Bahn-Zug zu sprengen richtet nur punktuell fürchterlichen Schaden an. Ebenso der Bau einer schmutzigen Bombe. Doch ein Virus von der Leine lassen – damit kann ich ganze Staaten lahmlegen und wer dahintersteckt ist kaum zu verifizieren, wenn es kein Bekennerschreiben gibt. Das beste Beispiel dafür ist China. Kein Mensch weiß tatsächlich, wer oder was hinter SARS-CoV-2 steckt.«

»Dann ist aber dem Dschihadisten der Eintritt ins Paradies verwehrt«, spottet Freitag, »kein Märtyrer und mit den wartenden Jungfrauen ist es ebenfalls Essig.«

»Das ist das geringste Problem«, winkt Kokoschansky ab, »ihren Hasspredigern wird schon die passende Koranauslegung einfallen, dass sie dennoch ins Paradies gelangen.«

»Ich muss ehrlich zugeben«, gesteht Freitag, »auch ich habe in der gesamten Zeit keinen einzigen Gedanken an den IS verschwendet. Ich habe mich mehr mit der Mafia beschäftigt. In Italien zum Beispiel. Für Camorra, 'Ndrangheta und die Sizilianer muss Corona wie Weihnachten sein, ein Riesengeschäft. Beatmungsgeräte,

Schutzmasken, Schutzanzüge und alles, was sonst noch gebraucht wird. Das Zeug entweder illegal organisieren und zu horrenden Preisen verkaufen oder Fälschungen andrehen.

Vielleicht tüfteln sie selbst bereits an einem Impfstoff oder versuchen an die Formeln zu kommen, um ihn danach zu fälschen? Das Gleiche gilt für die Cosa Nostra in den USA. Wie reagiert dort die Mafia auf die Entwicklungen, was hat sie vor?«

»Nicht zu vergessen die Hacker, die längst hochaktiv sind und in die Datenbanken von Labors und Krankenhäusern einbrechen. Aber bleiben wir auf dem Teppich, Freitag, das schaffen wir nie, da jemals den gewaltigen Dreck darunter hervorzukehren.«

»Ist dir nichts aufgefallen, Koko?«

»Was meinst du konkret?«

»Bleiben wir im eigenen Land. *Hygiene Austria*, klingelt es?«

»Ja, sicher«, grinst Kokoschansky, »in Österreich passieren manchmal wirklich unglaubliche Zufälle.«

»Erstaunlich, wie der Großteil österreichischer Medien diesen eigenartigen Deal ignorierte. Die wenigen, die darüber berichteten, lassen sich an einer Hand abzählen. Wir haben auch nichts getan.«

»Mit voller Absicht, wie du dich erinnern kannst, Freitag«, sagt Kokoschansky, »weil es wegen der allgemeinen Umstände sicherlich untergegangen wäre. Außerdem wollen wir etwas intensiver das Umfeld unseres Kanzlers unter die Lupe nehmen.«

»Mit dem größten Vergnügen, Koko. Von jeder Krise profitieren Gewinner wie von jedem Krieg. Das beste Beispiel sind Jeff Bezos und Amazon. Durch Corona hat er locker die Kosten für seine sündteure Scheidung wieder hereinbekommen.«

Was war geschehen, dass Kokoschansky und Freitag so auf die Palme bringt? Ein Blick ins Firmenbuch gibt Aufschluss. Die Firma *Hygiene Austria LP Gmbh Wien* mit der Adresse Ares Tower in der Donau-City-Straße 11 im 22. Wiener Gemeindebezirk und der Firmenbuchnummer FN 530871v startete am 12. März 2020 die Produktion von Mund-Nasen-Schnellmasken.

Als Geschäftsführer fungieren Tino Wieser und Florian Wirth, als Gesellschafter die Firmen *Lenzing Aktiengesellschaft* und *Palmers Textil Aktiengesellschaft*.[28]

So weit, so gut und alles in bester Ordnung. *Hygiene Austria* wurde in der Zeit gegründet als Österreich gespannt auf die Ausrufung des Lockdowns wartete.

Die Brüder Tino und Luca Matteo Wieser haben unzweifelhaft einen Riecher fürs Geschäft. Immerhin führen sie erfolgreich das Traditionsunternehmen *Palmers*, das erstklassige Unterwäsche produziert. Jetzt steigen sie zusätzlich auf Schutzmaskenerzeugung im großen Stil um, damit Engpässe ausgeglichen werden und Österreich nicht mehr auf größtenteils mangelhafte asiatische, vorwiegend chinesische Importe angewiesen ist. Ebenfalls korrekt und durchaus hehre Absichten, wenn da nicht dieser schale Beigeschmack wäre.

Luca Matteo Wieser ist mit Lisa Wieser verheiratet. Diese Frau ist die Büroleiterin von Bundeskanzler Sebastian Kurz, zählt zu seinem engsten Umfeld und kann auf eine durchaus rasante Karriere verweisen.

Ihr Aufstieg begann unter Bürgermeister Siegfried Nagl in Graz, danach die nächste Station im Kabinett von Maria Fekter, der ehemaligen Innen- und Finanzministerin, bis Lisa Wieser bei Kurz landete und seit neun Jahren für ihn arbeitet.

Noch im Februar 2020 tönte der Bundeskanzler, dass »Schutzmasken gar nicht schützen« und im nächsten Monat folgte ein totaler Meinungsumschwung.

Die Schutzmasken werden in Wiener Neudorf produziert. Kurz besuchte am 19. Mai 2020 das Unternehmen und sagte, dass er sich freut, »dass wir in Österreich, durch die Gründung der Hygiene Austria, die Versorgung an Mund-Nasen-Masken nicht nur für Erwachsene, sondern auch für Kinder gewährleisten können. Dies ist ein weiterer und wichtiger Beitrag zur Eindämmung von COVID-19 und zur Sicherheit aller Menschen in Österreich.«

Im gleichen Monat schloss die Firma einen Deal mit dem niederösterreichischen Unternehmen *Würth* über 450.000 Masken ab. Wer noch auf der Lieferliste steht, ist unbekannt, jedoch gibt Hygiene Austria bekannt, dass größtenteils der Handel und der Gesundheitsbereich beliefert werden. Der Export soll, laut Hygiene Austria, fünfundzwanzig Prozent betragen.

Angestrebt wird eine monatliche Produktion von fünfundzwanzig Millionen Schutzmasken. Ob dieses Ziel bislang erreicht wurde, ist ebenfalls unbekannt. Dafür verwehrt sich das Unternehmen gegen die Unterstellung Aufträge durch die öffentliche Hand zugeschanzt bekommen zu haben.

»Wir haben keinen Auftrag der [öffentlichen] Hand/Regierung zur Lieferung von Schutzartikeln erhalten oder durchgeführt« und es bestehen »keine weiteren Absprachen oder Kooperation mit Bund und Land«, heißt es aus der Führungsetage von Hygiene Austria.[29]

»Tja, ein Schelm, der Böses denkt«, lächelt Kokoschansky vor sich hin, »beste Voraussetzungen für exzellente Firmenumsätze. Ehemann und Schwager leiten das Unternehmen, die Ehefrau als rechte Hand des Bundeskanzlers. Die Zufälle des Lebens.... Was gab es für einen Aufstand in Bayern als die Frau von Ministerpräsident Markus Söder in ihrer Firma einen Teil der Produktion auf *Face Shields* umstellte, während der Gemahl weiterhin für die Schutzmaskenpflicht plädierte.«

»Österreich ist eben anders«, meint Freitag und fügt sarkastisch hinzu, »und seit Kurz ganz anders...«

»Ein wahres Wort, gelassen ausgesprochen. Sind wir uns einig, dass wir mit der unbekannten Leiche beginnen? Irgendwo müssen wir anfangen.«

»Ja, klar«, stimmt Freitag zu, »aber hast du wirklich vor tiefer in dieses Neue Seidenstraße-Projekt hineinzustechen?«

»Wir können es probieren und sehen, wie weit wir kommen.«

»Somit landen wir voraussichtlich wieder einmal in der Bredouille. Chinas Arm reicht sehr weit.«

»Hast du Schiss?«

»Nein, Koko, ich denke nur laut. Wenn uns unsere Frauen auf die Schliche kommen, braucht uns Xi Jinping gar keine Killer schicken, da sind wir bereits erledigt.«

»Und müssen sie es erfahren, wenn es brenzlig wird? Zu viel Wissen bereitet Kopfschmerzen.«

Freitag sieht seinen Partner sehr skeptisch an.

»Wir kennen unsere Damen sehr gut. Denen können wir auf

längere Sicht nichts verheimlichen. Andererseits…«, nun ist der Nigerianer wieder sehr verschmitzt, »…der Typ trug chinesische Zigaretten bei sich und seine Tätowierung ist auch nicht alltäglich. Diese Erkenntnisse dürfen nicht unbeackert bleiben.«

»Inzwischen weiß ich, was *Lao Pengyou* bedeutet.«

»*Alter Freund*. Das hast du erzählt, Koko.«

»Das meine ich nicht. Das ist ein Ehrentitel, mit denen bisher nur wenige Leute ausgezeichnet wurden. Verliehen direkt in Beijing, von den obersten Parteihierarchen oder von Xi Jinping persönlich.«

»Du alter Fuchs«, Freitag nickt anerkennend, »ob das die Bullen auch schon wissen? Das heißt, unser unbekannter Verstümmelter musste gute Beziehungen ins Reich der Mitte gehabt haben, bekam diese Auszeichnung und voller Stolz ließ er sich diese Schriftzeichen tätowieren. Wenn wir bloß wüssten, welche Nationalität der Kerl hatte. Haben wir einen zuverlässigen Informanten im BVT? Nach den letzten Skandalen in dem Verein wird doch keiner mehr das Maul aufmachen.«

»Ich versuche es mit einer bestimmten Taktik«, erklärt Kokoschansky, »und aktiviere unseren Kontakt im LVT. In der Hoffnung, dass es vom BVT übergangen wurde und gar keine Ahnung hat, was am Donaukanal angeschwemmt worden war.

Wenn dem so sein sollte, wird er dementsprechend auf hundertachtzig sein und im BVT für Rabatz sorgen und wir profitieren davon, da wir es waren, die ihm diese Informationen zukommen ließen.«

»Superidee, allemal einen Versuch wert«, lobt Freitag, »dann mach mal und ich schaue, ob Cora in der Redaktion ist und rede mit ihr wegen ihrer Unterlagen.«

Kaum eine Stunde später sitzt Major Hugo Vasicek vom LVT im gemeinsamen Büro von Kokoschansky und Freitag.

»Endlich einmal umgekehrt«, sagt der Verfassungsschützer, »im Regelfall löchert ihr mich. Nun, was liegt an? Was brennt euch unter den Nägeln?«

Vasicek kennt Kokoschansky und Freitag lange genug, schätzt sie sehr und weiß, dass die beiden ihm nicht irgendeine nebulose

Story aufs Auge drücken wollen und er wird sich nicht täuschen. Nachdem Kokoschansky seinen Wissensstand präsentiert hat, ohne jegliche Quellen zu nennen, geht die Rechnung des Journalisten vollends auf.

»Drehen inzwischen in diesem Land alle durch?«, fragt der Major und kann die aufsteigende Wut nicht in Zaum halten, »was glauben die BVTler eigentlich wer sie sind? Von euch habe ich das zum ersten Mal gehört. Da werden nicht nur wir vom LVT übergangen, sondern auch die LPD.[30]«

»Dann steckt auf jeden Fall mehr dahinter«, folgert Kokoschansky, »wenn sich das BVT ohne jeglichen Amtsweg sofort einklinkt.«

»Davon könnt ihr ausgehen«, bestätigt der aufgebrachte Verfassungsschützer, »da lasse ich mich«, und er deutet auf seinen Hals, »hineinstechen.«

»Macht es Sinn«, fragt Freitag, »die Funkstreifenbesatzung zu eruieren, die zuerst eingetroffen ist? Schließlich ist der Einsatz protokolliert.«

»Völlig sinnlos«, winkt Vasicek ab, »was sollen sie schon aussagen können. Den Kollegen wurde sicherlich nahegelegt Stillschweigen zu bewahren, wenn sie sich keine Probleme einhandeln wollen.«

»Was ist mit dem Einsatzbericht?«, hakt Kokoschansky nach.

»Es wäre nicht der erste Bericht, der sich in Luft auflöst«, lautet die Antwort des Majors.

»Ich hoffe, du verstehst, Hugo, dass wir dir nicht unsere Quellen nennen können«, plädiert Kokoschanskys auf Vasiceks Verständnis.

»Mir müsst ihr das nicht sagen. Informanten verbrennt man nicht. Jedenfalls werde ich denen ordentlich Feuer unterm Arsch machen. Vielen Dank für euren Zund[31], ihr habt etwas gut bei mir. Nur eine Bitte, jetzt noch nichts über den unbekannten Leichenfund veröffentlichen. Ich melde mich, sobald ich mehr weiß.«

Nachdem Major Hugo Vasicek FNews verlassen hat, setzt sich Kokoschansky an den Computer und verfasst ein Rundmail an alle Mitarbeiter, die bis dato nicht wissen, wie es tatsächlich weitergehen wird.

Der Journalist schreibt nur wenige Sätze, aber dafür mit umso gewichtigerem Inhalt.

Die wesentliche Aussage, FNews macht weiter und niemand muss um sein Gehalt bangen. Allerdings mit dem Zusatz die Fortführung ist nur so lange möglich wie es die finanziellen Mittel erlauben. Aber zumindest ein kleiner Lichtblick, der für einige Wochen, vielleicht sogar für Monate die Existenzen sichert. Hoffentlich gelingt in dieser Phase FNews wieder ein großer Wurf und das Portal kann sich in den Focus der öffentlichen Aufmerksamkeit zurückkatapultieren? Vielleicht springen alte Sponsoren wieder an oder es finden sich neue?

Kokoschanskys investigatives Gen blüht wieder auf. Nun werden Nägel mit Köpfen gemacht. Hoch motiviert und voller Tatendrang, mit dem Wissen eines zuverlässigen Partners und einer Mannschaft im Rücken, die für dieses Nachrichtenportal durchs Feuer zu gehen bereit sind, drängen Zuversicht und Optimismus den Pessimismus in den Hintergrund.

Nur ein Wermutstropfen trübt Kokoschanskys euphorische Stimmung. Inständig hofft er, dass er seine Lena überzeugen kann, es wieder aufwärts geht, wenn sie alle daran fest glauben und sich ins Zeug legen.

Kokoschansky wühlt in seinen angesammelten Rechercheunterlagen. Vielleicht kann er dieser Corona-Zeit sogar etwas Gutes abgewinnen: Endlich hatte er Zeit, seinen Bürobereich aufzuräumen, auszumisten und vor allem gründlich zu recherchieren. Was er an brauchbarem Material nur über dieses chinesische Seidenstraßen-Projekt und über SARS-CoV-2 zusammengetragen hat, kann sich sehen lassen. Jetzt ist die Zeit reif, die investierte Arbeit aufzubereiten und unter die Leute zu bringen. Dann springt ihm eine Presseaussendung ins Auge und er beginnt hellauf zu lachen.

»Was erheitert dich denn so?«, fragt Freitag, der mit Cora Widmers zurückkehrt.

»Sehr euch das einmal an«, Kokoschansky reicht ihnen das Papier, »unglaublich, wer aller auf den Corona-Zug aufspringt. Den Schwachsinn hatte ich beinahe vergessen.«

»Sehr perfide und abgefeimt«, meint Cora Widmers als sie den Ausdruck gelesen hat, »sie lassen tatsächlich nichts aus, um auf Seelenfang zu gehen.«

»Da schießen sie sich selbst ins Knie«, Freitag tippt sich an die Stirn, »nach ihrer Ideologie und Lehre ist man gegen sämtliche Krankheiten auf diesem Planeten immun«, und er liest laut vor. »*Scientology Kirchen zählen auch während der Coronakrise zu den weltweit sichersten Orten. Effektive Maßnahmen seit der Wiedereröffnung unserer Kirchen global eingeführt. Wie zahlreiche Mitbürger verfolgen auch wir von der Scientology Kirche Österreich das Ziel unsere Mitglieder und Besucher gesund zu halten. Die internationale Kirchenleitung hat daher spezielle Maßnahmen weltweit seit der Wiedereröffnung eingeführt.... Die hier präsentierten Materialien stehen allen Menschen kostenlos in vielen Sprachen zum Download zur Verfügung. Jeder, der Bedarf daran hat, kann sich gerne und unverbindlich melden und seine Wünsche kundtun... Die Scientology Kirche ist auch in dieser gesundheitlich schwierigen Zeit, jederzeit bereit, dort zu helfen, wo Hilfe gebraucht wird. Wir sitzen alle im selben Boot und das Virus fragt nicht danach, welcher Religion, Rasse, Geschlecht oder Hautfarbe wir angehören. Es ist eine Bedrohung, die uns alle betrifft und wir sollten ihr gemeinschaftlich und effektiv gegenübertreten, um sie aufzuhalten.*«[32]

»Ach, wie rührend«, ätzt Cora Widmers, »so viel Nächstenliebe, kaum auszuhalten.«

»Wirklich ein dreistes Virus«, legt Freitag nach, »greift völlig ungehemmt Scientologen an. Weiß es denn nicht, dass sie über allem stehen und gegen jegliche Krankheiten immun sind?«

»...und pleite«, ergänzt Kokoschansky, »wenn sie erst einmal *Clear* sind und sämtliche *OT-Stufen*[33] erreicht haben. Es kommt einem das Kotzen wie diese Sekte knallhart Notlagen ausnützt und damit sicherlich Erfolg hat.

Am 4. Juni 2020 sendet das Pressebüro Scientology Kirche Österreich und das Celebrity Centre Wien eine Pressemittteilung aus. *Die Vereinten Nationen würdigen die Church of Scientology für ihren Einsatz gegen Covid 19. Geniale Präventionsbroschüren und -videos. Glaubensgemeinschaften und religiöse Institutionen standen an vorderster Front, um die Auswirkungen von Covid 19 zu mildern und ihren Gemeinden dringend benötigte Hilfestellung und Unterstützung zuteilwerden zu lassen.*

Die UN-Website hebt daher einige der von den religiösen Gruppierungen geleisteten Beiträge, so auch das COVID 19 Prevention Resource Center der

Church of Scientologyhervor und zeigt die Richtlinien auf, die von diesen Glaubensinstitutionen herausgegeben wurden…

UN-Generalsekretär António Guterres bei der hochrangigen Videokonferenz zur Rolle religiöser Führer im Kampf gegen COVID19: ›Und es hebt die entscheidende Rolle religiöser Führer sowohl in ihren Gemeinschaften als auch darüber hinausgehend hervor. Zum ersten danke ich allen religiösen Führern, mich in meinem Aufruf zu weltweitem Waffenstillstand zu unterstützen, damit wir uns zusammen auf den Kampf gegen unseren erklärten Feind verbünden können – COVID 19!‹ [34]

Doch die Scientologen sind nicht die Einzigen, die auf den Corona-Zug aufspringen. Habt ihr schon mal von *Kla TV* gehört?« Allgemeines Kopfschütteln in der kleinen Runde. »Dahinter steckt *Klagemauer TV* mit Sitz in der Schweiz, in St Margarethen. Sollte man sich deren Webseite angucken. Mastermind ist ein gewisser Ivo Sasek, geboren in Zürich, ein gelernter Automechaniker. Irgendwann überkam ihm die Erleuchtung und er wurde Laienprediger. Heute ist er auch Autor pseudoreligiöser Schriften und leitet seit 1999 die von ihm gegründete *OCG*, die *Organische Christus-Generation*. Von den Behörden wird die OCG als Sekte eingestuft, die zwischen zwei- und dreitausend deutschsprachige Mitglieder haben soll.

2008 eine weitere Gründung Saseks, die *AZK*, die *Anti-Zensur-Koalition*, die sich großspurig als Europas größte Plattform für unzensurierte Information bezeichnet. Ein Forum für rechte Esoteriker, Verschwörungstheoretiker, Antisemiten und Fremdenhasser. Das Spektrum reicht von Geschichtsrevisionismus bis zur Holocaustleugnung.

Vom schweizerischen Walzenhausen managt Sasek von seinem *Panorama*-Zentrum aus sein rechtsextremistisches Medienimperium, darunter auch den online-Kanal Klagemauer TV. Für dessen Inhalte zeichnet Kaleb Tschabold. Sieht man sich die sogenannten Berichte über die Pandemie auf *Klagemauer TV* an, ist sofort klar woher der Wind weht. Wie schön wäre eine Welt ohne Religionen und ihren Nebeneffekten?

Im Zuge der Recherchen bin ich auf eine äußerst interessante Seite gestoßen, Naturstoffmedizin. Am 4. Juni 2020 schrieb ein Dr.

Joseph Mercola einen umfangreichen Artikel mit dem Titel *Warum wurde das Labor in Wuhan im vergangenen Herbst geschlossen?* Dann hieß es weiter: *Eine Analyse von Mobilfunkdaten aus dem Oktober 2019 wirft Fragen auf: Was ist im Biosicherheitslabor in Wuhan kurz vor dem Ausbruch der Pandemie geschehen? Warum sendeten 17 Tage lang keine Geräte aus dem Labor, warum waren die Straßen um das Labor gesperrt? .... Auf einen Blick:*

1. Eine Analyse kommerzieller Telemetriedaten (etwas von Handys) zeigt, dass im Oktober 2019 im Wuhan Institute of Virology und in der Nachbarschaft die Aktivität ungewöhnlich stark nachließ. Das verstärkt, dass SARS-CoV-2 aus dem Biosicherheitslabor entwichen ist.

2. Vom 14. bis 19. Oktober wurde überhaupt keine Geräteaktivität im Umfeld des Labors festgestellt und vom 7. bis zum 24. Oktober keine Aktivität innerhalb der Einrichtung selbst.

3. Das ist kein direkter Beweis, dass ein gefährlicher Krankheitserreger entwichen ist, aber dass im Oktober 2019 kein Mobilfunkverkehr im Labor und seiner Nachbarschaft verzeichnet wurde, spricht dafür, dass man das Labor eine Zeitlang schloss und die Straßen in der Nachbarschaft abriegelte.

4. Wenn es um die These geht, dass SARS-CoV-2 aus dem Labor in Wuhan entwichen ist, fehlt in den Medienberichten und den wissenschaftlichen Kommentaren ein wichtiger Aspekt: Was für Experimente genau wurden im Wuhan Institute of Virology durchgeführt?

5. Forscher haben bereits in der Vergangenheit chimäre Viren hergestellt. Dabei wird das Gen, das für das Eindringen in eine Zelle erforderlich ist, durch ein entsprechendes Gen aus einem anderen Virus ersetzt...«

»Ziemlich kühne Behauptungen«, meint Freitag, »die hier aufgestellt werden. Wo sind die Beweise?«

»Es ist ein sehr langer Artikel«, sagt Kokoschansky, »richtig schlau bin ich nicht daraus geworden. Aber diese Webseite ist äußerst interessant. Man muss sich nur die Mühe machen die Autoren und ihre Werdegänge genauer anzusehen. Beispielsweise schreibt dafür auch der mehr als umstrittene deutsche Facharzt für Mikrobiologie und Infektionsepidemiologie thailändischer Herkunft Sucharit Bhakdi. Zusammen mit seiner Frau, der deutschen Biochemikerin Karina Reiss schrieb er ein vielbeachtetes und gleichzeitig verteufeltes Buch – *Corona Fehlalarm. Zahlen, Daten, Hintergründe* für einen österreichischen Verlag. Noch weitaus interessanter ist das Impressum dieser Naturstoff-Medizin-Seite. Dahinter steckt wiederum der ebenfalls sehr umstrittene Kopp Verlag in deutschen Rottenburg am Neckar. Das Verlagshaus ist auf rechtsesoterische, pseudo- und grenzwissenschaftliche, verschwörungstheoretische, rechtsextreme und rechtspopulistische Titel spezialisiert. Zusätzlich werden per Versand Wellness-Artikel, Outdoor-Ausrüstung, Produkte für den Selbstschutz und Survival angeboten.

Gegründet wurde das Unternehmen 1994 vom Jochen Kopp, einem ehemaligen Polizisten. Wieder finden sich größtenteils die Autoren, die auf dieser Webseite publizieren. Über den Kopp Verlag ist auch *Compact – Magazin für Souveränität* zu beziehen, ins Leben gerufen vom deutschen Rechtspopulisten Jürgen Elsässer. Dieses Magazin sorgte schon für Eklats beispielsweise auf der Frankfurter Buchmesse unterstützt von den Identitären. Auch von Österreichern wie Martin Sellner, der sich bei Anti-Corona-Demos in Berlin wichtigmacht.«

»Kopp, Elsässer, Identitäre, rechte Abteilung«, Cora Widmers wiegt ihren Kopf hin und her, »tolle Gesellschaft.«

»Gut, das sind andere Baustellen, Nebenschauplätze«, bestimmt Kokoschansky, »konzentrieren wir uns auf das Wesentliche.«

»Unter die Leute sollten wir es trotzdem bringen«, schlägt Freitag vor, »damit sie nicht noch mehr Scharlatanen auf den Leim gehen. Jedenfalls gehört eine gehörige Portion Unverfrorenheit und Dreistigkeit dazu ein Nachrichtenportal Klagemauer TV zu nennen, das die Judenvernichtung und Gaskammern bestreitet.«

»Ja klar, aber mich interessieren«, Kokoschansky richtet das Wort an Cora Widmers, »derzeit weitaus mehr deine Unterlagen. Nachdem, was du uns übergeben hast, geht es um chinesische Labors. Im Grunde verrät dieser Whistleblower überhaupt noch nichts Konkretes. Dennoch ist das Wenige bereits hochinteressant.«

»Ich weiß«, sagt Cora Widmers, »wer immer dahintersteckt, will mich anfixen und heiß auf mehr machen. Dementsprechend spiele ich mit.«

»Über die Person weißt du nichts«, hakt Freitag nach.

»Nein. Ich habe keine Ahnung, ob es sich um eine Frau oder einen

Mann handelt. Wie ihr seht, benutzt diese unbekannte Person als Codenamen *mRNA*.«

»Dieses Kürzel sagt mir etwas«, Kokoschansky streicht sich übers Kinn, »verdammt, ich werde alt. Mein Gedächtnis ist ein Nudelsieb. Ich komme schon noch dahinter.«

»Wie bist du überhaupt dazu gekommen?«, fragt Freitag seine Kollegin, »FNews in Ehren, es gibt weltweit weitaus gewichtigere Nachrichtenportale. In Österreich…«, der Nigerianer ringt nach Worten, »…waren wir bestens im Rennen und das werden wir wieder sein, aber weshalb ausgerechnet wir und warum wurdest du auserwählt?«

»Darüber habe ich mir die längste Zeit den Kopf zerbrochen«, antwortet Cora Widmers, »und ich kann es mir nur so erklären. Ihr wisst, dass ich ein großer Asien-Fan bin. Während meiner Studienzeit war ich einige Zeit lang mit einem Hongkong-Chinesen zusammen, der in Wien ein paar Monate während eines Studienaustausches lebte. Während einer Studentenparty lernten wir uns kennen. Wir fanden uns sympathisch und den Rest könnt ihr euch denken.«

»Also ein Techtelmechtel«, bringt es Kokoschansky auf den Punkt.

»Ja, aber nicht etwas wirklich Fixes«, bestätigt Widmers, »wir gingen im besten Einvernehmen auseinander. Nach seinem Wien-Aufenthalt ging Yiu Liopang wieder nach Hongkong zurück und wir verloren uns aus den Augen. Als dort die Unruhen begannen, kontaktierte ich ihn, weil ich mir Sorgen um ihn machte. Eine Zeitlang informierte er mich regelmäßig über die Vorgänge in seiner Stadt. Plötzlich riss der Kontakt ab. Obwohl ich es mehrmals versuchte, jedes Mal erlitt ich mit meinen Mails Schiffbruch. Anfänglich konnte ich ihn noch am Handy erreichen. Das war rasch vorbei. Logischerweise kommunizierte ich stets über meine private Mailadresse mit ihm. Ich weiß, dass die Chinesen nicht zu unterschätzen sind, was Unterwandern und Abhören betrifft.«

»Warum hast du eigentlich Publizistik studiert und nicht Sinologie, wenn du so ein großer Asien-Freak bist?«, will Freitag wissen.

»Ach, dafür gibt es eine einfache Erklärung. Ursprünglich hatte ich die Absicht, letztendlich scheiterte ich an der Sprache, ich kapiere sie einfach nicht. Vor allem die Schrift, da musste ich passen. Im Gegensatz zu Yiu, der sehr rasch mit Deutsch klarkam. Unsere Gespräche und Mails waren immer ein Kauderwelsch aus Deutsch und Englisch.«

»Warst du jemals in Hongkong?«

»Nein, Koko. Ehrlicherweise muss ich zugeben, damals konnte ich mir einen längeren Aufenthalt finanziell nicht leisten. Jetzt wäre es zwar geldmäßig möglich, aber in dieser Situation bestimmt nicht.«

»Kann dieser Yiu hinter dem Nickname *mRNA* stecken?«, bohrt Kokoschansky weiter.

Cora Widmers schüttelt entschieden den Kopf.

»Das glaube ich nicht. Was hätte er für einen Grund? Außerdem ist er alles andere als ein Nerd, so wie ich ihn in Erinnerung habe. Ein Schöngeist, der Literatur und Musik studierte, deshalb in Wien war, um sich mit österreichischer Kultur auseinanderzusetzen. Wenn er wieder mit mir Kontakt aufnehmen wollte, wusste er, wie ich zu erreichen bin.«

»Wie alt war er eigentlich als er bei uns lebte?«, hakt Kokoschansky nach.

»Nur wenige Monate älter als ich und ich war damals einundzwanzig. Außerdem, die Unterlagen, die ich erhielt und an euch weitergegeben habe, wurden über eine Mailadresse in Kasachstan geschickt mit dem Länderkürzel *kz*.«

Kokoschansky nimmt die Papiere zur Hand, sieht sie nochmals nach. »Tatsächlich. Im dem allgemeinen Trubel und wegen unserer Probleme haben wir gar nicht darauf geachtet. Das ist allerdings interessant und zugleich sehr mysteriös. Wie lange hast du schon das Zeug, Cora?«

»Einige Monate, Koko. Ich bin deshalb nicht damit herausgerückt, weil, wie du selbst gesagt hast, die FNews-Probleme wegen Corona weitaus wichtiger waren. Ich dachte, jetzt ist es vielleicht eine Möglichkeit, dass wir eine Bombenstory landen können, um wieder auf die Beine zu kommen.«

»Schon gut, Cora«, lächelt Freitag, »niemand macht dir einen Vorwurf, im Gegenteil«, er wirft unbemerkt einen Blick Kokoschansky zu und beide verstehen sofort, »habt ihr auch gechattet?«

»Anfänglich ja, dann war plötzlich Schluss. Wir hatten über *EncroChat* Kontakt.«

»Soweit ich weiß«, denkt Kokoschansky laut nach, »ist das doch dieser *Pülcher*[35]-Chat? Dazu braucht man aber ein Krypto-Handy.«

»Ich besaß eines«, erklärt die Redakteurin, »bis Anfang vergangenen Juli. Dann erhielt ich eine Nachricht vom Anbieter das Ding abzuschalten und umgehend zu entsorgen, was ich tat. Angeblich wurden, laut Hersteller, sämtliche Daten, Chats und so weiter verschlüsselt. Dem war nicht so.«

»Tatsächlich war es Spezialisten der niederländischen und französischen Polizei gelungen EncroChat zu hacken. Somit konnten sie unbemerkt Nachrichten, bevor sie verschlüsselt wurden, mitlesen. Logisch, dass Kriminelle, vor allem in der organisierten Kriminalität, dieses Netzwerk eifrig nutzten.

Jedenfalls hatte sich der Hackerangriff gelohnt. In Frankreich, den Niederlanden, Großbritannien, Norwegen und Schweden tappten hunderte Verdächtige in die Falle. Nach *Eurojust*, dem europäischen Justizportal, konnte sich die Bilanz sehen lassen. Dabei nutzten weltweit nur Sechzigtausend dieses Kommunikationsnetz. Neunzehn Drogenlabore gingen hoch, dabei wurden tausende Kilogramm Koks, Crystal Meth und andere illegale Rauschmittel beschlagnahmt. Drogentransporte und Auftragsmorde konnten verhindert werden. Die Holländer zogen rund zwanzig Millionen Euro ein. Auch den Engländern gelang ein großer Fang, insgesamt 746 Festnahmen. Dazu die Beschlagnahme von vierundfünfzig Millionen Pfund, zwei Tonnen Drogen und siebenundsiebzig Schusswaffen. Irgendwo muss ich noch den Artikel von der *Süddeutschen*[36] haben.«

Mit einem Seitenblick auf Freitag meint Kokoschansky, »das ist uns wohl beiden entgangen. Dann sollten wir schleunigst unsere Krytpo-Telefone von unseren Leuten überprüfen und nachrüsten lassen. Mein Gott, ich will wieder die Telefonzelle, die Postkarte und das Telegramm zurück!«

»Na, hoffentlich haben die Bullen nicht auch dein Handy gecheckt«, Freitag ist von Coras Ausführungen nicht sonderlich angetan.

»Ich glaube es nicht«, versichert Widmers, »wir kommunizierten über nichts Illegales.«

»Auf *WeChat* hast du dich nicht eingelassen«, will Kokoschansky auf Nummer sicher gehen.

»Nein, sicher nicht, das habe ich mich nicht getraut.«

»Dann sollten wir von FNews aus WeChat installieren, um vielleicht auf diese Weise wieder an den mysteriösen *mRNA* heranzukommen.«

»Hältst du das wirklich für eine gute Idee, Koko?«, Freitag hat enorme Bedenken, »Wir präsentieren uns doch China auf dem Silbertablett. Außerdem kamen die Unterlagen an Cora über eine kasachische Adresse.«

»Natürlich nicht wir beide als völlige IT-Deppen«, beruhigt Kokoschansky, »da setzen wir unseren Daniel an. Ist er im Haus?« Ohne eine Antwort abzuwarten, greift der Journalist zum Telefon und er hat Glück. »Hast du Zeit? Sei so nett, komm mal ins Büro, danke.«

Eine Minute später klopft ein durchtrainierter Zwanzigjähriger an die Türe. Einer der besten in seinem Fach, eine Computer-und Programmierkoryphäe, der sich anscheinend mit seinen diversen PCs und Laptops ins Bett legt. Jeder in FNews wundert sich wie man zu solch einer athletischen Figur kommen kann, trotz dem, dass er die meiste Zeit vor den Bildschirmen hockt. Da lächelt Daniel nur und meint, alles eine Frage der Tagesstruktur.

Er ist ein *White Hat* oder *White Hat Hacker*, einer der völlig legal seiner Tätigkeit nachgeht und in einem Unternehmen wie FNews für IT-Sicherheit sorgt. Im Gegensatz zu den *Black Hats*, die illegal ihr Unwesen in der Cyberwelt treiben. Sein großes Vorbild ist der Argentinier Santiago Lopez, der in Buenos Aires lebt und zu den weltbesten legalen Hackern zählt. In seinen Kreisen lautet Daniels Spitzname daher »Santiago«. Nachdem der Nerd eingeweiht ist, verzieht er sein Gesicht, wiegt den Kopf hin und her.

»Heikle Sache«, sagt er, »und nicht ganz ungefährlich. Eine der wenigen guten Entscheidungen Trumps war es *WeChat* und *TikTok* in den USA zu verbieten. Beide scheinen auf dem ersten Blick völlig harmlos zu sein, das genaue Gegenteil ist der Fall. Tatsächlich handelt es sich um chinesische weltumspannende Datenabsaugfallen.

Ich beobachte diese Portale seit ihrer Entstehung sehr intensiv und kann nur davor warnen. Besonders auf TikTok fahren Kids, Jugendliche, aber ebenso Erwachsene voll darauf ab.«

»Kannst du das bei Gelegenheit auch meinem Sohn sagen«, wirft Kokoschansky ein, »seit Tagen singt er mir die Ohren voll, weil einige seiner Schulfreunde dabei sind und es so lustig ist.«

»Und meinen Kindern gleich dazu«, hängt sich Freitag an, »wir blöden Eltern haben keine Ahnung, was angesagt ist.«

Daniel kichert vor sich hin.

»Ich kenne das. Viele meine Freunde sind dabei, posten jeden Schmarren und kapieren nicht, was dahinte steckt, schlagen meine sämtlichen Warnungen in den Wind. Gut, sie werden schon noch darauf kommen was tatsächlich Sache ist.

Bleiben wir vorerst bei TikTok, das seit mehr als vier Jahren verfügbar ist, entwickelt von der chinesischen Firma *ByteDance*. Natürlich als *Freeware*, also mit Gratis-Installation. Diese mobile App wurde Mitte 2018 Nachfolger von *musical.ly für die Betriebssysteme Android und iOS.*

Es ist ein ausschließliches Videoportal, wo sich die User in mehr oder weniger originellen Clips präsentieren können und Fans sammeln. Anfänglich nur eine innerchinesische Sache, um auszutesten wie TikTok angenommen wird.

Seit dem vergangenen Mai expandiert das Portal vehement ins Ausland. So wurden beispielsweise nur in Kalifornien an die hundertfünfzig Fachkräfte für den Ausbau angeheuert.

Hinter TikTok steckt Zhang Yiming, der ByteDance gründete. Anfang 2017 gab es für den Auf- und Ausbau mehrere Millionen Renminbi[37] von der chinesischen *Toutiao*-Gruppe, die News-Content produziert.

Im Herbst 2017 wurde das erste Versuchskaninchen außerhalb Chinas Indonesien. Yiming kaufte schließlich Ende 2017 *musical.ly*, das ein mieses Image hatte und angeblich Pädophile magnetisch anzog. Der Kaufpreis schwankte nach Schätzungen zwischen achthundert Millionen und einer Milliarde Dollar.

2018 wurde der Name TikTok kreiert und man ging eine Partnerschaft mit dem chinesischen Musiklabel *Modern Sky* ein, um mit Musikvideos Geld zu verdienen. TikToks Design wurde dem von *Douyin* angeglichen, einem weiteren China-Videomusikportal. Jetzt konnte richtig Kohle gescheffelt werden. Wartet einen Augenblick, ich hole mir nur meine Notizen.«

»Er ist sein Geld wert«, meint Freitag anerkennend, »wenn man es richtig anstellt kann man heutzutage mit allem reich werden. Gewusst wie. Irgendwie machen wir alle das Falsche. Aber ich gebe nicht auf. Jetzt arbeite ich an meiner dritten Million, weil leider aus den ersten beiden nichts geworden ist.«

»So, da bin ich wieder.« Daniel setzt sich und kramt in seiner Zettelwirtschaft. »Die TikTok-Umsätze sind nicht von schlechten Eltern. 2019 betrug der Umsatz satte 17 Milliarden Dollar, im Jahr davor.« Daniel grinst. »Nur magere 7,4 Milliarden. Der Gewinn betrug 2019 drei Milliarden. *Beijing ByteDance Technology*, so der offizielle Name, gilt als das wertvollste Startup-Unternehmen der Welt. Ein eventueller Börsengang würde eine Bewertung von hundertfünfzig bis hundertachtzig Milliarden Dollar bringen.

Daher konnte es sich das Unternehmen auch leisten Kevin A. Mayer, den Streaming-Boss des Walt-Disney-Konzerns abzuwerben. Seither ist er für die Geschäftsführung von TikTok zuständig.[36] Nur um zu veranschaulichen, welche Massen man mit einer einzigen beschissenen App erreichen kann: im Juni 2018 nutzten bereits täglich hundertfünfzig Millionen User und pro Monat eine halbe Milliarde in hundertfünfzig Ländern das Ding. Im ersten Vierteljahr 2018 verzeichnete TikTok rund 45,8 Millionen Downloads, wurde zur beliebtesten App in China und ist auf circa vierzehn Prozent aller chinesischen Smartphones zu finden.

Der Höhenflug war nicht mehr aufzuhalten. Im Sommer 2019 dreiundsechzig Millionen Downloads und damit Whatsapp überholt. Im Februar 2019 wurde TikTok über eine Milliarde Mal heruntergeladen und heuer im Mai 2020 ist die Zwei-Milliarden-Marke überschritten worden.«

»Unglaublich«, schnauft Kokoschansky und schüttelt den Kopf, »das habe ich heute zum ersten Mal gehört, weil es mir bisher völlig wurscht war. Das sind unvorstellbare Dimensionen.«

»Und alles wegen Likes und Followers«, schlägt Freitag die gleiche Tonart an, »während in Beijing sich die Staatsführung die Hände reibt und über Milliarden Daten verfügt, wovon wiederum die User keinerlei Ahnung haben.«

»Jedem seine fünfzehn Minuten Ruhm sagte schon Andy Warhol«, ist Cora Widmers der gleichen Meinung, »meine dumme Nichte gibt mit ihren dreizehn Jahren als Berufswunsch Influenzerin an.«

»Hast du noch mehr auf Lager, Daniel?«, fragt Kokoschansky.

»Durchaus. TikTok ist eine Plattform für Typen wie mich, die heute auf neudeutsch als *Generation Zero* bezeichnet wird und für Kids. WeChat ist ein noch viel größeres und gefährlicheres Medium. Jedermann kann es sich wie TikTok herunterladen und öffnet sofort China sperrangelweit die Türe, da sämtliche Daten von den chinesischen Behörden generiert werden.

Dahinter steckt *Tencent Holdings Ltd.* mit Sitz in Shenzhen an der innerchinesischen Grenze zur Sonderverwaltungszone Hongkong. Ein perfekter Standort.

Ende 1998 wurde dieses Internet-Unternehmen von Ma »Pony Ma« Huateng und »Tony« Zhang Zhodong mit Hilfe amerikanischer Risikokapitalgeber gegründet. Die Investition hat sich gelohnt. 2019 verzeichnete Tencent 46,1 Milliarden Euro Umsatz, beschäftigte knapp 63.000 Mitarbeiter. Das Unternehmen ist heute stark am Videospielesektor beteiligt, aber auch an *Tesla*, der Social Media-Plattform *Snapcha*t und am Musikstreaming-Kanal *Spotify*.

WeChat ist ein Chat-Dienst für Smartphones und wurde im Jänner 2011 ins Leben gerufen, läuft über die Betriebssysteme Andoid, iOS, Windows Phone, Blackberry OS, Windows und macOS.«

»Also alles, was derzeit weltweit auf dem Markt ist«, stellt Kokoschansky fest und wird immer nachdenklicher.

»Genau, und dazu in vielen Sprachen«, fährt Daniel in seinen Ausführungen fort, »auch in Deutsch. WeChat bietet eine Unmenge an Features, womit man nahezu sämtliche Bedürfnisse im Alltag abdecken kann. Audio, Video, Videotelefonate, Bestellungen und was sonst noch so anfällt. Sehr zur Freude von Beijing, das jederzeit weiß, wer, wann, was tut und wo sich die Person aufhält.

Mit der WeChat-App in Verbindung mit der chinesischen ID-Karte kann man zudem bezahlen und seine Rechnungen begleichen. Ein entsprechendes Pilotprogramm wurde bereits Ende 2017 in einer chinesischen Stadt getestet.

Nun wird es für Österreich sehr interessant. Seit Juli 2017 bot *Wirecard* als Acquirer die WeChat-Pay-Funktion in Europa an. Wirecard wickelte die Zahlungen ab. *SIX Payment Services AG* in Zürich kooperiert mit WeChat-Pay. Im November 2018 war Wirecard eine Zusammenarbeit mit *LINE Pay* eingegangen.«[39]

»Wirecard hat sich inzwischen erledigt«, sagt Kokoschansky, »einer der führenden Köpfe, Markus Braun, sitzt in München im *Häfen*[40] und sein Intimus Jan Marsalek wird weltweit gesucht.«

»Vielleicht machen sich ein paar Chinesen«, grinst Freitag breit, »mit der verschwundenen Wirecard-*Marie*[41] im Reich der Mitte inzwischen einen Lenz?«

»Wie auch immer«, zuckt Daniel mit den Achseln, »Wirecard ist nur ein Puzzleteil in diesem gewaltigen Gefüge und wird die Chinesen nicht sehr stören. Feststeht, dass WeChat im Schnitt bereits 2017 täglich rund neunhundertsechzig Millionen User bedient, davon rund hundert Millionen außerhalb Chinas. Ende 2016 waren es zweihundert Millionen Menschen, die ihre Debitcard mit WeChat-Pay verknüpften.

Da in China das Internet massiven Ein- und Beschränkungen unterworfen ist, bleibt den Leuten gar nichts anderes übrig und sie müssen WeChat für ihre Onlineaktivitäten nutzen. Äußerst gefinkelt von Beijing eingefädelt. So können sie ihr Volk noch viel besser überwachen und kontrollieren.

Und dann gibt es noch eine weitere Gemeinheit der chinesischen Polizei, die sowohl bei Einheimischen wie auch Ausländern angewandt wird. Die *sammelnden Honigbienen* oder im Chinesischen *Fengcai i*st eine Spionage-App, die völlig unbemerkt von den Behörden auf die Handys geladen wird. Reicht euch das an Informationen?«

Einige Sekunden herrscht Totenstille. Kokoschansky, Freitag und Cora Widmers wirken sehr betroffen. Es ist erschreckend, was sich inzwischen im Cyberuniversum abspielt und wie die Menschheit nahezu chancenlos ausgeliefert ist. Sicherheits- und Sicherungsmaßnahmen wirken nur bedingt, da sofort darauf reagiert und blitzschnell Unterwanderungsstrategien entwickelt werden.

»Leute«, setzt Daniel fort, »auf jeden Fall die Finger von WeChat lassen. Das käme für FNews einem kollektiven Cyber-Selbstmord gleich. Unser Team kann kleinere oder auch größere Hackerangriffe abwehren, aber gegen die Chinesen sind wir chancenlos. Ich will nicht unnötig Unruhe erzeugen, vielleicht sind wir ohnehin schon in ihrem Visier. Aufgefallen ist bisher noch nichts, doch das sagt überhaupt nichts aus.

Was euren mysteriösen *mRNA* betrifft können wir probieren, ob wir etwas über die kasachische IP-Adresse herausfinden. Oder abwarten bis sich diese Person wieder meldet?«

»Ha!«, schreit plötzlich Kokoschansky auf, »bin ich doch nicht gänzlich verkalkt! Einen Augenblick«, er kramt auf seinem Schreibtisch herum, »genau das ist es, ich habe es mir notiert. Jetzt weiß ich wieder was es mit *mRNA* auf sich hat. Grundsätzlich handelt es sich dabei um einen biologischen Begriff, doch im Zusammenhang mit Corona könnten sich durchaus um einem Prototypen eines Impfstoffes handeln, der Mitte März 2020 erstmals in Seattle an unterschiedlichen Probanden getestet wurde. Ich habe keine Ahnung, worum es dabei geht, weil ich es nicht verstehe. Ich bin Journalist und kein Immunologe oder ähnliches. Wenn es euch interessiert, könnt ihr es nachlesen.[42]

Ebenso wenig kapiere ich, warum sich ein möglicher Whistleblower ausgerechnet so einen Nickname verpasst, aber sich anscheinend aus Kasachstan gemeldet hat.«

»Um sicher zu sein«, sucht Freitag nach einer Erklärung, »dass ihm niemand auf die Schliche kommt und nur er sein Inkognito lüften kann, sobald er meint, die Zeit ist jetzt reif dafür. Oder es ist ein Hinweis, weil er mit diesem Prototypenimpfstoff zu tun hat und vielleicht etwas aufdecken will?«

»Worum geht es in diesen Unterlagen«, fragt Daniel, »die euch zugespielt wurden?«

»Um chinesische Labors«, verrät Kokoschansky, »alles noch sehr schwammig, nichts Handfestes und allem nichts Beweiskräftiges.«

»SARS-CoV-2 in einem Labor erzeugt«, kombiniert der IT-Spezialist, »dann das Virus entweder durch einen Fehler ausgekommen oder bewusst unter die Leute gebracht? Vielleicht einer der vielen Verschwörungstheoretiker?«

»Kann sein, kann ebenso etwas Wahres daran sein«, meint Kokoschansky.

»Ich will es gar nicht so genau wissen«, blockt der junge Mann ab, »das ist euer Metier, davon verstehe ich viel zu wenig. Wenn es das war, dann verziehe ich mich wieder in mein Kabäuschen und widme mich den bösen Menschen in der virtuellen Welt. Vielleicht finde ich etwas über diesen geheimnisvollen *mRNA* heraus?«

Nachdem Daniel das Büro verlassen hat, wendet sich Kokoschansky seiner Mitarbeiterin zu.

»Sag mal, Cora, es ist zwar lange her, aber könnte es sein, dass dein Yiu Liopang dich bewusst auserwählte?«

»Nein«, lacht Cora, »ich hatte die Initiative ergriffen und ihn mir gekrallt.«

»Ich will dir keineswegs zu nahetreten, Cora«, windet sich Kokoschansky, »wäre es vorstellbar, dass er ein Geheimdienstspitzel war und dich benutzte, um die, was weiß ich, die Studentenszene auszukundschaften. Bist du sicher, dass er der war, für den er sich ausgegeben hatte? Tatsächlich Yiu Liopang hieß? Hast du jemals Personaldokumente von ihm gesehen?«

»Nein«, versichert Cora Widmers, »mein Gott, er jung, ich jung, damals hatte es gepasst«, die junge Frau errötet leicht, »er war unglaublich schüchtern und zurückhaltend. Ich musste ihm erst einiges beibringen. Damals wäre ich niemals auf diese Gedanken gekommen, dass er möglicherweise gar kein Austauschstudent war. Ich wusste auch nicht viel über das damalige chinesische Regime.

Weder für ihn noch für mich war es die große Liebe und wie erwähnt, wir sind friedlich auseinander und jeder seine eigenen Wege gegangen.

Als die Unruhen in Hongkong ausbrachen, erinnerte ich mich an ihn, den Rest habe ich euch erzählt. Ich weiß nicht, was er in den Jahren nach seinem Wien-Aufenthalt getrieben hat. Was soeben Daniel erzählte und ich selbst inzwischen über China recherchiert habe, ist es leicht vorstellbar, dass er hinter diesem Nickname steckt.«

»Wenn er dich kennt, warum dann diese Geheimniskrämerei?«, fragt Kokoschansky.

»Um sich selbst zu schützen«, antwortet Cora Widmers, »im Grunde haben wir alle keine Ahnung, was tatsächlich in China vorgeht. Bis zu uns dringen nur Bruchstücke durch.«

»Nehmen wir einmal an«, sinniert Freitag, »dieser Yiu Liopang ist mit *mRNA* ident. Dann gibt es nur zwei Möglichkeiten. Entweder will er tatsächlich etwas hochgehen lassen, weil es ihm stinkt, was auch immer passiert sein mag, oder es ist eine Falle. Seine Anlaufstelle in Österreich bist du, Cora. Immerhin hattet ihr eine Zeitlang ein *Pantscherl.*[43] Dann fand er heraus, dass du für uns arbeitest. Und das Ding kam ins Rollen.«

»Warum aber aus Kasachstan abgeschickt?«, fragt Kokoschansky.

»Ich sehe da mehrere Varianten«, überlegt Cora Widmers, »falls *mRNA* ein falscher Hund ist, kann es ein Ablenkungsmanöver gewesen sein und wurde trotzdem aus China gesendet. Hat diese unbekannte Person allerdings reelle Absichten und will das bislang Unbekanntes öffentlich wird, setzte er sich vielleicht aus China nach Kasachstan ab.«

»Und wendet sich ausgerechnet an uns«, Kokoschansky ist mehr als skeptisch, »warum informiert er nicht die Amis? CNN, *Washington Post* und so weiter. Von mir aus auch Deutschland. Doch wir?«

»Vielleicht der alten Zeiten wegen?«, findet Freitag auch für diesen Einwand eine plausible Interpretation, während Cora wieder errötet.

»Vorerst warten wir ab«, beschließt Kokoschansky, »vielleicht meldet sich *mRNA* wieder. Cora, unternimm diesbezüglich nichts. Vielleicht bekommt Daniel etwas heraus und wir sollten nochmals mit ihm reden, ob es derzeit sinnvoll ist, die Leute über TikTok und WeChat zu informieren.«

Freitag blickt auf seinen Bildschirm und sieht dann Kokoschansky verschmitzt an.

»Was ist los?«

»Guck mal auf deinen PC. Die Mail ist soeben eingetroffen und du hast es ebenfalls bekommen.«

Lasst es raus. HV, vorher unbedingt Treffen.

In der gleichen Nacht

Wie nicht anders zu erwarten ist Lena stinksauer als Kokoschansky nach zweiundzwanzig Uhr nochmals die Wohnung verlässt, aber sie schluckt ihre Vorwürfe hinunter. Glücklicherweise schläft Günther tief und fest, bekommt nichts mit.

Der Journalist lässt sich auf keine weiteren Diskussionen ein, sucht schleunigst das Weite. Unterwegs holt er seinen Partner ab und gemeinsam fahren sie zum vereinbarten Treffpunkt. Auch bei Freitag zu Hause herrscht ist eine gespannte Atmosphäre. Geteiltes Leid ist halbes Leid.

Doch das ist jetzt zweitrangig. Wenn LVT-Major Hugo Vasicek ein Treffen zu dieser Stunde und an diesem ungewöhnlichen Ort vorschlägt, muss etwas Außergewöhnliches geschehen sein.

Es beginnt leicht zu regnen und die Außentemperatur liegt nur bei mageren fünf Plusgraden. Der Verfassungsschützer hat die beiden auf den Parkplatz am Cobenzl in Döbling, dem neunzehnten Wiener Gemeindebezirk, mitten im Wienerwald, bestellt. Untertags ein beliebtes Ausflugsziel, um diese Zeit wünschen sich hier nur die Füchse gute Nacht.

Kokoschansky biegt in den Parkplatz ein, kurz blinkt eine Lichthupe auf. Das vereinbarte Zeichen, er parkt sich neben Vasiceks Auto ein. Zu dieser Jahreszeit und vor allem jetzt sind es die einzigen Fahrzeuge. Der Major wechselt den Wagen, blickt sich rasch um – die übliche Angewohnheit eines gestandenen *Kieberers* –, steigt bei Kokoschansky ein und nimmt auf der Rückbank Platz.

»*Manus manum lavat*«, sagt er zur Begrüßung, »wie der Lateiner sagt. Eine Hand wäscht die andere. Ihr habt mir geholfen, nun löse ich mein Versprechen ein. Nachdem ich euch verlassen hatte, war ich dementsprechend grantig. Dann besann ich mich eines Besseren. Jetzt schlage ich die Herren Wichtig vom BVT mit ihren eigenen Waffen.«

»Das heißt«, unterbricht Kokoschansky, »du hast keinen Radau geschlagen.«

»Genau. Unsereins hat nicht nur Feinde, es gibt auch eine Handvoll zuverlässiger Freunde in meinem Gewerbe. Ich erinnerte mich an einen Ballistiker und kontaktierte ihn. Wir trafen uns und jetzt wissen wir zumindest mit welcher Waffe unser Mordopfer vom Donaukanal um die Ecke gebracht wurde. Kurze Rede, langer Sinn – wahrscheinlich mit einem äußerst seltenen *Pumperer*[44], zumindest in Europa.

Eine *QSZ-92*, 9x19 mm Parabellum, eine Pistole, und man glaubt es nicht, produziert seit 1994 in der Volksrepublik China von *China North Industries Corporation*, besser bekannt als *Norinco*-Konzern. Zum Glück ist die Kugel nicht ausgetreten, blieb im Schädelknochen stecken. Somit handelte es sich nicht um einen angesetzten oder Nahschuss. Der Mann wurde aus größerer Entfernung liqudiert.«

»Projektil bleibt Projektil«, meint Freitag, »also ist die Waffe inzwischen gefunden worden.«

Der Verfassungsschützer hält den Daumen hoch.

»So ist es. Am Tag hatten Polizeitaucher die Fundstelle weitläufig abgesucht, was unserem Django hingegen entgangen ist. Nur ein paar Meter von der Stelle, wo das Opfer angeschwemmt worden war, wurden sie bereits fündig und fanden die Pistole in einem Plastiksackerl am Grund des Donaukanals.«

»Dann muss der Täter oder müssen die Mörder ziemliche Trottel gewesen sein«, konstatiert Kokoschansky, »die Mordwaffe lasse ich an einer weit entfernteren Stelle verschwinden.«

»Mitnichten«, widerspricht Vasicek, »dahinter kann volle Absicht stecken. Sicher rechnete man, dass im Wasser gesucht wurde. Vielleicht will man damit gewissen Kreisen suggerieren, legt euch nicht mit uns an.«

»Wenn es der völligen Geheimhaltung unterliegt«, entgegnet Freitag, »wie soll das funktionieren?«

»Ach, das wisst ihr ebenso wie ich, dass immer etwas durchsickert. Wenn es bestimmte Leute erfahren sollen, dann geschieht es auch. Jetzt seid ihr am Zug. Es ist eure Entscheidung, ob ihr es publizieren wollt. Doch, es gibt noch etwas…«

»Jetzt mach's nicht so spannend, Hugo«, fordert Kokoschansky den Major auf.

»Aufgrund des Sakkoetiketts kam mir die Idee bei den belgischen Kollegen von der *Federale Politie* in Brüssel nachzufragen, um sie zu ersuchen, dass sie die Anzeigen über Abgängige der letzten zwei bis drei Wochen durchsehen. Einfach einen Schuss ins Blaue. Natürlich mit dem Hinweis dieser speziellen chinesischen Tätowierung *Lao* irgendwas…«

»*Lao Pengyou*«, hilft Kokoschansky aus.

»Es dauerte rund zwei Stunden, dann meldete sich Brüssel. Und siehe da, es gibt tatsächlich einen Mann, der vermisst wird. Seine Tochter macht sich Sorgen, weil der Vater längst wieder in Belgien sein sollte. Sie hat auch dieses Tattoo bestätigt und unter den Abgängigen war er der einzige Mensch, der so etwas auf seiner Haut trug. Vermutlich handelt es sich bei unserem Mordopfer um Francois van der Strabben. Offiziell ein Diamantenhändler in Antwerpen und gleichzeitig ein Lobbyist für die Pharmaindustrie. Für welchen Konzern oder Unternehmungen er sich stark macht, ist unbekannt. Wie mir die belgischen Kollegen bestätigten, hatte die Tochter keinerlei Kenntnisse über seine Verbindungen mit den Pillendrehern. Das Geschäft mit den Glitzersteinchen lief anscheinend momentan schlecht, daher machte er in Tabletten.«

»Wahrscheinlich ist er ebenfalls hinter dem Impfstoff her«, bemerkt Kokoschansky.

»Denkbar. Wie auch immer«, setzt der Verfassungsschützer fort, »Siebenundvierzig Jahre alt, verwitwet. Eine erwachsene Tochter, die als Lehrerin arbeitet. Van der Strabben war einige Male mit dem belgischen Gesetz in Konflikt geraten. Meist ging es im Zusammenhang mit Schmuggel von sogenannten Blutdiamanten. Viel ist ihm aber nie passiert.« Vasicek übergibt den Journalisten einen Folder. »Da steht alles drin. Jetzt liegt es an euch, was ihr daraus machen wollt. Jedenfalls müsst ihr schnell sein, wenn es exklusiv sein soll. Morgen früh rücken die belgischen Medien damit heraus, wie man mir gesagt hat. Danach springen sicherlich alle anderen auf den Zug auf, inklusive der Österreicher.«

»Dann wird es wohl eine Nachtschicht werden«, sagt Kokoschansky und damit steht der Entschluss fest, »wir stehen tief in deiner Schuld, Hugo.«

Sämtliche Bedenken sind über Bord geworfen. Sowohl Kokoschanskys wie auch Freitags Familie sind aus dem Focus verbannt und in den Hintergrund gerückt.

»Vergesst es«, winkt der Verfassungsschützer ab, »mit euch macht es immer Spaß zusammenzuarbeiten. Ich freue mich auf die blöden Gesichter im BVT. Wenn es FNews dadurch wieder in die Höhe katapultiert, zwei Fliegen mit einer Klappe. Ihr seid aus dem Schneider. Ihr verschanzt euch hinter dem Redaktionsgeheimnis und dem Informantenschutz.«

»Jetzt wird's lustig«, raunt Kokoschansky und deutet mit einer Kopfbewegung nach links.

Unbemerkt ist ein Polizeistreifenwagen unbeleuchtet und im Schritttempo herangerollt. Jetzt leuchten voll die Scheinwerfer ins Wageninnere.

Eine Polizistin und ihr Kollege steigen aus. Während sie ihn sichert, geht er auf Kokoschanskys Auto zu. Der Journalist öffnet das Seitenfenster.

»Guten Abend, die Herren. Zu so später Stunde hier?«, grüßt und fragt der Beamte ziemlich provokant.

Wieder einmal kann Freitag seinen Mund nicht halten, grinst den Polizisten frech an. Schließlich kann er sich auf Vasiceks Rückendeckung verlassen.

»Zwei weiße Männer und ein Schwarzer, das ist schwer verdächtig. Fünf Minuten früher, dann wären der Mexikaner und der Kolumbianer noch hier gewesen. Jetzt ist der Koks bereits weg.«

»Was?«

Der arme Kerl glaubt nicht richtig zu hören, steht ziemlich belämmert da. Vasicek verkürzt die Angelegenheit, indem er seinen Dienstausweis zückt, was den Beamten noch mehr verunsichert. Der Verfassungsschützer steigt aus.

»Kollegen, nichts dagegen einzuwenden, das ist euer Job. Aber«, er spricht nun sehr leise, »das ist eine konspirative Operation. Ihr wart nie hier, habt nichts gesehen und nichts gehört. Unsere Begegnung scheint auch in keinem Bericht auf. Haben wir uns verstanden?«

Der Polizist nickt nur, brummt etwas, das wie »geht in Ordnung«

klingt und trottet wie ein begossener Pudel zu seinem Streifenwagen zurück.

Während Kokoschansky und Freitag auf dem schnellsten Weg zurück in die Redaktion fahren, ahnen sie nicht, welches schreckliche Drama soeben im dritten Bezirk passiert war.

Einen Tag später

Es war eine lange Nacht. Knapp vor vier Uhr morgens kehrte Kokoschansky mit gemischten Gefühlen nach Hause zurück. Die Send-Taste war gedrückt worden und danach gab es kein Zurück mehr. Die Story ist draußen und sie wird nicht einfach hingenommen werden.

Natürlich schlief Lena bereits als er auf leisen Sohlen ins Schlafzimmer tapste und sich neben sie legte. Einige Zeit lang fand er keine Ruhe, zu viele Gedanken ließen ihn nicht einschlummern, obwohl er todmüde war.

Sorgen bereitet ihm das chinesische Sicherheitsgesetz für Hongkong, vor allem der Artikel 38. Wer nicht permanent in diesem Moloch lebt und vom Ausland aus die Freiheitsbewegung unterstützt, kann überall in der Welt von China aufgespürt und belangt werden. In erster Linie betrifft es Wirtschaftstreibende, die mit dem Land in geschäftlicher Verbindung stehen. Aber wo steht geschrieben, dass nicht sämtliche Gegner des Regimes in Beijing angegriffen werden? Ein Gummiparagraf, der beliebig ausgelegt und ausgenützt werden kann.

Der Folder, den Kokoschansky und Freitag von Vasicek erhielten, enthält noch zusätzlichen Sprengstoff. Kaum jemand weiß, was hinter dem unverfänglichen Namen *China North Industries* alias *Norinco* tatsächlich steckt.

*

Bereits 1980 von der Regierung gegründet, wird Norinco seither von *COSTIND*, der staatlichen *Kommission für Wissenschaft, Technologie und Industrie für Nationale Verteidigung* kontrolliert.

Norinco ist bekannt für Waffenproduktion, darunter auch Nachbauten und Kopien russischer, früher sowjetischer Systeme. Waffen werden für Luftwaffe, Marine und Heer produziert; dabei auch Langstrecken-Systeme und Handfeuerwaffen.

Produktionsspektrum ist noch erheblich größer geworden durch die Herstellung von LKWs, PKWs und Motorrädern, Maschinen verschiedenster Art, optisch-elektronischer Geräte, Bohrausrüstungen für die Erdölgewinnung, Waffen für den zivilen Gebrauch.

Ein Jahr vor der Jahrtausendwende, 1999, bestand Norinco bereits aus hundertsechzig Unternehmen und Firmen, mehr als siebenhunderttausend Menschen arbeiteten für diesen Mischkonzern. Norinco überwachte dreißig Forschungseinrichtungen und mehr als zweihundert Produktionsstätten.

Das Waffengeschäft ist sehr rentabel, da jährlich für rund zwei Milliarden Dollar Schusswaffen exportiert werden, von denen wiederum an die siebzig Prozent für den Privatgebrauch genutzt werden.

Norinco vergibt Lizenzen für Waffenherstellung unter anderem an Albanien, Pakistan und Ägypten. Allerdings erfolgen die Produktexporte auch in Staaten, die gegen das Völkerrecht verstoßen. Erfolgen deswegen internationale Embargos, interessiert das Beijing herzlich wenig.

Seit dem Frühjahr 2012 zählt der deutsche Automobilzulieferer *Kiekert* in Heiligenhaus zur *HeBei LingYung Industrial Group Corporation*, einem Zweig des Norinco-Konzerns, mit Sitz in der chinesischen Hauptstadt.

Im bayrischen Rottendorf sitzt die Konzerntochter *Norconia GmbH*; bereits 1988 gegründet und alleiniger Norinco-Vertreter in Europa.

Merkwürdig erscheint die Tatsache, dass Norinco im Jänner 2019 auf unbekanntem chinesischen Testgelände vom einem Xian H-6-Bomber, einem Nachbau der russischen TU-16, eine sogenannte *Aerosolbombe* abwarf.

Dabei handelte es sich um die bisher in China größte nichtnukleare Bombe. Das ist keine neue Erfindung: Bereits in der 1960ern entwickelten die Amerikaner und die Sowjets diesen Bombentypus, wobei die Ursprünge auf die Nazis zurückgehen. Als Erfinder gilt der österreichische Physiker und Nationalsozialist Mario Zippermayr.

Seit 1980 ist gemäß dem Protokoll III über Brandwaffen die Vakuum- oder Druckluftbombe, wie sie auch bezeichnet wird, gegenüber ziviler Infrastruktur und Zivilisten verboten.

In der vergangenen Nacht sind sowohl Kokoschansky wie auch Freitag in der FNews-Redaktion sofort auf Aerosol angesprungen als sie Vasiceks Unterlagen studierten. Aerosole sind in der Atemluft und können das Corona-Virus verbreiten. Wie passt das nun mit einem Bombenbau zusammen? Die beiden Journalisten müssen unbedingt einen Experten auftreiben, der ihnen das präzise erklären kann.

*

Aerosol, Bombe, Labor, SARS-CoV-2, Pandemie – mit einer Unzahl düsterer Gedanken fiel Kokoschansky endlich in einen unruhigen Schlaf. Vorsichtshalber schaltete er sein Handy ab, ebenso Freitag. Beide taten sehr gut daran.

Gegen 6.30 Uhr dreißig wacht Kokoschansky auf, hört Lena in der Küche hantieren. Er schaltet sein Handy ein, riskiert einen Blick. Die Mailbox kann keine weiteren Nachrichten mehr speichern und dreht das Mobiltelefon wieder ab. Jetzt ist der Stein losgetreten, die Lawine formiert sich und der chinesische Drache wird Feuer speien.

»Guten Morgen, Schatz«, grüßt er und fasst Lena um die Mitte, »gut geschlafen? Wie geht es dir? Günther noch nicht auf?«

Kokoschansky versteckt sich hinter üblichen Pauschalfloskeln, ihn plagt das schlechte Gewissen. Er kennt Lena viel zu gut, um ihr etwas vormachen zu können.

»Ich wecke ihn gleich«, sagt sie, »gestern war es wohl sehr spät. Ich habe dich gar nicht nach Hause kommen gehört. Hat das Treffen etwas gebracht?«

Kokoschansky erzählt von dem Volltreffer und dass er anschließend mit Freitag noch in der Redaktion Vasiceks Informationen in einem Artikel aufbereitete und online stellte. Heute ist geplant Interviews mit den BVT-Verantwortlichen zu drehen.

»Sie werden euch etwas pfeifen«, meint Lena pragmatisch, »sie werden mauern.«

»Das denke ich auch, erspart uns Arbeit. Es macht sich nie gut, Interviews zu verweigern. Besonders in diesem anscheinend sehr prekären Fall, wobei noch gar nicht hundertprozentig erwiesen ist, dass es sich bei dem Mordopfer tatsächlich um Francois van der Strabben handelt. Zumindest setzt sich jetzt die Maschinerie in Gang.«

»Ja, das wird sie wohl.«

Lenas vieldeutige Worte verfehlen ihre Wirkung nicht. Kokoschansky weiß genau, wie es gemeint ist.

»Der Alleingang des BVT wird Folgen haben«, ist er sich sicher, »LPD, LKA und BKA[45] einfach zu ignorieren, wird nicht ohne Folgen bleiben. Da wird der Innenminister ziemlich ins Schwitzen geraten.«

Während sich Günther fertig macht, schlägt Lena vor den Jungen in die Schule zu bringen und danach gemeinsam in die Redaktion zu fahren. Sie findet, dass sie sich nach längerer Zeit wieder blicken lassen sollte.

»Ausgezeichnete Idee. Mir fallen schon keine Ausreden mehr ein, warum du nicht hier bist.«

Lena weiht Kokoschansky in ihre Idee ein, die sie bereits länger mit sich herumschleppt, den Schwerpunkt der Detektei auf Cyberkriminalität zu legen, da digitale Verbrechen inzwischen einen wesentlichen Anteil in allen Bereichen belegen.

»Ja«, nickt er zustimmend, »das ist sehr gut. Das sollten wir tatsächlich tun. Da haben wir beide etwas davon. Die Detektei und FNews.«

»Die guten IT-Spezialisten zu engagieren ist nicht das Problem«, sagt Lena, »aber sie haben ihren Preis und den können wir derzeit nicht bezahlen.«

»Reden wir mit Daniel«, schlägt Kokoschansky vor, »er wird mit seinem Team sicherlich nicht Nein sagen. Im Gegenteil, er wird sich freuen. Warum fremde Typen ins Boot holen, die wir nicht kennen und erst auf Herz und Nieren prüfen müssen, wenn wir Experten im Haus haben.«

»Stimmt schon. Aber Daniel mit seinen Leuten ist schon genug ausgelastet mit der Sicherheit für FNews.«

»Sie schaffen das schon«, lässt Kokoschansky ihren Einwand nicht gelten, »wir sprechen heute mit ihm.«

»So, ich bin fertig«, Günther steht abmarschbreit mit stolzgeschwellter »Rebel«-T-Shirt-Brust in der Tür, »aber ich kann allein in die Schule fahren. Oder seid ihr auch schon zu Helikoptereltern geworden?«

Die Frage hört sich ziemlich vorwurfsvoll an und Kokoschanskys Blick zu Lena spricht Bände.

»Na, dann mach' dich mal auf die Socken, Großer«, lächelt der Vater, »wann beehrst du uns wieder?«

»Ich bin nach der Schule noch bei Mario«, sagt Günther, »um versäumten Stoff nachzuholen. Zum Abendessen bin ich auf jeden Fall wieder hier. Habe ich euch eh schon gesagt.«

»Ist ja gut«, Lena richtet ihm noch seine Jacke, was sich der Junge eher widerstrebend gefallen lässt, »hast du alles, nichts vergessen? Deine Gesichtsmaske. Also, hab' einen schönen Tag und brav sein.«

»Den hat er sicher«, grinst Kokoschansky vor sich hin, »vielleicht nicht unbedingt am Vormittag in der Schule, dafür am Nachmittag. Stoff nachholen, nicht schlecht. Die beiden werden am Computer spielen, bis die Kiste zu rauchen beginnt.«

Er erinnert sich an seine eigene Kindheit und Jugend. Der Apfel fällt nicht weit vom Stamm. Damals gab es noch keinen PC-Kram, dafür andere Vergnügungen. Der Journalist schaltet das Radio an, platzt mitten in die Nachrichten hinein, hört von einem mysteriösen Mordfall an einer jungen Frau im dritten Wiener Gemeindebezirk, einer Journalistin, die für ein Internet-Nachrichtenportal arbeitete, der möglicherweise mit dem gewaltsamen Tod eines mutmaßlichen belgischen Staatsbürgers in Zusammenhang stehen könnte, der bisher nicht öffentlich bekannt gemacht worden war.

Klirrend fällt Kokoschansky seine Kaffeetasse aus der Hand, zerbricht auf dem Fliesenboden.

»Cora hat es erwischt«, flüstert er und schreit auf, »nein! Das darf nicht sein!«

»Unsere Cora Widmers?«, fragt Lena ungläubig, »Wie kommst du darauf?«

»Wer soll es sonst sein? Hast du doch soeben gehört. Komm, wir fahren hin. Sie wohnt am Esteplatz.«

»Ich sitze hinterm Lenkrad«, bestimmt Lena, »du bist viel zu aufgewühlt und aufgeregt. Das fehlte noch und du baust einen Unfall.

Auf der Fahrt kannst du mir erzählen, was du vermutest oder besser noch, was du verheimlicht hast.«

Im Auto schaltet Kokoschansky abermals sein Handy ein. Kaum ist das Gerät hochgefahren, klingelt es. Der Journalist sieht die Nummer, Innenministerium. Er nimmt nicht an, hat keinerlei Lust jetzt sich vielleicht rechtfertigen zu müssen. Vielmehr ruft er Freitag an, unterrichtet ihn kurz und beordert ihn zu Cora Widmers Wohnung. Kokoschanskys Partner hörte auch die Radionachricht und ist sich ebenfalls sicher, dass es die Kollegin erwischte.

Nachdem Lena weiß, worum es tatsächlich geht, verfinstert sich ihre Miene noch um einiges mehr.

»Koko, du hast mir vor langer Zeit einmal gesagt«, dabei schluckt sie heftig, »dass du den Tod bringst. Damals tat ich es als Hirngespinst und Schwachsinn ab. Doch bei näherer Betrachtung der Jahre, in denen wir zusammen sind, die Ereignisse und Erlebnisse, was wir alles zusammen durchgestanden haben, muss ich mir eingestehen, dass ich falsch gelegen bin. Du ziehst tatsächlich magisch das Unglück, das Verbrechen an. Bitte…«

»Entschuldige, Lena, aber ich kann und will jetzt keine Grundsatzdiskussion zum, ich weiß nicht wievielten Male mit dir durchziehen.«

»Schon gut«, lenkt Lena ein, während eine Träne über ihre Wange kullert, die Kokoschansky gar nicht bemerkt.

Dafür geistert in seinem Kopf, verdammt sie hat Recht, sie hat so verdammt Recht!

Vor Cora Widmers Wohnhaus am Esteplatz im dritten Wiener Gemeindebezirk das übliche Szenario wie es Kokoschansky unzählige Male erlebte. Streifenwagen, Absperrungen, Fahrzeuge des LKA, Feuerwehr, Rettung, die unvermeidlichen verfluchten Gaffer mit ihren Scheiß-Handys, um sich auf Facebook und Instagram zu profilieren. Ein ORF-Kamerateam, TV-Kameras von ATV, W24, oe24, Servus TV, TV21, Fotografen. Der Almauftrieb auch nur deswegen, weil das Mordopfer vermutlich eine Kollegin ist. Es geht also nicht um eine letzte Reverenz, vielmehr ist es eine verdammt gute Story.

»Warte bitte im Auto auf mich«, ersucht Kokoschansky Lena, »sobald mich die lieben Damen und Herren Kollegen sehen werden sie sich wie die Aasgeier auf mich stürzen. Es reicht, wenn ich mich mit ihnen herumschlagen muss.«

Ohne eine Antwort abzuwarten, steigt der Journalist aus, stellt den Kragen seiner Jacke auf, Hände in die Taschen und stapft zielstrebig auf einen der Polizisten an der Absperrung zu. Das Wetter passt hervorragend für ein Gewaltverbrechen. Nebelverhangen, leichter Nieselregen, ein eisiger Wind pfeift.

»Guten Morgen«, grüßt Kokoschansky und zückt seinen Journalistenausweis, »wer führt diese Amtshandlung?«

Der Polizist prüft die Legitimation, sieht mehrmals auf das Foto und in Kokoschanskys Gesicht.

»Kokoschansky«, murmelt der ältere Mann, »der Name ist mir nicht unbekannt«, und hakt nach, »Kokoschansky von FNews?«

Der Journalist nickt und ein breites Lächeln überzieht das Gesicht des Polizisten.

»Gute Geschichte. Ich habe die Story in unserer Polizeiinspektion gesehen. Schadet nicht von Zeit zu Zeit den hohen Herrschaften vom obergescheiten BVT ans Bein zu pinkeln.«

»Wahrscheinlich hat es eine Mitarbeiterin von mir erwischt. Wissen Sie mehr?«

»Bedaure, leider nein.«

Inzwischen ist Freitag eingetroffen, Kokoschansky stellt ihn als seinen Partner vor.

»Wisst ihr was, meine Herren, kommt einfach mit. Das nehme ich auf meine Kappe. Gerade in dieser Zeit kann man Leute wie euch nicht genug unterstützen. Aber das sage ich als Privatmann.«

Das Trio steuert auf einen jüngeren Mann mit längeren Haaren in Lederjacke und Jeans zu. Weder Kokoschansky noch Freitag ist dieser Kriminalbeamte bekannt. Wieder einmal haben die anderen Medienvertreter vor Ort und hinter der Absperrung warten müssen das Nachsehen, was einige durch Unmutsäußerungen zum Ausdruck bringen.

»Moment«, sagt der Polizist, »ich regle das.«

Er spricht außer Hörweite mit dem Kollegen, der nur nickt, dann zu den Journalisten hinübergeht ihnen den Ellbogen als neuen Gruß in Corona-Zeiten anbietet.

»Morgen«, sagt der junge *Kieberer* anerkennend, »ihr habt also dem BVT in die Suppe gespuckt. Respekt, ich bin Chefinspektor Walter Kurinek.«

»Scheinen ja nicht viele Freunde am Rennweg[48] zu haben«, kann der vorlaute Freitag wieder einmal seinen Mund nicht halten.

Kurinek sieht beide nur verschmitzt an, während seine Augen lachen.

»Was kann ich für euch tun?«

»Heißt das Opfer Cora Widmers?«, fragt unverblümt Kokoschansky.

»Ja.«

»Dann ist… war…«, korrigiert sich Kokoschansky und schluckt, »…es unsere Redakteurin. Dürfen wir sie sehen? Ist sie noch in ihrer Wohnung?«

»Wollt ihr euch das wirklich antun?«, lautet Kurineks Gegenfrage.

»Das sind wir ihr schuldig. Sie hatte wesentlichen Anteil am Zustandekommen dieser Story und nun ist sie tot«, Freitag kickt wütend einen Stein beiseite, »was für eine beschissene Welt, in der wir leben.«

»Okay, verstehe ich«, sagt der Chefinspektor, »ist zwar gegen jegliche Vorschrift, aber das ist mir jetzt scheißegal. Ich besorge euch Schutzkleidung, kommt mit.«

Nachdem Kokokschansky und Freitag in die weißen Overalls mit den Kapuzen geschlüpft sind und sich Überschuhe angezogen haben, um keine Spuren zu vernichten, führt sie der Kriminalbeamte hinauf in das dritte Stockwerk.

»Wollt ihr wirklich da rein?«, vergewissert sich abermals Kurinek.

Beide nicken und der Kriminalbeamte macht den Weg frei. Stets ist es Beklemmung einen Ort zu betreten mit dem Wissen, hier liegt eine Leiche. Noch viel schlimmer, wenn es sich um einen Angehörigen, einen Freund, Bekannten oder wie in diesem Fall um eine Kollegin handelt, mit der man noch vor wenigen Stunden zusammen war und nichts deutete darauf hin, dass der Sensenmann demnächst einen weiteren Posten für sein Plansoll hinzufügen wird.

Weder Kokoschansky noch Freitag haben jemals Cora Widmers

privat besucht. Es ist eine sehr schöne, geräumige Wohnung in einem Altbau. Ordentlich, sauber, modern mit Stil eingerichtet, entsprechend dem Geschmack einer jungen Frau.

Sie liegt seitlich im Wohnzimmer auf dem Boden, bekleidet mit Schlafmantel und Pyjama, barfuß, in einer riesigen Blutlache. Die Journalisten bleiben im Türrahmen stehen. Leute der Spurensicherung tummeln sich in dem Raum und verrichten ihre Arbeit.

Cora Widmers muss ihren Mörder am Abend oder in der Nacht empfangen haben, da sie bereits fürs Bett umgezogen war. Es ist gut, dass sie Kokoschansky und Freitag den Rücken zukehrt und sie ihr nicht ins Gesicht sehen müssen, das zwar unverletzt geblieben ist, doch gebrochene Augen sind dennoch ein Anblick, der sich tief in die Erinnerung einbrennt.

»Gehen wir«, flüstert Kokoschansky mit brüchiger Stimme Freitag zu.

Vor dem Haus entledigen sie sich ihrer Schutzanzüge.

»Wie ist sie getötet worden?«, fragt Kokoschansky Chefinspektor Kurinek.

»So wie es sich derzeit darstellt, war es ein glatter Herzstich, keine Chance. Sie muss zwischen Mitternacht und vier Uhr morgens getötet worden sein, meint der Gerichtsmediziner. Die Totenstarre hat längst eingesetzt. Zumindest sind das die ersten Ergebnisse. Genaueres wissen wir nach der Obduktion.«

Leider ist nicht Kokoschanskys Kontakt, Manfred Fellacher am Tatort.

»Feststeht, sie hatte ihren Mörder gekannt«, konstatiert der Journalist, »jedenfalls habe ich keinerlei Einbruchsspuren oder andere Gewaltanwendung an der Wohnungstüre gesehen. Am Haustor ist eine Gegensprechanlage. Also wird sie dem Scheißtyp oder wer immer ihr das angetan hat, geöffnet haben.«

»Exzellente Beobachtungsgabe«, bemerkt Kurinek.

»Wer hat sie gefunden?«, will Freitag wissen.

»Ein Nachbar, der eben zur Arbeit gehen wollte«, gibt der Chefinspektor Auskunft, »er bemerkte, dass Widmers Tür nur angelehnt war. Er klopfte, nichts rührte sich. Daher betrat er die Wohnung und fand die Frau in ihrem Blut. Danach das übliche Procedere.

Polizeinotruf, aber das ist euch ohnehin bekannt.«

»Wurde der Mörder gestört? Wenn er schon problemlos die Wohnung betreten konnte, warum verlässt er sie nicht wieder auf die gleiche Weise? Zieht nicht die Türe hinter sich zu?«

»Keine Ahnung, Herr Kokoschansky. Vielleicht hatte er plötzlich Angst vor der eigenen Courage bekommen und war Hals über Kopf getürmt?«

»Oder er wurde gestört?«, wiederholt Freitag.

»Auch das ist möglich. Oder es war als Warnung gedacht und an eure Adresse gerichtet, meine Herren«, gibt der Chefinspektor zu bedenken.

»Hat niemand im Haus etwas bemerkt oder gehört? Unsere Kollegin ließ sich bestimmt nicht einfach so abstechen«, ist Kokoschansky ebenso wie sein Partner überzeugt, »es kann sich nur um einen Einzeltäter handeln. Cora war schon aus beruflichen Gründen immer sehr vorsichtig. Und ich bin mir sicher, sie hatte ihren späteren Mörder gekannt.«

»Die Kollegen klappern bereits sämtliche Nachbarn und die Umgebung ab, Herr Kokoschansky«, unterrichtet Kurinek den Journalisten, »viel ist bisher nicht herausgekommen. Der Großteil der Leute ist nicht zu Hause. Hier wohnen überwiegend jüngere Menschen und sie sind bereits zur Arbeit gefahren. Ein paar sind im Homeoffice, denen ist nichts Ungewöhnliches aufgefallen.«

»Raubmord scheidet aus?«, will Freitag wissen.

»Soweit wir es bisher nach einem ersten Überblick feststellen können, dürfte nichts gestohlen worden sein. Nichts durchwühlt, nichts aufgebrochen. Hat der Mord etwas mit eurer Story zu tun?«

»Auf jeden Fall«, bestätigt Kokoschansky mit dem Brustton der Überzeugung und plötzlich fällt ihm etwas ein, »Moment! Lassen Sie mal überprüfen, Herr Kurinek, ob Coras Laptop hier ist. Ein Mac und auf der Frontseite ein Aufkleber von FNews.«

»Geht klar«, sagt Kurinek und winkt einen Mitarbeiter herbei, erteilt ihm den Auftrag. »Kann es nicht ganz banal eine Beziehungstat gewesen sein?«

»Nicht auszuschließen«, meint Kokoschansky, »nur da können wir überhaupt nicht helfen. Wir wissen gar nichts über ihr Privatleben. Unsere Kollegin hat sich in dieser Hinsicht stets sehr bedeckt gehalten.«

»Und? Habt ihr einen anderen Verdacht?«

»Vielleicht hat…«, Kokoschansky atmet tief durch, »ein gewisser Yiu Liopang etwas mit Cora Widmers Tod zu tun.«

»Klingt asiatisch. Ein Chinese?«

»Richtig«, beantwortet Freitag Kurineks Frage.

»Und der ist in Wien?«

»Wenn wir das wüssten. Aber er kann ebenso in Kasachstan oder sonst wo sein«, erklärt Kokoschansky, »das ist eine längere Geschichte, die sich nicht so einfach zwischen Tür und Angel klären lässt.« Er erzählt in Kurzform, was es mit der seinerzeitigen Beziehung zwischen der Redakteurin und Liopang auf sich hatte. »Lassen Sie die Wohnung auf den Kopf stellen, Herr Kurinek. Ich bin mir sicher, dass es Fotos, vielleicht Videos aus der Vergangenheit gibt, worauf der Chinese zu sehen ist.«

»Kasachstan oder vielleicht gar in China, super«, knurrt Kurinek, »da brauchen wir erst gar nicht irgendwelche Amtshilfeersuchen stellen, weil die ohnehin nie beantwortet werden.«

»Fahnden Sie noch nicht nach ihm«, ersucht Kokoschansky, »erstens ist es nur eine Mutmaßung, dass Liopang vielleicht etwas mit der Tat zu tun haben könnte oder er ist tatsächlich völlig unschuldig. Zweitens steckt wahrscheinlich weitaus mehr dahinter als wir uns alle derzeit vorstellen können.«

»Was sind die Hintergründe?«, bohrt Kurinek, »Besteht ein Zusammenhang mit diesem Belgier, der aus dem Donaukanal gefischt wurde?«

»Wenn wir das wüssten…«, Freitag wiegt den Kopf hin und her.

»Verraten Sie uns alles, was uns vielleicht weiterhelfen kann?«, fragt der Chefinspektor.

»Unter der Bedingung, dass Major Vasicek vom LVT dabei ist«, schlägt Kokoschansky vor, »und nicht in Ihrem Büro. Mit dieser Story über einen möglichen vertuschten Mordfall, was den Donaukanal betrifft, hat sich FNews keine Freunde geschaffen. Doch das sind wir gewöhnt. Und ich habe selbst genug damit zu tun, die Kollegen der Konkurrenz abzuwimmeln.«

»Daran soll es nicht scheitern«, stimmt der Chefinspektor zu, »Ich kenne Hugo sehr gut. Allerdings sollten wir uns schnell zusammensetzen. Wo?«

»Am besten in unserer Redaktion«, sagt Freitag, »dort sind wir völlig ungestört und wir haben auch einen Raum, der völlig abhörsicher ist.«

»Hm«, nickt Kurinek anerkennend, »nicht schlecht. Sobald ich mich hier loseisen kann, bin ich auf dem Weg zu euch.«

Der Chefinspektor und die beiden Journalisten tauschen ihre Visitenkarten aus. Kurinek verabschiedet sich, sagt, dass er auf jeden Fall vorher anrufen wird, sobald er sich auf den Weg zu FNews machen kann. Kokoschansky und Freitag gehen zu ihren Autos, um in die Redaktion zu fahren. Sie nehmen einen kleinen Umweg in Kauf, um den neugierigen Kollegen zu entkommen, die natürlich jeden Schritt der beiden beobachten. Kokoschansky sieht wie einige sich bereits an Freitags Fersen geheftet haben, doch um seinen Partner macht er sich keine Sorgen. Freitag ist schlagfertig und wird die passenden Antworten parat haben, an denen die Kollegen knabbern werden.

Unauffällig beobachtet Kokoschansky die Umgebung. Bislang ist ihm noch keiner nachgeschlichen, um ihn zu löchern. Schließlich ist bekannt, dass die Kollegen auch bei ihm auf Granit beißen. Daher versprechen sie sich mehr von Freitag und halten sich an ihn. Nur noch wenige Meter bis zum Auto, in dem Lena bereits erwartungsvoll wartet. Plötzlich hört Kokoschansky eine Stimme in seinem Rücken und der Journalist wird mit seinem Namen angesprochen.

»Auf ein Wort, Herr Kokoschansky.«

Als sich der Journalist umdreht, steht er einem ihm völlig Unbekannten in dunklem Anzug und Mantel gegenüber, blütenweißes Hemd und mit dezenter Krawatte, eine elegante Erscheinung. Die Hälfte des Gesichts ist durch eine Schutzmaske verdeckt. Auffällig ist sein stechender Blick, mit dem der Mann Kokoschansky fixiert.

»Ja, was gibt es? Wer sind Sie? Was wollen Sie?«

»Wer ich bin, tut nichts zur Sache«, antwortet der gelackte Typ, »ich sage…«

»Damit hat es sich bereits erübrigt«, gibt ihm Kokoschansky unmissverständlich zu verstehen und will sich wegdrehen, doch der unbekannte Mann stellt sich ihm in den Weg.

»Ihre Arroganz und Überheblichkeit sind völlig unangebracht, Herr Kokoschansky. Ich gebe Ihnen den guten Rat, vergessen Sie auf der Stelle diese Story. Mit Ihrem unüberlegten Vorpreschen haben Sie bereits viel zu viel Öl ins Feuer gegossen.«

Nach der Aussprache handelt es sich um einen Österreicher, um einen Wiener im Besonderen.

»So, hab' ich das«, Kokoschansky spielt auf gelangweilt, obwohl er innerlich nicht nur wegen der Ermordung seiner Mitarbeiterin aufgewühlt ist und zündet sich eine Zigarette an, »jetzt stellt sich die Frage: Sind Sie mir wohlgesonnen oder muss ich Sie als Feind betrachten?«

»Gehen Sie davon aus, dass ich Sie nicht leiden kann«, gibt es der Unbekannte unumwunden zu und somit ist die Frage beantwortet.

»Dann können Sie nur ein BVTler oder einer aus dem Innenministerium sein«, sagt ihm Kokoschansky auf den Kopf zu.

»Lassen Sie die Finger davon. Sie ersparen sich und einigen anderen Leuten erhebliche Probleme.«

»Wollen Sie mir drohen? Immerhin ist Österreich noch immer ein Rechtsstaat, obwohl meine Zweifel jeden Tag mehr und mehr steigen. Und noch haben wir Pressefreiheit. Wissen Sie was, Herr Anonymous, Sie können mich kreuzweise. Sie haben nicht einmal so viel Mut, hier im Freien die Maske abzunehmen, damit ich Ihre Visage sehen kann.«

Abrupt lässt Kokoschansky den Mann stehen, steigt zu Lena ins Auto.

»Fahren wir in die Redaktion«, sagt er knapp und sieht im Seitenspiegel wie ihnen der Unbekannte nachblickt.

»Wer war das?«, fragt Lena.

»Wahrscheinlich irgend so ein Heini vom BVT oder vom Innenministerium.«

»Und was wollte er?«

»Dreimal darfst du raten, Lena. Ich soll die Story vergessen will mir der Typ vorschreiben! Unsere Kollegin ist tot, erstochen und diese Figur glaubt allen Ernstes, dass FNews tatsächlich nicht weiter darüber berichten wird.«

»Also ist Cora tatsächlich tot«, sagt Lena leise, »arme Frau. Mit fünfundzwanzig einfach so aus dem Leben gerissen. Was für eine verdammte Zeit! Ich brauche ein paar Minuten Pause. Ich kann jetzt nicht weiterfahren.« Lena entdeckt eine Parklücke, parkt sich ein, atmet tief durch. »Unter diesen Umständen bleibt uns gar nichts anderes übrig als weiterzumachen. Das sind wir Cora schuldig, dass wir alles unternehmen, um herauszufinden wer sie auf dem Gewissen hat und warum. Ob sich der unbekannte Kerl auch bei anderen Medien wichtigmacht?«

»Ich glaube eher nicht«, winkt Kokoschansky ab, »schließlich sind wir exklusiv damit herausgerückt, was die Leiche im Donaukanal betrifft und dass es sich möglicherweise um einen Belgier handelt.«

»Ich kapiere einfach nicht, dass man sich tatsächlich die Blöße gibt, jemanden loszuschicken, egal ob nun vom BVT, Ministerium oder sonst woher und versucht Berichterstattung zu unterdrücken. Entweder ist man so blöd oder so überheblich, glaubt dadurch Angst und Einschüchterung erzeugen zu können.«

»Ich denke, es trifft beides zu«, meint Kokoschansky, »das bedeutet auch, dass wir ungewollt ziemlich nahe an etwas Großem, etwas Ungeheuerlichen dran sind. Verdammt, wenn ich nur wüsste, wer hinter *mRNA* steckt?«

»Jedenfalls habe ich heimlich dieses Aufeinandertreffen mit dem Handy mitgefilmt«, sagt Lena, »die Qualität ist halt miserabel und Ton ist auch keiner drauf.«

»Du bist ein Goldschatz.« Kokoschansky sieht sie einige Sekunden lang an. »…und das heißt auch, wir machen weiter.«

»Wir müssen alles unternehmen, um Günther zu schützen«, lautet Lenas Antwort.

Zwei Stunden später

Auf dem Weg in die FNews-Redaktion überlegt Kokoschansky, ob er Django zu dem Treffen mit Vasicek und Kurinek einladen soll, verwirft den Gedanken wieder. Zu groß ist die Gefahr, dass nicht bereits das Telefon des Journalisten angezapft wird. Lieber wird er Django eine Mail schreiben und ihm ein persönliches Gespräch vorschlagen, um ihn über den neuesten Stand zu informieren.

Inzwischen hat Freitag die Mannschaft zusammengetrommelt und ihnen die traurige Tatsache mitgeteilt. Viele haben die Nachrichten gehört und konnten sich leicht ausmalen, dass es Cora erwischt hatte. Jetzt ist es definitiv. Einigen treten Tränen in die Augen.

»Warum muss erst jemand drauf gehen«, bringt es einer der Kollegen auf den Punkt, »damit FNews zumindest vorläufig weiterbestehen kann? Ich gehe davon aus, dass wir Coras Tod sühnen werden?«

»Genau so wird es sein«, bestätigt Kokoschansky, der gefolgt von Lena, unbemerkt das Sitzungszimmer betreten hat, »und wir müssen gegenseitig auf uns aufpassen. Vielleicht mehr als es bisher jemals der Fall war. Einige von euch haben Kinder, sind verheiratet oder sonst in einer Beziehung. Entschuldigt, wenn ich ausgerechnet in einem solchen Moment so spreche, aber Coras gewaltsamer Tod ist der Auslöser für eine Story deren Dimensionen wir bislang gar noch nicht einschätzen können. Vielleicht hat es mit Corona zu tun und damit sind wir bei China. Wir müssen auf alle gefasst und vorbereitet sein. Haltet Augen und Ohren offen, achtet auf jedes Detail, selbst wenn es noch so unauffällig ist.

Wir können nicht Security und Bodyguards engagieren, dafür fehlt uns das Geld. Ihr müsst, jeder für sich, eigene Vorsichtmaßnahmen treffen. Zwar steht es noch nicht endgültig fest, doch mit nahezu hundertprozentiger Sicherheit handelt es sich bei der Leiche aus dem Donaukanal um den belgischen Lobbyisten und Diamantenhändler Francois van der Strabben. Viel wissen wir derzeit nicht über ihn, aufbauen können wir auf ihn trotzdem. Wir haben die Unterlagen, die Cora zugespielt wurden, von denen ich mir einiges verspreche. Und es gibt diesen geheimnisvollen Chinesen Yiu Liopang mit dem Cora kurzfristig während ihrer Studienzeit liiert war. Ob er der geheime Informant *mRNA* ist, lässt sich derzeit überhaupt nicht feststellen.« Kokoschansky richtet das Wort an den IT-Spezialisten des Nachrichtenportals. »Daniel, durchforste Coras Redaktionscomputer, ihre Accounts bei Facebook, Instagram und Twitter. Kurzum, alles, wo sie eventuell Spuren hinterlassen haben könnte.

Ich weiß, es klingt wie Leichenfledderei, aber wir dürfen keine Zeit verlieren. Vielleicht findet sich ein Hinweis? Und, Daniel, versuche mit dem oder der mysteriösen *mRNA* Kontakt aufzunehmen. Gib dich als Cora aus. Du weißt schon, wie du das anstellen musst.

An die Arbeit, Leute. Ich bin überzeugt, dass es auch in Coras Sinn wäre. Ab sofort wird jedes berufliche Telefonat mitgeschnitten. Ob das nun legal oder illegal ist, interessiert mich überhaupt nicht. Wir müssen uns alle so weit wie möglich absichern. Ansonsten, recherchiert auf Teufel komm raus und tragt zusammen, was ihr über Covid 19 herausfinden könnt. Die unbedeutendste Meldung, der kleinste Artikel, egal in welchem Medium kann vielleicht in weiterer Folge von großer Bedeutung sein. Beobachtet die sozialen Medien, selbst wenn dort der größte Stuss über Corona verbreitet wird. Das war's vorerst.«

Während sich Lena in ihr Büro zurückzieht, verschwinden Kokoschansky und Freitag in ihrem Bereich, warten auf den Anruf Kurineks. Während sich Kokoschansky seinen obligatorischen schwarzen Kaffee – für ihn ein Grundnahrungsmittel – herunterdrückt, meldet sich sein Handy. Die Nummer ist dem Journalisten nur allzu sehr bekannt – Innenministerium. Er deutet Freitag und nimmt das Gespräch an, kritzelt auf einen Zettel »Büro des Innenministers« und schiebt das Papier zu seinem Partner.

Es dauert eine geraume Weile bis der Redeschwall am anderen Ende der Leitung zu Ende ist.

»Sind Sie jetzt fertig?«, fragt Kokoschansky, »Da Sie meinen Namen kennen, wäre es höflich und nett auch Ihren zu erfahren. Ich habe es nicht so gern mit Unbekannt zu kommunizieren…Ach, das ist uninteressant…Damit hat sich dieses Telefonat bereits erledigt. Und noch etwas, Message Control hat noch nie für FNews gegolten und daran wird sich auch weiterhin nichts ändern. Falls Sie nichts Konkretes zu sagen haben, unterlassen Sie künftig derartige Belästigungen.«

Kurzerhand bricht der Journalist das Gespräch ab, während Freitag vor sich hin grinst.

»Ich kann mir schon denken, was sie wollten. Nach deiner unliebsamen Begegnung von heute Morgen der zweite Einschüchterungsversuch«, nun wird Kokoschanskys Partner wieder sehr ernst, »das heißt, wir haben bereits in ein Wespennest gestochen. Jetzt müssen wir auf alles bestens vorbereitet sein.«

»Wenn sich ein Ministerium eine derartige Blöße gibt«, meint Kokoschansky, »stimmt unsere Richtung.«

»...und gleichzeitig bewegen wir uns auf sehr dünnem Eis. Eine von uns ist bereits eingebrochen.«

Der düstere Dialog wird vom neuerlichen Handyklingeln unterbrochen. Dieses Mal erfreulicher, da Kurinek vor der Eingangstüre von FNews steht und Hugo Vasicek gleich mitgebracht hat. Freitag lässt sie herein und führt die Kriminalbeamten in den abhörsicheren Raum, der vor einiger Zeit zwar eine hübsche Stange Geld kostete, doch sich inzwischen mehrmals bestens bewährt hat.

»Nicht schlecht«, staunt Chefinspektor Walter Kurinek als er am Studio und den Schnittplätzen vorbeigeht, »das alles muss erst einmal finanziert sein.«

»Wem sagen Sie das«, Kokoschanskys Lächeln wirkt bitter.

Im Besprechungszimmer sind einige Erfrischungen vorbereitet. Der Journalist fragt, ob die beiden Herren etwas dagegen haben, wenn Lena auch mit dabei ist. Es gibt es keine Einwände, schließlich gehört sie zum Führungsteam.

Dahinter steckt Kalkül. Kokoschansky will sich Vorwürfe ersparen, dass er ihr etwas vorenthält. So erfährt sie alles aus erster Hand. Obwohl er sie schon so lange mit ihren sämtlichen Ecken und Kanten kennt, ist er stets überrascht über ihren Facettenreichtum. Jedenfalls hat er gehörigen Bammel davor, wie sie reagieren und ihre Entscheidung ausfallen wird, falls Vasicek und Kurinek eventuell neue Erkenntnisse auf den Tisch legen.

Momentan ist für Kokoschansky seine Lena ein Buch mit sieben Siegeln.

»Gehen wir gleich *in medias res*«, beginnt LVT-Mann Hugo Vasicek, »Walter und ich haben uns noch vorher ausgetauscht. Mit nahezu hundertprozentiger Sicherheit ist das Mordopfer aus dem Donaukanal dieser Belgier Francois van der Strabben. Die belgischen Kollegen haben uns versprochen, dass wir noch mehr Unterlagen über diese undurchsichtige und äußerst zwielichtige Person erhalten. Zumindest wissen wir jetzt wie van der Strabben tatsächlich ausgesehen hat.« Vasicek legt einige Fotos auf den Tisch. »Das sind aktuelle Bilder, die uns von den Belgiern gemailt wurden.«

Ein durchaus sympathischer Mann, wenn auch etwas geschniegelt wirkend, dem man seinen Wohlstand ansieht. Einer, der sicherlich verstand stets seinen Schnitt bei seinen Geschäften zu machen und dabei sicherlich nicht zimperlich war. An der Diamantenbörse in Antwerpen war er ein bekannter Mann. Die belgische Kriminalpolizei untersucht zurzeit seine Vermögensverhältnisse und wartet auf den richterlichen Beschluss für die Kontoöffnungen.

»Das Diamantengeschäft war wohl nicht mehr so lukrativ«, schätzt Kokoschansky beim Betrachten der Fotos, »daher sah er sich um eine andere Einnahmequelle um.«

»Er hatte erhebliche Probleme mit dem Schmuggel von Blutdiamanten«, sagt Vasicek.

»Aus Sierra Leone nehme ich an«, schaltet sich Freitag ein.

»Genau«, bestätigt der LVT-Mann, »deswegen kam er in seiner Heimat in Konflikt mit der Justiz. Seinen gefinkelten Anwälten hatte er es zu verdanken, dass er nicht im Gefängnis landete und mit einer empfindlichen Geldstrafe noch glimpflich davonkam.«

»Dann brach die Pandemie aus«, ergänzt Kokoschansky, »und der gute Mann sprang sofort auf den Zug auf. Es ist wohl klar, dass er genauso hinter wirksamen Medikamenten und dem ultimativen Impfstoff her ist. Wonach sonst? Für welchen Pharmakonzern legte er sich als Lobbyist ins Zeug? Wer waren seine Fürsprecher innerhalb der EU in Brüssel?«

»Das herauszufinden wird alles andere als einfach«, meldet sich Kurinek zu Wort.

»Das Ministerium spuckt bereits Gift und Galle«, sagt Freitag, »und die Pharma-Typen werden sich hüten auch nur ein Sterbenswörtchen preiszugeben.«

Kokoschansky erzählt von den beiden bisherigen Versuchen die Story abzuwürgen.

»Kennt ihr den?«, fragt der Journalist und zeigt ihnen Lenas Handyvideo, »Leider durch die Maske schwer zu identifizieren.«

Beide Kriminalbeamte sehen sich die Aufnahmen mehrmals an und schütteln die Köpfe.

»Völlig unbekannt«, Vasicek ist sehr skeptisch, »ehrlich gesagt ist es schwer vorstellbar, dass sich unser Verein zu einem solchen Mittel hinreißen lässt. Andererseits wundert mich inzwischen gar nichts mehr. Und du bist dir sicher, dass die Stimmen Wienerisch klangen?«

»Ja, überzeugt euch selbst. Das Telefonat, kurz bevor ihr gekommen seid, habe ich mitgeschnitten. Vom anderen Typ gibt es keinen Ton. Auch die Nummer stimmt.«

»Ebenso keine Ahnung, wer das sein könnte«, sind sich beide Kriminalbeamte einig, nachdem sie das Gespräch hörten.

»Wovor haben sie Angst?«, fragt Kurinek, »Sie müssen ja damit rechnen, dass wohl jedes Medium in Österreich einen derartigen Angriff auf die Pressefreiheit entsprechend auswalzt und das Ministerium sich noch mehr Probleme einhandelt. Ebenso wird es nicht dem Ausland verborgen bleiben. Ihr werdet es trotzdem veröffentlichen?«

»Natürlich«, Freitag ist nahezu entrüstet über diese Frage, »FNews hat noch nie klein beigegeben und jetzt erst recht nicht.«

Zum Glück sieht er nicht Lenas Blick, sonst wäre er bereits tot vom Stuhl gekippt.

»Das ist sehr gut«, stimmt Vasicek zu, »anscheinend drehen sie jetzt komplett durch. Von uns bekommt ihr jegliche Unterstützung. Nur dürfen wir niemals auch nur annähernd in den Verdacht geraten, eure Informanten zu sein.«

Nun ist Chefinspektor Walter Kurinek an der Reihe und sein Gesichtsausdruck verrät nichts Gutes.

»Ich habe nochmals Cora Widmers Wohnung auf den Kopf stellen lassen, doch weit und breit kein Laptop zu finden. Dafür…«, er greift in seine Jackentasche und holt ein durchsichtiges Plastiksäckchen hervor, in dem sich zwei USB-Sticks befinden, »… haben wir das entdeckt: War mit einem Streifen Lassoband an einer Ladenunterseite im Badezimmerschrank angeklebt. Nachdem ich heute Morgen mit euch gesprochen habe«, der Chefinspektor sieht Kokoschansky und Freitag an, »dachte ich mir, ich halte die Datenträger noch ein wenig zurück. Zwar gegen jegliche Vorschriften, aber was soll's. Ein Journalistenmord kommt in unserem Land praktisch nie vor. Folglich muss daher eine verdammt heiße Sache dahinterstecken. Ich habe versucht die Dateien auf den Sticks auszulesen, aber ohne Passwort keine Chance. Wir haben dafür zwar unsere Spezialisten, aber, wie ihr wisst, zu viele Köche verderben den Brei. Wer Datenträger auf diese Weise verbarg, wusste, dass darauf brisantes Material zu finden ist. Ich will vorher wissen, worum es sich handelt, falls die Sticks ausgelesen werden können. Habt ihr Möglichkeiten, die Dinger zu knacken?«

»Natürlich«, sagt Kokoschansky selbstbewusst und greift zum Telefon, bestellt Daniel herüber und ersucht ihn einen Laptop mitzunehmen. »Wir haben einige Spezialisten in FNews und Daniel zählt zu den Besten.«

Kurz danach betritt Daniel den Raum. Nachdem er vorgestellt und eingeweiht wurde, fährt er seinen Laptop hoch. Er darf die Sticks nur mit Einweghandschuhen angreifen, die ihm Kurinek gibt. Möglicherweise sind auch andere Fingerabdrücke als nur von Cora Widmers darauf.

Nach etlichen Fehlversuchen das Passwort aufs Geratewohl zu erraten, erhellt sich plötzlich seine Miene. Gespannt verfolgen die Anwesenden seine Aktivitäten und die affenartige Geschwindigkeit, in der seine Finger über die Tastatur flitzen. Plötzlich ertönt Daniels befreiender Erlösungsruf.

»Bingo!«

»Bist du drin?«, fragt Kokoschansky.

»Oft denkt man viel zu kompliziert«, antwortet Daniel, »dabei wird einem die Lösung auf dem Silbertablett serviert. Das Passwort ist äußerst einfach gestrickt: 2y0mRNA2l0.«

Sofort notieren sich die Kriminalbeamten den Zugangscode. Auch Kokoschansky und Freitag brüten über ihren Notizen.

»Ich habe diese Kombination jetzt zerlegt«, sinniert Freitag, »2-0-2-0 ist klar. Das kann nur dieses vertrackte Jahr sein. Dann haben wir mRNA. Das kennen wir und…«

»Ihr schon, wir nicht«, unterbricht Vasicek.

»Wir erklären es euch gleich«, lässt sich Freitag nicht aufhalten, »dann noch Y und L. Das ist bestimmt nicht willkürlich, das kann nur Yiu Liopang bedeuten.«

»Wer ist das nun wieder?«, will Vasicek wissen, »Ein Chinese, oder?«

»Ja«, bestätigt Kokoschansky, »das ist eine längere Geschichte. Bitte noch um einen bisschen Geduld, meine Herren.«

Unbeirrt tippt Daniel auf der Tastatur weiter herum, während ihm die Gruppe erwartungsvoll über die Schulter zuguckt. In rasender Abfolge rattern Zahlenkolonnen und Buchstabenkombinationen über den Bildschirm. Für Unwissende und Uneingeweihte ein spanisches Dorf.

»Ich hab's gleich«, murmelt Daniel, »gleich gehört ihr uns, ihr Daten. Viel Mühe haben sich weder Absender noch Empfänger gemacht. Das gibt es bessere Verschlüsselungsmethoden. Hier wurde eine ein sogenanntes symmetrisches Verschlüsselungsverfahren mit der Caesar-Chiffre verwendet.«

»Aha«, bemerkt Kokoschansky trocken, »von uns aus kann es auch Cicero, Tacitus, Sallust oder sonst wie heißen. Wir kapieren es ohnehin nicht.«

»Geschafft!«, erleichtert lehnt sich Daniel im Stuhl zurück und verschränkt die Arme im Nacken. Auf dem Bildschirm erscheinen dicht aneinandergereiht Dateiordner.

»Der Mann ist sein Geld wert«, lobt anerkennend Kurinek, »keine Lust die Seiten zu wechseln?«

»Danke für das Angebot«, lächelt Daniel, »aber abgelehnt. Außerdem hat mich heute Früh einer von euch Kappelständern[46] angehalten, weil ich ein paar Meter wegen einer Baustelle mit meinem Fahrrad auf dem Gehsteig gefahren bin, hat mich zwanzig Euro gekostet.«

»Gesetze müssen eingehalten werden«, schmunzelt Vasicek.

»Wofür wir hier soeben das beste Beispiel sind« grinst Freitag breit, »aber wir sind nicht zum Schmähführen da.« Er deutet mit einem Stift auf das Icon eines Dateiordners auf dem Bildschirm, der mit *Fotos Sept. 20* bezeichnet ist. »Daniel, mach mal das Ding auf.«

Der IT-Spezialist drückt auf die Schaltfläche und der Ordner poppt auf. Eine Unzahl an Foto-Tags füllt die Oberfläche des Monitors. Daniel klickt einfach auf das erste in der obersten Reihe links oben. Die stets fröhliche Cora Widmers blickt ihnen entgegen, eng umschlungen mit einem Chinesen.

Es ist das zweite Mal binnen kurzer Zeit, dass es Kokoschansky völlig die Rede verschlägt und er baff von einem zum anderen blickt.

»Vergrößere das Bild«, fordert er mit heiserer Stimme Daniel auf, »das glaube ich jetzt nicht. Cora und ein uns unbekannter Chinese vor der Karlskirche. Und das ist kein Selfie. Das wurde von einer dritten Person aufgenommen.«

»Fragt sich nur von wem«, bemerkt Freitag.

»Ist das vielleicht dieser ominöse Asiate, von dem vorhin die Rede war?«, erkundigt sich LVT-Mann Vasicek.

»Yiu Liopang? Keine Ahnung«, Kokoschansky schüttelt den Kopf, »kann sein, kann nicht sein. Cora hatte einen ausgeprägten Asienfimmel, im Besonderen ein Faible für China«, der Journalist richtet das Wort an Chefinspektor Kurinek, »habt ihr Fotoalben in ihrer Wohnung gefunden?«

»Nein, nicht ein einziges. Aber wer besitzt heute von der jüngeren Generation das noch und klebt Fotos in ein Album?«

»Wenn das tatsächlich Yiu Liopang ist«, Freitag starrt auf den Bildschirm, »dann hatte sie uns nach Strich und Faden belogen, weiterhin mit ihm Kontakt gehalten und das in Wien.«

»Nicht so voreilig«, mischt sich nun erstmals Lena ein und mahnt Freitag, »das ist überhaupt nicht bewiesen. Immerhin übergab sie euch brisantes Material, das überhaupt noch nicht richtig ausgewertet wurde. Was wäre dann der Grund ihre Bekanntschaft, Freundschaft, Beziehung – was auch immer, zu leugnen?«

»Spionage«, sagt Vasicek leise und Kokoschansky sieht ihn wie elektrisiert an.

»Schnüffeln für China?« Kokoschansky ist perplex. »Wir sind weltweit gesehen ein unbedeutendes Medienunternehmen, nicht mehr und nicht weniger. In Österreich haben wir uns einen gewissen Namen schaffen können. Mit einigen Storys sind wir auch im Ausland ab und zu positiv in der Medienwelt aufgefallen. Und ebenso so schnell waren wir wieder vergessen.«

»Darum geht es den Chinesen überhaupt nicht«, versucht Vasicek zu erklären, »sie wollen überall Fuß fassen und mitmischen, im Kleinen wie im Großen. Dahinter steckt ein seit vielen Jahren ausgeklügelter Plan, um ein gewisses Monsterprojekt in die Tat umzusetzen.«

»*One belt, one road* – die Neue Seidenstraße«, platzt es förmlich aus Kokoschansky heraus.

»Ich merke, wir sprechen eine Sprache«, nickt Vasicek, »genau darum geht es. Wo immer China eine Gelegenheit wittert sich einzunisten, wird es versuchen diese zu nutzen. Egal, wie groß das Unternehmen oder die Firma ist. Nehmen wir nur als Beispiel Produktfälschungen her. Es wird alles abgekupfert. Vom Duschknopf, der Türklinke bis zu Hightech. Ja, sogar ganze Orte wie man an Hallstatt gesehen hat. Was gefällt und China Nutzen bringen kann, wird beinhart kopiert. Auf den unterschiedlichsten internationalen Messen können Aussteller ein Lied singen, wenn sie ihre eigenen Produkte ein paar Kojen weiter eins zu eins als Kopien wiederfinden. Daher kommt es regelmäßig zu Einsätzen von Polizei, Finanz und Zoll. Die dadurch verursachten Schäden gehen in die Milliarden.

Das ist nichts gegen das Vorhaben der Neuen Seidenstraße und in wenigen Jahren wird es für die westliche Hemisphäre ein böses Erwachen geben. Dann wird es zu spät sein.«

»Könnt ihr bitte Deutsch reden?«, wundert sich Chefinspektor Kurinek, »Ich habe einen Mord aufzuklären und ihr quatscht über Weltpolitik. Ich bin ein Wiener Kieberer und froh, wenn sich bei uns die Kriminalität halbwegs in Grenzen hält. Da ist das Mordopfer mit einem Chinesen abgelichtet. Wie hilft mir das weiter? Was sind das überhaupt für Unterlagen, die FNews von Cora Widmers bekommen hat? Vom wem erhielt sie diese Papiere?«

»Wir werden dich jetzt in alles einweihen, was wir bisher in Erfahrung bringen konnten. Viel ist es nicht, aber zumindest ein erster Ansatz«, bestimmt Kokoschansky und unterrichtet den Chefinspektor über den vorläufigen Wissensstand.

Nach dem kurzen Vortrag des Journalisten ist Kurinek ziemlich beeindruckt und gleichzeitig verunsichert.

»Ausgerechnet in der Scheiß-Pandemiezeit muss dieser Mord passieren. Wie soll ich das mit meinen Leuten packen? Das ist längst kein Wiener Fall mehr, es hat internationale Dimensionen angenommen. Zuerst der angeschwemmte ermordete Belgier, danach die erstochene Journalistin. Ein Mörder? Mehrere Täter?«

»Ich habe mir einen gangbaren Weg überlegt«, schlägt Verfassungsschützer Vasicek vor, »mit dem wir alle leben können. Das BVT lassen wir vorerst blöd sterben. Wenn FNews einverstanden ist, benutzen wir das Portal als Boten.«

»Moment«, unterbricht Lena energisch, »ihr wollt uns an die Front hetzen? Habe ich das richtig verstanden? Wir sollen für euch die Kastanien aus dem Feuer holen?«

»Ihr könnt völlig unabhängig agieren«, versucht Vasicek die leicht aufwallenden Wogen wieder zu glätten, »euch kann niemand zurückpfeifen, im Gegensatz zu uns. Ich kenne den Ruf von FNews, zumindest in Österreich. Ihr seid längst ein gefürchtetes Medium für die Oberen und Mächtigen geworden. Genau da seid ihr uns gegenüber entschieden im Vorteil.

Wir kooperieren auf allen Linien gemeinsam mit euch, nur dürfen wir niemals aufscheinen. Walter, ich und unsere Leute existieren überhaupt nicht. Wir versorgen euch mit unseren Ermittlungen, ihr uns mit euren Recherchen. Gegenseitige Abstimmung, wann wir etwas unter die Leute bringen und so weiter.«

»Wer hilft uns«, fragt Lena mit unbeweglicher Miene, »wenn wir uns wieder einmal aus dem Fenster lehnen und nicht zum ersten Mal in die Bredouille geraten? Damit meine ich nicht nur Koko, unseren Sohn und mich, sondern alle von FNews. Eine von uns liegt bereits auf dem Obduktionstisch.«

»Wir«, spricht nun auch wieder Kurinek, »weder Hugo, ich noch unsere Leute lassen euch im Stich, sollte es hart auf hart gehen. Das ist ein Versprechen und es wird auch gehalten werden. Im Ernstfall können sich Innenministerium und Regierung querlegen so viel sie wollen.«

»Habt ihr noch so viel Zeit für eine Zigarettenpause?«, fragt Lena. Die beiden Kriminalbeamten nicken. »Gut. Koko, komm mal mit raus.«

Kokoschansky folgt Lena in den kleinen Innenhof von FNews und fühlt sich derzeit in seiner Statistenrolle überhaupt nicht wohl. Die Chancen stehen fünfzig zu fünfzig. Entweder sie ist dafür oder sie schiebt endgültig den Riegel vor. Etwas zittrig zündet er zwei Zigaretten an, reicht ihr eine. Nach ein paar Zügen, während denen kein Wort fällt, ergreift Lena wieder das Wort.

»Danke«, sagt sie leise.

»Wofür?«

»Dass ich bei dem Meeting dabei sein darf.«

»Ist wohl selbstverständlich. Ich will nichts mehr über deinen Kopf entscheiden und dich vor vollendete Tatsachen stellen. Schließlich hast du mir neulich deutlich zu verstehen gegeben, was mir blüht, wenn…«

»Na, was?«

»Das weißt du ganz genau, Lena.«

»Kennst du mich also noch immer nicht?«, erstmals lächelt Lena, »du magst zwar ein ausgezeichneter Journalist sein, doch von Frauen verstehst du nichts. Hast du jemals ernsthaft gedacht, ich lasse Günther und dich im Stich? Dämpf aus, Koko. Lassen wir sie drinnen nicht zu lange warten.«

Kokoschansky nimmt Lena in den Arm und drückt sie fest an sich. Jedes weitere Wort würde jetzt nur stören. Als sie in den Raum zurückkehren, deutet er, ohne dass es Vasicek und Kurinek bemerken, Freitag Daumen hoch. Daniel ist zu sehr mit seinen Dateien beschäftigt und hat die Welt um sich herum vergessen.

»Meine Herren«, richtet Kokoschansky vornehmlich das Wort an die Kriminalbeamten, »wir ziehen es mit euch gemeinsam durch. Zuerst brauchen wir Kopien der Sticks.«

»Daran soll es nicht scheitern«, sagt Kurinek.

»Ihr wertet die Dateien mit euren Möglichkeiten aus«, mischt nun wieder Freitag mit, »wir mit unseren. Bisher haben wir zwei Leichen. Den Lobbyisten und unsere Kollegin. Sollen wir das Foto des Chinesen veröffentlichen? Spricht etwas dagegen, wenn wir das Foto des mutmaßlichen Yiu Liopang publizieren? Unter dem Aspekt, wer kennt ihn und dass er vielleicht etwas über den Mord an Cora Widmers weiß, ohne ihn sofort als Täter zu verdächtigen. Ich denke, es wird noch viel mehr Bilder von ihm in den Dateien geben, oder?«

Daniel bestätigt die Vermutung mit einem Kopfnicken und widmet sich weiter dem umfangreichen Material.

»Es wird, befürchte ich«, lautet der Einwand des Verfassungsschützers Vasicek, »nicht sehr viel bringen. Wenn es um die eigenen Landsleute geht, mauern die Chinesen sofort. Zu groß ist deren Angst etwas Falsches zu tun, was sie selbst in Schwierigkeiten bringen könnte. Möglicherweise regt sich die chinesische Botschaft beim Außenministerium auf, das wird wann dann sicherlich hinter den Kulissen ausgetragen werden und nicht an die Öffentlichkeit gelangen. Hingegen ein bisschen provozieren schadet überhaupt nicht.«

»Hast du schon Coras Facebook-Account, Instagram, Twitter, was es eben gibt, gecheckt, Daniel?«, fragt Kokoschansky.

»Ja, klar, aber alles gelöscht.«

»Irgendeine Chance es zu rekonstruieren?«

»Nein, vergiss es.«

»Das habe ich geahnt«, meint Kokoschansky nachdenklich, »nehmen wir an, dass dieser Yiu Liopang bereits seit seinem Wien-Aufenthalt, als er Cora kennenlernte, für das Ministerium für Staatssicherheit arbeitet. Sein damaliges Studentendasein war nur eine Legende.

In diesem Fall wäre es das sogenannte *Zweite Büro*, die zuständige Hauptabteilung für das Ausland, für ihn zuständig gewesen. Soweit mir bekannt ist, besteht der chinesische Geheimdienst aus zehn Büros für unterschiedliche Aufgaben. Dazu gehören noch ein Schulungsbüro, eine Sektion für Überwachung und Bewertung, eine

Generalstelle, die Politische Abteilung und die Parteikommission.«

»Nicht schlecht«, lobt anerkennend Vasicek, während Kurinek noch mehr überrascht wirkt. Geheimdienste zählen nicht zu seinem Aufgabenbereich.

»Während des Lockdowns hatte ich genügend Zeit mich damit zu beschäftigen«, sagt Kokoschansky, »und schließlich haben wir dieses verdammte Corona China zu verdanken. Meine Theorie lautet, Yiu Liopang wurde seinerzeit in den Westen gesandt, um über die österreichische Studentenszene Erkundigungen einzuziehen. Vielleicht ist er als Romeo-Agent eingesetzt worden wie es auch die Stasi in der untergangenen DDR praktizierte: sich an Frauen heranmachen, sie einkochen, Liebe vorgaukeln und schon hängen sie am Haken.«

»Dagegen«, widerspricht Lena, »so wie du es mir erzählt hast und von Cora wusstest, dass er völlig unbedarft in Sachen Sex war.«

»Das stimmt zwar«, bestätigt Kokoschansky, »könnte aber auch eine Masche gewesen sein, ein Täuschungsmanöver. Leider kann Cora nichts mehr dazu sagen. Lasst mich meine These weiterspinnen. Tut mir leid, sie ist tot, aber ich unterstelle ihr, sie ließ sich anheuern, spionierte für das Reich der Mitte und Yiu Liopang war ihr Verbindungsmann, vielleicht sogar ihr Führungsoffizier. Dass sie ihn angeblich aus den Augen verlor war eine Finte uns gegenüber. Vielleicht war der Chinese die ganze Zeit in Wien, ist inzwischen sogar Angehöriger der Botschaft?

Wer sagt uns, dass Cora nicht auf etwas gestoßen war, was ihr letztendlich das Leben kostete? Genauso konnte Yiu Liopang kalte Füße bekommen haben, falls er der ominöse *mRNA* sein sollte und konnte sich nach Kasachstan absetzen.«

»Das hieße, dass unser Chinese«, wirft Freitag ein, »nicht im vergangenen September in Wien sein konnte. Seine letzten Informationen, Moment«, er blättert in einer Mappe, »stammen aus Juli und Anfang August. Kann man eigentlich Mailadressen türken, sodass es aussieht, es käme aus dem Ausland, Daniel?«

»Sicher. Nichts leichter als das«, bestätigt der IT-Experte, »nimm nur beispielsweise yahoo.de her und du sendest deine Mails trotzdem von Österreich aus.«

»Auch wieder wahr«, meint Freitag, »auch die Länderkennung lässt sich fälschen und darum geht es schließlich?«

»Auch die. Dass China über ausreichend Möglichkeiten der Tarnung verfügt, darüber mache ich mir keine Sorgen.«

Inzwischen öffnete Daniel eine Reihe von Fotoordern und immer wieder taucht dieser mysteriöse Chinese auf. Darunter sind nicht nur Bilder, kreuz und quer in Österreich aufgenommen, auch Aufnahmen in anderen europäischen Städten. Die Datumsangaben passen überhaupt nicht damit zusammen, dass Cora Widmers, wie sie FNews weismachen wollte, keinen persönlichen Kontakt mehr zu Yiu Liopang gehabt haben will.

»Sie hat uns leider nach Strich und Faden belogen«, stellt Kokosschansky sauer fest, »womit sich bewahrheitet, man kann einen Menschen noch so auf Herz und Nieren prüfen, aber niemals in ihn hineinschauen. Das nehme ich ihr wirklich übel.«

»Du verrennst dich in etwas, Koko«, abermals ist Lena anderer Meinung, »es gibt nicht den geringsten Anhaltspunkt, dass dieser asiatische Mann tatsächlich Yiu Liopang ist. Wie viele Chinesen gibt es weltweit? Und mit einem war sie bekannt, befreundet, hatte vielleicht eine Beziehung mit ihm. Das sagt gar nichts aus. Oder dieser Mann ist sogar österreichischer Staatsbürger, wurde hier geboren. Seine Eltern sind irgendwann zugewandert.«

»Das lässt sich sofort durch einen Anruf feststellen«, sagt Chefinspektor Kurinek, »im *ZMR*, dem *Zentralen Melderegister*. Funktioniert auch übers Internet, kostet jedoch. Bei uns ist das gratis.«

Der Kriminalbeamte ruft in seiner Dienststelle an, erkundigt sich bei Kokoschansky wie sich der Typ schreibt und buchstabiert den Namen, den Cora mehrmals in ihren Unterlagen, die sie FNews übergab, notiert hatte. Nach wenigen Minuten ist das Ergebnis bekannt. In ganz Wien ist kein Yiu Liopang und auch nicht in Österreich offiziell gemeldet.

»Das sagt gar nichts aus«, spricht Verfassungsschützer Vasicek aus der Praxis, »der Mann kann mit gefälschten Papieren unter völlig anderen Namen oder als U-Boot in der Stadt, im gesamten Land, leben. Falls er tatsächlich ein Agent sein sollte, verfügt er über genügend gefälschte Identitäten.«

»Warum übergibt Cora ausgerechnet in unserer wirtschaftlich angespannten Situation heikle Papiere«, hält Lena der toten Kollegin weiterhin die Stange, »wenn sie eine Spionin gewesen sein sollte? Das spricht gegen jegliche Agententätigkeit. Wenn dieser Chinese, den ihr für Yiu Liopang haltet, tatsächlich ein Spion ist, wird er sich nicht fotografieren lassen.«

»Ablenkung, um von einer Fährte abzulenken«, weist der Verfassungsschützer darauf hin, »jetzt bin ich es, der einer Ermordeten etwas unterstellt. Auf diese Weise herausbekommen, wie eure bisherigen Recherchen verlaufen sind. Oder um sich selbst wieder reinzuwaschen. Sie war selbst bereits auf der richtigen Spur und das wurde ihr zum Verhängnis. Vielleicht waren diese Unterlagen nur als Anfütterung gedacht, um euch heiß zu machen und danach abzuschöpfen? Allerdings, und da gebe ich Ihnen recht, Frau Fautner, ein tatsächlicher Agent wird sich niemals ablichten lassen.«

»Aus FNews dringt nichts nach draußen, wenn wir es nicht zulassen«, stellt Freitag dezidiert fest, »außer Cora hatte selbst geplaudert, was ich mir wiederum nicht vorstellen kann. Sie war eine tüchtige, verlässliche und gestandene Journalistin. Aber, und da stimme ich Koko zu, kein Mensch konnte wissen, was tatsächlich in ihrem Kopf vorgegangen war.«

»Habt ihr das Material bereits gesichtet?«, fragt Kurinek.

»Nein, nur überflogen, das nehmen wir heute noch genau unter die Lupe«, antwortet Kokoschansky, »was ich bisher sah und gelesen habe ist es kein nebuloses Wischiwaschi, sondern hat Hand und Fuß.«

»Oha!«, ruft plötzlich Daniel aus, »Das ist ja ein Ding! Seht euch das einmal an.«

Er dreht den Laptop so herum, dass alle auf den Bildschirm sehen können.

»Cora und der unbekannte Chinese in Brüssel«, sagt Freitag betroffen, »sieh mal einer an. Verdammt noch mal, was für ein Scheißspiel wurde da gespielt? Wenn jetzt noch auf einem der Fotos Francois van der Strabben auftaucht, drehe ich durch.«

Die Aufnahme wurde eindeutig vor dem EU-Parlament aufgenommen.

»Was hat diese Frau noch alles vor uns verborgen?«, wütend schlägt Kokoschansky mit der Faust auf den Tisch, »Wie konnten wir ihr nur so auf den Leim gehen? Wir haben Indizien, aber nicht einen einzigen aussagekräftigen Beweis. Ist das Bild mit einem Datum versehen?«

»Ja, 8. September 2020«, antwortet Daniel.

Wieder ergreift Lena die Initiative.

»Meine Herren, wir können jetzt bis zum Sankt Nimmerleinstag diskutieren und kommen dennoch auf keinen grünen Zweig. Momentan drehen wir uns nur im Kreis. Lassen wir unsere Recherchen und eure Ermittlungen parallel laufen, koordinieren die Ergebnisse. Alles andere bringt nichts. Wenn es wirklich brenzlig wird, können wir uns auf euren Schutz verlassen? Besonders für unseren Buben?«

»Hundert Pro, versprochen«, sagen unisono Vasicek und Kurinek.

»Ich werde den zuständigen Staatsanwalt anbohren«, beschließt der Chefinspektor, »ich will Cora Widmers Konten überprüfen. Von wo welches Geld wohin floss, sofern sie tatsächlich auf der Payroll der Chinesen stand. Ihr veröffentlicht ein unverfängliches Foto von ihr und dem unbekannten Asiaten, gibt schließlich genug davon. Die Aufnahme kann von überall herstammen. Somit sind Hugo und ich aus dem Schneider. Ihr wisst schon, wie ihr das der Öffentlichkeit verkaufen müsst.«

»Da wird aber das BVT keine Freude haben und äußerst toben«, Kokoschansky muss grinsen.

»Genau das ist beabsichtigt«, kontert Vasicek.

»Da wird einiges ins Rollen kommen«, meint Kokoschansky, »das wird ziemlichen Aufruhr verursachen. Plötzlich explodieren die Infiziertenzahlen und keiner weiß eigentlich weshalb. Unvernunft und Unverständnis in einem gewissen Teil der Bevölkerung kann nicht der ausschlaggebende Faktor sein.

Jetzt kommen wir noch mit unserer Story heraus und werden sicherlich die allgemeine Missstimmung anheizen. Wir werden vieles andeuten, vieles vermuten und vieles im Konjunktiv verfassen. Ich bin gespannt, wer sich für Interviews zur Verfügung stellt. Ich habe läuten gehört, dass die Regierung nach der Wien-Wahl einen zweiten Lockdown plant. Erste Maßnahmen sind bereits in Kraft getreten. Angeblich soll das Zusperren der Republik für zehn Tage am Ballhausplatz herumschwirren.«

»Welcher Vogel hat dir das denn gezwitschert?«, hakt sofort der Verfassungsschützer nach.

Kokoschansky hebt nur abwehrend die Arme und schweigt. Auch Lena sieht ihn mit großen Augen an. Das hört sie jetzt zum ersten Mal.

»Ich verstehe«, sagt Vasicek, »auch bei uns kursiert dieses Gerücht. Wenn es sich tatsächlich bewahrheiten sollte, dann gute Nacht Österreich. Dann wird die Wirtschaft, die ohnehin schon schwer angeschlagen in den Seilen hängt, nicht nur um Jahre, sondern um Jahrzehnte zurückkatapultiert. Von der Arbeitslosenrate und den Menschen, die bereits schwer deprimiert sind, ganz zu schweigen.«

»Ich frage mich die längste Zeit über«, äußerst sich Freitag, »handelt es sich um eine pure Machtdemonstration der Regierung – wir können das und ihr habt euch gefälligst zu fügen? Inzwischen ist es zu einer gewaltigen Panikmache ausgeartet und ich beziehe mich jetzt nur auf unser Land.

Und in Deutschland? Den Angaben des RKI, diesem Robert-Koch-Institut, traue ich schon lange nicht mehr über den Weg. Immerhin ist es sehr umstritten. Da muss ich keiner dieser vertrottelten Corona-Leugner sein. Das Virus existiert und es griff und greift rasend schnell um sich. Wer das bestreitet ist ohnehin reif für die Klapsmühle.« Nun wird Freitag richtig zornig. »Man verliert sich in Statistiken und Studien, die keiner zu Gesicht bekommt. Zählen die Neuinfektionen zu den Risikogruppen? Wie sieht die Altersstruktur aus? Wer sind die Corona-Toten? Wieder wird nur mit Zahlen jongliert. Niemand weiß außer den Angehörigen, was tatsächlich für den Tod ausschlaggebend war und wahrscheinlich nicht einmal die genau.

Da wird bei uns von Corona-Ampeln geschwafelt, die ohnehin nicht funktionieren. Die einzelnen Bundesländer sind sich untereinander uneins.«

»Nicht zu vergessen, die Corona-App«, wirft Kokoschansky ein,

»offiziell sicher nicht schlecht, aber was kann ich nicht alles inoffiziell damit anstellen? Ein weiterer Schritt zum Überwachungsstaat. Auch ist nichts gegen eine Registrierung in Lokalen einzuwenden, gleichzeitig führt sich der vielverteidigte Datenschutz ad absurdum. Das Allzweckheilmittel Contact Tracing, wer's glaubt? Lena hat Recht, für heute ist es genug. FNews wird noch Cora Widmers Foto mit dem unbekannten Chinesen veröffentlichen. Danach warten wir die Reaktionen ab.«

Nachdem die Nachricht auf das FNews-Portal gestellt ist, holen Lena und Kokoschansky Günther von seinem Freund ab und fahren nach Hause. Wider Erwarten haben die Jungs gelernt und nicht mit Computerspielen den PC zum Glühen gebracht. Nach längerer Zeit essen alle drei wieder gemeinsam zu Abend, wie in alten Zeiten. Günther ist selig, weil er wieder seine Eltern für sich hat, sie sich wieder vertragen und er Mathe problemlos meisterte.

Für Kokoschansky ist wieder seine berufliche und private Welt in Ordnung, zumindest oberflächlich. Instinktiv spürt er, es ist nur eine vorübergehende Phase, die sehr bald wieder ins Negative umschlagen wird.

FNews kann, wenn es nur geschickt und clever genug angestellt, mit dieser exklusiven Story rund um den mutmaßlichen Francois van der Strabben, mit dem Mord an Cora Widmers in Zusammenhang mit dem mysteriösen Chinesen, wieder an frühere Erfolge andocken. Natürlich ist er froh, eigentlich glücklich, dass Lena diese Kehrtwendung machte und wieder voll hinter dem Nachrichtenportal steht, sogar die integrierte Detektei ausbauen möchte. Es gibt nur dieses eine große Aber. Warum Lenas plötzlicher Gesinnungswandel? Nicht, dass sie nicht kompromissbereit wäre, doch sie ist alles andere als wankelmütig. Hat sie sich einmal eine Meinung gebildet, ist es oft sehr schwierig sie vom Gegenteil zu überzeugen. Da fährt die Eisenbahn drüber. Er vergleicht es mit einem aufziehenden Orkan, die Stille vor dem Inferno.

Kokoschansky kann es sich nur damit erklären, dass Lena ebenso wie alle anderen des FNews-Teams unbedingt den Mord an Cora aufklären und den Täter finden will. Auch Coras mögliche Spionagetätigkeiten für China enttarnen. Natürlich weiß der Journalist, dass Lena furchtbare Angst gepackt hat. Er kann sie verstehen, was nun in ihrem Kopf vorgeht.

Jetzt Cora, der Nächste ist vielleicht ihr Koko? Wie oft ist er bereits dem Teufel von der Schaufel gesprungen? Das geht nur eine gewisse Zeit gut. Cora war eine Kollegin, man verstand sich auf beruflicher Ebene sehr gut. Doch enge Freundinnen waren sie nicht. Coras gewaltsamer Tod ist eine unmissverständliche Warnung: Lasst die Finger von dieser Story!

Was bleibt Lena anderes übrig als wieder einmal in den sauren Apfel zu beißen? Im tiefsten Innern spürt Kokoschansky, dass sie ihn auch dieses Mal nicht hängen lassen wird. Allerdings ist diese Frau auch immer wieder für Überraschungen gut.

Sollte das tatsächlich gelingen und wie Lena dann über die weitere Zukunft von FNews denken wird, will sich der Journalist jetzt gar nicht ausmalen.

Daniel hatte noch in der Redaktion für Kokoschansky und Freitag Kopien der Daten von Cora Widmers versteckten USB-Sticks angefertigt. Ebenso verfügt Freitag über eine Kopie von Widmers Unterlagen, die ihr angeblich von diesem geheimnisvollen *mRNA* zugespielt worden waren.

Nachdem Günther zu Bett gegangen ist, ziehen sich der Journalist und Lena in sein Arbeitszimmer zurück, um ein wenig in dem Material zu stöbern und es durchzuackern.

Am nächsten Tag

Es war eine lange Nacht. Lena und Kokoschansky kamen aus dem Staunen nicht mehr heraus, was sie in Cora Widmers Dateien fanden. Ebenso waren sie von ihren Unterlagen fasziniert und gleichzeitig erschrocken, was tatsächlich in Verbindung mit dieser Pandemie stehen könnte. Gegen drei Uhr morgens konnten beide nicht mehr. Hundemüde und erschöpft sanken sie ins Bett.

Als Kokoschansky gegen neun Uhr morgens erwacht, ist Lena bereits außer Haus. Auf dem Küchentisch liegt ein Zettel mit ihrer Nachricht. Sie brachte Günther in die Schule, danach fuhr sie zur Bank, um ein paar Rechnungen zu begleichen und anschließend in die Redaktion.

Nachdem Kokoschansky geduscht hat, guckt er während des Frühstücks in seine Mails und aktiviert sein Handy. Die Reaktionen auf das publizierte Foto mit Cora Widmers und dem unbekannten Chinesen halten sich in Grenzen. Zwar haben es nahezu alle österreichischen Tageszeitungen veröffentlicht, versehen mit einem Fünfzeiler als Text. Der Journalist hat damit gerechnet. Schließlich ließ er noch keine wesentlichen Informationen raus.

Noch weiß Kokoschansky nicht, dass es bereits deswegen hinter den Kulissen heftig brodelt und er demnächst die Reaktionen zu spüren bekommen wird.

Dafür erregt eine SMS seine Aufmerksamkeit. *Treffen wie zuletzt? 11 Uhr? D.* Umgehend antwortet Kokoschansky mit »gebongt«. Danach informiert Kokoschansky Lena, dass er später in FNews eintreffen wird, weil er sich noch mit Django trifft und macht sich auf den Weg.

Der ehemalige, inzwischen längst pensionierte Topkriminalist mit dem eigenwilligen Spitznamen sitzt wieder an seinem angestammten Platz im Extrazimmer des Wirtshauses. Dieses Mal sind Kokoschansky und er die einzigen Gäste im Raum.

»Vor Corona haben wir uns eine Ewigkeit nicht gesehen«, meint der Journalist, »und nun ist es fast schon wieder wie in alten Zeiten.«

»Hätte der Donaukanal nicht eine Leiche angespült«, Django lächelt, »wer weiß, wann wir uns tatsächlich wieder begegnet wären?«

Ordnungsgemäß füllen die Männer nach den neuen Pandemiebestimmungen die Kontaktformulare aus. Mit ihren richtigen Daten versteht sich, um weder sich noch den Wirt bei einer eventuellen Kontrolle in Schwierigkeiten zu bringen. Danach bestellen sie. Kokoschansky seinen obligatorischen großen Mokka und Django nur ein Mineralwasser.

»Tut mir leid, was da mit eurer Kollegin passiert ist«, sagt der ehemalige Kriminalbeamte, »ich habe das Foto gesehen. Was hat dieser Chinese damit zu tun?«

Kokoschansky erzählt von den Vermutungen, bemerkt aber gleichzeitig, dass es bis dato noch keinen einzigen handfesten Beweis dafür gibt.

»Maulwürfe gab und wird es immer geben«, bemerkt Django nachdenklich, »davor ist niemand, keine Institution, kein Unternehmen, keine staatliche Einrichtung gefeit. Du kannst die Leute noch so austesten, wenn sie bestens geschult und vorbereitet sind, bist du chancenlos ihr Doppelleben aufzudecken. Inzwischen sind hier die Chinesen bestimmt sehr hellhörig geworden und sie werden sich garantiert etwas einfallen lassen. Sei bloß auf der Hut, Koko, mit denen ist nicht zu spaßen. Wenn du willst kann ich mich ein bisschen herumhören, was im Untergrund läuft.«

»Sehr gerne.«

»Deswegen sitzen wir nicht hier«, fährt Django fort, »wenn ich auch längst in Rente bin, das Kiberer-Gen bleibt trotzdem weiterhin aktiv und meine Netzwerke funktionieren. Ein guter Freund drüben in den Staaten hat mir heute Morgen dieses Mail geschickt.« Der Oberst a. D. zieht das Papier aus der Innentasche seines Sakkos, entfaltet und reicht es Kokoschansky. »Lies es. Da kommt noch einiges auf uns zu.«

Dem Journalisten drohen beinahe die Augen aus dem Kopf zu fallen.

»Jackson ist ein alter Spezi von mir, der für die DEA, die amerikanische Drogenvollzugsbehörde, arbeitet«, erklärt Django, »ich dachte, dass er bereits in Rente ist, anscheinend kann er von seinem Job nicht genug kriegen. Wie du siehst, Koko, schrieb er mit seiner privaten Mailadresse.«

»Hotel Bellagio«, murmelt Kokoschansky, »das Hotel kenne ich. Es ist lange her als ich zuletzt in Las Vegas war. Allerdings nur als Tourist und da hatte ich mir auch das Bellagio angesehen. Five Families N.Y.? Worum geht es?«

»Jackson meint die fünf großen New Yorker Mafiafamilien der amerikanischen Cosa Nostra«, erklärt Django, »Bonnano, Lucchese, Colombo, Genovese und Gambino. Sie dominieren in Amerika, aber sie arbeiten sicherlich auch mit anderen Syndikaten zusammen wie Chicago Outfit, DeCavalante und Patriaca. Wie du siehst, Koko, kam es vor wenigen Tagen zu einem geheimen, bestens vorbereiteten und abgeschotteten Geheimtreffen der obersten Bosse im Bellagio und das mitten in Corona-Zeiten.«

»Das bedeutet«, folgert Kokoschansky, »es waren Undercover-Agenten, V-Leute eingeschleust.«

»Sicher«, bestätigt Django, »obwohl klar ist, dass die Mafia alles überprüft hat, was zu überprüfen möglich war. Natürlich kenne ich keine Details, aber ich nehme an, dass die DEA und andere Behörden bereits seit längerer Zeit Bescheid wussten und daher ihre Vorkehrungen trafen. Ich gehe davon aus, dass es in Las Vegas nur so von Undercover-Leuten und Informanten wimmelt. Schließlich laufen in dieser Stadt unzählige Fäden zusammen. Das Wesentliche an dieser Geheimkonferenz ist der Zeitpunkt.«

»Lass mich raten. Die Mafiosi überlegten, wie sie an einen eventuellen Impfstoff und wirksame Medikamente herankommen, um es selbst auf den Markt zu werfen, um dann dementsprechend ihren Schnitt zu machen. Vielleicht die Präparate fälschen? Schließlich wartet die gesamte Welt auf wirksame Gegenmittel. Dafür brauchen sie Europa, weil hier derzeit die meisten Forschungen laufen, und deshalb werden sie beispielsweise die alten Connections in Italien wiederbeleben.«

»…und China«, ergänzt Django, »Corona kam aus dem Reich der Mitte. Deshalb werden auch die Triaden nicht untätig sein. Sie werden sich bestimmt nicht von der Cosa Nostra oder von anderen europäischen Mafia-Clans, und damit meine ich nicht nur die Italiener, in die Karten blicken lassen.«

»Das könnte bedeuten, dass ein weltweiter Unterweltskrieg in der Luft liegt und vielleicht in absehbarer Zeit ausbricht.«

»Ich bin der gleichen Meinung. Keiner der Bosse wird sich das zu erwartende Milliardengeschäft entgehen lassen, sobald wirksame Medikamente entwickelt werden. Die Russen ebenso nicht wie alle anderen. Russland experimentiert bereits seit Monaten ohne Rücksicht auf Verluste herum. Und die Chinesen legen sicherlich nicht untätig die Hände in den Schoß. Hinzu kommt noch eine weitere, absolut nicht zu unterschätzende Gefahr und die droht von islamistischen Fanatikern. Derzeit sind sie notgedrungen aufgrund der Reiseeinschränkungen et cetera massiv gehandikapt, doch das stört sie nicht. Keine Behörde weltweit weiß tatsächlich, wie viele ehemalige IS-Kämpfer, Schläfer und Sympathisanten im Untergrund herumgeistern und nur auf den Tag X lauern. Wozu Bomben und Sprengstoffgürtel zünden, wenn es um ein Vielfaches weitaus einfacher ist ein Attentat zu verüben, ohne selbst dabei draufgehen zu müssen? Noch dazu mit weitaus größeren katastrophalen Auswirkungen. Ein paar Mutanten des Virus erzeugen und auf die Menschheit loslassen. Klammheimlich und absolut sicher für die Drahtzieher im Hintergrund. Ich bin felsenfest davon überzeugt, dass diese Typen längst darüber nachdenken und ebenso sicher haben sie dafür Spezialisten an der Hand, um dieses Teufelswerk in die Tat umsetzen zu können.«

»Das läuft eigentlich auf einen künftigen Mehrfrontenkrieg hinaus«, zweifelt Kokoschansky keinen Augenblick an Djangos Meinung, »alles andere als rosige Zukunftsaussichten.«

»Leider entspricht es der Realität, Koko. Ein wesentlicher Faktor ist die unterschiedliche Problembewältigung der betroffenen Staaten. Anstatt an einem Strang zu ziehen, blockieren die verschiedenen politischen Interessen, und in weiterer Folge wirtschaftliche Aspekte, eine zielführende Pandemiebekämpfung. Diese Konflikte spielen wiederum perfekt der organisierten Kriminalität in die Hände und dementsprechend werden diese Unstimmigkeiten ausgenützt.

Es sind sich auch die Geheimdienste nicht einig, was wirklich hinter Corona stecken könnte. Schon einmal von den *Five Eyes* gehört, Koko?«

»Klar. Dazu zählen die Amerikaner, Kanadier, Australier, Neuseeländer und Briten. Diese fünf Geheimdienste arbeiten sehr eng zusammen und pflegen intensiven Informationsaustausch.«

Django nickt anerkennend. »Es ist immer gut, wenn man nicht mit einem Blinden über Farbe sprechen muss. Wieder einmal mehr war es Trump, der mit Spekulationen die Welt verunsicherte. Das tat er bereits im vergangenen Frühjahr. Er verbreitete die Theorie, dass Corona künstlich in chinesischen Labors erzeugt wurde. Um wissentlich China zu diskreditieren oder ob es nur einer seiner unzähligen kruden Gedanken ist, sei erstmals dahingestellt. Entgegen der Meinung der renommierten Wissenschaft, dass SARS-CoV-2 von Tieren auf Menschen übertragen wurde. Bekanntlich sollen Fledermäuse auf Wildtiermärkten in Wuhan der Auslöser gewesen sein. Deshalb hat China im letzten März den Handel mit Wildtieren generell verboten. Auch die amerikanischen Geheimdienste vertreten die Ansicht das Virus wurde nicht künstlich in einem Labor erzeugt. Doch in dem Geheimdossier der Five Eyes ist von riskanter Forschung in diesem Labor in Wuhan die Rede.«

»Kennst du das Papier?«, fragt Kokoschansky.

»Nicht im vollen Wortlaut dieser fünfzehn Seiten, aber ich weiß, dass es existiert. Nachdem es in Wuhan begonnen hatte, blockten sofort sämtliche Behörden ab, unterdrückten Informationen und die Zensur spielte noch verrückter als sonst.«

»Bestes Beispiel der Augenarzt Li Wenliang, der eindringlich vor diesem Virus warnte und plötzlich verstarb«, bemerkt Kokoschansky sarkastisch.

»Genau. China blieb stur und leugnete bis zum 20. Jänner dieses Jahres, dass Corona von Mensch zu Mensch überspringen kann. Dafür hat es bereits im Dezember 2019 eindeutige Hinweise gegeben. Nur so nebenbei«, Django beugt sich leicht vor und wird noch um eine Nuance leiser, »auch unsere Regierung wusste bereits lange vor Ausbruch der Pandemie, dass ein Damoklesschwert über diesem Land schwebte.«

»Aber sicher nicht von den Chinesen. BVT oder HNaA? Ich tippe auf das Heeres-Nachrichtenamt, dass bestimmt mehr auf Zack ist.«

Django hebt nur abwehrend die Hände.

»Mach' dir deinen eigenen Reim darauf, Koko«, meint der altgediente Kriminalist, »in diesem Punkt halte ich mich raus. Jedenfalls wird in dem Geheimdokument China vorgeworfen, Virenproben vernichtet zu haben und es gab strenge Kontrollen, wenn ihre Wissenschaftler darüber publizierten. Ebenso weigerten sich die Chinesen der internationalen Forschung Lebendproben zur Verfügung zu stellen.

Es existiert ein Bericht des Auswärtigen Dienstes der EU, worin gegen China, sowie gegen Russland, massive Vorwürfe von Desinformation bezüglich Corona erhoben wurden.«

»Also hängen die Russen auch voll drin.«

»No na«, lautet Djangos lakonische Antwort, »als Beijing den EU-Bericht spitzkriegte, übte China sofort diplomatischen Druck auf Brüssel aus. Die EU ließ davon nicht einschüchtern. In der zweiten Version finden sich nur geringfügige Änderungen, um einer Verstimmung zwischen EU und China halbwegs entgegenzuwirken. Mehr habe ich derzeit nicht auf Lager, Koko. Ich kann meine sämtlichen alten Kanäle anzapfen, meine Augen und Ohren offenhalten. Versuche mehr über dieses Labor herauszubekommen, von dem Trump gefaselt hat. Wenn ich dir einen Rat geben darf, sei verdammt vorsichtig. Die Chinesen kennen keinen Pardon, falls wer versucht ihnen in die Quere zu kommen. Mehr kann ich im Augenblick nicht tun.«

»Das ist schon sehr viel, Django, ich bin dir dafür mehr als dankbar. Ich habe A gesagt, jetzt muss ich auch B sagen. Mir bleibt eigentlich keine Wahl als mich darauf einzulassen, wenn ich FNews retten will.«

»Ich weiß, Koko, was für dich auf dem Spiel steht. Trotzdem, sei wachsam. Auch im Hinblick auf deine Familie. Es ist heißt nicht umsonst die gelbe Gefahr. Wenn sich China auf die Zehen getreten fühlt ist jedes Mittel recht, um den Feind zu bekämpfen.«

Nachdenklich, mit diesen Worten im Kopf, fährt Kokoschansky in die Redaktion, wo er bereits von Lena und Freitag erwartet wird.

Der Journalist berichtet von seinem Treffen, verschweigt aber Djangos Warnung. Es genügt, wenn Kokoschansky es weiß. Er rechnet mit Shitstorms, Trolls und sonst allem Möglichen, was sich in der illegalen Cyberwelt herumtreibt. Kokoschansky ahnt nicht, dass bereits eine besonders fiese Attacke auf ihn vorbereitet wird.

»Haben wir etwas über ein bestimmtes Labor in Wuhan über das Trump bereits in diesem Frühjahr schwadronierte und ihm unterstellte, dort sei das Virus ausgekommen oder bewusst in der Welt verbreitet worden?«, fragt Kokoschansky.

Freitag macht ein pfiffiges Gesicht, geht zu seinem Schreibtisch, zieht aus einer Lade eine dicke Mappe heraus.

»Tja, wenn der alte Freitag nicht wäre und sich um die wesentlichen Dinge kümmern würde«, grinst der Nigerianer bis über beide Ohren, »da Donald mein besonderer Liebling ist, habe ich, rein aus Spaß, seit seinem Amtsantritt sämtliche seiner Torheiten und Ergüsse penibel gesammelt.« Er blättert herum. »Und siehe da, da haben wir etwas über dieses Wuhan-Labor.«

Freitag hat es unter dem Begriff »chinesisches Virus« abgelegt.

Das Labor in Wuhan, das der amerikanische Präsident ansprach, ist ein Hochsicherheitsinstitut der Schutzstufe BSL-4 und soll laut Trump Biowaffen entwickeln. Mag stimmen, kann jedoch ebenso eine seiner zahllosen Lügen gewesen sein. Einige Jahre zuvor faselte Colin Powell von der Bush jr.- Administration von chemischen Waffen, die angeblich Saddam Hussein besaß, aber nie gefunden wurden. Die Folgen dieser Lüge sind hinlänglich bekannt.

Jedenfalls für Trump Grund genug über Corona in die Welt hinauszuposaunen, dass es der bislang größte und überraschende ausländische Angriff ist, gleichzusetzen mit Pearl Harbour und 9/11.

Dieses Labor wurde bereits 1956 innerhalb der CAS, der Chinesischen Akademie der Wissenschaften, gegründet und erlebte im Laufe der Jahrzehnte eine Reihe von Namensänderungen. Die heutige Bezeichnung stammt aus dem Jahr 1978.

2015 war es das erste Labor mit Schutzstufe BSL-4 in China. Drei Jahre später, 2018, war das »Zentrum für die Sammlung von Viruskulturen« mit rund tausendfünfhundert Erregerstämmen fertiggestellt und somit die größte asiatische Virenbank.

»Puh«, schnauft Kokoschansky, »damit lässt sich einiges anstellen, wenn man es darauf anlegt. Was so ein Scheißvirus anrichtet, erleben wir gerade. Bleiben noch immer 1499 übrig.«

Die biologische Schutzstufe BSL - *biosafety level* - stuft die Gefährlichkeit biologischer Arbeitsstoffe, vor allem von Mikroorganismen ein. Dafür gibt es auch eine eigene EU-Richtlinie (2000/54/EG) über den »Arbeitnehmerschutz gegen Gefährdung durch biologische Arbeitsstoffe«. Es existieren vier Risikogruppen mit den jeweiligen vier zugewiesenen Schutzstufen.

Es war die Forscherin Shi Zhengli mit ihrer Kollegin Ciu Jie, die den Ursprung von SARS entdeckten. Bereits im Frühjahr 2018 berichtete Zhengli über Corona-Viren, die von Fledermäusen auf Schweine übertragen wurden. Ein Jahr später, im März 2019, vertrat die Expertin die Ansicht, dass in ihrer Heimat durchaus Coronaviren auf den Menschen übergreifen und warnte eindringlich davor.

»Als dann Corona Chinas Grenzen verließ«, bemerkt Lena, »leugnete und mauerte Beijing wochenlang, bis die Regierung letztendlich mit der Wahrheit herausrücken musste.«

»War auch nicht anders zu erwarten«, meint Freitag, »dieses miese Spiel betrieben die Chinesen bereits 2002/2003 als erstmals SARS ausgebrochen war. Doch der Treppenwitz an der leidigen Geschichte ist, dass die Amerikaner in den vergangenen zehn Jahren die Laborforschung für Corona-Virenübertragung finanzierten. Satte 3,7 Millionen Dollar war das dem *National Institutes of Health*, der amerikanischen Gesundheitsbehörde, für dieses Institut in Wuhan wert.

Bereits im Oktober 2014 verhängte die Obama-Administration ein Moratorium, um Forschungsfinanzierungen zu unterbinden, um auf künstlichen Weg erzeugte höhere Ansteckungs- und Todesgefahr von Viren zu verhindern. Besonders für riskante Forschungsstudien mit Influenza-, MERS- und SARS-Viren.«

Kokoschansky fasst sich mit den Händen an den Kopf, stöhnt auf, schleicht im Büro herum wie ein gereizter Tiger.

»Was und wem soll man noch glauben? Da haut es einem den Vogel raus, was da alles nach und nach ans Tageslicht kommt! Es ist zum Durchdrehen! Überall neue Lockdowns, die Urlaubssaison ist längst vorbei. Die Zahlen steigen täglich, was sind die Gründe dafür? Darüber sprechen die offiziellen Experten nicht und ebenso wenig sämtliche Regierungen. Natürlich gibt es genug Idioten, die sich an keinerlei Reglement halten und weiterhin ihr Leben führen als wäre diese Pandemie nicht existent. Das allein rechtfertigt nicht die Anstiege. Hat schon jemand auch nur den leisesten Ton von sich gegeben wie viele Mutanten dieses Viruses bereits im Umlauf sind? Ich höre nur immer die gleichen Worthülsen, aber keine brauchbaren, konkreten Informationen.«

Natürlich läuft auch jetzt das Fernsehgerät. Schließlich sind diese Pressekonferenzen aus dem Bundeskanzleramt für jeden politischen Journalisten ein Muss zugleich auch eine Qual.

Kokoschansky greift sich die Fernbedienung und dreht den Fernseher ab. »Und als Draufgabe noch den salbungsvollen Sermon unseres Kanzlers mit seiner Stimmbruchstimme.«

»Genau in dieses weltweite Desaster gießt die Trump-Administration entweder weiterhin Öl ins Feuer«, Lena wundert sich nur mehr über weitere Unterlagen, »indem Anschuldigungen ohne jeglichen Beweis vom Stapel gelassen werden. Außenminister Mike Pompeo konntem seinem Präsidenten nicht in den Rücken fallen und redet davon, dass bereits im Jänner China medizinische Ausrüstung auf Vorrat gehortet und sich das Zeug im Ausland besorgt hätte. Tatsache bleibt, dass die Chinesen den Beginn der Pandemie vertuscht hatten. Wenn ich etwas vertuschen will, muss ich zwingende Gründe dafür haben.«

»Genau da ist der Hund begraben«, inzwischen hat sich Kokoschansky wieder etwas beruhigt und an seinen Schreibtisch gesetzt, »da auch die WHO nicht schuldfrei ist. Am 28. Jänner besuchte der WHO-Generaldirektor Tedros Adhanom Ghebreyseus Beijing und traf in der Großen Halle des Volkes mit Staatspräsident Xi Jinping zusammen, lobte überschwänglich dessen Führungsstärke und das chinesische System. Wahrscheinlich war diese Lobhudelei zwingend nötig, um überhaupt an chinesische Daten heranzukommen, damit die WHO international Empfehlungen und Warnungen verlautbaren konnte. Doch China saß am längeren Ast.

Die Weltgesundheitsorganisation besitzt keinerlei Durchgriffsrechte und ist in Krisen auf Zusammenarbeit angewiesen. Beijing besaß die besseren Karten und ließ die WHO zappeln. Es sollte noch rund sechs Wochen dauern bis einer Gruppe von WHO-Experten ein begrenzter Zugang nach Wuhan gestattet wurde.

Was machte darauf Ghebreyseus, der vierundfünfzigjährige Immunologe aus Äthiopien? Wieder kroch er Xi Jingping in den Allerwertesten und pries in höchsten Tönen wie schnell China auf die Seuche reagiert hatte. Viel schneller als 2002/2003. Kein Wort davon, dass damals die chinesische Staatsführung diese Pandemie drei Monate lang totgeschwiegen hatte und erst dann die WHO über die Bedrohung erfuhr.

Auch der Abschlussbericht dieser WHO-Mission war nicht das Papier wert, auf dem er verfasst wurde. Eigentlich eine Propagandaschrift für die KPCh. So wurde darin von den vielleicht ehrgeizigsten, agilsten und aggressivsten Eindämmungsmaßnahmen gegen das Virus in der Geschichte geschrieben. Mit Sicherheit war dieser sogenannte Bericht bis auf den letzten Beistrich mit Beijing abgesprochen. Deshalb musste es sich die WHO international gefallen lassen, viel zu spät eine Warnung ausgesprochen zu haben.

Bevor der WHO-Generaldirektor nach China reiste, fanden am 22. und 23. Jänner zwei Sitzungen des Notfallkomitees der Weltgesundheitsorganisation statt, bei der es zu keiner Einigung für die Ausrufung eines internationalen Gesundheitsnotstandes kam. Jetzt frage ich mich, wozu existiert dieser Verein, wenn er im Katastrophenfall ohnehin nichts auszurichten vermag? Allerdings ist die WHO nicht die einzige UN-Organisation auf die China immer stärkeren Einfluss ausübt. Dabei erhält Beijing von zahlreichen unterschiedlichen Staaten Rückenstärkung. Warum wohl?«

»Womit wir wieder einmal mehr beim Neuen Seidenstraßen-Projekt gelandet wären«, beantwortet spontan Freitag Kokoschanskys Frage.

»Genau darum geht es«, ist der Journalist der gleichen Meinung, »inzwischen zieht sich Amerika zunehmend aus bestimmten Gremien zurück, was China hervorragend in den Kram passt.«

*

Die WHO rief erst fünfmal den internationalen Gesundheitsnotstand aus. 2009 wegen der Schweinegrippe, 2014 und 2019 wegen Ebola im Kongo und in Westafrika sowie wegen Kinderlähmung 2014 und 2016 wegen Zika in Südamerika.

Strategic Health Operations Center ist die offizielle Bezeichnung für das Frühwarnsystem der WHO in Genf. Die Fäden laufen im Keller eines ehemaligen Kinos zusammen. Heute darf sich die WHO Informationen auch auf inoffizielle Quellen beziehen. So ist es der Organisation erlaubt, Google zu benutzen und Online-Magazine auszuwerten. Ebenso ist es gestattet, der Regierung eines Staates Fragen zu stellen.

Die UNO und ihre Organisationen, somit die WHO, sind auf das Einhalten eines Regelwerks der Mitgliedstaaten angewiesen, was jedoch nicht bedeutet, dass sich tatsächlich alle daranhalten wie die Praxis es immer wieder aufs Neue beweist. Der UNO steht zumindest der Sicherheitsrat zur Verfügung, kann jährlich die sogenannte »Liste der Schande« veröffentlichen. Darauf finden sich allerdings nicht Staaten, sondern Armeen und Milizen, die gegen Völker- und Menschenrechte verstoßen.

Von diesem Instrumentarium kann die WHO nur träumen. Die Weltgesundheitsorganisation darf keinerlei Sanktionen verhängen, nur Alarm schlagen und obendrein auf dem glatten diplomatischen Parkett noch dementsprechend sachte verpackt. Ob die Warnungen ernst oder in den Wind geschlagen werden, steht auf einem anderen Blatt.[47]

*

»Ah!«, Freitag deutet auf den Monitor, »Kurinek hat uns den Autopsie-Bericht von Cora geschickt.«

»Dann mach die Mail auf«, fordert Kokoschansky seinen Partner auf.

»Bin ja schon dabei«, Freitag konzentriert sich auf die Fakten, »es war ein glatter Herzstich, absolut tödlich. Wahrscheinlich war sie bereits im Fallen verstorben. Ausgeführt mit einer schmalen Klinge. Könnte ein Spring- oder Butterflymesser gewesen sein. Zumindest steht es so im Bericht. Keinerlei Kampf- oder Abwehrspuren von ihr. Sie musste von dem Angriff völlig überrascht worden sein.«

»Das bedeutet, wie wir bereits vermutet haben«, überlegt Kokoschansky, »Cora hatte ihren Mörder gekannt. Jedenfalls ließ sie ihn in ihre Wohnung und das war ihr Todesurteil. Der Typ war scharf auf ihren Laptop, sonst hätte er das Ding nicht mitgehen lassen. Wahrscheinlich war er ebenfalls auf der Suche nach den USB-Sticks, hatte aber leider Pech gehabt.«

»Oder er wurde gestört?«, gibt Freitag zu bedenken, »Darum die angelehnte Eingangstüre, weil er abhauen musste. Das deckt sich mit Kurineks vorläufigen Ermittlungen. Vielleicht waren noch andere hinter Coras Daten her?«

»Wer? Wir wissen nicht in welchen Machenschaften Cora verstrickt war. Tatsache bleibt, sie hatte uns belogen. Sie sprach immer nur von diesem Yiu Liopang, den sie angeblich aus den Augen verloren hatte. Die Fotos sprechen allerdings eine andere Sprache. Wie lässt sich diese verflucht harte Nuss nur knacken?«

»Wenn ich das wüsste, Koko, wäre der Fall vielleicht bereits geklärt. Lena hat schon Recht, wir drehen uns im Kreis. Wir müssen alles Material, was wir derzeit haben, bis auf den letzten Beistrich auswerten, sonst treten wir weiterhin auf der Stelle. Es artet zwar in Sisyphusarbeit aus, doch da müssen wir durch. Alles andere macht keinen Sinn. Untätig herumsitzen und warten bis vielleicht Kommissar Zufall zuschlägt, hilft uns nicht weiter. Ich werde mich jetzt mit *Bellingcat* beschäftigen.«

»Was versprichst du dir davon, Freitag?«

»Hat uns dieses Portal nicht schon öfters aus der Patsche geholfen?«

Kokoschanskys Partner hat vollkommen Recht. 2014 gründete der britische Journalist Eliot Higgins diese Plattform. Rasch mauserte sie sich zur ersten Anlaufstelle für Investigativjournalisten, indem verschiedene Tools und Software für forensische Onlinerecherche angeboten werden.

»Ich probiere es zuerst mit *WhoPostedWhat*. Vielleicht werde ich dort fündig? Daniel hat zwar gemeint, dass Coras eventuelle Posts nicht mehr rekonstruierbar sind, aber bekanntlich hinterlässt jeder Mausklick Spuren. Man muss sie nur aufspüren.«

»Wirst du jetzt zum Hacker?«, blödelt Kokoschansky und Freitag antwortet ihm mit einer eindeutigen Geste.

Plötzlich ertönt aus den Lautsprechern, die mit Freitags und Kokoschanskys Rechnern verbunden sind, furchteinflößende Musik wie aus einem Horrorfilm.

»Hast du jetzt irgendetwas herumgefummelt?«, schnauzt Kokoschansky seinen Partner an.

»Nein! Wo sind meine Hände und wo Keyboard und Maus?«, keift Freitag zurück.

Beiden drohen die Augen aus dem Kopf zu fallen. Die Bildschirme sind schwarz. Aus diesem schwarzen Nichts auf den Monitoren taucht im Zentrum aus der Unendlichkeit ein weißer Punkt auf, der rasch größer wird, aufpoppt und daraus entstehen vier Worte in Blockbuchstaben:

LAST WARNING! FORGET IT!

Die Warnung löst sich auf. Dafür erscheinen Fotos von Kokoschansky, Lena, Günther, Freitag, seiner Frau MaryLou und den Kindern Samira und Joshua. Die Fotos verschwinden, die Bildschirme werden wieder schwarz, untermalt von einem höhnischen, elektronisch erzeugten Gelächter und verstummt. Danach geht absolut nichts mehr. Es bleibt finster, FNews ist lahmgelegt.

Kokoschansky starrt auf die toten Monitore, seine Kiefer mahlen, er zittert vor Wut, schnappt sich seine Kaffeetasse und will sie in Richtung seines Bildschirms schleudern. Im letzten Moment fällt ihm Freitag in den Arm.

»Das bringt nichts, Koko, wenn du jetzt ausrastest.«

Noch immer vor Zorn und Ohnmacht bibbernd, langt Kokoschansky nach seinen Zigaretten.

»Jetzt machen sie ernst«, presst er hervor, »sie haben unsere Familien im Visier. Hast du das T-Shirt von meinem Sohn gesehen? Mit dem Rebel-Aufdruck? Das habe ich ihm erst neulich geschenkt.«

»Ja«, Freitag nickt, »wir werden also beschattet. Was Corona bislang nicht geschafft hat, dass schaffen nun die da draußen. Verdammt noch mal!«

Selten verliert dieser Sonnyboy die Fassung. *Die da draußen* – ohne ein Wort darüber verloren zu haben, wissen sowohl Kokoschansky wie auch Freitag: Dieser Angriff kam sicher nicht von den höchsten Stellen in Österreich. Vielleicht wurde in diesem Land die Cyberattacke gestartet, doch dahinter stecken ausländische Kräfte. Beide Journalisten wissen, wer vermutlich dahintersteckt und es hängt auf jeden Fall mit der Publizierung des Fotos von Cora Widmers mit dem unbekannten Chinesen sowie dem Bericht über die Leiche aus dem Donaukanal zusammen.

Nach und nach füllt sich das Gemeinschaftsbüro der FNews-Leiter mit Redakteuren und Technikpersonal. Allen ist Ratlosigkeit und Angst in die Gesichter geschrieben. Derzeit geht überhaupt nichts mehr, überall nur schwarze Bildschirme. Seit Bestehen des Nachrichtenportals der bislang schwerste Angriff. Daniel drängt sich durch die Meute, verschafft sich Gehör.

»Leute«, sagt der IT-Spezialist und hebt beschwichtigend die Hände, »alles halb so wild. Wer immer dahintersteckt und das ist nicht allzu schwer zu erraten, denkt, er hat uns damit einen Schuss vor den Bug gesetzt. Erstens kriegen es meine Leute und ich heraus, wer uns da auf die Zehen getreten ist und zweitens die Mühe war vergeblich. Sie haben keinerlei unserer sensiblen Daten in die Hände bekommen.

Es gibt unzählige Backups, brisantes Material ist auf externen Festplatten gespeichert. Daher kein Grund zur Panik. Dann machen wir eben mit dem Tor-Browser über das Darknet weiter, bis die Angreifer enttarnt wurden.«

»Sie können überall in der Welt sein«, gibt einer der Redakteure zu bedenken, »mit hoher Wahrscheinlichkeit haben wir die Chinesen am Hals. Aber auch irgendeine Trollfabrik der Russen in Sankt Petersburg ist denkbar. Daniel, deine Qualitäten und die deines Teams in Ehren, aber…«

»Es reicht die Enttarnung und das Publikmachen«, entgegnet Daniel, »um damit Stimmung zu erzeugen.«

»Sorry«, lässt sich der Kollege nur schwer überzeugen, »wir wissen alle, dass es inzwischen international Hacker und Hackergruppen wie Sand am Meer gibt. Entweder arbeiten sie im staatlichen, geheimdienstlichen Auftrag oder sind Kriminelle, die auf eigene Rechnung in die Netzwerke einbrechen.«

»Hast du einen besseren Vorschlag?«

Daniel wirkt inzwischen sichtlich sauer.

»Genug jetzt, Leute!«, mischt sich nun Kokoschansky ein, der bisher nur angespannt zugehört hat, »Jetzt heißt es kühlen Kopf bewahren. Ab jetzt wird es lebensgefährlich. Zumindest was Freitags Familie und meine betrifft. Jetzt scheint es tatsächlich ans Eingemachte zu gehen. Ihr habt alle die Fotos unserer Angehörigen gesehen. Die Typen sind in Wien.« Nochmals schildert Kokoschansky knapp die Sache mit Günthers T-Shirt. »Der klare Beweis, sie sind bestens informiert, wissen über uns Bescheid. Ich weiß es ehrlich nicht, wie und ob wir weitermachen sollen. Ich habe meine Grenzen, wenn es auch oft nicht danach aussieht. Jetzt ist der Rubikon überschritten und ich…«

Plötzlich steht Lena neben ihm und er ist wie vom Donner gerührt, hat nicht die geringste Ahnung, wie sie gleichsam aus dem Nichts aufgetaucht ist. Natürlich weiß er, dass sie im Haus ist. Sicherlich stand Lena die ganze Zeit über mit den anderen im Büro. Er hat sie übersehen, weil er viel zu sehr in Rage war, nachdem FNews ausgetrickst worden ist und vor allem über die unverhohlene Drohung.

»Wir machen weiter!«, spricht Lena mit ihrer hellen, äußerst durchschlagskräftigen Stimme, wenn es darauf ankommt und wiederholt nochmals, »wir machen weiter! Bisher konnten wir jede Krise meistern, also werden wir es auch dieses Mal irgendwie schaffen. Wir lassen uns weder von China noch von irgendwem ins Bockshorn jagen.

Koko wird mir verzeihen, wenn ich ausplaudere, dass wir in letzter Zeit, durch Corona bedingt, etliche Sträuße miteinander auszufechten hatten. Es ging größtenteils um die Zukunft von FNews und ich gebe gerne zu, dass ich sehr mit mir gerungen habe, ob wir nicht den Laden dicht machen sollten. Die Pandemie, die ständig wachsende und ernstzunehmende Konkurrenz, der Druck von außen größtenteils politischer Natur, der Abgang unserer Geldgeber, etwas zu viel für meinen Geschmack. Das ist Schnee von gestern.

Koko, Freitag und ich sind letztendlich übereingekommen, wir können und wir wollen euch nicht im Stich lassen. Allerdings, und auch das ich gestehe ich freimütig ein, war ausschlaggebend was in den letzten Minuten geschah. Ich sah die Bilder unserer Kinder, Samira, Joshua und Günther.

Wenn sie es auf uns Erwachsene abgesehen haben, ist das eine Sache. Jedoch unschuldige Kinder mit hineinziehen, das lasse ich nicht zu. Da werde ich zur Furie. Ich habe seinerzeit als Polizistin viel zu viel sehen und erleben müssen, was Kindern angetan wurde.

Ich glaube, dass die Auslöser dieser Cyberattacke und deren Auftraggeber es vordergründig darauf anlegen uns, also Freitags und meine Familie, in die Knie zu zwingen. Ihr«, dabei sich blickt Lena reihum, »steht derzeit sicherlich nicht so sehr im Focus. Sie wollen die Chefs klein kriegen. Gleichzeitig heißt das, ihr müsst ebenso vorsichtig sein wie wir. Der Teufel schläft nicht.

Daher habe ich mir Folgendes überlegt. Wer sich in seiner Wohnung nicht sicher fühlt, soll sich vorübergehend einen anderen Unterschlupf suchen. Familie, Verwandte, Freunde, ihr wisst schon, was ich meine. Wer Kinder hat, muss sich ebenfalls etwas einfallen lassen.

Ich werde vorerst die Detektei stilllegen, es kommen ohnehin kaum Aufträge herein. Daher stehen die Räumlichkeiten ab sofort zur Verfügung. Wir organisieren Campingliegen, Feldbetten, Matratzen. Die nötige Infrastruktur ist vorhanden. Hier ist für uns derzeit der sicherste Ort. Wenn wir für unsere Arbeit raus müssen, dann nur zu zweit. Einer passt auf den anderen auf. Sollte die Regierung tatsächlich eine Ausgangssperre verhängen, haben sich gewisse Dinge ohnehin auf Zeit erledigt.

Koko, unser Sohn und ich werden vorübergehend hier einziehen«, Lena wendet sich direkt an Freitag, »das solltest du ebenfalls mit deiner Familie machen. Ich weiß, dass Marylou sicherlich den Aufstand proben wird, aber nötigenfalls rede ich mit ihr.«

»Was ist mit unseren Kindern, die in die Schule oder in den Kindergarten müssen?«, fragt eine Redakteurin.

»Ab sofort hinbringen und wieder abholen«, antwortet Lena, »auch wenn das vielleicht unserem Nachwuchs zutiefst zuwider sein wird, das ist in dieser Situation nebensächlich. Wir haben bereits eine Kollegin verloren. Wir wollen nicht noch um jemand anderem aus unseren Reihen trauern müssen. Denkt bitte darüber nach. Ich glaube, das ist erst der Anfang. Entsprechend müssen wir gewappnet sein.«

Binnen kürzester Zeit zum dritten Mal, dass Kokoschansky die Kinnlade herunterklappt und er völlig sprachlos ist. Dabei ist er stets auf seine Menschenkenntnis stolz gewesen. Es scheint jetzt, dass er mit Lena in dieser Ausnahmesituation seine Meisterin gefunden hat. Langsam erhellen sich die Mienen der Anwesenden, lächeln und Lena senkt den Kopf, errötet sogar.

»Eigentlich wollte ich schon immer in einer geilen WG wohnen«, Freitag drückt übermütig Lenas Hand und wendet sich an Kokoschansky, »es hat seine Richtigkeit. Hinter jedem erfolgreichen Mann steht eine starke Frau. Also, worauf warten wir noch?«

Augenblicklich verschwindet die anfängliche Niedergeschlagenheit im gesamten Team und verwandelt sich in Euphorie und Tatendrang. Applaus brandet auf und jeder ist davon überzeugt, es ist der richtige Weg. Kokoschansky sagt noch immer kein Wort, nimmt Lena nur um die Mitte und drückt sie an sich.

»Lenas Vorschlag ist ausgezeichnet«, meint Freitag, »das ist tatsächlich der sicherste Ort für uns. Hier kommt keiner rein, wenn wir es nicht zulassen. Und zwei wichtige Ereignisse dürfen wir nicht vergessen, Leute. Nach der Wien-Wahl wird das eintreten, was ohnehin bereits das Gerücht im Umlauf ist. Die Regierung wird einen zweiten Lockdown durchsetzen mit Ausgangssperre und so weiter. Gut, wir sind Journalisten, wir haben einen größeren Spielraum. Natürlich werden wir ebenso mit Einschränkungen wie bereits im Frühjahr leben müssen. Die zweite wichtige Sache, die amerikanische Präsidentenwahl findet Anfang November statt. Klarerweise wird darauf die gesamte Welt schauen, da werden wir mit unserer Story kaum punkten können. Das würde untergehen. Daher müssen wir jetzt die Zeit nutzen und aktiv sein. Coras Ermordung und dieser Belgier Francois van der Strabben sind das Fundament für unsere Geschichte.«

»Das ist alles sehr einleuchtend«, ergreift wieder Kokoschansky das Wort, »nur, wie kriegen wir unsere technischen Probleme in Griff?«

»Wie ich bereits angedeutet habe«, schaltet sich Daniel ein, »über den Tor-Browser. Vorübergehend arbeiten wir mit dem Darknet. Ich muss euch nicht erklären, dass es auch die legale Seite des Netzes hinter dem Netz gibt. Wir verwenden alle dieses Darknet. Unzählige Kollegen deponieren weltweit brisantes Material in diversen Clouds, Whistleblower versenden damit ihre Informationen.

Tatsache bleibt, dass in unsere eigenen Server eingebrochen wurde. Das ist sehr ernst und bedeutet gleichzeitig, dass wir es mit erstklassigen Spezialisten zu tun haben. Dafür kommen für mich derzeit nur Chinesen oder Russen infrage, wobei ich eher auf China tippe. In letzter Zeit haben wir nichts über Russland publiziert, ausgenommen das Attentat auf Nawalny, doch das taten andere auch.

Eine weitere Option wäre unsere derzeit stillgelegten Server in Übersee wieder zu aktivieren. Wir werden diesen Schädling finden und unschädlich machen. Bis dahin arbeiten wir alle mit Tor. Jeder von uns besitzt seinen eigenen PC oder Laptop. Wir senden unsere Berichte jedes Mal von einem anderen Gerät und über das Darknet, zusätzlich binden wir stärker die sozialen Medien ein.«

»Du setzt auf Verwirrtaktik, Daniel«, vergewissert sich Kokoschansky.

»Genau, das wäre das Ziel«, bestätigt der IT-Spezialist, »glücklicherweise haben wir unser Netzwerk so angelegt, dass wir für kurze Zeit sogar einen Notbetrieb aufrechterhalten können. Aber der muss erst aktiviert werden.«

»Na dann, worauf warten wir?«, fragt Kokoschansky in die Runde, »Zuerst werden wir über die sozialen Medien den Angriff auf FNews unter die Leute bringen. Ich werde mich auch sofort mit unseren Vertrauensleuten bei den Bullen in Verbindung setzen, ob sie uns nicht unter bezüglich Schutzmaßnahmen unter die Arme greifen können. Ansonsten machen wir weiter wie immer.«

Nach dem 11. Oktober 2020

Die letzten Tage verliefen äußerst ruhig ohne irgendwelche Zwischenfälle. Nachdem die Cyberattacke auf das Nachrichtenportal in der Öffentlichkeit publik wurde, gab es tausende Unterstützungs- und Durchhalte-Postings und ebenso großen Hass und Schadenfreude.

FNews hatte von Beginn an polarisiert und daran soll sich nichts ändern. Den Leitmedien in diesem Land war es hingegen nicht einmal eine Zeile wert. Ein ernstzunehmender Konkurrent ist zumindest für eine Zeitlang erheblich behindert und größtenteils lahmgelegt. Totschweigen und ignorieren.

Die übliche FNews-Berichterstattung alternativ über den Tor-Browser und somit über das Darknet abzuwickeln, ist nur bedingt wirksam. Daniel und seine Leute arbeiten nahezu rund um die Uhr den Schaden zu beheben, aber derzeit stehen sie ziemlich auf verlorenem Posten. Das Team bleibt weiterhin zuversichtlich den Übeltäter aufzuspüren.

Der mysteriöse Whistleblower *mRNA* hat sich bis dato nicht mehr gemeldet. Dafür halten die Belgier Wort und schicken umfangreiches Material über den ermordeten Francois van der Strabben an Major Hugo Vasicek vom LVT, der sich sofort mit Chefinspektor Walter Kurinek, der für den Mord an Cora zuständig ist, in Verbindung setzt.

Nach eingehender Überprüfung kommen die beiden Kriminalbeamten überein, diese Unterlagen Kokoschansky zur Verfügung zu stellen. Einem Journalisten bleibt weitaus mehr Spielraum für Spekulationen und Vermutungen, die er ungehindert unter die Leute bringen kann.

Kokoschansky, Lena und Freitag arbeiten sich in die Materie ein und kommen aus dem Staunen nicht mehr heraus. Inzwischen ist eindeutig erwiesen, dass es sich bei der Leiche aus dem Donaukanal tatsächlich um Francois van der Strabben handelt, der seit mehreren Tagen in Belgien abgängig war.

Ausschlaggebend war nicht nur diese chinesische Tätowierung, die von seiner Tochter identifiziert wurde. Es gab noch weitere Merkmale wie Operationsnarben.

Die Durchsuchung seines Büros in Antwerpen brachte ebenso einiges ans Tageslicht. Vor Corona besuchte van der Strabben in den letzten Jahren sehr oft China, hielt sich mitunter mehrere Wochen im Reich der Mitte auf. Nach dem Ausbruch der Pandemie trieb er sich mehrmals in Brüssel herum. Aufschlussreich war auch die Öffnung seiner Konten. Sehr auffällig dabei: Überweisungen hoher Beträge der *Bank of China* in Brüssel. Seine Tochter wurde dazu einvernommen, doch sie konnte glaubhaft versichern, nichts über die Geschäfte ihres Vaters gewusst zu haben, geschweige denn darin involviert gewesen zu sein.

In den Notizen des Belgiers finden sich ebenfalls einige aufschlussreiche Einträge. So tauchen immer wieder zu unterschiedlichen Zeiten und Tagen handschriftliche Eintragungen auf wie *R. Abg. Café Landtmann*, *V. (CDU) Café du Sablon*, *B.* und *A. (SPD) Le Rabassier auf.*

»Sehr interessant«, Kokoschansky deutet auf die Fotokopien, »unser ehrwürdiges *Landtmann*.«

Dieses Wiener Kaffeehaus ist unter anderem dafür bekannt, dass sich hier Parlamentarier und Politiker aller Coleurs gerne ein Stelldichein geben, um gewisse Dinge unter der Hand auszubaldowern und auszuhandeln.

»Schade«, meint Kokoschansky, »dass der gute Mann bei der Person, die er oft in Wien traf, nicht auch die Partei notierte. *Abg.* kann nichts anderes als *Abgeordneter* bedeuten. Bei den Piefkes tat er es allerdings. Jedenfalls saß er mit denen in Lokalen zusammen, die es in Wien nicht gibt.«

»Dafür in Brüssel«, sagt Freitag, »Google macht's möglich. Die drei Typen aufzuspüren gleicht der Suche nach der Nadel im Heuhaufen. Ich bin mir sicher, es handelt sich um EU-Parlamentarier, zumindest die Deutschen. Die Abgeordnetenverzeichnisse lassen sich organisieren, aber es ist extrem heikel. Handelt es sich bei den Buchstaben um die Vor- oder Nachnamen? Warum schrieb van der Strabben bei seinem Wiener Kontakt nur den Buchstaben? War er mit ihm so eng befreundet?«

»Glaube ich nicht«, widerspricht Kokoschansky, »welchen Sinn machte es, wenn er dennoch abgekürzt *Abgeordneter* dazuschrieb? Ich denke eher, R. ist sein einziger politischer Kontakt in Österreich gewesen, darum sparte er es sich die Partei hinzuzufügen.«

»Das kann uns derzeit egal sein. Vielleicht kommen wir durch Zufall dahinter? Viel interessanter ist das Interesse der belgischen Geheimdienste ADIV, SGRS, SU und SE[48] an unserem Mann. Noch während der Pandemie hielt er sich einige Male in Moskau auf. Diamanten wird er wohl nicht unbedingt dort verscherbelt haben.«

»Zeig her«, fordert Kokoschansky seinen Partner auf, »das habe ich noch gar nicht gesehen.« Freitag reicht ihm das Papier. »*Gamaleya*-Institut in Moskau. Zumindest offiziell ist es die Forschungseinrichtung, die auch an Impfstoffen arbeitet. Hat nicht Putin vor nicht allzu langer Zeit damit geprahlt? Moment, ich habe mir da eine Aufstellung gemacht.«

»Ich dachte, du hast deinen Sauhaufen aufgeräumt?«, nimmt ihn Freitag auf die Schaufel.

»Von wegen«, triumphierend nimmt Kokoschansky eine Mappe aus einer Lade und wedelt damit vor Freitags Gesicht.

*

Mitte Oktober 2020 befinden sich bereits elf Impfstoffe in der letzten Testphase und stehen knapp vor der Zulassung. Darunter das erste russische Präparat des Gamaleya-Instituts mit einem politischen Hintergrund.

In China arbeiten an wirksamen Präparaten die *Sinopharm Group* mit Sitz in Beijing, ein Joint Venture zwischen der staatlichen *China National Pharmaceutical Group* und der privaten *Fosun Pharmaceutical*. Dazu gehören das *Wuhan Institute of Biological Products*, das *Beijing Institute of Biological Products*, *Sinovac Biotech* und *CanSino Biologics*.

In Australien beschäftigt sich das *Murdoch Children's Research Institute*, in den USA *Moderna*, *Johnson & Johnson*, *Novavax* und *BioNTech / Pfizer*.

In Großbritannien tüfteln die *Oxford University* und *AstraZeneca*. In Deutschland forschen *Sanofi / GSK* und *Cure-Vac* in Tübingen mit dem österreichischen Studienleiter Peter Kremser.

Weltweit rittern 156 Projekte um die Pole Position für einen wirksamen Impfstoff, rund zweihundert Impfstoff-Kandidaten befinden sich in der Entwicklungsphase.

Höchst interessant, dass *Moderna* und *BioNTech/Pfizer* die sogenannte *mRNA*-Technologie bei der Forschung anwenden. Genau dieses Kürzel verwendete Cora Widmers mysteriöser Informant.

*

»Van der Strabben hielt sich sowohl in Beijing wie auch in Moskau auf«, resümiert Kokoschansky, »und das in der Zeit des ersten Lockdowns, verkehrte mit deutschen Politikern und einem Österreichischer. Ein umtriebiger Hansdampf in allen Gassen.«

»Wenn er die belgischen Geheimdienste im Genick hatte«, Freitag kaut an einem Kugelschreiber herum, »war er auch für den russischen FSB und GRU interessant und für die Chinesen. Ich glaube…«

»Na, was?«, unterbricht ihn Kokoschansky, »Woran denkst du? An einen Doppelagenten oder besser, an einen Doppellobbyisten? Einer, der pokerte und einen gegen den anderen ausspielte. Wer besser bezahlte, machte das Rennen.«

»Genau das wurde ihm zum Verhängnis. Jetzt können wir es uns aussuchen, wer van der Strabben um die Ecke brachte. Die Chinesen, die Russen, vielleicht die Belgier selbst?«

»Allerdings ist das reine Theorie«, gibt Kokoschansky zu bedenken, »wir haben nicht den geringsten Beweis. Aber vielleicht gelingt es uns die Drahtzieher aus der Reserve zu locken? So übel wie er zugerichtet worden war, konnte es nur eine Warnung gewesen sein und da tendiere ich sowohl zu den Chinesen wie den Russen. Warum geschah jedoch der Mord in Wien?«

»Neutraler Boden«, Freitag zuckt mit den Schultern, »diese Stadt war immer schon ein Tummelplatz für sämtliche Geheimdienste und daran hat sich bis heute nichts geändert.«

»Warum lag sein Terminkalender in seinem Büro in Antwerpen?«

»Weil er die wichtigen Termine in seinem Handy gespeichert hatte«, auch dafür findet Kokoschanskys Partner eine Erklärung, »und das Mobiltelefon ist verschwunden.«

»Einleuchtend«, gibt sich Kokoschansky zufrieden, »van der Strabbens Leiche wurde in der Nacht vom 7. auf den 8. Oktober aus dem Donaukanal gefischt.« Der Journalist blättert wieder in den Unterlagen. »Die Belgier melden, dass er am 6. dieses Monats mit einem gecharterten Lear-Jet aus London kommend in Wien landete. Eingereist war er mit einem EU-Diplomatenpass.«

»Nicht schlecht, unser Monsieur van der Strabben.«

»Warte, es kommt noch besser, Freitag. Davor hielt er sich in den USA auf, in Las Vegas.«

»Nicht möglich!«

»Doch. Hier steht es schwarz auf weiß.«

Kokoschansky deutet auf die betreffenden Zeilen in dem Papier.

»Hotel Bellagio, das Cosa Nostra-Treffen, wie es dir Django erzählte und der es wiederum von seinem Informanten Jackson drüben erfuhr. Pah, das ist ja ein Ding! Anscheinend hatte der Belgier auch mit der Mafia gepackelt.«

»Ich glaube nicht, Freitag, dass sie ihn am dem Treffen teilnehmen ließen. Laut diesem Jackson durften nur die Bosse, Stellvertreter und andere hohen Ränge daran teilnehmen. Wahrscheinlich lief alles über Mittelsmänner, was van der Strabben anzubieten hatte.

»Was wollte der Belgier in Wien? Am 7. Oktober, also Stunden vor seinem gewaltsamen Tod, traf er sich noch mit diesem R., dem österreichischen unbekannten Abgeordneten. Für welchen Pharma-Riesen arbeitete van der Strabben?

Wir hauen das jetzt alles raus, inklusive unserer Vermutungen und Spekulationen. Danach wird es bestimmt resch werden. Wir provozieren.«

»Also das Übliche«, stellt Freitag lakonisch fest, »nun ja, jetzt können wir es uns aussuchen, wer uns zuerst an den Kragen will. Die Chinesen, die Russen, die Mafia, Geheimdienste, unser BVT oder die Pharmaindustrie. So vermehrt man die Heerscharen seiner Feinde.«

»Nicht zu vergessen, die Deutschen und unser eigenes Land, wenn wir vier, für uns noch unbekannte Politiker ins Spiel bringen.«

»... und in Österreich wird es wieder einen lustigen parlamentarischen Untersuchungsausschuss mit einem prädestinierten Spezialisten als Vorsitzenden geben.«

Dabei grinst Kokoschansky bis über beide Ohren.

Wien, Montag, 2. November 2020
Allerseelen

Dieser Montag ist ein schwarzer Tag. Niemand ahnt, dass es noch viel schwärzer werden wird. Passender könnte der Anlass gar nicht sein. Heute wird Cora Widmers zu Grabe getragen. Es gab keinen Grund mehr, ihre Leiche nicht freizugeben.

Die Aufbahrungshalle 3 am Wiener Zentralfriedhof versinkt in einem Blumenmeer. Ihr schlichter Sarg ist mit einem Herz aus roten Rosen bedeckt, ein letzter Gruß ihrer Eltern.

Die Halle fasst kaum die Menschen, die der Journalistin die letzte Ehre erweisen. Zahlreiche Trauergäste müssen sich draußen vor dem Eingang gruppieren. Sicherheitsabstände und Masken sind Pflicht. Auch Major Hugo Vasicek vom LVT und Chefinspektor Walter Kurinek haben sich unter die Menge gemischt, beobachten mit Argusaugen die Umgebung, halten vor allem nach Menschen mit asiatischen Gesichtszügen Ausschau, obwohl sie sich nichts davon versprechen. Aber nichts darf unversucht bleiben, um diesen Mord aufzuklären.

Noch ist es möglich, dass mehr als fünfzig Personen an einem Begräbnis teilnehmen dürfen.

Punkt Mitternacht treten die neuen Verordnungen in Kraft, der zweite Lockdown wird größtenteils wieder das Land lahmlegen. Zahlreiche Medienvertreter sind erschienen. Schließlich ist es nach vielen Jahrzehnten der erste Journalistenmord in Österreich gewesen. Auch FNews überträgt mit Einverständnis von Coras Familie via Livestream die Trauerfeierlichkeiten auf Facebook.

Das gesamte Team des Nachrichtenportals ist anwesend. Viele von ihnen sieht Kokoschansky zum ersten Mal im dunklen Anzug und mit Krawatte, die Frauen in dunkler Trauerkleidung. Insgeheim hofft er zum ersten und gleichzeitig zum letzten Mal, dass es sich wiederholt. Selbst die ausgestiegenen Kollegen Astrid, Bernd und Othmar ließen es sich nicht nehmen und erweisen Cora ihre Reverenz. Sie war bei allen eine geschätzte, stets hilfsbereite und beliebte Kollegin.

Kokoschansky fällt die unangenehme Aufgabe zu, die Trauerrede zu halten. Als er die Familie am vergangenen Sonntag besuchte, hatte er ziemlich flaue Knie. Natürlich kondolierte er sofort telefonisch den Eltern als klar war, dass ihre Tochter ermordet worden war. Doch gestern der Familie gegenüberstehen ging aufs Gemüt, obwohl sich diese Menschen sehr am Riemen rissen. Zuerst wollten ihn Lena und Freitag begleiten, aber Kokoschansky lehnte ab.

Es ist der ausdrückliche Wunsch der Familie, dass er ein paar Worte über Cora sprechen soll. Die Eltern und der jüngere Bruder wirkten sehr gefasst. Der Vater sagte von sich aus, Kokoschansky und sein Team dürfen sich keinerlei Vorwürfe machen. Wer heiße Eisen anpackt, wird sich mitunter daran verbrennen, waren seine Worte. Cora wusste von Beginn an, dass der Journalistenberuf, besonders im investigativen Bereich, kein Spaziergang war. Sie hatte sich dafür entschieden.

Dann versuchte die Mutter das viel zu kurze Leben ihrer Tochter zu rekapitulieren, immer wieder von Weinkrämpfen unterbrochen. Der Journalist saß wie auf glühenden Kohlen. Genau diese Geschichten hasste er bereits in seinen Anfängen, nannte sie immer »Blutopern«. Tödliche Verkehrsunfälle, Familiendramen, Unglücke im allgemeinen, Verbrechen und danach mit Hinterbliebenen, Opfern und Betroffenen sprechen, sich sein Geld mit dem Leid anderer verdienen. Eine der Schattenseiten in diesem Job.

Vergeblich hoffte Kokoschansky darauf, dass irgendwann der Name Yiu Liopang fallen würde. Aber niemand sagte etwas über eine Beziehung Coras oder gescheiterte Verbindungen.

Das Einzige, was Kokoschansky erfuhr, Cora war seit längerer Zeit Single. Selbstverständlich hielt sich der Journalist zurück, obwohl ihm tausend Fragen unter den Nägeln brannten. Die knappe Stunde, die er sich bei den Widmers aufhielt, fühlte sich wie eine Ewigkeit an.

Als er vom Vater hinausbegleitet wurde, fiel sein Blick auf eine Fotowand im Treppenhaus, voll mit Fotos von Cora und ihrem Bruder. Von klein auf bis ins Erwachsenenalter, die typischen Familienbilder. Seinem scharfen Auge entging das Foto nicht, das auf einem von Coras USB-Sticks zu finden war, zusammen mit dem unbekannten Chinesen. Kokoschansky fiel es äußerst schwer sich nichts anmerken zu lassen.

Über die Familie ist gar nichts bekannt, zumindest nicht Kokoschansky. Der Wohlstand dieser Familie lässt sich nicht verleugnen. Die Villa in Perchtoldsdorf am Wiener Stadtrand ist der beste Beweis.

Noch am gleichen Abend schrieb Kokoschansky einen pathosfreien Text, würdigte Coras Verdienste um FNews. Trotzdem hatte er damit Probleme, da er sie weiterhin für eine Spionin im Dienste Chinas hält. Dass er zufällig das Foto in ihrem Elternhaus entdeckte, bestärkt ihn noch mehr. Vorerst beschloss er es für sich zu behalten und nur Kurinek und Vasicek davon zu erzählen.

*

Wie nicht anders zu erwarten, ist es ein tränenreicher Abschied. Schließlich wurde ein junger Mensch völlig unerwartet aus dem Leben gerissen und noch dazu umgebracht. Doch auch dieses Begräbnis geht vorüber. Nachdem ihr Sarg in der Grube versenkt ist und die ersten Schaufeln mit Erde darauf rieseln, löst sich die Trauergemeinde auf.

Kokoschansky hält mit dem Chefinspektor und dem LVT-Beamten Augenkontakt, aber er vermeidet auf dem Friedhof jegliches Gespräch. Schließlich sind auch andere Medienvertreter hier und niemand braucht zu wissen, dass er mit diesen Bullen in Verbindung steht.

Als einige Journalistenkollegen anderer Medien Kokoschansky, Lena und Freitag abfangen, um eventuell Interviews zu erhaschen, stehen sie auf verlorenem Posten. Höflich, aber bestimmt lehnen alle drei ab und zurück bleiben einige mit stinksauren Mienen.

»Was soll das jetzt?«, schimpft Kokoschansky, als sich die drei auf dem Weg zu seinem Auto begeben und er einen Zettel hinter dem Scheibenwischer stecken sieht, »Wenn sie mir jetzt ein Strafmandat verpasst haben, raste ich aus.«

»Das ist ein öffentlicher Parkplatz«, meint Lena und schüttelt den Kopf.

»Außerdem ist der Wisch gelb«, erkennt Freitag, »Strafzettel vom Magistrat sind weiß.«

Kokoschansky zieht das Papier von der Windschutzscheibe und entfaltet das Blatt, abgerissen von einem Schreibblock.

»Kontakt zu *mRNA* über *Signal möglich. Falls nicht vorhanden*, über Website herunterladen. Kontakt nimmt *mRNA* auf.«

»Was ist das nun wieder?«, fragt erstaunt Kokoschansky.

»Soviel ich weiß«, antwortet Freitag, »handelt es sich um einen freien, verschlüsselten Messenger. Einem Chat, wo angeblich absolut nicht nachvollziehbar ist, wer, mit wem, wann kommunizierte. Das Pendant dazu ist *Telegramm*, ein ähnlicher Dienst.«

»Was hält Daniel davon?«, erkundigt sich Kokoschansky bei seinem Partner.

»Ich denke, er hält beide für unbedenklich.«

»Na, schön«, gibt sich Kokoschansky zufrieden, »dann werde ich mir das Ding in der Redaktion herunterladen. Lassen wir uns überraschen, was uns danach erwartet. Gleichzeitig bedeutet das unser *mRNA* oder zumindest jemand, der mit ihm in Verbindung steht, hält sich in Wien auf. Vielleicht steckt tatsächlich Yiu Liopang dahinter? Ich schreibe noch rasch eine SMS an Vasicek und Kurinek. Mir ist gestern in Coras Elternhaus etwas äußerst Interessantes aufgefallen.«

Während der Fahrt in die FNews-Redaktion erzählt er Lena und Freitag von seiner Entdeckung. Im Gegensatz zu Freitag bleibt Lena weiterhin skeptisch, meint nur, was soll dieses Foto an der Wand schon groß aussagen, wirft ihrem Koko vor wieder einmal den Teufel an die Wand zu malen.

»Sorry, Lena«, lässt Freitag ihre Argumente nicht gelten, »findest du es nicht sehr eigenartig? Dieses Foto mit dem unbekannten Chinesen hängt bei ihren Eltern an der Wand und ist gleichzeitig auf einem der USB-Sticks, die Cora zu Hause versteckt hatte?«

»Warten wir zuerst ab, was unsere beiden Bullen dazu sagen«, versucht Kokoschansky die beiden einzubremsen, »Mein Handy piepst. Guck mal auf mein Handy, Lena, bitte.«

»Haben kurz Zeit, sind bereits auf dem Weg zu euch«, liest sie die Nachricht vor.

Gegen 13 Uhr

Inzwischen hat sich Kokoschansky diesen Signal-Chat heruntergeladen. Nach der Webseite verwendet diesen Messenger angeblich auch Edward Snowden. Kann stimmen, kann ebenso getürkt sein. Jetzt ist das Ding erstmal auf seinem und Freitags Handy. Nun heißt es abwarten, ob sich *mRNA* tatsächlich meldet. Oder es ist eine weitere Finte der unbekannten Hacker, da bislang ihre Mobiltelefone in Frieden gelassen wurden.

Kokoschansky hat noch vorher Rücksprache mit Daniel, dem IT-Spezialisten, gehalten. Zwar warnte er seinen Chef vor dem sogenannten *Bundestrojaner*, einer staatlichen Spionagesoftware, die partout von der ehemaligen Türkisen/FPÖ-Koalitionsregierung durchgesetzt werden wollte, allerdings am Veto des Verfassungsgerichtshofes scheiterte. Damit hätte die damalige Regierung unerkannt in Whatsapp und Signal herumschnüffeln können.

Nahezu gleichzeitig treffen das FNews-Trio und die beiden Kriminalbeamten im Nachrichtenportal ein. Kurinek ist mehr als erstaunt, als er durch Kokoschansky von dem Foto erfährt und es ist ihm sichtlich peinlich, dass es ihm bei den Widmers nicht aufgefallen war.

Im Grunde erzählten Coras Eltern genau das Gleiche wie sie es bereits gegenüber Kokoschansky getan hatten. Der Kriminalbeamte überprüfte zudem die Alibis der Familie: Vater, Mutter und der Sohn waren an dem fraglichen Abend und in der Nacht zu Hause. Das konnte ein Nachbar bestätigen, der am späteren Abend noch auf ein Feierabendbier vorbeigekommen war und sich erst nach Mitternacht verabschiedete.

Kokoschansky wollte das Ehepaar Widmers nicht nach ihren Berufen fragen, aber das erledigte berufsbedingt Kurinek. Der fünfundfünfzigjährige Holger Widmers ist gebürtiger Deutscher, aus Tübingen stammend. Vor vielen Jahren verschlug es ihn aus beruflichen Gründen nach Wien, wo er hängen geblieben war. Er arbeitet als Architekt für ein Bauunternehmen. Sowohl für ihn, wie für seine um zehn Jahre jüngere Frau Ann-Kathrin ist es die erste Ehe.

Er lernte sie kennen, als sie achtzehn war. Zwei Jahre später wurde geheiratet und kurz danach kam Cora zur Welt. Mit fünfundzwanzig gebar sie Sohn Jan. Er studiert Archäologie und wohnt noch bei den Eltern. Ann-Kathrin wollte Schauspielerin werden, leider reichte ihr Talent nicht. Dann kreuzten sich Holgers und ihre Wege, sie hat finanziell und gesellschaftlich den Jackpot gewonnen.

Ann-Kathrin kümmert sich um Haus, Haushalt und Garten. Eine unauffällige Durchschnittsfamilie des gehobenen Mittelstandes. Trotzdem nimmt sich Kokoschansky vor diese drei Menschen noch genauer unter die Lupe zu nehmen.

»Kehren wir nochmals an den Anfang zurück«, sagt der Journalist zu Major Hugo Vasicek vom LVT, »eine, sagen wir, undurchsichtige, zwielichtige Figur wird in Wien umgebracht und in den Donaukanal geschmissen, angeschwemmt und entdeckt. Sofort steht das BVT auf der Matte. Unter Ignorierung sämtlicher Dienstwege. Als Cora getötet wurde, war weit und breit nichts von denen zu sehen. Ein, unter Anführungsstrichen, normaler Mordfall in einer Großstadt.

Obwohl unsere Kollegin kurz nach unserer Veröffentlichung über den gewaltsamen Tod des Belgiers berichtet hatte. Das muss doch dem Dümmsten einleuchten, dass hier ein Zusammenhang besteht. Das BVT stellt sich tot, mauert, verweigert jegliches Interview und gibt keinerlei Stellungnahme ab. Nicht nur FNews ist davon betroffen, sondern auchdie, dieauf unseren Zug aufzuspringen versuchen.«

»Leute«, meint Vasicek, »findet euch damit ab, dass ihr vor einer sehr hohen Mauer des Schweigens aufgehalten werdet. Ich kann euch nur so viel sagen, was ich inzwischen herausgehört habe, das BVT ist stinksauer auf FNews, vor allem auf dich, Koko. Das hast du inzwischen bereits erlebt. Auch auf mich, weil ich ziemlichen Radau geschlagen habe, weil sie uns als LVT völlig ignorierten. Selbstverständlich hängt es in erster Linie mit China zusammen. Das kleine Österreich will sich die gelbe Gefahr nicht zum Feind machen.«

»Womit wir wieder einmal beim Neuen Seidenstraßen-Projekt wären«, Freitag wirkt genervt, »wir haben zwar einiges an Material, doch, wir brauchen mehr, viel mehr. Die Auswertung von Coras USB-Sticks läuft noch. Ob sich *mRNA* tatsächlich meldet, steht in den Sternen.«

»Ihr müsst euch in Geduld fassen«, spricht nun Chefinspektor Walter Kurinek, »wir arbeiten auf Hochtouren an der Aufklärung bezüglich des Mordes an Cora Widmer.«

»Das belgische Material über Francois van der Strabben«, erlaubt Vasicek, »könnt ihr gerne verwenden. Es ist nicht über den offiziellen Dienstweg nach Österreich zu mir gekommen. Ich habe das unter der Hand geregelt und somit bin ich aus dem Schneider. Damit lässt sich bestimmt sehr viel Unruhe erzeugen und das gebührt auch denen bei uns ganz oben.«

Gegen vierzehn Uhr verabschieden sich Vasicek und Kurinek.

»Darauf können wir aufbauen und das werden wir auch«, Kokoschansky ist jetzt zu allem entschlossen, »immerhin habe ich Coras Eltern in die Hand versprochen, dass wir ihren Mörder finden. Ob zusammen mit der Polizei oder im Alleingang. Und ich sagte das auch während der Trauerfeier. Jetzt gibt es kein Zurück mehr.«

»Ja, jetzt gibt es kein Zurück mehr«, wiederholt Lena leise und Kokoschansky kennt diese Zwischentöne bestens.

Bevor wieder eine Diskussion Pro und Contra vom Zaum bricht, ertönt ein Jubelschrei, der durch den Flur hallt. Kaum verklungen, steht auch schon Daniel freudestrahlend im Büro.

»Wir haben es geschafft! Darf ich?«

Ohne eine Antwort abzuwarten, setzt sich der IT-Experte an Kokoschanskys Computer, tippt ein wenig herum und die Startseite von FNews erstrahlt in alter Frische. Lena, Freitag und Kokoschansky können nicht glauben, was sie sehen.

»Ihr seid echt die Besten«, strahlt Kokoschansky und klopft Daniel auf die Schultern, »wie habt ihr das bloß geschafft?«

»Man hat so seine Verbindungen in die Hacker-Szene«, lächelt der Spezialist, »der entscheidende Tipp kam von einigen amerikanischen Kumpels. Details erspare ich euch. Wir haben jetzt noch weitere Sicherungen eingebaut und alles generalüberholt. Meine Ami-Spezis haben uns verschiedenste Software der neuesten Generation zur Verfügung gestellt. Eigentlich kann jetzt nichts mehr passieren, wir müssen dennoch stets wachsam sein.«

»Wer steckt dahinter?«, will Kokoschansky wissen.

»Nach der Vorgangsweise wie bei uns eingebrochen wurde, wahrscheinlich *RedDelta*«, berichtet Daniel, »eine Hackergruppierung, die China sehr nahesteht und sich auch nicht scheute, kürzlich den Vatikan anzugreifen. Allerdings beschäftigen die Chinesen eine eigene Cyber-Einheit innerhalb der Volksbefreiungsarmee, die *Einheit 61398*.

In den letzten Jahren machten das Pentagon, die NASA, General Motors, New York Times, Wallstreet Journal und einige andere Unternehmen Bekanntschaft mit diesen Hackern. Die amerikanische Regierung beschwert sich seit einiger Zeit über deren Aktivitäten, doch die Volksrepublik bestreitet sämtliche Vorwürfe. Man schätzt mehrere tausende Angehörige mit hervorragenden Englischkenntnissen in dieser Einheit und sie sollen von Pudong aus, dem Finanzzentrum in Shanghai, operieren.«

»Wow!«, Freitag steht die Freude, dass FNews wieder funktioniert, ins Gesicht geschrieben, »Wir auf einer Stufe mit dem Pentagon etcetera.... Können wir das so veröffentlichen?«

»Sicher«, meint Daniel, »warum nicht? Was sollen sie dagegen unternehmen, außer einen neuen Angriff zu versuchen? Aber wie bereits erwähnt, da müssten sie in der Zwischenzeit verdammt gute Malware entwickelt haben oder bereits auf Lager haben, um wieder bei uns einzudringen.«

»Heute war ein anstrengender Tag«, beschließt Kokoschansky, »wir informieren die Leute, dass es uns wieder in alter Frische gibt und kündigen für morgen einige Enthüllungen im Zusammenhang mit dem Donaukanal-Mord an. Mehr nicht. Nochmals Danke, Daniel und an dein Team. Sobald wir uns finanziell wieder halbwegs rühren können wird euer Einsatz nicht unbelohnt bleiben.

»Vergiss das, Koko«, winkt der Experte ab, »ein paar meiner Leute und ich bleiben hier und passen auf. Wir haben uns schon häuslich eingerichtet. Macht euch einen schönen Abend.«

Knapp nach 20 Uhr

»Koko, komm schnell herüber!«, ruft Lena aus dem Wohnzimmer.

»Was ist los?«

»Sieh dir das!«

Ihre Stimme ist mehr als aufgeregt. Kokoschansky platzt genau in die Sondernachrichtensendung der »Zeit im Bild« auf ORF 2. Anchorman Armin Wolf berichtet gerade von Schüssen in der Innenstadt, genauer im Viertel rund um den Schwedenplatz, im »Bermudadreieck«, der Wiener Ausgehmeile. Entweder ein Terroranschlag oder ein Amoklauf, Genaueres ist noch nicht bekannt. Auch von Toten und Verletzten ist die Rede. Sämtliche verfügbare Polizeikräfte, die Sondereinheiten WEGA und Cobra haben große Teile des ersten Bezirks hermetisch abgeriegelt.

Kokoschansky unterrichtet sofort über die FNews-Whatsapp-Gruppe seine Mannschaft, hofft, dass sie alle bereits zu Hause sind, während er nicht die Augen vom Fernseher lässt. Schließlich tritt um Mitternacht die Ausgangsbeschränkung bis Ende des Monats in Kraft. Daran, wie sich die Lage entwickelt, ist momentan nicht zu denken. Tausende Menschen sind in der Innenstadt unterwegs, bevölkern die Lokale und Schanigärten[49], wollen den letzten freien Abend für längere Zeit genießen.

Nach und nach treffen die Nachrichten von Kokoschanskys Leuten auf seinem Handy ein. Der Großteil ist zu Hause, einige halten sich noch in der Innenstadt, weiter weg vom Schwedenplatz, auf und schauen, dass sie schleunigst abhauen können. Die Bilder werden immer dramatischer und die Aussagen der Reporter tragen das ihre dazu bei.

»Du hast aber nicht vor, hinzufahren und zu drehen?«, fragt Lena mit ängstlichem Blick.

»Sicher nicht, mach dir keine Sorgen«, versichert ihr Kokoschanksy, »jetzt ist alles draußen, was ein Mikro und eine Kamera halten kann. Dazu noch die unzähligen Handyvideos. Da sind wir nur Berichterstatter unter vielen, das brauche ich nicht.«

Man sieht Lena an, dass ihr förmlich ein Riesenstein vom Herzen plumpst. Kokoschansky schreibt nochmals an alle in die Whatsapp-Gruppe, dass es keinen Sinn macht, wenn FNews ebenfalls über diese Ereignisse berichtet.

Inzwischen wird immer klarer, dass es ein Anschlag ist. Noch ist nicht sicher, ob es sich um einen Einzeltäter handelt oder mehrere ihr Unwesen treiben und wahllos Menschen abknallen.

»Nach Paris, Lyon, Nizza, Dresden nun Wien«, seufzt er, »wenn es nur ein Wahnsinniger ist, dann kann es sehr leicht Nachahmungstäter geben, die jederzeit überall zuschlagen können. Das war es dann endgültig mit unserer Insel der Seligen. Was ist bloß aus dieser Welt geworden? Pandemie mit allen ihren fatalen Auswirkungen, in den USA eine Präsidentschaftswahl mit ungewissem Ausgang und...«

Freitags Anruf unterbricht seinen Monolog. Auch er ist mit seiner Familie zu Hause in Sicherheit und er erkundigte sich nach ihren Freunden. Alle außer Gefahr. Während Kokoschansky telefoniert, ist Günther ins Wohnzimmer gekommen.

»Was ist da los? Das ist kein Krimi.«

Lena nimmt ihn beiseite, geht mit ihm in die Küche. Wie erklärt man einem Elfjährigen, dass derzeit ein schwerbewaffneter Fanatiker, oder mehrere, eine gesamte Stadt, ein Land in Angst und Schrecken versetzen?

»Kommt er in unsere Gegend?«, fragt Günther.

»Nein, du musst keine Angst haben. Wir sind viel zu weit weg. Außerdem wird ihn die Polizei sicher rasch schnappen.«

»Hoffentlich...«

»Morgen gehst du jedenfalls nicht in die Schule«, bestimmt Lena, »und jetzt ab ins Bett. Wir sind hier, du musst dich nicht fürchten.«

Folgsam, was nicht immer der Fall ist, trottet Günther mit gesenktem Kopf zurück in sein Zimmer. Später wird Lena noch nach ihm sehen. Sie geht wieder zu Kokoschansky ins Wohnzimmer, setzt sich zu ihm auf die Couch und beide starren wie gebannt auf den Bildschirm.

»Was wollte Günther?«, fragt Kokoschansky.

»Der Kleine ist total verstört, aber ich habe ihn beruhigt. Jetzt ist er wieder in seinem Zimmer. Was sagt Freitag?«

»Er ist ebenso erschüttert wie wir alle. Seine Familie und er sind sicher zu Hause. Allerdings haben wir jetzt ein neues Problem.«

»Und welches?«, will Lena wissen.

»Was auch immer jetzt Sensationelles in unserer Story passieren sollte, können wir uns vorerst in die Haare schmieren. In nächster Zeit wird sich alles um den Anschlag drehen, der sogar Corona und die explodierenden Infiziertenzahlen in die zweite Reihe verdrängt. Gefolgt von den Präsidentenwahlen in den USA. Biden wird das Rennen machen und Trump in seiner Beschränktheit sämtliche Register ziehen, um das Ergebnis zu torpedieren.

Wen interessieren da noch ein verstümmelter Belgier und eine ermordete Journalistin? Jetzt mit unserem derzeitigen Wissen herauszurücken wäre Perlen vor die Säue werfen. Dazu noch der zweite Lockdown, wenn auch light, aber die Ausgangsbeschränkungen und geschlossene Lokale bleiben bis Ende November. Das macht das Treffen mit etwaigen weiteren Informanten um einiges schwieriger, obwohl sich Journalisten freier bewegen dürfen. An die Berichterstattung über den Terroranschlag will ich mich keineswegs anhängen. Dieses Thema wird sicherlich noch längere Zeit die österreichischen Schlagzeilen beanspruchen.«

»Dann nützen wir diese Zwangspause, um noch mehr Material zu sammeln«, schlägt Lena vor, »wir wissen beide wie schnelllebig die Medienbranche ist. In spätestens vierzehn Tagen ist dieser Wahnsinn nur mehr einen Dreizeiler wert.«

»Sofern nicht weitere fanatisierte Volltrottel durchdrehen«, bleibt Kokoschansky angesichts der schockierenden Fernsehbilder weiterhin skeptisch, »auf YouTube spielt es sich inzwischen mit den unterschiedlichsten Handyvideos fürchterlich ab. Auf der einen Seite Trauer, Wut, Entsetzen und Abscheu, auf der anderen die pure Sensationslust.«

»Mir reicht es«, sagt Lena und steht auf, »ich gehe ins Bett. Ich habe genug gesehen. Ich schaue nochmals nach Günther. Bleib nicht zu lange auf. Gute Nacht.«

Während Kokoschansky das Geschehen auf dem Bildschirm weiter mitverfolgt und sich durch sämtliche Kanäle zappt, überlegt er, wie es weitergehen soll. Völlig klar, dass FNews für einige Zeit völlig allein auf sich gestellt sein wird, was Recherchen betrifft. Ihm leuchtet ein, dass Vasicek jetzt andere Probleme am Hals hat. Auch Kurinek, zuständig für Coras Mordfall, wird sicherlich eingespannt werden. Nach nahezu vierzig Jahren hat sich wieder der Terror in Wien zurückgemeldet.

Kokoschansky muss sich eine neue Vorgangsweise und Strategie zurechtlegen. Weiterhin hofft er, dass sich *mRNA* meldet. Das Rätsel rund um das Foto mit Cora und dem unbekannten Chinesen muss gelöst werden. Die fehlenden Informationen werden ihm hoffentlich Coras Familie geben können. Vielleicht die Nachbarn? Weit nach Mitternacht ist auch Kokoschansky geschafft und geht schlafen.

Am nächsten Tag

Vier Todesopfer, dreiundzwanzig Verletzte – wahllos niedergeschossen. Zumindest ist auch der Attentäter, ein zwanzigjähriger Nordmazedonier und IS-Sympathisant, von der Polizei niedergestreckt worden. Wien ist weiterhin im Ausnahmezustand und die Stadt wirkt wie gelähmt. Der Terror hat vor der eigenen Haustür stattgefunden. Das ist es etwas völlig anderes, wenn die Medien von Anschlägen in anderen Städten berichten. Jetzt kann die Gefahr überall lauern und jederzeit können verblendete Wahnsinnige zuschlagen. Dementsprechend niedergeschlagen sind die Menschen. Selbstverständlich ist es das Topthema in den Medien, national und international.

Logischerweise konnte in dieser Schreckensnacht der zweite Lockdown nicht realisiert werden. Erst heute, null Uhr, wird die Ausgangsbeschränkung bis sechs Uhr früh wirksam. Heute bleiben die Wiener Schulen geschlossen.

»Da kommt noch etwas nach«, sagt Kokoschansky leise zu Lena, während des Frühstücks und Günther noch schläft, »besser konnte der Zeitpunkt nicht gewählt worden sein. Vier Stunden vor dem offiziellen, teilweise Zusperren Österreichs. Jetzt muss unsere Staatsmacht verdammt auf Draht sein, um zu verhindern, dass Nachahmungstäter erst gar nicht auf die Idee kommen, es diesem Scheißkerl gleichzutun. Und es wird ein politisches Hickhack ausbrechen mit gegenseitigen Schuldzuweisungen wie das in Österreich so üblich ist, wenn die Kacke am Dampfen ist.«

»Schaust du dir die sechs Tatorte an?«, fragt Lena.

»Nein, absolut keine Lust. Wozu auch? Davon werden die Toten nicht mehr lebendig und den Verletzten hilft es auch nichts, wenn ich aufkreuze. Zwar käme ich schon rein, obwohl noch immer alles abgeriegelt ist. Ich halte mich zwar selten an Anordnungen von Vater Staat, aber in diesem Ausnahmefall sehr wohl. Man soll die Innenstadt meiden. Dafür mache ich mich auf die Socken und fahre in die Redaktion. Was hast du heute vor?«

»Vorher sollten wir noch einkaufen. Danach bleibe ich zu Hause mit Günther. Draußen ist es mir viel zu suspekt.«

»Wir erledigen das zusammen und danach schließt ihr euch ein. Vor zwanzig Uhr bin ich wieder zu Hause. Mit Günther wird dir bestimmt nicht langweilig werden.«

»Mit dem Lauser wird es nie fad«, lächelt Lena und ruft in Richtung Günthers Zimmer, »fertigmachen, wir fahren einkaufen!«

Ansonsten ist der Junge stets euphorisch, wenn es um Supermärkte oder shoppen geht. Keiner weiß, woher er diese Begeisterung hat. Kokoschansky hasst es den Einkaufswagen durch die Gänge zu schieben. Günthers leibliche Mutter hatte mit Einkaufen nicht viel am Hut und Lena kann diesen Einkaufstempeln auch nicht viel abgewinnen.

Doch Günther ist da aus völlig anderem Holz geschnitzt. Er weiß längst, dass seine Eltern dem treuherzigen Dackelblick nur selten widerstehen können, wenn er etwas haben möchte. Nichts Großartiges und Teures, er ist ein bescheidener Bub. Hauptsache, es springt etwas für ihn heraus und bei den meisten Einkaufstouren gelingt es auch. Doch heute wirkt er sehr niedergeschlagen als er aus seinem Zimmer kommt.

»Hoffentlich sind dort keine Terroristen«, sagt er kleinlaut.

Kokoschansky geht in die Hocke, nimmt ihn in die Arme.

»Nein, sicher nicht«, beruhigt ihn der Vater, »die Polizei passt auf.«

»Gestern aber nicht, als der Verrückte herumgeschossen hat.«

Was soll man darauf antworten?

Allemal hat er gestern Abend und in der Nacht auf seinem Handy heimlich YouTube geguckt und gesehen, was in der Innenstadt los war. Kokoschansky nimmt sich fest vor, bei passender Gelegenheit dafür zu sorgen, dass der Junge vor dem Schlafen gehen sein Handy nicht mehr mit in sein Zimmer nimmt.

»Lena und ich beschützen dich. Wir halten Augen und Ohren offen, damit wir wieder sicher nach Hause kommen.«

Im Einkaufszentrum, nicht weit von der Wohnung entfernt, ist die gedrückte Stimmung deutlich erkenn- und spürbar. Jeder kennt die schrecklichen Ereignisse der vergangenen Nacht und tätigt schnell seine Einkäufe nur um rasch wieder nach Hause zu kommen.

Selbst als Lena ein paar Süßigkeiten für Günther in den Wagen legt, die gar nicht auf dem Einkaufszettel stehen, wirkt der Junge weiterhin verstört und ängstlich. Er ist viel zu klug und weiß, das ist kein Abenteuer, sondern die knallharte Realität.

Der Andrang im Supermarkt hält sich in Grenzen und es finden keine Hamsterkäufe statt. Toilettenpapier ist ausreichend vorhanden. An den Kassen werden die Sicherheitsabstände gewahrt und niemand plärrt, »Kassa, bitte!«

Auf dem Weg zurück in der Tiefgarage zu ihrem Auto entdeckt zuerst Günther bereits von weitem einen gelben Zettel hinter dem Scheibenwischer auf der Windschutzscheibe.

»Papa, wieso hast du einen Strafzettel in der Garage bekommen?«

»Das ist nur ein Reklamezettel.«

Rasch zieht Kokoschansky den Zettel von der Scheibe, blickt kurz zum Schein darauf, murmelt etwas wie dämliche Werbung, täuscht vor das Papier in einen Mülleimer zu werfen, lässt es aber in seiner Jackentasche verschwinden.

»Komm Günther, hilf mir einpacken«, lenkt Lena den Jungen ab, bevor er auf dumme Gedanken kommen kann und wechselt unbemerkt mit Kokoschansky einen vielsagenden Blick.

Beiden ist klar, dass sie seit geraumer Zeit beobachtet werden. Wahrscheinlich seit erstmals ein erster Bericht über Francois van der Strabben in FNews veröffentlicht wurde. Während seine Lieben die Einkäufe verstauen, raucht er eine Zigarette und beobachtet dabei unauffällig die nähere Umgebung. Die Garage ist nur mäßig ausgelastet. Das alte Ehepaar, das sich mit ein paar Getränkekisten abmüht, scheidet aus. Ebenso die junge Mutter, die vergeblich versucht ihr quengelndes Baby zu beruhigen. Ansonsten sitzt niemand irgendwo in einem Auto, der Schatten ist sicher trotzdem hier. Entweder hält er sich noch im Einkaufszentrum auf, ist ihnen im Supermarkt gefolgt und hält sich nun in der Garage verborgen. Zunehmend wird auch Lena nervöser, weil ihr Kokoschanskys unruhige Blicke nicht entgehen.

»Ich bringe den Einkaufswagen zurück«, bestimmt er, »setzt euch ins Auto und verriegelt die Türen. Bin gleich wieder zurück, außerdem brauche ich die Parkkarte sonst können wir hier nicht raus.«

»Also doch Terroristen?«, fragt Günther und beißt sich auf die Unterlippe.

»Nein, wie kommst du denn darauf?«

»Du hast noch nie gesagt, dass wir uns in den Wagen setzen und absperren sollen, Papa.«

»Du passt auf Lena auf. Du weißt, dass es leider auch Gesindel gibt. Bin gleich wieder da.«

Kokoschansky lässt sich auf keinen näheren Disput ein, schiebt den Einkaufswagen in eine der Abgabestellen, beobachtet weiterhin sehr genau sein Umfeld. Vor dem Kassenautomaten kramen zwei Männer ihr Kleingeld zusammen, Zeit für Kokoschansky sich die heimliche Botschaft näher anzusehen. Natürlich ist ihm klar, wer dahintersteckt.

Ziemlich viel los in der Stadt. 14 Uhr bereithalten, mRNA.

Kokoschansky blickt auf seine Uhr, 10.30 Uhr. Abwarten, ob sich dieses Phantom tatsächlich meldet, nur darum kann es sich handeln. Er kehrt zum Auto zurück. Bevor er jedoch einsteigt, geht er auf die Knie und kontrolliert die Unterseite des Fahrzeugs. Glücklicherweise kann der Journalist nichts Verdächtiges entdecken, keinen Peilsender oder ähnliches.

»Alles in Ordnung?«, will Lena wissen.

»Ja. Ich dachte nur, dass der Kübel Öl verliert, aber ich habe mich getäuscht«, flunkert er.

Unbemerkt von Günther zwinkert Kokoschansky ihr zu und startet. Auf der Rückfahrt wird er genau darauf achten, ob sie verfolgt werden. Bis nach Hause sind es nur wenige Kilometer und der Verkehr ist für einen Wochentag um diese Zeit von normaler Dichte. Langsam befällt ihn Paranoia. Der dunkelblaue KIA ist ihm die längste Zeit ein Dorn im Auge. Das Fahrzeug ist nur zwei Autos hinter Kokoschanskys Wagen. Er kann nicht erkennen, ob ein Mann oder eine Frau hinter dem Lenkrad sitzt.

Doch die Sorge ist unbegründet. An der Ampel reiht sich der KIA in die linke Abbiegespur ein, während Kokoschansky gerade aus weiterfährt.

Die restliche Strecke passiert nichts Auffälliges, zumindest nicht für Kokoschansky. Er schleppt die Einkaufstaschen hinauf in die

Wohnung, zieht in einen unbeobachteten Augenblick Lena zur Seite.

»Es war eine Botschaft von *mRNA*«, flüstert er, »angeblich meldet er sich um 14 Uhr. Zumindest habe ich es so verstanden.«

»Was wirst du tun?«

»In FNews abwarten und ihr macht hier den Laden dicht.«

»Du hältst mich auf dem Laufenden.«

»Papa, wo fährst du hin?«

»In die Redaktion, mein Großer, ich muss ein bisschen arbeiten.«

»Wer passt dort auf dich auf?«

Der vergangene Abend und die Nacht haben bei Günther deutliche Spuren hinterlassen. Binnen Stunden hat sich der ansonsten abenteuerlustige Junge in ein verzagtes, ängstliches Kind verwandelt.

»Freitag ist da und sicherlich auch viele andere von uns. Du musst dir keine Sorgen machen. Wir achten gegenseitig aufeinander. Und du passt auf Lena auf, bis ich wieder heimkomme.«

Kokoschansky hofft, dass hier in dieser Gegend ein neuerlicher Terroranschlag eher unwahrscheinlich ist, deswegen die Hand ins Feuer legen würde er nicht. Weitaus gefährlicher schätzt der Journalist die Auswirkungen der Story ein, die Cora aufgerissen hatte und die ihr bereits im Vorfeld das Leben gekostet hatte. Unabhängig von dem ermordeten Francois van der Strabben. Zwei Mordopfer, und das ist erst der Anfang.

Selbstverständlich gibt es in der Redaktion derzeit nur ein Thema, den vergangenen Anschlag. Ebenso sind sich alle einig sich nicht an die allgemeine Berichterstattung anzuhängen. Das entspricht nicht der Philosophie des Nachrichtenportals.

»Noch eine Stunde«, sagt Freitag, »dann werden wir sehen, ob *mRNA* Wort hält und sich meldet. Warten wir es ab. Weißt du, Koko, mich irritieren die explodierenden Zahlen der Infizierten. Täglich fliegen uns neue Horrorzahlen um die Ohren und niemand erklärt, wie sich diese Werte zusammensetzen.«

»Das sind irgendwelche Rechenmodelle und Hochrechnungen«, meint Kokoschansky, »wie das genau funktioniert, kapiere ich auch nicht. Da blickt keiner mehr durch und die Experten sind sich selbst uneinig. Zehn Spezialisten und zwölf unterschiedliche Meinungen. Inzwischen gab es bereits Fälle, dass manche Orte bereits mehr Corona-Erkrankte als Einwohner hatten. Kein Mensch weiß, wie viele Mutierungen inzwischen von diesem Virus kursieren? Und sollte es den Entscheidungsträgern bekannt sein, werden sie sich hüten, es an die große Glocke zu hängen. Natürlich gibt es viele Unvernünftige, die sämtliche Vorsichtsmaßnamen ignorieren und boykottieren, aber ich kann mir nicht vorstellen, dass diese Idioten tatsächlich den Ausschlag geben für diese immense Steigerung.«

»In Dänemark überträgt sich ein Mutant bereits über Zuchtnerze auf den Menschen mit dem Fazit, dass Millionen der Tiere ihr Leben lassen müssen. Abgesehen davon stellt sich die Frage, ob es heute überhaupt noch notwendig ist, Nerze zu züchten?«

»Das stimmt, aber das ist eine andere Geschichte, Freitag. Mich nervt, dass Corona von China aus seinen Ausgang nahm, aber inzwischen hört und sieht man überhaupt nichts mehr von den Chinesen.

Im vergangenen Oktober soll es in dem Riesenland täglich nur mehr rund fünfundzwanzig Infizierte gegeben haben. Da greift man sich doch nur mehr an den Kopf. Durchgesickert ist jedenfalls, dass im Sommer 2019 in einem Staatslabor ein *Brucalla*-Bakterium ausgekommen ist. Es kommt bei Schweinen, Kühen und Schafen im Harn- und Genitalbereich vor. Wird es auf den Menschen übertragen, dann löst es Fieber, Kopf- und Gelenkschmerzen aus, kann bei Hartnäckigkeit des Bakteriums lebenslange Müdigkeit, Arthritis und Herzbeschwerden auslösen. Jedenfalls haben sich in Lanzhou im vergangenen Jahr knapp 3300 Menschen infiziert, bei weiteren 1401 fielen die Tests positiv aus. Hat der Westen davon im vergangenen Sommer erfahren? Nein.«

»Koko, kein Mensch glaubt mehr daran, dass China tatsächlich mit der Wahrheit herausrückt. Andererseits muss man sagen, dass die asiatische Mentalität völlig diametral zur europäischen ist. Die Chinesen sind es seit jeher gewöhnt rigoros überwacht zu werden. Die Partei befiehlt und du hast zu kuschen. Wer sich dagegen auflehnt, verschwindet. Entweder verrottest du in einer Zelle oder in einem Lager.

Als die Seuche in Wuhan ausgebrochen war, hatten die Behörden kurzerhand Haustüren zugeschweißt, vernagelt oder zugemauert. Wie du dich am Leben erhältst, dein Problem.«

»Bei uns steigen die Corona-Leugner bereits wegen der Gesichtsmasken verstärkt auf die Barrikaden und regen sich wegen der Lockdowns auf. In Deutschland immer massivere Anti-Corona-Demos mit den schrägsten Typen und abstrusesten Theorien. Die vertrottelte *QAon*-Bewegung erhält immer mehr Zulauf und die Aluhut-Träger merken gar nicht, wie lächerlich sie sich machen. Massive Unterstützung erhalten diese Verschwörungstheoretiker von Attila Hildmann und Xavier Naidoo. Dafür nutzt die rechte Brut diese Strömungen weidlich für ihre Zwecke aus. Langsam schwappen diese Tendenzen verstärkt auch zu uns herüber.«

»Von China aus nahm das Unheil seinen Lauf«, sagt Kokoschansky und lässt dabei die Uhr nicht aus den Augen, »während andere Staaten inklusive Österreich in die größten Wirtschaftskrisen nach 1945 schlittern, fällt dieses Riesenland dennoch auf die Butterseite, wird wohl als eines der wenigen Länder sein, dass nicht mit einer Rezession kämpfen müssen, wie ich bisher in Erfahrung bringen konnte. China hat das unbändige Bestreben, die erste Wirtschaftsmacht in der Welt zu werden, will sich Unabhängigkeit von der westlichen Hemisphäre verschaffen und dafür ist jedes Mittel recht. Ohne Wenn und Aber wurden Millionenstädte abgeriegelt, eine strikte Isolation befohlen und Einreisesperren verhängt. In Diktaturen sind derartige Vorgangsweisen jederzeit durchzusetzen im Gegensatz zu westlichen Demokratien. Damit hat China Corona in seine Schranken verwiesen, zumindest offiziell. Wie es tatsächlich aussieht, steht auf einem anderen Blatt.«

»Tatsache bleibt«, hakt Freitag ein, »dass im Westen anscheinend einige Länder inzwischen wach werden wie beispielsweise Deutschland und aus der chinesischen Abhängigkeit raus wollen, zumindest diese reduzieren. Vor wenigen Tagen sah ich einen Bericht über *Huawei* in der ARD. 200.000 Leute arbeiten für diesen äußerst umstrittenen, chinesischen Konzern.

Das ist nicht so einfach, da Huawei sein neuestes Smartphone mit einer hochwertigen Kamera ausgestattet hat und die stammt wiederum vom deutschen *Leica*-Unternehmen. Trump hatte alles darangesetzt, Huawei und seine ausgefeilte Informationstechnologie aus dem Weltmarkt zu verdrängen, um die USA wieder an die Führungsspitze zu hieven. Natürlich spielen dafür militärische und wirtschaftspolitische Gründe eine große Rolle. Inzwischen ist längst ein *Tech Cold War* zwischen Washington und Beijing ausgebrochen.«

»Hängen nicht auch die Chinesen voll in dem so vielgepriesenen 5G-Netz drinnen?«, fragt Kokoschansky.

»Und wie!«, bestätigt Freitag, »Huawei ist der Großlieferant für die Telekom von Netzwerkkomponenten. Wie man sich denken kann, ist das den Amis ein riesen Dorn im Auge. Wahrscheinlich haben sie nicht ganz Unrecht, wenn sie behaupten, dass sich dadurch China eine ausgezeichnete Basis für Sabotage und Spionage schafft. Inzwischen scheint es der Telekom zu dämmern, was in Zukunft da ausbrechen könnte. Daher beabsichtigt die Telekom nach dem endgültigen Aufbau des 5G-Netzes die Zusammenarbeit auslaufen zu lassen. Allerdings will es sich der Konzern mit den Chinesen nicht endgültig verscherzen und wird daher in anderen Bereichen weiter kooperieren.«

»Wenn die Kassen klingeln«, meint Kokoschansky bitter, »interessieren die Verantwortlichen weder die Missachtung der Menschenrechte noch die Willkürherrschaft der KPCh.«

»Und der Rubel rollt bestens. So sagte der Konzernsprecher von Huawei Deutschland mit Sitz in Düsseldorf, dass jährlich Dienstleistungen und Produkte für mehr als zwei Milliarden Euro eingekauft werden. Kein Limit nach oben.«[50]

Kokoschansky Handy macht sich bemerkbar. Punkt vierzehn Uhr. Tatsächlich, *mRNA* hielt Wort.

»Was schreibt dieses unbekannte Wesen?«, fragt Freitag neugierig.

»In einer Stunde, also um fünfzehn Uhr, soll ich mich bei der Elisabeth-Kapelle einfinden.«

»Was wird das? Eine Schnitzeljagd? Wo ist das überhaupt?«

»Mitten im Wienerwald«, erklärt Kokoschansky, »im neunzehnten Bezirk, Himmelstraße. Warte, mRNA schreibt noch etwas.... Ich muss allein kommen. Er wartet exakt zehn Minuten, keine Sekunde länger. Sollte ich nicht antanzen, ist der Kontakt endgültig gestorben.«

Der Journalist schreibt umgehend zurück, *ich werde pünktlich sein*. Danach herrscht wieder Funkstille.

»Soll ich nicht doch mitkommen?«, bietet Freitag an, »Versteckt und in gebührender Entfernung. Für alle Fälle.«

»Weil du überhaupt nicht auffällst«, lehnt Kokoschansky ab und spielt auf die Hautfarbe seines Partners an.

»Rassist«, folgt umgehend der Konter, aber Freitag ist ihm deswegen nicht böse, die üblichen Sperenzchen untereinander halt. »Du schneidest das Gespräch mit und sobald du eine Möglichkeit hast, meldest du dich.«

»Sicher.«

Kokoschansky geht zu seinem privaten Tresor, öffnet ihn und nimmt seine *Smith &Wesson Govenor* heraus, überprüft die Waffe, lädt den Revolver und steckt sie in den Bund seiner Jeans. Dazu noch eine Handvoll Patronen in die Jackentasche. Vor etlichen Jahren nicht ganz legal erworben, dazu legal aber den Waffenpass, der ihn zum Führen einer geladenen Waffe berechtigt. Der Journalist hofft, dass er nicht aufgrund der vergangenen schrecklichen Ereignisse in eine Polizeikontrolle gerät. Zwar besitzt er den Waffenpass, sein Revolver dagegen ist eine *schwarze Krachen*[51], also nicht registriert. Dann hätte er sicherlich ein enormes Problem.

»Sollten wir nicht Vasicek oder Kurinek informieren?«, Freitag ist absolut nicht wohl in seiner Haut.

»Nein«, verweigert Kokoschansky, »die beiden haben derzeit genug am Hals. Außerdem muss ich allein erscheinen.«

»Der Treffpunkt ist verdammt gut gewählt. Ich war noch nie dort. *mRNA* muss sich sehr gut in Wien auskennen.«

»Ich bin mir sicher, dass unser Phantom nicht allein sein wird. Wir stehen unter Beobachtung, werden observiert. Zuletzt die Sache im Einkaufszentrum mit meiner Familie. Dahinter muss ein bestens eingespieltes Team stecken.« Kokoschansky blickt auf die Uhr. »Ich hau' jetzt ab. Der Verkehr hält sich in Grenzen. Ich möchte etwas früher dort sein und mich umsehen.«

»Pass auf dich, Alter, versprich mir das. Bau keinen Scheiß.«

»Mach‘ dir keine Sorgen. Heute Abend wissen wir bereits mehr.«

Oder du bist tot, denkt Freitag.

Während der Fahrt achtet Kokoschansky sehr genau auf seine Umgebung, doch ihm fällt nichts Ungewöhnliches auf. Instinktiv spürt er, dass sie dennoch hier sind, ein extrem unbehagliches Gefühl. Wieder einmal mittendrin in der Bredouille mit ungewissem Ausgang.

Der Ort ist hervorragend gewählt. Die Kapelle steht mitten in einer kleinen Lichtung, ist ein beliebtes Ziel für Ausflügler und Wanderer. Jetzt um diese Zeit ist nichts los. Das Wetter lässt zu wünschen übrig und das in der Nähe liegende Ausflugsgasthaus ist aufgrund des Lockdowns geschlossen. Genau dort parkt sich Kokoschansky ein. 14.45 Uhr, bestens in der Zeit. Sein Auto ist das einzige weit und breit. Die Waffe steckt im Hosenbund, das Handy ist voll aufgeladen, der Recorder des Mobiltelefons aktiviert. Der Journalist macht sich auf den kurzen Fußmarsch zur Kapelle. Niemand begegnet ihm. Nicht einmal Leute, die ihre Hunde Gassi führen. Es ist nebelig und ein kalter Wind bläst. Der Ort wirkt düster und unheimlich. Das herabgefallende Laub raschelt unter Kokoschanskys Füssen und hat er das Gefühl, dass ihn sogar die Bäume beobachten.

Die Elisabeth-Kapelle, im Volksmund auch als Sisi-Kapelle bezeichnet, ist mit einer tragischen Geschichte verbunden. Erbauen ließ sie ein Emporkömmling in der österreichisch-ungarischen Monarchie anlässlich der Vermählung von Kaiser Franz Joseph I. mit Elisabeth von Bayern. Später wurde dieser Sothen in den Adelsstand erhoben. Allerdings war er ein äußerst unbeliebter Zeitgenosse, der seine Untergebenen ständig schikanierte. Eines Tages platzte einem seiner Jäger der Kragen und er erschoss von Sothen. Danach wurde die Kapelle zu einem Mausoleum für das Ehepaar Sothen.

Ein Treffpunkt, der besser nicht gewählt werden konnte. Kokoschansky hat die Kapelle umrundet, wirft seine Zigarette ins Laub und tritt sie aus. Eine Minute vor fünfzehn Uhr. Niemand lässt sich blicken und dennoch wird er das Gefühl nicht los, dass ihn tausend Augen im Visier haben.

»Kokoschansky?«

Plötzlich hört der Journalist seinen Namen, zuckt zusammen und glaubt seinen Ohren nicht zu trauen. Es ist eine leise Frauenstimme!

»Ja.«

Mit einer Frau hat der Journalist nicht gerechnet.

»Drehen Sie sich nicht um. Gehen Sie in die Kapelle, nehmen Sie in der ersten Bank Platz. Nicht umdrehen. Ich möchte nicht gezwungen sein zu schießen.«

Tolle Aussichten. Den Handyrecorder kann Kokoschansky vergessen. Der Wind wird stärker und drinnen in dem kleinen Gotteshaus wird sich die Aufnahmequalität nicht unbedingt verbessern. Die Kapelle ist offen. Zwar war er nur ein paar Mal in den letzten Jahren hier, wenn er statt Kaffeehaus- Frischluft inhalieren wollte. Jedes Mal war das kleine Gotteshaus geschlossen. Er fügt sich, es bleibt ihm nichts anderes übrig. Es ist ein einfaches Schloss und nichts deutet darauf hin, dass es aufgebrochen wurde. Also muss ein Dietrich im Spiel gewesen sein. Anscheinend verfügt die Kapelle über keine Alarmanlage oder sie wurde rechtzeitig außer Funktion gesetzt.

Befehlsgemäß setzt sich Kokoschansky in die erste Bank, knapp vor dem kleinen Altar, achtet auf jedes Geräusch. Lautlos ist ihm die unbekannte Frau nachgeschlichen und steht im hinteren Bereich. Was der Journalist nicht wissen kann, drei Männer haben sich im Umfeld der Kapelle postiert und sind für unvorhergesehene Zwischenfälle gerüstet.

»Herr Kokoschansky, Sie wollen also die Hintergründe über Corona aufdecken«, eröffnet die unbekannte Frau den Dialog.

»Zuerst möchte ich wissen, mit wem ich es zu tun habe.«

»*mRNA*...«

Die Frau spricht akzentfrei Deutsch obwohl sich der Journalist bemüht Abweichungen herauszuhören. Jedenfalls ist sie keine Österreicherin.

»Kommen Sie, das ist ein Begriff aus der Medikamentenforschung. Vertreten Sie die Pharmaindustrie wegen des Impfstoffes? Warum sitze ich hier in dieser eiskalten Kapelle und friere mir den

Arsch ab? Meine Zeit ist begrenzt und mir zu kostbar, um sie mit dümmlichen Spielchen zu verplempern. Also nochmal, wer steckt hinter mRNA?«

»Ein willkürlich gewähltes Pseudonym.«

»Verkaufen Sie mich nicht für blöd. Nochmals, für wen soll ich die Kastanien aus dem Feuer holen?«

Am liebsten möchte Kokoschansky aufstehen, gehen, diese Frau einfach stehen lassen. Doch er weiß nicht, ob sie tatsächlich bewaffnet ist oder nur blufft. Sie allein kann ihn nicht und seine Familie in den letzten Tagen beschattet haben. Das ist unmöglich. Dafür müsste sie mehrfach geklont sein. Daher ist sie sicher in Begleitung und draußen warten noch einige oder sind bereits lautlos in die Kapelle geschlichen.

New York
Am gleichen Tag, zur selben Zeit

Während die Uhren in Wien kurz nach fünfzehn Uhr anzeigen, ist es im Big Apple neun am Morgen. Eine düstere Szene wie bei Martin Scorsese in »Good Fellas« in der Mulberry Street in Little Italy, dem Herzstück der Cosa Nostra. Direkt an Chinatown grenzend, das sich noch immer ausbreitet. Bereits vor vielen Jahren zogen sich die *Five Families*, die fünf großen Mafiasyndikate, langsam von ihrem ehemaligen Ursprungsort zurück und breiteten sich dafür im gesamten Stadtgebiet sowie dem Umland aus.

Seit Mitternacht ereignet sich in der kleinen Werkstatt hinter der Pizzeria »Roberto's« Grauenhaftes. Es soll auch ein gewisser Symbolcharakter drüben für die Schlitzaugen in Chinatown sein, wenn die Leiche des Mannes bei ihnen landet. Legt euch niemals mit uns an. Bisher haben wir uns gegenseitig respektiert und nicht gegenseitig ins Gehege gepfuscht. Ihr macht eure Geschäfte, wir unsere. Wir weichen keinem Krieg aus.

Bonnano-Männer fürs Grobe sichern die Werkstatt vor neugierigen Blicken und ungebetenen, zufällig auftauchenden Passanten oder gar Cops. Die Bonnanos, eine der fünf großen Mafiafamilien, die in Amerikas Unterwelt den Ton angeben.

Der Mann liegt am ölverschmierten Boden, angekettet mit Händen und Füßen an vier schweren Eisenringen mit Ketten. Er ist nackt und blutüberströmt. Längst ist jeder einzelne seiner Knochen gebrochen. Unzählige Male ist er in diesen Stunden bewusstlos geworden. Einige Kübel eiskaltes Wasser haben ihn immer wieder ins Leben zurückgeholt und die bestialischen Torturen können weiter gehen. Inzwischen werden die Intervalle zwischen Drüben und im Jetzt immer länger. Unaufhaltsam geht es dem Ende zu.

»Der Hurensohn ist verdammt zäh«, sagt einer der Folterknechte und spuckt auf den malträtierten Körper, »aber was wir wissen wollen hat er immer noch nicht verraten.«

Eine neuerliche Ladung Wasser. Der bedauernswerte Kerl stöhnt und prustet, versucht mühsam den Kopf anzuheben. Ein neuerlicher Tritt von einem Schläger in seine Seite. Einer nimmt eine Kettensäge zur Hand.

»Dann werden wir dich eben portionieren«, sagt er, grinst dabei und will das Gerät anwerfen.

»Stop!«, zischt es von hinten.

Im Türrahmen steht Tommy D. alias Thomas DiFiore, die oberste Autorität der Bonnano-Familie mit zwei Leibwächtern.

»Wir wollen ihn im Ganzen an die Schlitzaugen liefern«, befiehlt der Boss und wendet sich an einen der Folterer, »hat er endlich sein Maul aufgemacht?«

Kopfschütteln.

Tommy D. zieht sich einen Drehstuhl herbei, klopft notdürftig den Staub mit seinen Handschuhen von der Sitzfläche, setzt sich. Seine blank polierten Schuhe direkt vor dem zerschlagenen Gesicht des Opfers, dessen aufgerissene und angsterfüllte Augen auf die Schuhspitzen starren.

»Du bist ein blöder Hund«, sagt leise Tommy D., »warum habt ihr mich aufs Kreuz gelegt mit dem gefälschten Scheiß-*Remidesivir*, das nichts taugt? Du und dein verfluchter Kumpel, den es bereits erwischt hat. Das haben gottseidank ja die Schlitzaugen erledigt. Warum musstet ihr zwei- oder dreigleisig fahren? War eure Gier so groß? Bekommt ihr den Rachen nicht voll? Corona ist doch ein Bombengeschäft für uns alle, wenn wir es geschickt aufziehen und danach muss sich keiner beklagen, dass er nicht seinen Schnitt machen konnte. Leider gibt es immer so Scheißfiguren wie dich und deinen Kumpel, die noch mehr und immer mehr wollen. Zuerst mit den Chinesen Deals abschließen, dann mit den Russen paktieren und schließlich mit mir ins Geschäft kommen wollen. Also zum letzten Mal, woher stammt dieses gefälschte *Remdesivir*? Das hat mich immerhin eine Stange Geld gekostet. Ihr könnt es nicht zurückzahlen. Ihr habt mich betrogen, sicherlich auch die Schlitzaugen und die Russen. Wer weiß wen noch aller?«

Der Mann wimmert und stöhnt vor unsäglichen Schmerzen, presst die aufgeplatzten Lippen aneinander, versucht zu sprechen. Tommy D. beugt sich vor.

»Ich höre.«

»Ich weiß es wirklich nicht«, kommen die Worte kaum hörbar aus seinem zahnlosen Mund, die ihm bereits ausgeschlagen oder herausgerissen wurden, »ich bekam es…«

Erneut stürzt er in ein nicht enden wollendes schwarzes Loch. Der Boss merkt, dass es keinen Sinn mehr macht, länger mit diesem Menschen, oder besser was noch von ihm übrig ist, Zeit zu vergeuden.

»Verfrachtet den Scheißhaufen rüber nach Chinatown«, befiehlt er, »ihr wisst, wo ihr in deponieren müsst. Wenn er vorher krepiert, hat er Glück gehabt. Falls er weiterlebt, dann hatte er bei uns beinahe einen Wellness-Aufenthalt.«

Wien
Zur gleichen Zeit

Plötzlich erschüttert ein ohrenbetäubender Knall die kleine Elisabeth-Kapelle. Für Sekundenbruchteile ist das Innere in grelles Licht getaucht. Eine Blendgranate war gezündet worden. Dünne Lichtstreifen durchschneiden die Düsternis in dem Gotteshaus. Rote Laserpunkte haben die Frau ins Visier genommen.

»Polizei! Waffe fallen lassen! Auf den Boden! Arme ausstrecken!«

Licht und Laser sind auf den Glock 17 der Beamten montiert. Die Pistole fällt auf den Steinboden. Ein Beamter der Spezialeinheit WEGA sichert die Waffe, während sich vier Kollegen um die unbekannte Frau kümmern. Sie liegt am Bauch. Ihre Arme werden auf den Rücken gedreht und Handschellen angelegt. Stumm und mit verbissenem Gesichtsausdruck lässt sie es über sich ergehen.

Langsam dreht sich Kokoschansky um, noch immer von der Wirkung der Blendgranate beeinträchtigt. Der Täter soll überrascht werden. Die winzige Zeitspanne reicht für die Überrumpelung durch die bestens ausgebildeten und trainierten Spezialkräfte.

Ein maskierter WEGA-Polizist kommt auf Kokoschansky zu.

»Mit Ihnen alles in Ordnung?«

»Ja, vielen Dank.«

Diese Unbekannte hatte tatsächlich nicht geblufft und war bewaffnet. Mit hasserfüllten Blicken, noch immer am Boden liegend, starrt sie Kokoschansky an. Sie ist keine Asiatin. Chefinspektor Walter Kurinek, gefolgt von Freitag, kommt in die Kapelle.

»Ziemlich blöde Aktion von dir, Koko«, rügt der Kriminalbeamte den Journalisten, »du hättest mich informieren sollen. Dafür war dein Partner so clever.«

»Ich wollte euch nicht auch noch damit belasten«, rechtfertigt sich Kokoschansky, »schließlich habt ihr genug zu tun.«

»Und?«, der Chefinspektor ist zwar nicht sauer, aber auch nicht sonderlich über diesen Alleingang erfreut, »Du spielst auf den Terroranschlag an. Ja, genug Arbeit. Deswegen pausiert nicht das übrige Verbrechen in der Stadt.«

»Da wir gerade bei der Kopfwäsche sind, mein Lieber«, legt Freitag nach, »hast du wirklich geglaubt, ich sitze untätig in der Redaktion herum und warte angespannt, bis du wieder zurückkehrst oder ich die Nachricht erhalte, dass du im Krankenhaus oder im Leichenschauhaus liegst? Alter, schau in deine Geburtsurkunde. Du bist nicht Bruce Willis in Folge siebenunddreißig von *Stirb langsam* oder Rambo.« Leise fügt er hinzu: »Ich kann Lena verstehen…«

»Zumindest ist er nicht ganz nackt gekommen«, sagt Kurinek leise lächelnd zu Freitag und stößt Kokoschansky an, da sich dessen Jacke verschoben hat und der Kolben seines Revolvers im Hosenbund zu sehen ist.

»Ja, ist gut, ich hab's verstanden. War eine beschissene Aktion von mir. Danke an euch alle, dass ihr mich da herausgehauen habt. Ich habe nicht die geringste Ahnung, was dieses Treffen eigentlich sollte. Als ich die Frau auf *mRNA* angesprochen habe, verklickerte sie mir nur ein zufällig gewähltes Pseudonym, was ich ihr natürlich nicht abkaufte.«

Inzwischen ist sie durchsucht worden, doch nicht der geringste Hinweis auf ihre Identität. Keinen Pass oder sonstige Ausweispapiere, nicht einmal Kreditkarten.

Auf sämtliche Fragen reagiert sie stur und abweisend, spricht kein Wort. Anscheinend hatte sie sich dafür gewappnet, sollte die Aktion schieflaufen. Kokoschansky schätzt sich auf dreißig bis fünfunddreißig Jahre, elegant gekleidet, vom Aussehen her eher unauffällig. Sie wird abgeführt und er trachtet ebenso rasch die Kapelle zu verlassen. Als Kokoschansky wieder ins Tageslicht tritt die nächste Überraschung. Auf einer Bank in unmittelbarer Nähe sitzen drei Männer mit auf den Rücken gefesselten Hände, bewacht von WEGA-Männern.

»Sie haben sich in unmittelbarer Nähe aufgehalten«, klärt Chefinspektor Kurinek den Journalisten auf, »geben ebenso keinen Ton von sich, keine Ausweispapiere, nichts. Wie man sieht, ebenfalls Weiße und alle drei bewaffnet.«

»Was für Waffen?«, will Freitag wissen.

»Unterschiedlich. Einer mit einer Glock 17, einer mit einer Tokarev, dann eine Beretta und sie war mit einer sehr seltenen Pistole unterwegs, einem chinesischen Fabrikat«, erzählt Kurinek, »alle Waffen scharf geladen.«

»Sag jetzt nicht«, meint ein verblüffter Kokoschansky, »es ist bei ihr das gleiche Modell mit dem auch Francois van der Strabben umgelegt worden war.«

»Das muss erst überprüft werden«, sagt der Chefinspektor, »keine Ahnung.«

»Was wird hier bloß gespielt?«, fragt sich Freitag.

»Das wüssten wir alle sehr gerne«, seufzt Kurinek.

»Moment mal«, Kokoschansky fixiert einen der drei Festgenommenen ganz besonders, »darf ich näher zu ihm?«

Der Kriminalbeamte nickt.

Der Journalist geht auf einen Meter an den Mann heran, der sofort seinen Kopf senkt und zu Boden blickt.

»Diese Visage kenne ich doch«, er geht in die Hocke, »sieh mich an, wenn ich mit dir rede.« Ein WEGA-Beamter tippt den Typen an, der nun widerwillig wieder seinen Kopf hebt. »Du bist der Vogel, der mich am Tatort von Cora Widmers angequatscht hat.«

Der Mann zeigt keinerlei Reaktion.

»Bist du dir sicher?«, fragt Kurinek nach.

»Hundert pro. Zwar trug er eine Schutzmaske, aber ich erkenne ihn an seinem stechenden Blick und die zusammengewachsenen Augenbrauen. Er spricht ausgezeichnet Deutsch, weil er nämlich Österreicher ist und das war nicht zu überhören. Wer bist du? Wer seid ihr? Was wollt ihr?«

Das Gesicht des rund fünfzigjährigen Mannes verzieht sich zu einem verächtlichen Grinsen. Als Antwort spuckt er Kokoschansky vor die Füße. Am liebsten hätte der Journalist zugeschlagen, doch der Mann ist wehrlos und außerdem sind zu viele Zeugen hier.

»Abführen«, befiehlt Chefinspektor Kurinek, »ich kriege es schon heraus, worauf ihr einen lassen könnt.«

Die WEGA-Beamten eskortieren die vier Festgenommenen zu den Fahrzeugen.

»Bleibt nur zu hoffen, dass der Typ in euren Datenbanken registriert ist«, sagt Freitag, »das wäre ein Quantensprung für unsere gemeinsame Arbeit.«

Mitte November 2020

Die Hoffnungen blieben nicht unerfüllt. Der Mann, den Kokoschansky vor der Elisabeth-Kapelle wiedererkannte ist tatsächlich registriert und ein ziemlich schweres Kaliber. Allerdings kein Gewaltverbrecher, zumindest findet sich nichts in seiner Akte, dafür eine lange Latte aller möglichen Betrugsarten im großen Stil und mit großen Schadenssummen, ein Gentleman-Gauner.

Dafür saß er bereits insgesamt über zehn Jahre in österreichischen und deutschen Justizvollzugsanstalten ein.

Ludwig Pasterka, fünfundfünfzig Jahre alt, gebürtiger Niederösterreicher aus Melk in der Wachau, der später nach Wien gezogen ist. Ein blitzgescheiter Kopf und ehemaliger verbummelter Jus- und Politologie-Student, der seinen Intellekt bisher nie lange in ehrliche Arbeit investierte. Zeitweise arbeitete er als Privatdetektiv. Zwei gescheiterte Ehen, fünf Kinder, inzwischen erwachsen, von vier verschiedenen Frauen. Die Alimente und Abfindungen gingen ins Geld und konnten mit reeller Arbeit kaum bewerkstelligt werden.

Obwohl nun Kurinek und somit Kokoschansky wissen, wer dieser Mann tatsächlich ist, der den Journalisten unmissverständlich deutlich, machte sich aus dieser Geschichte herauszuhalten, gibt es keine Handhabe gegen ihn.

Pasterka ist seit über fünf Jahren nicht mehr straffällig geworden, nicht polizeilich aufgefallen. Er wusste sehr genau, dass man ihm nichts anhängen konnte. Natürlich war seine Pistole nicht registriert und die Anzeige wegen unerlaubten Waffenbesitzes kostete ihn nur einen müden Lacher. Bei der Überlastung der österreichischen Justiz ist nicht einmal sicher, ob es überhaupt zu einem Verfahren kommt. Wenn doch ist nicht mehr als eine Geldstrafe und im schlimmsten Fall eine bedingte Haftstrafe von ein paar Monaten drin.

Daher schwieg er weiter beharrlich, verriet weder die Frau noch seine beiden anderen Mitstreiter, ließ sich nicht herauslocken, warum das Interesse an Kokoschansky so groß war. Warum Pasterka am Tatort von Cora Widmers war? Ob er etwas mit dem Mord zu tun hatte?

Obwohl die Tatwohnung nochmals akribisch und penibel auf Pasterkas Fingerabdrücke und DNA untersucht wurde, das Ergebnis war negativ. Weiters sagte er nichts über seine Pistole, woher sie stammte, wo und von wem er sie gekauft oder gestohlen hatte? Selbstverständlich gab er nichts über die Identitäten der Frau und der beiden Männer preis, wo die drei wohnten oder abgestiegen waren. Ebenso klar, dass er sich auch nicht zu *mRNA* äußerte. Als Kurinek die Namen Francois van der Strabben und Yiu Liopang nannte, zuckte Pasterka nur mit den Schultern und schwieg.

Ebenso ließ sich Pasterka nicht in die Karten blicken, womit er derzeit seinen Lebensunterhalt bestreitet. Stocksauer musste Chefinspektor Walter Kurinek nach einem vierstündigen Befragungsmarathon ohne Antworten den aalglatten beinharten Steher ziehen lassen, der sich dreckig grinsend verabschiedete. Der Kriminalbeamte gab ihm noch mit auf den Weg, Pasterka solle nicht so siegessicher sein, man läuft sich im Leben immer zwei Mal über den Weg.

Weniger glimpflich läuft es für die drei Komplizen. Kurinek ist vollkommen klar, alle vier sind nur Handlanger. Doch, wer sind die Drahtzieher? Pasterka musste der Chefinspektor gehen lassen. Obwohl Kurinek beim zuständigen Staatsanwalt die Observierung Pasterkas beantragte, wurde das Ansuchen mit der Begründung abgelehnt, die Ressourcen werden für die Aufklärung des Terroranschlags gebraucht, was die Laune des Chefinspektors nicht unbedingt verbesserte.

Pasterkas Komplizen können nicht ewig festgehalten werden. Alle drei geben sich ebenso verschlossen wie eine Auster. Fingerabdrücke und DNA-Abgleiche wurden durch sämtliche nationalen und internationalen Datenbanken gejagt und wieder die totale Frustration: Keinerlei Treffer, genauso wenig wie in Cora Widmers Wohnung.

Alles drei verlangen keine Anwälte, was Kurinek sehr stutzig macht und verwundert. Was macht sie so sicher? Bei Pasterka war klar, dass er auf Rechtsbeistand pfiff, weil er genau wusste, dass ihm außer dem unerlaubten Waffenbesitz nichts anzuhängen war.

Zumindest konnte Kurinek durchsetzen, dass die Polizeifotos von Pasterkas Komplizen veröffentlicht werden durften und den exklusiven Zuschlag erhielt FNews, ohne allerdings die genaueren Hintergründe zu verraten. Es wurde auch nichts über die Waffen publiziert. Selbstredend, dass sie nirgendwo aufscheinen. Die unbekannte Frau war tatsächlich mit einer Pistole des Typs QSZ-92 9x19 mm Parabellum bewaffnet, dem gleichen Modell, mit dem der Belgier Francois van der Strabben erschossen worden war.

Offizielle Lesart ist, dass diese drei Personen möglicherweise im Zusammenhang mit dem Morden an der Journalistin Cora Widmers und Francois van der Strabben stehen könnten, mit der entscheidenden Frage, wer kennt diese Frau und die beiden Männer, kann sachdienliche Hinweise, und so weiter, geben. Danach übernahmen auch sämtliche österreichische und einige ausländische Medien diese polizeiliche Bitte.

Die Hinweise tröpfeln mehr als spärlich ein und erweisen sich als unbrauchbar. Durchaus verständlich, dass es den Menschen eigentlich egal ist, was es mit den beiden Morden auf sich hat. Sie plagen andere Sorgen. Corona und die Auswirkungen, die ständig ansteigenden Infektionszahlen, die unausweichliche Überlastung der Spitäler, die zusätzliche Angst vor der Triage sind für die Leute weitaus gravierender als diese beiden Opfer. Dazu der drohende harte Lockdown, wenn Österreich zum zweiten Mal gänzlich zugesperrt wird. Nicht zu vergessen, der Schock über den vergangenen Terroranschlag sitzt weiterhin tief. Nach den neuesten Ermittlungsergebnissen wäre das Attentat zu verhindern gewesen, hätte das BVT nicht eindeutige Warnungen leichtfertig in den Wind geschlagen. Nachdem das ruchbar geworden ist, folgt selbstverständlich der typisch österreichische Weg. Politische gegenseitige Schuldzuweisungen, die Opposition schreit Zeter und Mordio. Doch das schwer angeschlagene und in die Kritik geratene BVT verdankt diese prekäre Situation dem damaligen »besten Innenminister aller Zeiten« wie es der inzwischen abgehalfterte Ibiza-Witzekanzler mehrmals formulierte. Es war niemand anderer als Herbert Kickl von der rechtspopulistischen FPÖ, der den Verfassungsschutz auseinandergenommen hatte, umfärben wollte und nun am lautesten krakelt.

Zumindest eines konnte Chefinspektor Walter Kurinek beim zuständigen Untersuchungsrichter und Staatsanwalt durchsetzen, nämlich, dass dieses Trio weiterhin in U-Haft in der JVA Josefstadt bleiben muss. Ausschlaggebend dafür ist die Waffe der Frau, die gleiche Pistole chinesischer Bauart, die nach dem Mord an dem Belgier aus dem Donaukanal gefischt wurde.

*

»Immerhin bleiben die drei zumindest noch im Häfen«, sagt Freitag, »hilft uns zwar jetzt nicht weiter, aber zumindest können sie momentan keinen Blödsinn anstellen.«

»Aber vielleicht andere«, Kokoschansky sieht die Situation nicht so gelassen, »Ludwig Pasterka läuft draußen frei herum und dass er dazugehört steht außer Zweifel. Die Chuzpe musst du einmal haben. Cora wird ermordet, er taucht am Tatort auf, beobachtet das Geschehen und als er mich entdeckt, will er Druck ausüben. Über diesen Typ werden mächtige schützende Hände gehalten. Darauf wette ich. Ich bin auch weiterhin überzeugt, dass wir observiert werden. Wir wissen nicht, wer noch aller drinhängt.«

»Zumindest vorläufig werden wir voraussichtlich Ruhe haben«, wieder ist Freitag der ruhende Pol, »wenn die Regierung jetzt den harten Lockdown verhängt wird zwangsläufig kaum etwas passieren. Wir werden aufpassen müssen, aber allzu große Sorgen müssen wir uns meiner Meinung derzeit nicht machen.

Weitaus interessanter finde ich die Sache mit dem Impfstoff, der nun bald in Serie produziert werden soll. Dreihundert Millionen Dosen hat sich inzwischen die EU gesichert. *BioNTech* in Mainz und der amerikanische Partner *Pfizer* haben das Rennen gemacht. Maßgeblich daran beteiligt ist eine Forschungsfirma in Klosterneuburg. Ein *Vakzine*-Impfstoff.«

»Was?«

»Ich musste auch erst nachschlagen, was das bedeutet. Unter Vakzine versteht man einen Impfstoff, der aus lebenden oder abgetöteten Krankheitserregern hergestellt wird. Dieses angebliche Corona-Wundermittel *BNT162b2* wurde jedenfalls in Rekordzeit produziert und soll mit neunzigprozentiger Sicherheit Schutz gewähren.«

»Fragt sich nur, über welchen Zeitraum.«

»Keine Ahnung. Natürlich reagieren prompt die Russen. Der Impfstoff *Sputnik V*, mit dem bereits vor Wochen Putin für Schlagzeilen sorgte, soll zweiundneunzigprozentige Wirksamkeit bieten.«

»Wie wird die Aufteilung innerhalb der EU erfolgen? Wer wird zuerst geimpft werden? Das gibt noch eine fürchterliche Rangelei. Die politischen Streitereien innerhalb der EU sind vorprogrammiert. Warum die so viel, wir so wenig? Sind wir weniger wert als die anderen?

Was wird die Dosis kosten? Wer bezahlt, die Kassen oder muss man dafür privat berappen? Alle Komponenten zusammen werden für ein gewaltiges Streit- und Konfliktpotential sorgen.«

»Weißt du, Koko, was mich ziemlich verstört? Die Heimlichtuerei und Intransparenz rund um die Entwicklung des Impfstoffes. Ich sehe schon ein, dass es sich dabei um ein Milliardengeschäft handelt und alle Beteiligten die Nase gegenüber den Konkurrenten vorne haben wollen. Ein sehr interessanter Artikel[52] von Ende September gibt da einigen Aufschluss was hinter den Kulissen läuft.

In den letzten Wochen lief in Brüssel die Geheimniskrämerei auf Hochtouren. Es ging um die Lieferabwicklungen und Bedingungen mit Pharma-Riesen, sobald der Impfstoff sämtliche Prüfungsverfahren durchlaufen hat und behördlich zugelassen wird. Da wurden bereits Verträge mit dem schwedisch-britischen Konzern *AstraZeneca* und dem britisch-französischen Konsortium *Sanofi-GSK* in trockene Tücher gebracht.

Nichts dringt nach draußen, absolute Geheimhaltung, Verschlusssache. Selbst das Verhandlungsteam ist geheim, aber ein Österreicher spielt eine zentrale Rolle.« Sofort wird Kokoschansky hellhörig. »Mich hat es auch gerissen, Koko, aber ich glaube es nicht. Der Politiker mit dem Francois van der Strabben angeblich in Kontakt stand gehört zu den Sozialdemokraten. Der Mann, der in dem Bericht ein ausführliches Interview gibt, spricht von *Sicherheit, Datenschutz und Lobbying. Das Verhandlungsteam macht einen super Job. Die Mitgliedstaaten haben dafür ihre besten Leute entsandt. Das sind Profis, die es verstehen, ein optimales Verhandlungsergebnis zu erzielen. Es handelt sich ganz und gar nicht um Handlanger der Pharmaindustrie.*

So soll das Verhandlungsteam aus sieben Personen bestehen. Allerdings ist durchgesickert, dass auch ein Schwede dabei war, ein hochrangiger ehemaliger Pharma-Lobbyist. Dazu sagt unser Österreicher, dass sich diese Person in Unfrieden von der Industrie getrennt hatte.«[53]

»Wäre auch zu schön gewesen«, meint Kokoschansky resignierend, »wenn der Belgier erwähnt worden oder dieser Aussteiger gewesen wäre.«

»Das glaubst du jetzt nicht«, Freitag glotzt mit weit aufgerissenen Augen auf den Monitor, »sieh dir diese Mail an.«

Kokoschansky ergeht es ebenso wie seinem Partner.

Ich packe aus. Mir reicht es, ich kann nicht mehr. LP

»Was ist das nun wieder für eine Scheiße?« Kokoschansky wiederholt die paar Wörter einige Male. »*LP* kann doch nichts anderes als Ludwig Pasterka bedeuten. Abgeschickt mit einer stinknormalen gmx-Adresse mit deutscher Länderkennung. Den Nickname *Paracelsus* finde ich schon wieder gut.«

Kokoschansky ruft Daniel, den IT-Spezialisten bei FNews an, gibt ihm die Mailadresse durch und fragt, ob er diesen Account knacken kann.

»Was sagt er?«, fragt Freitag?

»Klar, aber wird ein bisschen dauern. Soll ich abwarten oder antworten?«

»Schreib ihm, bevor er es sich vielleicht anders überlegt«, rät Freitag.

Wann &Wo? lautet Kokoschanskys knappe Antwort.

»Ob es wieder eine Falle ist?«, fragt sich der Journalist.

»Was immer der Typ auskocht, du gehst sicher nicht allein hin. Ich komme mit und wir informieren Kurinek. Und du sagst auch Lena, was wir vorhaben.«

Keinerlei Widerrede von Kokoschansky. Das Erlebnis in der Elisabeth-Kapelle sitzt ihm noch in den Knochen, obwohl er sich nichts anmerken lässt. Außerdem erhielt er von Lena eine entsprechende Standpauke, als er ihr von dem Vorfall erzählte.

LP scheint es eilig zu haben. Keine fünf Minuten später erfolgt die Antwort.

Neu-Leopoldau. Beim Schranken für die Einfahrt in den Parkplatz, 16 Uhr.

»Wo ist denn das schon wieder?«, fragt sich Freitag verwundert, »Geht es noch ausgefallener? Zuerst die Kapelle und nun dieser Treffpunkt.«

»Ich kenne diese Gegend, habe dort einmal gewohnt. Das ist im 21. Bezirk. Auf dem Gelände des alten Gaswerks wird ein völlig neuer Stadtteil erbaut. Das Areal ist eine riesige Baustelle.«

»Das ist ein gerissener Hund«, stellt Freitag fest, »dort fällt er nicht auf. Er kann alles sein, vom Bauleiter bis zum Architekten. Sehr gut ausgewählt. Dann ruf‘ Kurinek an, gib ihm Bescheid. Dann machen wir uns auf den Weg. Er schrieb nichts davon, dass du allein kommen sollst.«

»Nach der Geschichte in der Kapelle wird er nicht annehmen, dass ich mich darauf ein zweites Mal einlasse.«

*

Kurinek sagt, dass er zwei Mann für die Observierung abstellen könne. Von der schnurgeraden Straße aus, die an diesem Neu-Leopoldau entlangführt, ist nichts zu machen. Hier gibt es keine Parkmöglichkeiten. Jedes Auto, das dort anhält, fällt sofort auf. Auf der einen Seite Strauch- und Buschwerk, dahinter die Gleise der S-Bahn. Gegenüberliegend die alte Begrenzungsmauer des ehemaligen Gaswerksgeländes, ein Rad- und Fußgängerweg. An der Straße entlang ein durchgehender Graben.

Kokoschansky kennt jedoch eine Stelle, wo er das Auto abstellen kann. Neben einem mit Schotter beladenen LKW parkt er sich ein. Bis zum vereinbarten Treffpunkt sind es nur wenige Minuten zu gehen.

»Er wird sicher nicht mit seinem eigenen PKW hergekommen sein«, überlegt Kokoschansky, »entweder per Taxi oder mit dem öffentlichen Bus.«

»Wahnsinn, was da herausgestampft wird«, staunt Freitag, »und einige Wohnungen sind bereits bezogen. Ich weiß nicht, ob ich da wohnen möchte. Andererseits ist es noch nicht fertig.«

»Unser Freund streunt bereits herum«, Freitag stößt seinen Partner mit dem Ellbogen an, »Ludwig Pasterka, wer sonst?«

Der Mann hält sich in der Nähe des Schrankens auf, der für die künftigen Mieter den Parkplatz absichert. Er scheint nervös zu sein, da er sich immer wieder umblickt und hastig raucht. Kokoschansky geht auf Pasterka zu, kommt ohne Umschweife sofort zur Sache.

»Worum geht's?«

»Ich packe aus, ich kann und ich will nicht mehr«, sagt Pasterka, wirft die Zigarettenkippe weg und zündet sich sofort eine Neue an.

»Das wissen wir«, sagt Freitag, »das hast du geschrieben. Warum gehst du nicht zu den Bullen?«

»Sie sind ohnehin hier. Ihr habt sie sicherlich mitgebracht. Das ist mir egal. Ihr könnt auch alles, was ich zu sagen habe, aufnehmen.«

»Auch vor einer Kamera?«

»Wenn ihr mir zusichert, dass ich nicht erkannt werde und meine Stimme verfremdet wird, ihr meine Aussagen unbearbeitet ins Netz stellt, ja.«

»Daran soll es nicht scheitern. Unsere Zusicherung hast du.«

»Bin schon unterwegs« sagt Freitag und eilt zurück zum Auto um die Videoausrüstung zu holen.

»Gehen wir da hinüber«, schlägt Kokoschansky vor, »dort ist weniger Baulärm.«

Etwas außer Atem kehrt Freitag zurück. Noch ein letzter Kamera- und Ton-Check.

»Wir können.«

»Warum ausgerechnet wir von FNews?«, eröffnet Kokoschansky das Interview, »Warum nicht der ORF oder einer der österreichischen Privatsender? Eine renommierte Tageszeitung oder ein Magazin? Warum kein ausländisches Medium? Warum verkaufst du nicht dein Wissen, sofern es nicht ein Bluff ist? Wir bezahlen keinen Cent.«

»Ich habe kein Wort von Geld gesagt«, antwortet Pasterka, »ich will auch keines. Ich habe ausgiebig über euch recherchiert und weiß, dass ihr im Gegensatz zu vielen anderen Medien tatsächlich völlig unabhängig seid. Mir ist bekannt, dass ihr gehackt wurdet. Inzwischen konntet ihr euer Problem lösen. Ich hasse Journalisten wie die Pest, leider mir bleibt keine andere Wahl, um vielleicht Schlimmeres zu verhindern. Zwar nicht auf Dauer, aber vielleicht gelingt mir zumindest ein Wachrütteln in der Öffentlichkeit und in weiterer Folge in der Politik. Doch will ich eine Garantie, dass ich ins Zeugenschutzprogramm aufgenommen werde.«

»Dafür ist FNews allerdings die falsche Adresse«, sagt Kokoschansky, »wir sind keine Behörde.«

»Das ist mir klar«, erwidert Pasterka, »wenn meine Aussagen öffentlich geworden sind und ich es beweisen kann, habe ich vielleicht eine Chance. Sollte ich nicht in den Zeugenschutz aufgenommen werden, bin ich tot. Ich denke, ihr wisst, worauf ihr euch einlässt.«

»Einen netten Vorgeschmack habt ihr mir bereits geliefert«, zeigt sich Kokoschansky unbeeindruckt, »doch bisher hast du nur heiße Luft verströmt. Wird Zeit, dass du etwas konkreter wirst.«

»Nach dem Gesetz gelte ich als Verbrecher«, geht Pasterka nicht näher auf Kokoschanskys Forderung ein, »somit gelte ich als unglaubwürdig, selbst wenn meine letzten Straftaten lange zurück liegen und ich seither nichts mehr verbrochen habe. Allerdings habe ich bei meinen krummen Dingern niemals Gewalt angewendet, weil ich das zutiefst verabscheue. Ich nutzte nur die Naivität und Dummheit der Leute für meine«, dabei lächelt er erstmals, »nicht ganz astreinen Aktivitäten aus. Manches lief hervorragend, anderes weniger und einiges vollkommen schief. Dafür habe ich gesessen. Das brauche ich nicht mehr. Ihr habt das in der Elisabeth-Kapelle verdammt geschickt eingefädelt. Damit hätten wir niemals gerechnet.«

»Wer ist *wir?*«, hakt Kokoschansky ein.

»Geduld, der Reihe nach. Nachdem ich meine letzte Haftstrafe verbüßt hatte, schwor ich mir nie wieder in eine Zelle. Dank euch bin ich doch wieder, wenn auch nur für wenige Stunden, im Häfen gelandet. Geschenkt.« Plötzlich schwenkt Ludwig Pasterka komplett um. »Schon einmal von den chinesischen *Einheitsfrontorganisationen* gehört?«

»Nein«, gibt Kokoschansky ehrlich zu.

»Davon gibt es eine Unzahl, verstreut in der gesamten Welt und natürlich auch in Österreich unter sehr harmlos klingenden Namen, um offiziell die Freundschaft mit China zu untermauern. Das ist bereits vor vielen Jahren von langer Hand vorbereitet worden. Diese Organisationen mit unterschiedlichen Ausrichtungen sind nur zu einem Zweck ins Leben gerufen worden: Um westliche Demokratien gezielt zu unterwandern, sie wirtschaftlich von China abhängig zu machen. Sie werden von der KPCh gesteuert und größtenteils auch finanziert. Dabei geht es um ein bestimmtes Monsterprojekt…«

»*One Belt, One Road*, das Neue Seidenstraßen-Projekt«, unterbricht Kokoschansky.

»Doch nicht ganz unbedarft«, wieder ein Lächeln Pasterkas, »es geht in weiterer Folge um Chinas *Drei-Stufen-Plan*. Das ist kein Geheimnis. Das Problem ist, dass die Menschen nicht die richtigen Bücher lesen, um sich grundlegend zu informieren. Ist Sayragul Sauytbay ein Begriff?«

»Das ist jene Frau, die in einem der chinesischen Umerziehungslager Fürchterliches erdulden musste.«

»Genau«, Pasterka ist sichtlich beeindruckt, »ursprünglich stammt sie aus dem autonomen kasachischen Bezirk Ili in der chinesischen Provinz Xinjiang. Heute lebt sie mit ihrer Familie in Schweden.«

»Gut, du wirfst mit ziemlichen Anschuldigungen um dich«, Kokoschansky ist von Pasterkas Aussagen noch lange nicht überzeugt, »woher weißt du das? Kannst du es beweisen?«

»Kann ich«, Pasterka klingt nun ziemlich eingeschnappt, »sonst hätte ich mich nicht mit euch getroffen. Ich kann euch nicht leiden. Aber ich brauche euch und ihr seid auf mich angewiesen, weil ihr auf eine Bombenstory heiß seid, die ich euch liefere.«

»Warum hast du nicht sofort bei den Bullen ausgepackt und Tacheles geredet?«

»In der Situation, in die ich durch euch geraten bin«, kontert Pasterka, »und mit meinem Vorstrafenregister, glaubst du tatsächlich, sie hätten mir das abgenommen? Mit Sicherheit nicht. Außerdem war ich, wie ihr wisst, nicht allein.«

»Du spielst auf diese Frau und deine Kumpels an.«

»Das sind nicht meine Freunde«, blockt Pasterka sofort und entrüstet ab, »sie wurden mir aufs Auge gedrückt. Ich wurde mit denen zusammengespannt.«

»Von wem?«

Ludwig Pasterka greift nach einer neuerlichen Zigarette. Inzwischen hat sich zu seinen Füßen bereits ein ansehnliches Häufchen an Kippen angesammelt.

»Kannst du dir das nicht denken?«

»Nein. Darum frage ich dich.«

»So gesehen von Beijing…«

»Willst du mich verarschen? Du bist kein Asiate, sondern waschechter Wiener. Und die anderen Figuren sind ebenso weit entfernt von Asiaten wie die Erde vom Mond.«

»Um in Chinas Fänge zu geraten muss man nicht Schlitzaugen haben«, nimmt Pasterka Kokoschansky neuerlich den Wind aus den Segeln.

»Geht es vielleicht etwas weniger rätselhaft?«, fragt Kokoschansky genervt, »du willst auspacken, nicht ich. Also fang endlich an.«

»Dann hör du, hört ihr…«

Plötzlich bildet sich ein kleines Loch über Pasterkas Nasenwurzel, er verdreht die Augen. Ein dünner Blutfaden rinnt über seine Nasenwurzel. Er knickt in den Knien ein, dreht sich halb um die eigene Achse und knallt in den Dreck. Bereits im Fallen ist er ein toter Mann.

Instinktiv wirft sich Kokoschansky hinter einen Bagger in Deckung. Von wegen Bruce Willis und Rambo. Oft kommt man in brenzligen Situationen auf die absurdesten Gedanken.

Geistesgegenwärtig lässt Freitag die Kamera weiterlaufen, sucht hinter einem Stapel Rigipsplatten Schutz. Zweifelsfrei war es ein Schussattentat und der Schütze ballerte mit einem aufgesetzten Schalldämpfer, dann kein Knall zu hören war. Dass der Journalist und sein Partner ebenfalls im Fadenkreuz standen, können sie sich denken. Das Präzisionsgewehr hatte Ladehemmung, die ihnen ihre Leben rettete.

Die beiden von Kurinek abgestellten Kriminalbeamten rennen mit gezogenen Pistolen, sich gegenseitig absichernd, herbei. Einige

Bauarbeiter in unmittelbarer Nähe halten in ihren Tätigkeiten inne, kommen neugierig näher.

»Wird Film gedreht?«, will ein türkischer Bauarbeiter wissen, »Oder schon wieder Terroranschlag?«

»Schleicht's euch! Bringt euch in Sicherheit!«, brüllt einer der *Kieberer* zu ihnen hinüber.

Sein Kollege legt zwei Finger auf die Halsschlagader des Opfers, schüttelt den Kopf, Exitus.

Niemand weiß, ob nicht nochmals gefeuert wird, ob es sich ein Schütze oder mehrere in de, Gelände herumtreiben. Kokoschansky und Freitag werden angewiesen, sich nicht von der Stelle zu rühren. Beide haben nichts abbekommen, außer dass sie über und über mit Matsch verdreckt sind. Freitag ist die Ruhe in Person, dreht einfach weiter als wäre es nichts geschehen.

Kokoschansky überlegt und kommt zu dem Schluss, der Schuss kann nur von dem Rohbau aus hinter ihm angefeuert worden sein. Er achtet auf jede Bewegung, doch das Geschehen im obersten Stockwerk ist außerhalb seines Sichtfeldes.

Blitzschnell hat der falsche Bauarbeiter sein Scharfschützengewehr zerlegt und in einer Werkzeugkiste verstaut. Die perfekte Tarnung. Auf dieser Großbaustelle tummeln sich unzählige Arbeiter verschiedenster Firmen. Der Killer schultert seine Kiste, steigt seelenruhig die Treppen hinunter, verlässt auf genau ausgekundschafteten Wegen das riesige Gelände. Niemand nimmt von ihm Notiz. Gemächlich schlendert er vorbei an der alten Pförtnerloge des Gaswerks durch den Haupteingang zu einem Kombi, der in den gestrigen Abendstunden im 22. Wiener Gemeindebezirk gestohlen wurde. Ohne Hast und Eile startet der Mann und fährt weg.

Aus allen Richtungen sind bereits Folgetonhörer der Einsatzfahrzeuge zu hören. Natürlich werden die Bullen rasch herausfinden von wo geschossen wurde. Das ist es aber auch schon. Sonst finden sie nichts.

Natürlich ließ er nicht die Patronenhülse liegen, trug Handschuhe. Seinen Auftrag konnte er nur teilweise erfüllen. Eigentlich sollte er nicht nur Pasterka, sondern auch diesen Schnüffler Kokoschansky und den Schwarzen abknallen. Keine Ahnung, weshalb dieses verdammte Gewehr plötzlich seinen Dienst versagte. Vorbei an immer mehr eintreffenden Polizeiautos biegt er an der Kreuzung Ruthnergasse/Siemensstraße Richtung Shuttleworthstraße ein. Dankenswerterweise verfügt das Auto über ein Navi und er ist entsprechend *gebrieft*, um unbehelligt zu seinem Unterschlupf zu gelangen.

Nachdem die WEGA den Tatort abgesichert hat, beginnt die Spurensuche. Kokoschansky und Freitag haben ihre Verstecke verlassen, versuchen sich notdürftig zu säubern.

»Also stimmt es«, meint Chefinspektor Walter Kurinek, der nun mitgekommen ist, »was man über dich allgemein sagt, Koko. Dein Ruf eilt dir voraus. Du scheinst Verbrechen magisch anzuziehen. Hauptsache, ihr habt nichts abbekommen. Pasterka hat es also erwischt. Ich möchte am liebsten den U-Richter und den Staatsanwalt in ihre Ärsche treten, weil wir ihn laufen lassen mussten. Zumindest kann man einen weiteren Terroranschlag ausschließen, was die Arbeit nicht erleichtert und schon gar nicht verringert. Drei Morde binnen kürzester Zeit und wir tappen weiterhin im Dunkeln. Das wird wieder tolle Schlagzeilen geben. Dahinter muss ein bestens organisiertes und abgeschottetes Netzwerk stehen. Habt ihr alles aufgenommen?«

»Klar«, bestätigt Kokoschansky, »Pasterka hat einiges ausgespuckt von dem wir bisher überhaupt nichts wussten. Er erwähnte chinesische Einheitsfrontorganisationen und den Drei-Stufen-Plan Chinas.«

»Aha«, sagt Kurinek, »noch nie gehört.«

»Hoffentlich findet sich darüber etwas auf Coras USB-Sticks. Bisher haben wir eigentlich nichts tatsächlich Verwertbares darauf gefunden. Ich nehme an ihr ebenso nicht.«

Der Chefinspektor schnauft und quittiert es mit einem Kopfnicken. Kokoschanskys Miene verfinstert sich.

»Es kann sich nur um einen Profikiller gehandelt haben. Solch ein Schuss auf diese Distanz«, er folgert weiter, »dafür musste er über ein Spezialgewehr verfügen, das entweder nur die Polizei, Sondereinheiten oder das Militär verwendet. Zumindest kannst du jetzt, Walter, Pasterkas Kumpane weiterhin festhalten.«

»Das erklär' mal dem U-Richter und dem Staatsanwalt«, meint Chefinspektor Kurinek, »darauf möchte ich nicht wetten.«

»Wo ist dieser Pasterka überhaupt gemeldet?«, fragt Freitag, »Das ist bisher in dem Trubel total untergegangen.«

»Nirgends«, antwortet Kurinek, »weder in Wien noch in einem anderen Bundesland. Wir haben sämtliche Melderegister durchforstet, nichts. Seine letzte Adresse war im 20. Bezirk. Dort lebte er bis vor rund einem Jahr. Inzwischen ist in diese Wohnung jemand anderer eingezogen.«

»Also ein U-Boot«, bemerkt Kokoschansky, »Hotels und Pensionen scheiden aus, da sie geschlossen sind. Fragt sich, wo er Unterschlupf gefunden hatte?«

Wien, 16. November 2020
Vor dem zweiten harten Lockdown

Heute um 0.00 Uhr wird Österreich erneut zugesperrt. Die Regierung dreht nochmals kräftig an den Daumenschrauben mit heftigen Einschränkungen für die Bevölkerung bis 6. Dezember. Das letzte Mittel, um die exorbitant hohen Infektionszahlen zu drosseln und eine Überlastung der Spitäler zu verhindern.

Von der Opposition hagelt es deswegen Kritik in rauen Mengen. Dem Ballhausplatz wird vorgeworfen, nichts aus dem ersten Lockdown im Frühjahr gelernt zu haben und die zweite Corona-Welle nicht genügend ernstgenommen beziehungsweise verschlampt zu haben. Entsprechend sauer und vor allem deprimiert reagieren die Menschen, die allgemeine Stimmung ist am Nullpunkt.

Besonders die Schulschließungen verursachen Ärger und bereiten betroffenen Eltern große Probleme. Da helfen auch nichts die allgemeinen Beschwörungs- und Beschwichtigungsfloskeln der Regierung.

Zu den Betroffenen zählen auch Kokoschansky und Freitag. Beide können Homeschooling und Distance Learning nicht mehr hören, sind der gleichen Meinung wie viele Eltern, Lehrer, Pädagogen und Schulexperten, dass die Kinder die Versäumnisse in diesem Schuljahr kaum aufholen können. Wieder einmal mehr ein Alleingang der Bundesregierung ohne entsprechende Einbindung der Bundesländer. Typisch für die Kurz-Regierung, *l'etat c'est moi* – der Staat bin ich.

Manche Lockdown-Regelungen sind völlig unverständlich. Waffengeschäfte dürfen geöffnet bleiben, weil die Jäger versorgt werden müssen. Buchhandlungen hingegen müssen geschlossen bleiben. Nicht einmal kontaktlose Übergabe von Büchern an die Kunden ist erlaubt. Reisebüros sind ebenfalls offen, dürfen keine Reisen verkaufen. Worin liegt da der Sinn? Nicht nur Kokoschansky denkt, dass der Regierung längst diese Seuche entglitten ist und sie größtenteils nur mehr hilf- und planlos herumrudert.

Lena bleibt wieder bei Günther zu Hause. Nur im Notfall, wenn sie in FNews gebraucht wird, geht Günther in seine Schule, wo er betreut wird. Marylou, Freitags Frau, ist nicht berufstätig und kümmert sich wie auch sonst um den Nachwuchs. Entsprechend pampig sind die Kinder, da sie eigentlich gerne in die Schule gehen und ihnen ihre Freunde fehlen.

Das Nachrichtenportal arbeitet abermals mit reduziertem Team, dafür auf Hochtouren. Nur die Stammmannschaft und das notwenige technische Personal sind in der Redaktion anwesend. Ein Teil der Redakteure recherchiert im Homeoffice.

»Na, die Rechnung für unsere Desinfektionsmittel kann sich sehen lassen«, stöhnt Kokoschansky, »am liebsten würde ich das an die chinesische Botschaft weiterleiten. Echt, das wäre doch eine schräge Nummer, wenn sämtliche Staaten ihre durch die Pandemie verursachten zusätzlichen Schulden China in Rechnung stellen. Oder der EZB und dem IWF. Da würde die Wirtschaftsmacht ziemlich blöd dreinschauen.«

»Du kannst es ja versuchen«, meint Freitag, »es wird nur nichts bringen außer in Beijing Lachkrämpfe.«

»War auch nur ein Gag«, sagt Kokoschansky, »was für eine vertrottelte Welt. Der Planet ist nicht daran schuld, es sind die Menschen, die ihn bevölkern. 2020 ist wirklich ein Jahr für die Tonne. Als Zugabe noch die amerikanische Präsidentenwahl. Jetzt warte ich nur mehr darauf, dass das Secret Service am 20. Jänner Trump aus dem Weißen Haus tragen muss. Auffällig, wie ruhig sich China, Russland und der Iran während dieses Hickhacks verhalten.«

»Warten wir es ab«, sieht es Freitag gelassen, »zumindest wir profitieren ein wenig von diesem zweiten Lockdown. Die Leute haben Zeit, können nicht rausgehen, hängen noch mehr im Netz herum. Das müssen wir nützen. Über die einzelnen Punkte, die wir heute Abend veröffentlichen, sind wir uns einig.«

»Sicher.«

Auf Ersuchen von Chefinspektor Walter Kurinek hat FNews das Drehmaterial von dem Anschlag in Neu-Leopoldau noch zurückgehalten, aber ihm eine Kopie gegeben. Offiziell war es ein Mord an einem Unbekannten durch Kopfschuss. Täter und Motiv sind unbekannt.

Zwar kursieren ein paar Handyvideos auf YouTube und Facebook, aufgenommen von Bauarbeitern, jedoch ohne wirkliche Aussagekraft. Zumindest konnten die Ballistiker anhand des Projektils die Munitionsart ermitteln. Kailber .308 Winchester bzw. 7,62 x 51 mm, die derzeit beste Patrone für Anschläge, da sie sich durch sehr gute Ballistik und Präzision auszeichnet. Leider fehlt weiterhin die dazu passende Waffe.

Trotzdem gibt es einen Trumpf. Nach der Berechnung der Schussbahn kam nur ein Fenster im fünften Stockwerk des Rohbaus in Frage von dem aus der Schütze schoss. Auf den unverputzten Ziegeln der Fensterbank fand sich ein einzelnes Haar.

Selbstverständlich wurden alle an diesem Tag beschäftigten Arbeiter und Zulieferer überprüft. Jeder konnte einwandfrei nachweisen, wo er sich zur Tatzeit aufgehalten hatte und konnte auch Zeugen dafür nennen. Von der Bauleitung erfuhr die Kriminalpolizei, dass an diesem Tag keine Arbeiten an diesem Tatrohbau vorgesehen waren. Somit konnte der Mörder ungehindert sein Attentat ausführen.

Das gefundene Haar wurde eingehend analysiert und die DNA festgestellt. Danach wurden international sämtliche Datenbanken abgefragt. Es dauerte eine Weile, bis schließlich die erlösende Benachrichtigung durch das FBI kam.

Das Haar stammt von einem amerikanischen Staatsbürger, der, so die Angaben der Amerikaner, im Dienste der Bonnano-Familie, eine der New Yorker Mafia-*Five Families*, steht, etliche Auftragsmorde auf dem Kerbholz hat, aber dem niemals etwas nachgewiesen werden konnte. Ein ehemaliger *Seal*-Angehöriger, einer besonderen amerikanischen Spezialtruppe, der wegen unehrenhaften Verhaltens hinausgeschmissen wurde. Somit verfügt er über eine entsprechende Ausbildung.

Chefinspektor Walter Kurinek schloss sich sofort, nachdem er Bescheid wusste, mit Major Hugo Vasicek vom LVT zusammen und der konnte endlich auf seine Art Rache am BVT üben, indem er den Bundesverfassungsschutz einfach überging. Wie du mir, so ich dir. Außerdem hat das BVT im Zusammenhang mit dem Terroranschlag vom 2. November ohnehin andere Probleme.

International wurde geheim eine Fahndung nach dem achtunddreißigjährigen Joey »The Unknown« DeSanto aus der New Yorker Bronx eingeleitet. Natürlich wird darüber FNews keinen Mucks veröffentlichen.

Kurinek ist davon überzeugt, dass der Killer derzeit in Österreich, wenn nicht sogar in Wien, untergetaucht ist. Die Frage ist, wo und bei wem? Schließlich ist derzeit eine Ausreise mit den verschärften Bestimmungen alles andere als unproblematisch. Die Einreise war sicherlich auch nicht einfach, doch irgendwie hatte er es geschafft. Als Geschäftsreisender wird DeSanto wohl nicht nach Österreich gekommen sein, wenn es auch im übertragenen Sinn auf ihn zutrifft – Reisender in Sachen Tod.

Sicherlich ist DeSanto unbewaffnet eingereist und hatte sein Gewehr erst in Österreich, vorzugsweise in Wien, übernommen. Wer hatte ihm die Waffe organisiert?

Der Chefinspektor und der Major raufen sich bereits jetzt die Haare, wenn sie daran denken, was es in der Öffentlichkeit auslöst, wenn es nach dem islamistischen Anschlag ans Tageslicht kommt, was tatsächlich in Neu-Leopoldau abgelaufen war.

Tatsache bleibt, der Killer muss in Wien über Informanten verfügt haben, die Ludwig Pasterka beschatteten. Somit waren auch Kokoschansky und Freitag in deren Fadenkreuz und daran wird sich weiterhin nichts geändert haben. Zumindest im zweiten Lockdown fällt voraussichtlich die Observierung weg, da herumlungernde und herumstreunende Typen sofort auffallen.

Das heißt gleichzeitig, Pasterka war keineswegs ein kleines Licht. Warum wollte er auspacken? Außerdem musste auf der Großbaustelle in Neu-Leopoldau ein Zundgeber[54] gewesen sein. Wie sollte der Ami sonst gewusst haben, dass ausgerechnet an diesem Tag keine Arbeiten an dem Rohbau durchgeführt wurden?

Dass Kokoschansky mit Pasterka unmittelbar davor das Interview führte, war reiner Zufall. Mit Sicherheit hätte DeSanto auch aus weiterer Entfernung getroffen.

Seit Tagen beschäftigen sich der Journalist und sein Partner mit diesen Fragen, kommen ebenso wie Kurinek und Vasicek auf keinen grünen Nenner.

Kokoschansky lehnt sich in seinem Stuhl zurück, die Arme im Nacken verschränkt, Beine auf dem Schreibtisch. Freitag starrt auf den Bildschirm als würde da die Lösung plötzlich sichtbar werden. Selbstverständlich hat sich *mRNA* nicht mehr gemeldet. Weder über das Chat-Programm Signal noch per Mail.

Plötzlich gibt sich Kokoschansky einen Ruck, nimmt die Füße vom Tisch und dreht sich zu seinem Partner, sieht ihn durchdringend an.

»Moment! Coras Vater, dieser Holger Widmers ist doch Architekt und arbeitet für ein Wiener Architekturbüro. Ist diese Firma am dem Bauprojekt in Neu-Leopoldau beteiligt?«

»Was? Worauf willst du hinaus, Koko?« Freitag weiß nicht recht, was er mit dieser Aussage anfangen soll. »Willst du damit sagen, dass möglicherweise Coras Vater etwas mit der Sache zu tun haben könnte?«

»Ich denke bloß laut und erinnere mich an das Foto am Flur von Cora mit Yiu Liopang. Das gleiche Bild, das auch auf einem der USB-Sticks von ihr war.«

»Ja, ich weiß. Aber das ist schon ziemlich an den Haaren herbeigezogen. Findest du nicht?«

Kokoschansky bleibt eine Antwort schuldig, er nimmt sich fest vor den Widmers kräftig auf den Zahn zu fühlen. Vielmehr wendet er sich den Unterlagen zu, die heute noch von FNews veröffentlicht werden.

Chefinspektor Walter Kurinek und LVT-Major Hugo Vasicek haben nichts dagegen, dass das Nachrichtenportal das begonnene Interview mit Ludwig Pasterka inklusive des Mordes zeigt. Jetzt muss Kokoschansky keine Rücksicht mehr auf Anonymität nehmen, Pasterka ist tot. Trotz intensiver Ermittlungen der Polizei ist bisher keiner seiner Angehörigen aufzutreiben. Entweder leben sie verstreut irgendwo im Ausland oder keiner will mit Pasterka etwas zu tun haben.

Selbstverständlich wird die Schussszene verfremdet und verpixelt. Schlimm genug, wenn ein Mensch vor laufender Kamera ums Leben kommt. FNews ist kein Boulevardmedium, das mit schrecklichen Bildern zusätzlich die Sensationslüsternheit fördert.

Mit offizieller Genehmigung der Pressestelle gibt Kurinek ein Interview, versichert, dass der Mord in keinerlei Zusammenhang mit dem vergangenen oder neuen Terroranschlag steht, spricht dass die Ermittlungen laufen, aber bisher noch keine konkreten Ergebnisse vorliegen. Vasicek hält sich bewusst bedeckt, will vorerst die Reaktionen nach der Ausstrahlung abwarten.

Tatsächlich finden sich zahlreiche Informationen auf Cora Widmers versteckten USB-Sticks, die ihr anscheinend das Leben kosteten. Mit Archivmaterial peppen Kokoschansky und Freitag das Material auf.

Im Zuge ihrer Recherchen im Internet stoßen die Journalisten auf die chinesische Virologin Li-Meng Yan, eine äußerst umstrittene Persönlichkeit. Sie behauptet Sars-CoV-2 stammt aus einem Labor in Wuhan entgegen anderer weltweiter Meinungen, die von Übertragung auf den Menschen durch Wildtiere auf einem Markt in dieser Stadt sprechen. Die Gerüchteküche brodelt weiterhin.

In einer britischen Fernsehsendung bleibt LI-Meng Yan bei ihrer Laborthese und verkündet dieses Labor stehe unter der Kontrolle der chinesischen Regierung und klagt Beijing an den Virusursprung vertuscht zu haben.[55] Das vorsätzliche, anfängliche Leugnen von Covid 19 ist ein Fakt.

Bereits im Dezember 2019 will Li-Meng Yan im Auftrag der Universität Hongkong Corona-Fälle untersucht haben, wobei ihr aufgefallen wäre, dieses Virus konnte nicht aus der Natur stammen, sondern aus dem Labor in Wuhan.

Nachdem Li-Meng Yan diese Erkenntnis publik machen wollte, war sie Drohungen ausgesetzt und konnte aus China fliehen. Die ehemalige Virologin der *School of Public Helath* in Hongkong versteckt sich derzeit an einem unbekannten Ort in den USA.

Ihr ehemaliger Professor sagt über sie: »Dr. Yan war eine Postdoc-Stipendiatin in meinem Labor. Ihre Forschung hatte nichts mit der Übertragung von Mensch zu Mensch zu tun. Alle etablierten Wissenschaftler haben keine soliden Beweise dafür gefunden, dass SARS-CoV-2 von Menschen gemacht wurde.«

Am 16. September 2020 gab Li-Meng Yan dem amerikanischen TV-Sender *FOX NEWS* ein Interview und behauptete sie könne beweisen, das Virus stammte aus einem Labor.[56] *FOX NEWS* war wiederum der Haus- und Hofsender von Ex-Präsident Donald Trump.

Die angeblichen Beweise stellte die Virologin mit Kollegen auf *OpenAire* ins Internet. Klickt man allerdings darauf im *EURO NEWS*-Text erhält man die die lapidare Mitteilung: *Bad karma: we can't find this page!*

Anders sieht die Sache aus mit Google. In die Suchzeile *OpenAire* eingetippt und dieses Institut erwacht und es wimmelt nur so von Nachrichten und Berichten über Covid 19 in englischer Sprache.

Gravierender Schönheitsfehler dabei, hinter *OpenAire* steckte Steve Bannon, Donald Trumps gefeuerter extrem rechter Berater, der wie sein ehemaliger Chef Fake News en gros in die Welt hinausposaunte. Bannon betrieb auch die ultrarechte Plattform *Breitbart*. Damit ist nun Schluss, da er im August 2020 wegen Betrugs und Geldwäsche im Zusammenhang mit dem Mauerbau an der Grenze zu Mexiko in Amerika verhaftet wurde. Aber auch ohne Bannon spuckt *Breitbart News Network* weiterhin Gift und Galle.

Ein sehr fragwürdiges Umfeld, mit dem sich die Virologin Li-Meng Yang umgibt. So existiert auch ein Foto von ihr mit Rudy Giuliani, dem ehemaligen New Yorker Bürgermeister und Mafia-Anwalt, einer der engsten Streiter für Trump, auch nach dessen Niederlage.

Dass die chinesische Forscherin vorerst keine Beweise für ein angeblich von Menschenhand erzeugtes Virus liefern konnte, rechtfertigte sie damit, dass wichtige Daten von ihrem Computer gelöscht worden waren.

Am 14. September 2020 publizierte die Wissenschaftlerin mit drei weiteren Forschern auf sechsundzwanzig Seiten eine Arbeit mit dem sperrigen Endlostitel »Ungewöhnliche Merkmale des SARS-CoV-2-Genoms, die eher auf eine ausgefeilte Labormodifikation hindeuten als auf eine natürliche Entwicklung und Abgrenzung seiner wahrscheinlichen Syntheseroute«. Zu finden auf *Zenodo*, ein Onlinespeicherdienst für wissenschaftliche Datensätze.[57]

Li-Meng Yan und ihre Kollegen behaupten, dass dieses Corona-Virus biologische Merkmale aufweise, »die mit einem natürlich vorkommenden, zoonotischen Virus unvereinbar sind.« Unter *Zoonose* versteht die Wissenschaft übertragbare Infektionskrankheiten von Tier auf Mensch und Mensch auf Tier, die auf natürliche Weise unter Wirbeltieren auftreten.

Weiters wird die kühne Hypothese aufgestellt, dass SARS-CoV-2 mithilfe der Fledermaus-Corona-Viren *ZC45* und *ZXC21* binnen sechs Monaten im Labor erzeugt wurde. »Angeblich wurden gefälschte wissenschaftliche Daten veröffentlicht, um die Welt in die Irre zu führen«, meint Li-Meng Yan.[58]

Der Aufschrei in der Wissenschaft war gewaltig. »Unwissenschaftlich« und »falsch« lauteten die gängigen Abwertungen. Daten sollen herausgepickt worden sein, andere wurden ignoriert, die Li-Meng Yans Theorie widerlegt hätten.

In dieser Studie bezeichnen sich Yan und ihre Kollegen als Vertreter der Organisation *Rule of Law Society* mit Sitz in New York. Der Gründer ist der exil-chinesische Milliardär Guo Wengui, der im Netz mehrere Nachrichtenseiten betreibt, die sich kritisch mit der Diktatur in seinem Heimatland auseinandersetzen. Wengui scheut nicht davor zurück, Falschmeldungen zu verbreiten. In den USA werden seine Seiten dem ultrarechten Spektrum zugeordnet.

In Li-Meng Yans umstrittener Arbeit wird auch die *Rule of Law Foundation* genannt, eine Tochterfirma der *Rule of Law Society*, gegründet von Steve Bannon, der mit Wengui engen Kontakt hält. Zumindest bis zur Festnahme des rechten, ehemaligen Präsidentenberaters. Davor war der chinesische Milliardär häufiger Gast in Bannons Podcast *War Room: Pandemic*.[59]

»Wir publizieren es unkommentiert«, beschließt Kokoschansky, »jeder soll sich selbst seinen Reim darauf machen. Allerdings bleibt weiterhin ungeklärt, warum wurde zuerst der Augenarzt Li Wenliang mundtot gemacht wurde, nachdem er öffentlich auf dieses neue Virus aufmerksam gemacht hatte und kurz danach verstarb er völlig überraschend? Das hinterlässt einen mehr als bitteren und schalen Beigeschmack.«

»Li Wenliang kann sich nicht mehr äußern«, bemerkt Freitag sehr nachdenklich, »diese Li-Meng Yan konnte sich rechtzeitig absetzen und steht anscheinend unter dem Schutz hochkarätiger, ultrarechter amerikanischer Netzwerke. Dass die USA und China, ausgelöst durch Trump, im Dauerclinch lagen, ist bekannt. Nehmen wir einmal an, Koko, eines Tages kommt heraus, dass Yan und alle anderen, ob sie nun rechts gesinnt sind oder nicht ist zweitrangig, recht hatten und dieses Virus war aus einem Wuhaner Labor entwischt. Unabsichtlich oder absichtlich ist eine weitere Frage. Beide Möglichkeiten spielen Beijing hervorragend in die Hände. Europa und die USA, nahezu alle Staaten sind durch die Pandemie schwer angezählt und hängen in den Seilen. Im eigenen Land, zumindest so die offizielle Version, hat China Corona längst im Griff und sieht zu, wie sich die Staaten immer mehr stärker in diesem Corona-Wahnsinn verheddern.

Genauso agiert China in Bezug auf den Impfstoff. Wer sagt denn, dass dieses Wundermittel, von dem die EU bereits euphorisch schwärmt, überhaupt breitenwirksam tauglich ist? Kein Mensch kann es zum gegenwärtigen Zeitpunkt beurteilen. Derzeit ist es doch utopisch, alle Menschen weltweit durchzuimpfen. Das scheitert bereits an der Logistik. Nicht zu vergessen, die teilweise gewalttätigen Corona-Leugner und Impfgegner, die immer mehr auf die Straße gehen, wie es inzwischen in deutschen Städten nahezu täglich passiert.

Wenn ich nur an Österreich denke, was das inzwischen für ein Eiertanz geworden ist. Angefangen mit den Apps, die nicht funktionieren, die Corona-Ampel, bei der sich niemand auskennt und zuletzt das allgemeine Datenchaos mit Nachmeldungen, wo hinten und vorne nichts mehr passt.«

»Tja«, Kokoschansky kann sich ein ironisches Grinsen nicht verkneifen, »wenn mit einer Datenbank gearbeitet wird, die ursprünglich für Salmonellen eingerichtet worden war. Wie viele Salmonellenfälle existieren in diesem Land und wie viele Coronafälle? Damit beginnt es, da ist bereits der Hund begraben. Je länger ich darüber nachdenke, desto mehr packt mich die Wut.

Da werden Unsummen für externe Berater, für die eigene PR, Gutachten und Studien verschleudert, aber auf Gefahrenlagen ist man nicht vorbereitet und zeigt sich völlig überrascht, wenn der *worst case* tatsächlich eintritt… Weißt du, Freitag, wie viele *thinktanks*, auf Neudeutsch Denkfabriken, in Österreich täglich kräftig abkassieren? Vierundsiebzig! Ich frage mich worüber diese Leute den ganzen Tag nachdenken.

Ehemalige politische Pressesprecher, ausgestiegene Politiker gründen ihre eigenen Consulting Agenturen und Beratungsfirmen, lukrieren hochdotierte Aufträge durch ihre Verbindungen in die Politik, die wiederum die öffentliche Hand blecht.

Horrende Beträge und Honorare werden für Studien und Gutachten ausgegeben, wie beispielsweise für das überaus spannende Werk *Vertiefende Strukturanalyse der Landeschulräte* um satte 370.000 Euro. Oder *Strategische Beratung zu Mochovce* zum Okkasionspreis von lächerlichen 182.595 Euro Steuergeld. Über die Parlamentsmaterialien kann man sich jederzeit eine Titelliste sämtlicher Machwerke ausheben lassen. Und diese Informationen stammen von jemanden, der weiß, worüber er schreibt, der den Ballhausplatz bis ins letzte Mausloch in- und auswendig kennt, der bestens über unseren Parlamentsbetrieb Bescheid weiß.[60]

Ich kann mir das Chaos bereits lebhaft vorstellen, wenn dieser Impfstoff sämtliche Zulassungen durchlaufen hat. Die Kompetenzstreitigkeiten, wer wofür zuständig ist. Das Gerangel, welchem Bundesland, wie viele Dosen zustehen. Warum die mehr und wir so wenig? Die Zwistigkeiten unter den Parteien, das wird noch sehr interessant. Sehr erheiternd, wenn es nicht so ernst wäre und nicht um Menschenleben ginge. Was ist, wenn das Mittel nicht hält, was es derzeit zu versprechen scheint? Dann folgen die gegenseitigen Schuldzuweisungen.«

»Dann schlägt möglicherweise Chinas große Stunde. Vielleicht hat Beijing längst den Nonplusultra-Impfstoff in der Lade? Ihr wollt ihn, doch nur zu unseren Bedingungen.«

»Ich will mir das gar nicht ausmalen«, winkt Kokoschansky ab, »es haben schon weitaus geringfügigere Anlässe gereicht, um Kriege zu entfachen. Hinzu kommen die unvorstellbaren Schuldenberge der einzelnen Staaten, die durch die Pandemie verursacht werden, die angeschlagenen Staatshaushalte und Wirtschaften und so weiter und so fort, eine ellenlange Liste.«

»Xi Jingping kann sich nur die Hände reiben. Es läuft hervorragend für *One belt, one road*, das Neue Seidenstraßenprojekt und den chinesischen *Drei-Stufen-Plan*. Da sträuben sich die Nackenhaare und Gänsehaut macht sich breit, was alles dahintersteckt.

Die erste Phase läuft bereits seit 2014 und soll 2025 übergeschlossen sein. In Xinjiang begann die Assimilation jener Volksgruppen, die bereit sind, sich dem Diktat der KPCh zu unterwerfen und gleichzeitig die Eliminierung jener Menschen, die sich widersetzen und weiterhin Widerstand leisten.«

»Assimilation und Eliminierung«, wiederholt Kokoschansky voller Sarkasmus, »nette Formulierungen für Völkermord und Unterwerfung kompletter Volksgruppen. Die Provinz Xinjiang wurde mit einem Federstrich in eine nördliche und eine südliche Hälfte unterteilt. Dabei zahlten die muslimischen Uiguren im Süden als erste Minderheit drauf, da sie zahlenmäßig die größte unter allen Ethnien ist.

Ab 2016 ging es dem Norden an den Kragen, der von Kasachen, Kirgisen und einigen anderen Minderheiten bewohnt wird.[61] Dort befinden sich auch die geheimen, berüchtigten Umerziehungslager, die China vehement bestreitet und in denen kaum vorstell- und beschreibbare Zustände herrschen. Einige davon sind sogar unterirdisch, damit man sie von Satelliten aus nicht orten kann. In anderen müssen die Insassen bis zum Kinn im, von Fäkalien und anderen Unrat kontaminiertem, Wasser angekettet ausharren. Zwangsterilisationen, Folter, Zwangsarbeit, Vergewaltigungen, willkürliche Hinrichtungen, Massenerschießungen, keine Prozesse, keine Urteile.«

»Doch das stört den Autobauer VW nicht im Geringsten«, ergänzt Freitag, »in Urumqi betreiben sie seit 2013 ihr Werk und geben sich ahnungslos, obwohl es im Umkreis von rund dreißig Kilometern zahlreiche Lager gibt.«

»Das ist nicht neu. Im Dritten Reichen wussten angeblich die Menschen, die in unmittelbarer Umgebung wohnten, nichts von den Vorgängen in den Vernichtungslagern.«

»Ich weiß, Koko. In Urumqi wird der *VW Santana für den chinesischen Markt produziert* und stellt rund fünfzigtausend Autos im Jahr her. 2013 erfolgte die Werkseröffnung. Es handelt sich um ein Joint Venture mit dem chinesischen *SAIC*-Konzern, dem größten Hersteller von Autos, Motorrädern und Fahrzeugteilen. 2012 wurde der Vertrag zwischen VW und SAIC im Beisein von Angela Merkel unterzeichnet.«[62]

»Die zweite Phase dieses Drei-Stufen-Plans«, fährt Kokoschansky fort, »soll zehn Jahre dauern, von 2025 bis 2035. In diesen Zeitraum ist die Besetzung der Nachbarländer beabsichtigt wie Kirgistan, Kasachstan und Usbekistan. Geplant ist eine stille Übernahme, nicht unbedingt mit militärischen Mitteln. Da es diesen Staaten wirtschaftlich sehr schlecht geht und sich daran in den nächsten Jahren nichts ändern wird, beabsichtigt Beijing großzügige Kreditvergaben und reitet sie noch mehr in die Schuldenfalle hinein. Somit hängen diese Länder an Chinas Dauertropf. Parallel dazu wird die chinesische Ansiedlung und Einbürgerung vorangetrieben. Es wird der Bau von Fabriken forciert. Investitionen in TV-Stationen, Verlage und Medienhäuser sollen die chinesische Diktatur entsprechend einzementieren. Zusätzlich wird in diesen Staaten ein Netz von Spitzeln und Spionen aufgebaut, die jede Abweichung von der vorgegebenen KPCh-Linie sofort an Beijing melden.«[63]

»Von 2035 bis 2055 ist in der dritten Phase nach der Verwirklichung des chinesischen Traums«, ergänzt Freitag, »oder besser des Machtwahns von Xi Jinping, die Eroberung und Besetzung Europas auf dem Weg zur Weltherrschaft geplant.«[64]

»Zum Glück erlebe ich das nicht mehr«, sagt Kokoschansky, »mein Gott, was da noch alles auf unsere Kinder zukommt. Xi Jinpings Nachfolger werden kein Jota von diesem Drei-Stufen-Plan abweichen und was das für Europa und den Rest der Welt bedeutet, ist wohl sonnenklar. Keine Armee Europas wird dem chinesischen Ansturm Paroli bieten können. Sofern die EU bis dahin noch existiert und die Mitgliederstaaten an einem Strang ziehen sollten und mit eigenem Heer antreten, gegen diese Übermacht wird sie auf verlorenem Posten stehen. Wobei ich eher an die wirtschaftliche als an die militärische Invasion glaube, da keiner riskieren kann, tatsächlich den roten Knopf zu drücken. Außer Nordkorea, aber vielleicht ist es dahin zu einer Wiedervereinigung gekommen, denn Kim jong-un bleibt auch nicht ewig am Ruder.

Woher wusste dieser Ludwig Pasterka von diesem Drei-Stufen-

Plan? Der Typ war durch und durch Wiener. Was hatte der mit China am Hut? Was ist mit seinen Komplizen? Haben sie auch darüber Kenntnisse?«

»Gute Frage, Koko. Bisher haben sie keinen Ton von sich gegeben, wie uns Kurinek erzählte. Keinerlei Angaben zu ihren Identitäten und Nationalitäten. In den Datenbanken sind sie auch nicht erfasst. Unglaublich, wo wir heute alle gläserne Menschen sind, dass es immer noch möglich ist, trotzdem völlig anonym zu bleiben. Nicht einmal Handys hatten sie dabei. Sie waren auf alles professionell vorbereitet. Wie nannte Pasterka diese chinesischen Organisationen?«

»Meinst du diese *Einheitsfrontorganisationen*, Freitag?«

»Richtig. Haben wir da etwas?«

»Und ob, Koko. Alles auf Coras USB-Sticks. Inzwischen habe ich es durchgeackert und nun ist mir vollkommen klar, dass einige Leute auf diese Daten scharf sind und sie deshalb sterben musste.«

»Dann lassen wir diese Informationen auf die Menschheit los.«

Kokoschansky gibt es zwar nicht zu, aber es sind gemischte Gefühle, als er sich mit Freitag an die Arbeit macht. Natürlich haben sie bei der chinesischen Botschaft angefragt, ob ein Interview oder zumindest eine Stellungnahme bezüglich dieser Einheitsfrontorganisationen möglich ist. Doch als Antwort nur Schweigen. Selbstverständlich wird diese Anfrage bereits ihren Weg nach Beijing gefunden haben und sicherlich ist bereits das österreichische Außenministerium informiert worden. Als zusätzliche Provokation übertiteln Kokoschansky und Freitag ihre Story mit *in memoriam Cora Widmers*.

Damit klar ist, dass Coras Mörder und eventuelle Auftraggeber wissen, die Aufzeichnungen der Journalistin sind gefunden und entschlüsselt worden.

In memoriam Cora Widmers
DIE AUGEN ÖFFNEN…

Lautlos, unauffällig, dafür umso konsequenter erobert das Reich der Mitte den Westen.

Die Strategie lautet *yi shang bi zheng* – die Wirtschaft einsetzen, um Druck auf die Regierungen auszuüben.

Nongcun boawei chengshi – das Land einsetzen, um die Stadt zu umzingeln.

Difang baowei zhongyang – die Peripherie nutzen, um das Zentrum zu umzingeln.

Ein Bericht von FNews

Im Umgang mit China hat es die westliche Hemisphäre größtenteils bis heute nicht verstanden, wie diese kommunistische Diktatur tatsächlich funktioniert. Die KPCh spielt immer die zentrale Rolle. Ihre Dogmen, Befehle und Verordnungen sind widerspruchslos anzunehmen und durchzuführen. Das nationalistische Sprachrohr der Partei ist die »Global Times«.

Scheinorganisationen, die sogenannten *Einheitsfrontorganisationen* firmieren unter unverfänglichen Namen, verschleiern ihre Verbindung zur Partei und sind ausschließlich mit dem Ziel der Beeinflussung gegründet worden.

Die Volksbefreiungsarmee ist keine nationale Armee im klassischen Sinne, sondern der waffenstrotzende Arm der KPCh. Xi Jinping sieht China weiterhin im Kalten Krieg. Die Panik der Partei brach 1989 aus. Zuerst der Aufstand am Tianamenplatz in Beijing, der blutig niedergeschlagen wurde. Danach der Mauerfall und die Auflösung des Ostblocks.

Im Dezember 2012 sagte Xi Jingping, dass die Lehren aus dem Zusammenbruch und der UdSSR nicht vergessen werden dürfen. Nach Meinung der chinesischen Staatsführung verlor der Kreml die Kontrolle über das Militär und die ausufernde Korruption, hatte die Leitideologie fallen gelassen und wehrte sich nicht gegen die

Infiltration der feindlichen Kräfte durch den Klassenfeind.

Die KPdSU verleugnete Lenin und Stalin, verschrieb sich dem »historischen Nihilismus«, kritisierte die Vergangenheit der Partei, was letztendlich in den Untergang führte. Xi Jingping ist erklärter Anhänger von Maos und Stalins Politik.

Im März 2019 veröffentlichte das Magazin *Qiushi* – »Wahrheitssuche« – Zitate aus einer Rede Xi Jingpings vom Jänner 2013, die er vor dreihundert Mitgliedern des ZK (Zentralkomitee) über »Verteidigung und Entwicklung des Sozialismus« hielt. So sagte er: »Das chinesische System werde letzten Endes über den Kapitalismus triumphieren, aber die Partei müsse sich auf eine langfristige Kooperation zwischen den beiden Systemen vorbeireiten.«

Inzwischen ist der Unterwanderungsprozess zügig vorgeschritten, schneller als von der KPCh erwartet. Die Infiltrierung beinhaltet drei große Bereiche: universelle Menschenrechte, demokratische Entscheidungsfindung und Rechtsstaatlichkeit. Die chinesische Staatsführung reagiert äußerst empfindlich, wenn sie in die Kritik gerät.

Ende 2019 erlebte es Daryl Morey, Geschäftsführer des Basketballteams der Houston Rockets, am eigenen Leib, als er sich per Tweet auf die Seite der Demonstranten in Hongkong stellte. Auf Twitter wurde er förmlich mit Hasstiraden zugeschüttet, die offensichtlich von chinesischen Trollen generiert worden waren. In China verfügten diese Basketballer über eine große Fangemeinde. Augenblicklich wurden die Übertragungen der Spiele eingestellt, Sponsoren sprangen ab. Morey hatte »die Gefühle des chinesischen Volkes« beleidigt.

Natürlich war sehr viel Geld im Spiel und deshalb ging die NBA in die Knie und entschuldigte sich, wobei sich die Erklärung der Liga eher wie ein vorgefasster Text der Propagandaabteilung der Partei las. Ähnlich erging es dem deutschen Fußballer Mesut Özil, als er sich öffentlich kritisch über die Unterdrückung der uigurischen Minderheit in China äußerte. Sofort distanzierte sich sein britischer Club Arsenal. Im chinesischen Fernsehen fanden keine Arsenal-Spiele mehr statt und Özil schlug eine Welle des Hasses entgegen.[65]

Im *Dokument 9* der KPCh mit dem Titel »Mitteilungen zur gegenwärtigen Situation in der ideologischen Sphäre« vom April 2013 werden sieben »falsche ideologische Tendenzen« aufgezählt, deren Unterstützung durch Parteikader strikt verboten sind: westliche konstitutionelle Demokratien, universelle Werte, Zivilgesellschaft, Neoliberalismus, westliche Grundsätze des Journalismus, historischer Nihilismus, Zweifel an der sozialistischen Natur des Sozialismus chinesischer Prägung. Die KPCh lehnt Demokratie und Menschenrechte kategorisch ab. Gegen alle jene, die sich dafür in China einsetzen, drohen schwerste Repressionen. Doch die Bedrohungen des Regimes erstrecken sich nicht nur auf das Inland. Der Artikel 38 im Sicherheitsgesetz erlaubt anti-chinesische Aktivitäten auch im Ausland zu verfolgen.

Der Brexit und Trump als ehemaliger amerikanischer Präsident sind für die Volksrepublik Bestätigungen, dass Demokratie zwangsläufig in Chaos und Ineffizienz enden. Daher wird bereits von Kindesbeinen an auf politische Indoktrinierung größter Wert gelegt, in den Schulen ist patriotische Erziehung Pflicht, um dem Eindringen westlicher und somit feindlicher Ideen Einhalt zu gebieten.

Universitäten, Forschungseinrichtungen und wissenschaftliche Institutionen sind für China hervorragende Rekrutierungsquellen, um Ausländer für die eigenen Interessen anzuheuern. Das deutsche Bundesamt für Verfassungsschutz gibt ein eigenes »Informationsblatt für Studierende, Wissenschaftlerinnen und Wissenschaftler im Visier chinesischer Geheimdienste« heraus.

»Bitte bedenken Sie:

Eine Zusammenarbeit mit ausländischen Nachrichtendiensten stellt einen Straftatbestand dar. Auch scheinbar unverfängliche Kontakte können schnell zu einer für Sie unangenehmen Situation führen. Freundliche Angebote und scheinbar unverbindliche Gespräche dürfen nicht darüber hinwegtäuschen, dass die chinesischen Nachrichtendienste ein Instrument zur Durchsetzung der Interessen der Volksrepublik China sind. Lassen Sie sich hierfür nicht instrumentalisieren…

In China lebende deutsche Studierende, Wissenschaftlerinnen und Wissenschaftler können unter bestimmten Voraussetzungen für chinesische Nach-

richtendienste interessant sein. In jüngster Zeit wurden mehrere entsprechende Rekrutierungsversuche festgestellt.

Chinesische Geheimdienste und ihre Aufklärungszeile in Deutschland

Die mediale Aufmerksamkeit hat sich in den Jahren vor allem auf chinesische Wirtschaftsspionage gerichtet. Doch im Zuge des Aufstiegs der VR China zu einem »global player« auf der internationalen politischen Bühne gewinnt die politische Spionage zunehmend an Bedeutung. Chinesische Nachrichtendienste bemühen sich daher verstärkt an sensible politische Informationen über die Bundesrepublik Deutschland bzw. die Europäische Union zu gelangen.

Deshalb versuchen chinesische Nachrichtendienste insbesondere westliche Staatsbürger, die in wichtigen politischen Institutionen tätig sind oder perspektivisch tätig sein werden, anzuwerben.

Eine herausragende Rolle spielt hier das Ministerium für Staatssicherheit (Guojia anquanbu). Dieser chinesische Nachrichtendienst und seine regionalen Ableger, die »Ämter für Staatssicherheit«, sind sowohl in China selbst als auch im Ausland aktiv.

Zu ihren Aufgaben gehört die Überwachung ausländischer Studenten in China und ausländischer Institutionen, die in China ansässig sind (z.B. Nichtregierungsorganisationen).

Zielgruppen der chinesischen Geheimdienste

Interessant für chinesische Nachrichtendienste sind u.a. Studierende und Wissenschaftlerinnen bzw.Wissenschaftler, die eines oder mehrere der folgenden Kriterien erfüllen:

- *Längerer Aufenthalt in China*
- *Gute Chinesischkenntnisse*
- *Studium der Politikwissenschaften oder der internationalen Beziehungen*
- *Anstreben einer Karriere im Bereich Politik oder Diplomatie*
- *Bezug zu Tibet, Xinjiang bzw. der uigurischen Minderheit*
- *Kontakte zu regimekritischen Organisationen und NGOs (Tibet-Initiativen,World Uyghur Congress, Falun Gong etc.)*

Methoden chinesischer Nachrichtendienste

- *Die Ansprache erfolgt in der Regel in China.*
- *Mitarbeiter chinesischer Nachrichtendienste verwenden häufig eine akademische Legende (Vizedirektor des Forschungsinstitutes XY, Vertreter eines Think Tanks etc.)*
- *Sie schlagen z.B. die Mitarbeit in einem Forschungsprojekt vor und bitten um Artikel zu bestimmten Themen gegen Bezahlung.*
- *Sie bauen eine scheinbar freundschaftliche Beziehung auf.*
- *Die Aufträge werden mit der Zeit gezielter und riskanter (Beschaffung vertraulicher Informationen, Bewerbung bei Regierungsbehörden oder politischen Organisationen etc.), während die dafür gezahlten Summen steigen.*

Was tun, wenn Sie einen Anwerbungsversuch vermuten

- *Wenn Sie von einer unbekannten Person angesprochen werden, überprüfen Sie deren Identität. Existiert die angegebene Institution bzw. Arbeitseinheit? Wird der Name der Person auf der Homepage des Institutes bzw. der Arbeitseinheit aufgeführt?*
- *Lässt sich die Identität nicht klären und der Kontakt nicht vermeiden, ist es ratsam, keine präzisen Informationen weiterzugeben bzw. Zusagen zu machen.*
- *Wenn Sie sich noch in China befinden, informieren Sie am besten die Deutsche Botschaft bzw. das nächstliegende Generalkonsulat.*
- *Wenn Sie bereits nach Deutschland zurückgekehrt sind, informieren Sie Ihre betreuende Organisation (DAAD [Deutscher Akademischer Austauschdienst], DFG [Deutsche Forschungsgemeinschaft], Stiftung XY, Heimat-Universität etc.) oder wenden Sie sich direkt an das Bundesamt für Verfassungsschutz. Ihre Schilderungen werden absolut vertraulich behandelt.«*[66]

Chinesische Medien sind nicht im Staatsbesitz, sondern gehören der KPCh, die über ihre Propagandaabteilungen Mehrheitsbeteiligungen halten. Sie und an der Auslandspropaganda beteiligte Organisationen sind angewiesen, »ihr geschäftliches Gesicht« zu zeigen. Beispielsweise das Fremdsprachenbüro der KPCh, die *China International Publisher Group (CCIPG)*, die *Internationale Chinesische Verlegergruppe*. Oder die *Chinesische Vereinigung für internationale Freund-*

schaftskontakte, die in enger Verbindung mit der Volksbefreiungsarme und dem Geheimdienst, dem Ministerium für Staatssicherheit steht.[67]

Xinhua und *China News Service* sind die größten Nachrichtenagenturen der Volksrepublik. Xinhua betreibt einunddreißig Inlands- und hundertsiebzig Auslandsbüros. Selbstverständlich stehen beide Agenturen unter strengen Kuratel der Partei.

In der Medienwelt hat China längst ein weltumspannendes Netz ausgeworfen mit Print, Radio, TV und Online. In den 1990er Jahren wurde die Digitalisierung von *China Radio International (CRI)* durch einen Kredit der damaligen österreichischen Regierung möglich gemacht, das technische Knowhow kam von *Siemens Österreich*.

Manager in Staatsbetrieben werden von der Organisationsabteilung der Partei ernannt. Privatunternehmen müssen in ihren Betrieben Parteizellen einrichten und für den Aufbau interner Parteiorganisationen sorgen. Konzerne wie *Huawai*, *Alibaba*, *Tencent* und andere demonstrieren nach außen hin Unabhängigkeit.

Als 2012 Xi Jinping Generalsekretär der KPCh wurde, nahm die Arbeit der *Abteilung für Einheitsfrontarbeit* erst so richtig an Fahrt auf. An oberster Stelle steht die Einflussnahme auf die *qiao wu*, die Auslandschinesen. In jüngster Zeit richten sich die Einheitsfrontaktivitäten zunehmend auf die westlichen Staaten für die Vermittlung eines positiven Bildes der Volksrepublik.

Zu den engsten Vertrauten Xi Jinpings zählt Wang Huning. In der Parteihierarchie rangiert er auf dem fünften Platz. Der ehemalige Professor der Fudan-Universität in Shanghai ist Chefideologe für Propaganda und Ideologiearbeit, sitzt im siebenköpfigen Ständigen Ausschuss des Politbüros.

Viele führende westliche Wirtschaftstreibende sind inzwischen zu Beijings Sprachrohren mutiert, leiten Botschaften der KPCh an ihre Regierungen und die heimische Öffentlichkeit weiter. Sämtliche Unterwanderung- und Verschleierungstaktiken sind auf das Neue Seidenstraßenprojekt fokussiert. Man braucht sich nur die Webseite von *Silk Road Chamber of International Commerce* ansehen und wird staunen. Die führenden Köpfe dahinter sind Zmeng Bijian und Lu Jianzhong.

Österreich ist ebenso im Focus der VR China. Wer sein Geld nicht mehr heimischen Geldinstituten anvertrauen will, kann sich an die *Bank of China* am Schottenring 18 im ersten Wiener Gemeindebezirk wenden.

Interessant ist die Geschichte um das ehemalige berüchtigte Kinderheim Hohe Warte in Döbling im 19. Wiener Gemeindebezirk. Die einstige Stiftung der Gräfin Franziska Andrassy aus einer lang untergangenen Epoche stand nach Auflösung des Heims Ewigkeiten leer, verfiel und war ein Schandfleck im Bezirk.

Unter dem damaligen Wohnbaustadtrat Werner Faymann und späteren eher glücklosen sozialdemokratischen Bundeskanzler kam das verluderte Areal 2006 um vierzehn Millionen Euro unter den Hammer. Bald stellte sich heraus, wer der Käufer war – der zwielichtige ehemalige kroatische General, ehemalige stellvertretende Verteidigungsminister und Diamantenschmuggler Vladimir Zagorec, der auch im österreichischen Hypo-Alpe-Adria-Bankenskandal verwickelt war.

Zagorec geriet wegen seiner Machenschaften in schwere Bedrängnis, musste seine Immobilien verkaufen und die Grazer *Immovate* konnte das Hohe Warte-Areal erwerben. Inzwischen wurde es an China um kolportiere einundzwanzig Millionen Euro verkauft. Mittlerweile großzügig umgebaut als chinesische Botschaft für UNO-Beamte. Zumindest lautet so die offizielle Bezeichnung.[67] Während des Umbaus waren ausschließlich chinesische Bauarbeiter und Handwerker beschäftigt, Sichtblenden verstellten den Blick auf die Großbaustelle. Ein Schelm, der dabei Böses denkt.

Wer beispielsweise »Akademie der chinesischen Kultur« googelt, wird überrascht sein, wie viele chinesische Kultureinrichtungen in Wien und in Österreich zu finden sind.

Ebenfalls äußerst interessant ist die *Austrian Chinese Business Association* (ACBA, www.acba.at). Der Präsident des Vorstandes ist ein prominenter Wiener Anwalt, der Präsident des Kuratoriums ein weiterer, eher nicht sehr erfolgreicher, ehemaliger sozialdemokratischer Bundeskanzler, bevor Schwarz/Blau ans Ruder kam. Der Kuratoriumsvizepräsident ist der Landeshauptmann eines südlichen Bundeslandes. Weitere Kuratoriumsmitglieder sind u.a. eine ehemalige Kurzzeit-Bundeskanzlerin und weitere bekannte Namen.

Die Adresse der Rechtsanwaltskanzlei und der ACBA sind ident im 1. Wiener Gemeindebezirk.

Doch es gibt noch weitere enge Kooperationen zwischen Österreich und China.[68] Im österreichischen Parlament agieren unter dem Titel »bilaterale parlamentarische Gruppen« für unterschiedliche Staaten. Natürlich auch eine *Parlamentarische Gruppe Österreich-China*.

Bei Begegnungen mit Ausländern werden die sogenannten Volksorganisationen vorgeschoben wie die *Gesellschaft des chinesischen Volkes für Freundschaft mit dem Ausland (CPAFFC)*, der *Chinesische Rat für die Förderung der friedlichen nationalen Wiedervereinigung (CCPPNR)* oder die *Chinesische Vereinigung für internationale Freundschaftskontakte (CAIFC)*.

Im Umgang mit Ausländern stellte 2013 XI Jinping während einer Rede auf der nationalen Konferenz für Propaganda und Ideologie seine eigene Ampel vor. Rot für eine Bastion der Partei, das heißt, dem Ausländer ist zu vertrauen. Grau bedeutet Zwischenzone; bedeutet, kann vielleicht für Chinas Interessen gewonnen werden. Schwarz steht für negative öffentliche Meinung. Also ein *heishou*, was »schwarze Hand« heißt, und somit ein Feind ist. Dazu zählen die Anhänger der *Falun Gong*-Bewegung und deren Lehre.

Die KPCh unterscheidet bei Ausländern verschiedene Kategorien.

1. *Freunde erster Kategorie* sind Personen, die mit der Partei stets einer Meinung sind und in den Medien zitiert werden.

2. *Freundliche Personen*, auf die sich die Partei zwar stützt, ihnen aber nicht vertraut. Dazu zählen Geschäftsleute, die für Manipulationen empfänglich sind.

3. *Personen, die China lieben, aber alle Übel des chinesischen Kommunismus kennen*. An oberster Stelle stehen Wissenschaftler und Journalisten. Nach Meinung der Partei lassen sich solche Menschen nicht beeinflussen.

4. *Personen, die China lieben, aber den chinesischen Kommunismus hassen*. Diese Leute gelten als potentielle Feinde.

5. *Personen, die China entweder nicht kennen oder kein Interesse zeigen.* Das sind die Menschen, die für die Partei extrem wichtig sind, da sie leicht mit Einladungen für unverfänglich scheinende Kulturveranstaltungen zu ködern sind, um ihr Interesse für die Volksrepublik zu wecken.

Einladungen stammen meist von Tarnunternehmen, die oftmals Einheitsfrontorganisationen der Abteilung für Einheitsfrontarbeit sind oder Verbindungsstellen der Abteilung für politische Arbeit der Zentralen Militärkommission.

Der *EU-China Business Association* gehören neunzehn Organisationen in ebenso vielen Staaten an: Österreich, Belgien, Tschechien, Zypern, Finnland, Frankreich, Deutschland, Irland, Italien, Litauen, Niederlande, Polen, Portugal, Rumänien, Slowakei, Spanien, Schweden, Schweiz und Großbritannien. So lautet die Auflistung auf der Webseite www.eucba.org. Österreich ist in dieser Vereinigung mit der erwähnten *ACBA* vertreten.

Seit September 2019 ist Christian Kern, ehemaliger SPÖ-Bundeskanzler, Europa-Präsident von *CEATEC (China Europe Association for Technology and Economic Cooperation)*. Ein Unternehmerverband, der selbstverständlich nach der Pfeife Beijings tanzen muss.

Die *VCUOe*, die *Vereinigung chinesischer Unternehmen in Österreich* (www.vcuoe.at), nahm am 20. Februar 2020, von der Öffentlichkeit nicht wahrgenommen, am Covid 19-Wirtschaftsgipfel im Bundesministerium für Digitalisierung und Wirtschaftsstandort mit Ministerin Margarete Schramböck teil. Kontakt zur VCUOe erhält der Interessent über die *ICBC Austria Bank Gmb*h in der Kolingasse im neunten Wiener Gemeindebezirk.

Ob die österreichischen Entscheidungsträger wissen, was tatsächlich Sache ist, sei dahingestellt. Letztendlich geht es nur darum Profit zu machen, am besten für die eigene Tasche. Das sich ständig wiederholende und geleierte Mantra von der Sicherung österreichischer Arbeitsplätze und das Ankurbeln der Wirtschaft in der Alpenrepublik ist ein nach außen hin sehr gut zu verkaufender Politslogan, dabei leider nur ein Ammenmärchen.

Die Begleitumstände in Bezug auf China sind zweitrangig. Das Neue Seidenstraßen-Projekt ist viel zu verlockend. Beijing setzt alles daran diese Vision, die längst in großen Teilen real ist, zu vollenden und scheut dafür keine Mühen und Kosten. Regierungen, Politiker, Wirtschaftsleute – kurzum, alle Entscheidungsträger, von denen sich die Volksrepublik Nutzen verspricht, sollen mit allen Mitteln auf ihre Seite gezogen werden.

Biaotai heißt Gefolgschaft für die KPCh, *kouhao* bedeutet die Vertretung bestimmter politischer Slogans, *di wo maodun* die Auseinandersetzung zwischen Volk und Volksfeind, wobei der Hauptfeind die USA sind.

»Außen rund, innen eckig«, oder *wai yuan meifang*, steht für gewisse Zugeständnisse an westliche Partner, ohne die Parteiprinzipien zu vernachlässigen. Selbstverständlich ist Kritik erlaubt, um den Schein zu wahren, jedoch von Beijing gesteuert – *xiao ma da bangmang*. Das beste Beispiel dafür die »South China Morning Post«, seit 2016 im Besitz des Alibaba-Konzerns.

Das *Silk Road Think Tank Network* (www.esilks.org) ist ein weltumspannendes Netzwerk. Österreich ist darin mit der *UNIDO* (*United Nations Industrial Development Organizations*) mit Sitz in Wien vertreten.

Bislang butterte China in die *BRI*, die *Belt and Road-Initiative*, so der offizielle Titel, an die dreihundert Milliarden Dollar hinein und der Erfolg gibt der Volksrepublik Recht. Einer der wenigen europäischen Politiker, der anscheinend versteht, was auf dem Spiel steht, ist Frankreichs Emmanuel Macron: »Die Zeit der europäischen Naivität muss vorbei sein.«[69] Doch seine mahnenden Worte finden kaum Widerhall.

Wer sich auf Geschäfte mit China einlässt, muss sich im Klaren sein, dass sämtliche seiner Aktivitäten mit Argusaugen von den chinesischen Geheimdiensten, dem Ministerium für Staatssicherheit, und *Zhong Chan Er Bu*, dem Militärnachrichtendienst, beobachtet werden.

Das Neue Seidenstraßen-Projekt, in Angriff genommen 2013, zielt auf die Weltherrschaft ab und darauf, dass China die alles beherrschende Wirtschaftsmacht werden soll. Sechs riesige Sektoren sollen in Zukunft dieses Monstervorhaben beinhalten: Bangladesch-Indien-Myanmar, die Indochinesische Halbinsel, Mongolei-Russland, Pakistan, Zentral- und Westasien und schlussendlich der Griff nach Europa.

Für die Realisierung müssen vor allem die Seewege gesichert sein und da leistete Beijing bereits die nötige Vorarbeit. Zahlreiche Häfen und Brücken sind bereits im Besitz der Staatsführung oder sie ist maßgeblich daran beteiligt: Piräus und Thessaloniki in Griechenland; die Pelješac-Brücke in Kroatien; Vado Ligure im italienischen Genua; Marsaxlokk auf Malta; die Häfen Antwerpen und Zeebrugge in Belgien; Rotterdam in den Niederlanden; die norwegischen Brücken Beltstadsund und Hålogaland; die französischen Häfen Dünkirchen, Le Havre, Saint-Nazaire und Marseille-Fos; in Spanien Bilbao und Valencia.

Inzwischen gibt es kaum mehr einen Staat, ein Land oder ein Königreich, nach dem Beijings lange Spinnenarme nicht greifen und Entscheidungsträger in unterschiedlichen chinesischen Organisationen und Gremien sitzen.

So agieren der ehemalige australische Premierminister Paul Keating und der alte, unverwüstliche Henry Kissinger im internationalen beratenden Ausschuss der *China Development Bank*. Keating gilt als überzeugter Befürworter des Regimes in der Volksrepublik. Menschenrechte sind für ihn »westliche Werte«, die auf China nicht angewendet werden können.

Im Dezember 2018 hatte Kanada seinen China-Skandal. Meng Wanzhou, die Finanzchefin von *Huawei* wurde auf Ersuchen der amerikanischen Justizbehörden u.a. wegen Bankbetrugs in Kanada verhaftet. John McCallum, der kanadische Botschafter in China, ließ sich von Beijing weichkochen und verteidigte vehement Wanzhou.

Zwischen den USA und China herrschte stets ein angespanntes Verhältnis. Die unberechenbaren Aktionen des ehemaligen Präsidenten und nunmehrigen Sesselklebers Donald Trump verschärften den Konflikt. Einer seiner Vorgänger, Bill Clinton, hatte in Bezug auf China auch kein reines Gewissen. *Chinagate hängt ihm nach. 1996 erhielt seine Präsidentschaftskampagne Spenden über Leute mit Verbindungen zur Volksbefreiungsarmee.*

Vom neuen US-Präsidenten Joe Biden erhofft sich Beijing ein weitaus besseres Verhältnis. Biden und XI Jinping sind freundschaftlich verbunden. Das hat seine Gründe. Biden muss China-freundlich sein. Schließlich unterhält sein Sohn Hunter Geschäftsbeziehungen mit den Chinesen. Im Dezember 2013 reiste Joe Biden, damals als Vizepräsident, in die Volksrepublik, samt Hunter im Schlepptau. Zur Firma von Bidens Sohn gehört auch John Kerrys Stiefsohn. Kerry selbst war einmal amerikanischer Außenminister.

Hunter Biden und sein Team gründeten den Investmentfonds *BHR Partners*, dessen größter Anteileigner die staatliche *Bank of China* ist, die wiederum von der KPCh kontrolliert wird.

Eine Denkfabrik an der University of Pennsylvania trägt sogar den Namen von Papa Biden, das *Penn Biden Center for Diplomacy and Global Engagement* und sieht in China keinerlei Bedrohung.

2014/15 sahen Joe Biden, Barack Obama und John Kerry tatenlos zu, wie China sein Einflussgebiet im Südchinesischen Meer aggressiv ausbaute.

Auch der New Yorker Bürgermeister und Medientycoon Michael Bloomberg, kurzfristiger Präsidentschaftskandidat 2020, hat besondere Gründe, sich auf Seiten Chinas zu stellen. Schließlich investiert er sehr viel Geld in dieses Land. Daher lehnt er Strafzölle kategorisch ab und in seinen Medien unterdrückt und lässt er kritische China-Berichte zensieren.

Beijing verfügt auch über einen einflussreichen Republikaner im Washingtoner Senat durch Mitch McConnell aus Kentucky, der deshalb von China unterstützt wird. 1993 heiratete er die Tochter von James Chao, einem seiner Mäzene. Elaine Chao leitete unter George W. Bush jr. das Arbeits-, unter Trump 2017 das Verkehrsministerium.

Schwiegerpapa James Chao verfügt über beste *guanxi* – Verbindungen – in die Volksrepublik. Schließlich war einer seiner Schulkollegen Jiang Zemin, der ehemalige chinesische Staatspräsident, der bis heute über großen Einfluss verfügt.

James Chao besitzt die Reederei *Foremost Group*, die er mit Chinas Hilfe zur einer der größten Handelsflotten, der *China State Shipbuilding Corporation* ausbauen konnte.

In der Trump-Ära gingen die geschäftlichen Beziehungen mit der

Volksrepublik munter weiter, wurden allerdings immer wieder von Crazy Donalds eigenmächtigen Eskapaden schwer beeinträchtigt. Sein Handelsminister Wilbur Ross arbeitete zuvor nahezu ein Vierteljahrhundert als Banker für *NM Rothschild & Sons*. Er tätigte umfangreiche Investments in China, setzte sich vehement für eine Partnerschaft mit der Skandalbank *Goldman Sachs* mit dem staatlichen Investmentfonds *China Investment Corp.* ein. Immerhin ging es um fünf Milliarden Dollar.

Gary Cohn, Trumps damaliger Wirtschaftsberater, war Präsident von *Goldman Sachs* und unterhielt enge Beziehungen zur *Industrial and Commercial Bank of China*, die wiederum unter der Fuchtel der KPCh steht. Mit Cohns Hilfe konnten sich die Chinesen in den amerikanischen Bankenmarkt einkaufen. Zugleich ist diese Bank der größte Mieter im New Yorker Trump Tower.

Trumps Finanzminister Steven Mnuchin arbeitete vorher ebenfalls für *Goldman Sachs*. Jared Kushner, Schwiegersohn des amerikanischen Präsidenten, und Trump-Tochter Ivanka waren für die *Blackstone Group tätig. Eine Investmentgesellschaft im Besitz von Stephen A. Schwarzman.*

Im Jahr 2018 änderte sich das Verhältnis zwischen den USA und China beträchtlich. Im März 2019 erschien im Magazin »Mother Jones« – ein Bericht über Li Cindy Yang, eine chinesisch-amerikanische Trump-Spenderin, die in Florida mehrere Bordelle betreibt. Reichen Chinesen verschaffte sie Einreisevisa und wollte unbedingt bis in den innersten Trump-Zirkel vordringen, was ihr aber nicht gelang.

Daher hielt sie sich an die Trump-Schwester Elizabeth Trump-Grau und überredete sie für eine Veranstaltung im Ressort Mar-a-Lago in Florida, wo Bruder Donald auf dem Green zu finden war und seine Golfbälle schoss.

Anscheinend waren den US-Geheimdiensten und dem *Secret Service* entgangen, das Li Cindy Yang für einen Arm des *Chinesischen Rats für die Förderung der friedlichen nationalen Wiedervereinigung* in diesem Bundesstaat arbeitete, einer Einheitsfrontorganisation der KPCh.

Ebenso war Yang im Nationalkomitee der *Asian American Republi-*

can Party tätig, dessen Ziel es war, die chinesisch-stämmigen Amerikaner zur politischen Bildung anzuhalten. Nach der Parteistrategie huaren canzheng – politische Partizipation ethnischer Chinesen.

China versuchte sehr wohl die Vorwahlen im Präsidentschaftswahlkampf 2016 zu beeinflussen. Vorerst schien Jeb Bush bessere Chancen als Donald Trump zu haben. Bush wurde unter anderem in seinem Wahlkampf von dem in Singapur ansässigen chinesischen Paar Gordon Tang und Huaidan Chen gesponsert, dass in Kalifornien eine Immobilienfirma betrieb. Tang und Chen verfügten auch über beste Beziehungen zu Gary Locke, dem ehemaligen Gouverneur von Washington, den Obama als Botschafter nach China entsandt hatte.

Die Millionenspende für Jeb Bush erwies sich rasch als Flop und war verbranntes Geld. Doch dieser Misserfolg schadete keineswegs den Beziehungen zur Bush-Familie. Drei Jahre davor, 2013, war Neil Bush von Tang und Chen zum nicht geschäftsführenden Vorsitzenden ihres Unternehmens *Sing Haiyi* ernannt worden. Die Verbindungen der Bushs zu China gingen lange zurück bis ins Jahr 1974 als George Bush sen. als De-facto-Botschafter in Beijing residierte. Er wurde auch mit dem Ehrentitel »alter Freund« der Staatsführung ausgezeichnet. Diese Ehre wurde ansonsten Henry Kissinger und dem Spanier Juan Antonia Samaranch, dem ehemaligen Präsidenten des IOC (Internationales Olympisches Komitee), zuteil.

Heute kümmert sich Neil Bush um die *George H.W. Bush China – U. S. Relation Foundation*, die im Oktober 2018 zusammen mit der *Gesellschaft des chinesischen Volkes für Freundschaft mit dem Ausland (CPAFFC)* eine Konferenz in Washington abhielt.

Im Juli 2019 hielt Neil Bush in Hongkong eine Rede während einer Konferenz, die von Tung Chee-hwa organisiert worden war, einem schwerreichen chinesischen Geschäftsmann und Politiker. Er war der erste *Chief Exekutive* der Sonderverwaltungszone Hongkong. Unter den Zuhörern saßen hochrangige KPCh-Funktinäre und Neil Bush erwies sich abermals als Büttel Beijings.

Die CPAFFC ist eine *youxie*, eine »Freundschaftsgesellschaft«, eine staatliche Einrichtung, die sich als NRO, eine Nichtregierungsorganisation tarnt; eine Unterorganisation der *Politischen Konsultativkonferenz des Chinesischen Volkes (PKKCV)*. Ein Beratungsgremium und fixer Teil der Einheitsfrontarbeit innerhalb der Partei.

Die Aufgabe der CPAFFC ist unter Vorwand der Diplomatie, Freunde und Befürworter für China zu gewinnen. Deren Richtlinien sind von der KPCh im Umgang mit Ausländern zwingend vorgeschrieben.

Im Mai 2019 tappte Irland in die chinesische Falle. Zwischen der CPAFFC und der irischen Denkfabrik *Asia Matters* wurde eine Kooperationsvereinbarung unterzeichnet, hochgepriesen vom stellvertretenden Ministerpräsidenten Steve Coveny. Die engere Beziehung werde es Irland erleichtern, innerhalb der EU Chinas Interessen zu vertreten.

Doch China geht es um die »Desintegration« des Feindes, wobei die *Abteilung für politische Arbeit der Zentralen Militärkommission* eine gewichtige Rolle spielt. Die Schwerpunkte liegen auf Propaganda, Verbindungsarbeit, Einflussnahme, Informationssammlung, Wahrnehmungssteuerung, Hacken von Personaldatenbanken, medizinische Aufzeichnungen und Emailkonten.

In diesem Dickicht von getarnten Geheimdienstaktivitäten und Verschleierungspraktiken bewegt sich die chinesisch-amerikanische Geschäftsfrau Angela Chen. Sie besitzt eine Beratungsfirma, die Zugänge zu Machthabern und Entscheidungsträgern verkauft. Sie lebt in New York in einer Trump-Immobilie. Einen Monat nach dessen Amtsantritt kaufte sie sich in diesem Gebäude eine Wohnung um 15,8 Millionen Dollar.

Angela Chen ist Vorsitzende der *China Arts Foundation*, die kulturelle Veranstaltungen finanziert und Galas ausrichtet. Die perfekte Tarnung für Anwerbungen potentieller späterer China-Freunde. Hinter dieser Institution steht der Militärgeheimdienst, der wiederum mit der *Chinesischen Vereinigung für Internationale Freundschaftskontakte* verbunden ist – eine Einheitsfrontorganisation der Verbindungsstelle der *Abteilung für politische Arbeit der Zentralen Militärkommission* im Einklang mit der *Vereinigung für Freundschaftskontakte (CAIFC)*.

Im offiziellen Wortlaut geht es selbstverständlich nur um Förderung des internationalen Austauschs und Kooperation. Tatsächlich hat man es auf Kontakte zu hochrangigen, ausländischen Militär-, Verteidigungs- und Sicherheitskreise abgesehen, ebenso auf Parlamentarier und Militärs im Ruhestand.

Eine der Schlüsselfiguren der CAIFC ist der Generalleutnant der Volksbefreiungsarmee Xing Yunming. Bis 2015 war er geschäftsführender Vizepräsident der CAIFC und Leiter der *Verbindungsabteilung der Allgemeinen Politischen Abteilung der Volksbefreiungsarmee*. Zu seinen Gästen zählten unter anderem Tony Blair und Bill Gates.

Es gelang den amerikanischen Admiral a.D. William A. Owens durch den hochrangigen General Xu Qiliang, stellvertretender Vorsitzender der Zentralen Militärkommission, für China anzuwerben. 2013 gründete der Vier-Sterne-Navy-Veteran Owens die Beratungsfirma *Red Bison*, die Partnerschaften mit China vermittelt. Inzwischen soll er mit diesen Deals an die hundert Millionen Dollar verdient haben.

Die *China-United States Exchange Foundation (CUSEF)*, mit Sitz in Hongkong, tarnt sich als NRO, als Nichtregierungsorganisation, ist jedoch eng mit der KPCh verbandelt. Daran beteiligt ist auch die *CAIFC*. Ebenso hängt das *EastWest Institute* mit drin. Natürlich geht es wiederum um die nach außen hin verkauften Freundschaftsbeziehungen, was selbstverständlich eine handfeste Lüge ist. Verschleiert wird diese Geschichte unter der unverfänglichen Bezeichnung *Sanya Initiative*. Mittendrin bereits ein alter Bekannter, Stephen Schwarzman, Gründer der *Blackstone Group*. Er verfügt über beste Beziehungen sowohl in Beijing wie auch ins Weiße Haus. In der Trump-Administration war er Whistleblower des Präsidenten für einen gemäßigten Kurs gegenüber China.

Schwarzman ist Leiter des *President's Strategic and Policy Forum*, einem sechzehnköpfigen Wirtschaftsgremium, dem unter anderem Topmanager von *J.P. Morgan Chase*, *Black Rock*, *Boeing*, *Intel*, *IBM* und *Ernst & Young* angehören.

Bereit 2007 ging die *Blackstone Group* an die Börse. Die *China Investment Corporation* kaufte genau 9,9 Prozent der Aktien. Gerade so viel, dass der Deal eine mögliche Prüfung über mögliche Risiken für die nationale Sicherheit standhielt.

2016 verkaufte die *Blackstone Group für 5,5 Milliarden Dollar eine Reihe von amerikanischen Luxushotels an die chinesische Versicherungs- und Bankengesellschaft ANBANG*. Drei Jahre später, 2019, versuchte Stephen Schwarzman einen Rückkauf wegen eines Korruptionsskandals. Es blieb beim Versuch.

Im Februar 2017 lud der umtriebige Krösus zu seiner Geburtstagsparty. Die Feierlichkeiten waren nur vordergründig, tatsächlich ging es einmal mehr um das Seidenstraßen-Projekt. Unter den Gästen die ehemaligen Trump-Minister Steve Mnuchin, Wilbur Ross, Trump-Schwiegersohn Jared Kushner und Trump-Töchterlein Ivanka sowie Elaine Chao.

13,8 Milliarden Dollar spülte der Verkauf im Juni 2017 von *LOGICOR*, dem größten Portfolio an Logistik- und Vertriebseinrichtungen in Europa, an *China Investment Corporation* in die Kassen der *Blackstone Group*. Es ist ein chinesischer Staatsfonds, der einen Teil der Devisenreserven verwaltet.

Stephen Schwarzman wird als *der* Ansprechpartner für chinesische Käufer gehandelt. Dieses rücksichtslose und brutale Vorpreschen war bereits im Mai 2005 dem ehemaligen deutschen SPD-Vorsitzenden Franz Müntefering ein Dorn im Auge. Er bezeichnete diese größtenteils anonymen Investoren als »Heuschreckenplage«. Diese Aussage ging als »Heuschrecken-Debatte« in die Geschichte des Bundestags ein. Schwarzman bekam davon Wind und beschwerte sich offiziell bei Angela Merkel, wie es sein konnte, dass ihn ein Politiker als Insekt bezeichnete.

Während des Weltwirtschaftsforums in Davos 2017 führten Stephen Schwarzman und Xi Jinping private und vertrauliche Vier-Augen-Gespräche. Der Amerikaner verfügt über einen hervorragenden Stand in China. So finanziert er ein College an der Tsinghua-Universität in Beijing. Hier studieren viele Mitglieder der Parteikader. Nahezu die Hälfte der Studenten, die keine Studiengebühren bezahlen müssen, stammt aus den USA. Bestes Rekrutierungsmaterial für die Zukunft.

Die *Blackstone Group* mischt auch im Nachrichtengeschäft kräftig mit. Mit dem Partner *Reuters hält Schwarzman den größten Anteil an REFINITIV*, der Agentur für Finanznachrichten und Dienstleistungen. Wenn Beijing Wünsche äußert, die eher Befehlen gleichen, wird umgehend gehandelt. Im Juni 2019 zensierte *REFINITV* auf Druck von *Cyberspace Adminstration of China (CAC)* Nachrichten anlässlich des 30. Jahrestages des Tiananmen-Massakers.

Für Stephen Schwarzman kein Problem, so wie er auch nichts Negatives an chinesischen Technologiediebstählen findet. Für ihn nur »ein anderer Zugang zu geistigem Eigentum«.

Von den USA einen Abstecher nach Kanada, wo China ebenfalls auf eine Reihe von Verbündeten zählen kann, wie auf die Familie Desmarais und ihrem Firmenimperium *Power Corporation*. Das Einnisten der Volksrepublik in Kanada begann vor der Jahrtausendwende in der Regierungszeit von Jean Chrétien. Bereits 1999 hielten in einem Geheimbericht die *Royal Canadian Mounted Police* und *Canadian Security Intelligence Service (CSIS)*, der Nachrichtendienst, fest, dass sich in dem Staat ein »neues Triumvirat« aus chinesischen Geheimdiensten, schwerkriminellen Triaden und Wirtschaftsmagnaten festgefressen hatte. Und daran hat sich bis heute nicht geändert. So finanziert der Milliardär Zhang Bin Justin Trudeau mit der *Pierre Elliott Trudeau Foundation*.

Nachdem in Kanada im Dezember 2018 *Huawei*-Finanzmanagerin Meng Wanzhou verhaftet wurde, erfolgte umgehend Beijings Gegenschlag. Der kanadische Diplomat Michael Kovrig und Michael Spavor, der in Nordkorea arbeitete, wurden in Bejing inhaftiert und der Spionage beschuldigt.

Über den großen Teich zurück nach Europa.

Hier ist die *Abteilung für Einheitsfrontarbeit* besonders um die Führung der Auslandchinesen bemüht, achtet sehr darauf abweichende (Partei)Meinungen zu unterdrücken. Die, selbstverständlich getarnte, *Internationale Verbindungsabteilung der KPCh* sucht Kontakte zu ausländischen Parteien, zu NROs und anderen politischen Gruppen. Dieser Parteikader unterhält Kontakte zu nahezu allen europäischen Parteien, wirbt für die Neue Seidenstraße und will Asien, Afrika und Europa verstärkt einbinden. Besonders interessiert ist diese Abteilung an Japan, Großbritannien und Griechenland.

Italien klebt bereits fest an Chinas Leimspindel. Im April 2019 unterzeichnete Ministerpräsident Guiseppe Conti mit Xi Jiping eine Vereinbarung über den italienischen Eintritt in das Neue Seidenstraßen-Projekt.

Bei den Briten kann sich Beijing blind auf die Loyalität des früheren Kabinettsmitglieds in der Regierung Tony Blair, Lord Peter Benjamin Mandelson, verlassen. So ist er Ehrenvorsitzender des *Great Britain China Centre*.

Der Aufbau eines Netzwerkes begann bereits 1997 durch die Gründung der Überparteilichen parlamentarischen China-Gruppe, die in enger Verbindung mit der *China-Großbritannien-Freundschaftsgruppe des Nationalen Volkskongresses* steht und wiederum eng mit dem *China Business Council* und dem *Great Britain China Centre* zusammenarbeitet. Selbstredend, dass sämtliche Organisationen von Beijing gesteuert werden.

Im Jänner 2019 erlebte Schweden Chinas Macht und Einfluss über die Grenzen hinaus. Die schwedische Botschafterin Anna Lindstedt arbeitete in Beijing eng mit den chinesischen Behörden zusammen, um Angela Gui mundtot zu machen.

Deren Vater Gui Minhai (auch Michael Gui), ein schwedischer Staatsbürger, arbeitete als Buchhändler in Hongkong. 2015 kam es zu Repressionen des Regimes gegen Buchverkäufer. Gui Minhai wurde vom chinesischen Geheimdienst während eines Aufenthaltes in Thailand entführt, zurück in die Volksrepublik gebracht, inhaftiert, im Staatsfernsehen vorgeführt und legte vor laufenden Kameras ein erzwungenes Geständnis ab.

Daraufhin startete seine Tochter Angela Gui eine Kampagne für die Freilassung ihres Vaters. Botschafterin Anna Lindstedt traf sich im Beisein chinesischer Geschäftsleute mit Angela in einem Stockholmer Hotel. Es wurde Druck ausgeübt, die Tochter sollte gefälligst Stillschweigen bewahren, dann würde ihr Vater wieder die Freiheit erlangen. Angela Gui verweigerte und ging an die Öffentlichkeit.

Das kostete Lindstedt ihren Job, da das schwedische Außenministerium über dieses Geheimtreffen nicht informiert war. Im Dezember 2019 erfolgte die Anklage gegen die ehemalische Botschafterin wegen willkürlicher Verhandlungen mit einer ausländischen Macht. Ihr drohten zwei Jahre Haft.

Der schwedische PEN-Club verlieh Gui Minhai einen Preis, worauf der chinesische Botschafter in Stockholm, Gui Congyou, erklärte, dass sein Land über Schweden ein Handelsembargo verhängen werde.

Im Februar 2020 wurde Gui Minhai in China zu zehn Jahren Haft verurteilt. Der schwammige Vorwurf lautete auf »Weitergabe von Informationen aus dem Ausland«. Außerdem behauptete das Gericht, Gui Minhai stellte 2018 einen Antrag für die Wiedererlangung der chinesischen Staatsbürgerschaft, das wiederum den Verlust der schwedischen Staatsangehörigkeit bedeutet hätte.

Auch Anna Lindstedts Vorgänger als schwedischer Botschafter in China, Mikael Lindström, war eng mit dem Regime verbunden. Beijing belohnt Nibelungentreue. Seit 2013 ist er Berater von *Huawei*.

Der Spitzendiplomat Serge Abou leitete von 2005 bis 2011 die EU-Mission in Brüssel und wurde danach ebenfalls als *Huawei*-Berater engagiert. Doch es trat der äußerst seltene Fall auf, Brüssel verbot ihm jegliche Lobbyisten-Aktivitäten.

Einer der großen Befürworter des Seidenstraßen-Projekts ist der ehemalige deutsche Botschafter in Beijing, Michael Schaefer (2007-2013). Er sitzt im Beirat der *Deutsch-Chinesischen Wirtschaftsvereinigung*, ist Vorsitzender im Vorstand der *BMW Foundation Herbert Quandt*, vertreten im Kuratorium der *Mercator Institute for Chinastudies (MERICS)*, einer führenden Denkfabrik, unterrichtet als Honorarprofessor für Politik- und Rechtswissenschaft an der chinesischen Universität von Beijing und ist Mitglied in der *Trilateralen Kommission* in Europa, ein sehr umstrittener privater, politikberatender Think Tank, der bereits 1973 vom amerikanischen Politikberater polnischer Abstammung, Zbigniew Brzeziński, und dem US-Banker David Rockefeller gegründet wurde. Die Einflussnahme auf das internationale Politikgeschehen tätigen vierhundertzehn Mitglieder: Hundertachtzig in Europa, hundertzehn in den USA und hundertzwanzig im asiatischen Raum.

Seit 1989 existiert eine *Deutsche Gruppe der Trilateralen Kommission e. V. Berlin*. Die Mitgliederliste liest sich wie ein Who's who der deutschen Wirtschaft und Politik: Unter anderem Sigmar Gabriel,

SPD-Bundesminister a.D., Kurt Biedenkopf, der ehemalige Bundespräsident Horst Köhler und Josef Ackermann.

Weitere lebende und bereits verstorbene Mitglieder: z.B. Jeffrey Epstein, Walther Leisler Kiep, Henry Kissinger, Otto Graf Lambsdorff, John McCain, Robert McNamara, John D. Rockefeller III, Edmund Rothschild, Cyrus Vance, Paul Wolfowitz oder Karel Schwarzenberg.

Die österreichischen Mitglieder in der Trilateralen Kommission: der ehemalige EU-Kommissar Franz Fischler, Peter Mitterbauer, ehemaliger Präsident der Österreichischen Industriellenvereinigung, der ehemalige Gouverneur der Österreichischen Nationalbank Ewald Nowotny, und Bankmanager Andreas Treichl.

Ein wichtiges Bindeglied zwischen Deutschland und China stellt die *Deutsch-Chinesische Wirtschaftsvereinigung e.V. (DCW*, www.dcw-ev.de) dar.

In Europa liegt der Schwerpunkt der *CPAFFC*, der *Gesellschaft des chinesischen Volkes für Freundschaft mit dem Ausland*, im Aufbau lokaler Beeinflussungsnetzwerke – eines der erklärten Ziele der *Deutsche Bundesverband Großhandel, Außenhandel, Dienstleistungen (BGA)*.

China sympathisiert offen mit der deutschen AfD und der italienischen Fünf-Sterne-Bewegung. Der AfD-Abgeordnete Robby Schlund ist der stellvertretende Vorsitzende der *Deutsch-chinesischen Parlamentariergruppe* im Bundestag.

Seit 2019 zeigte China großes Interesse an den Europaparlamentswahlen und deren Auswirkungen auf die Volksrepublik. Brüssel ist auch der Sitz der NATO, daher für Beijing zusätzlich von allergrößter Wichtigkeit. Nach Schätzungen des Europäischen Auswärtigen Dienstes Anfang 2019 tummeln sich in der EU-Stadt an die zweihundertfünfzig chinesische Spione.

Innerhalb der EU gilt die *EU-China-Freundschaftsgruppe des europäischen Parlaments* als absoluter Verteidiger der KPCh. Dieser Gruppe gehören sechsundvierzig Parlamentsmitglieder aus zwanzig Ländern an. Ihr Ziel ist es, enge Verbindungen zwischen Europa und China zu schaffen. Dass sie dabei einer Diktatur hofieren, in der Menschenrechte mit Füßen getreten werden, stört sie nicht.

Gegründet wurde die Gruppe 2006 von dem britischen, konservativen Abgeordneten Nirj Deva, der ursprünglich aus Sri Lanka stammt. 2019 leitete er die Europawahl. Hinter Deva steht der Chinese Gai Lin, der sein akkreditierter Assistent im Europaparlament und Generalsekretär der Freundschaftsgruppe ist.

Gai Lin gelang das Kunststück, für China von der EU hundertachtundzwanzig Millionen Euro an »Entwicklungshilfe« herauszuschlagen. Deva wiederum fungiert als Beijings Sprachrohr, sprach sich gegen den Boykott der Olympischen Spiele 2008 aus, unterstützte 2009 die Niederschlagung eines Aufstandes in Xinjiang und befürwortet die Annexion der Inseln im Südchinesischen Meer.

Nirj Deva und diese Freundschaftsgruppe finden stets offene Türen bei der chinesischen Staatsführung vor. Sein Strippenzieher Gai Lin sorgte dafür, dass diese Gruppe eine Partnerschaft mit der Provinz Liaoning eingehen konnte.

Bei der Europawahl 2019 verliert Deva, ebenso der stellvertretende Vorsitzende, der britische Labour-Abgeordnete Derek Vaughan. Die Freundschaftsgruppe übernimmt der tschechische Abgeordnete Jan Zahradil. Gai Lin bleibt dabei weiterhin der Organisator und Nirj Deva wird auch nicht Däumchen drehen.

Im März 2019 gründet die Gruppe das *Politische Koordinierungskomitee für die Neue Seidenstraße* in Europa. Im Oktober 2019 organisierte *Huawei* die Veranstaltung »Erhaltung eines offenen globalen digitalen Ökosystems mit Huawei: eine europäische Perspektive«, wenige Tage nach der Veröffentlichung des EU-Kommissionsberichts über die Beurteilung der Sicherheitsrisiken in 5G-Netzen, in dem von den Gefahren gewarnt wird, die von »Staaten oder von staatlich unterstützten Organisationen« ausgehen. Der Gastgeber war der tschechische EU-Abgeordnete Jan Zahradil. Allerdings wurde sein intensiver Bezug zu China in der Ankündigung mit keiner Silbe erwähnt.

Großbritannien ist, wie bereits kurz angerissen, ein willfähriger Lakai Chinas. Nicht zuletzt durch den *48 Group Club* (www.the-48groupclub.com). Wird die Webseite angeklickt, springt einem sofort auf der Startseite »The Icebreakers. Connecting China and the world« ins Auge. Macht man sich die Mühe, die einzelnen Buttons aufzumachen, wird einiges klar.

Bereits 1954 riefen achtundvierzig britische Geschäftsleute diesen Club ins Leben, um die Handelsbeziehungen mit China zu intensivieren. Das heutige Mitgliederverzeichnis ist ein Führer durch die britische Wirtschaftselite. Auch der bereits ausführlich erwähnte Nirj Deva ist Mitglied.

Natürlich sind auch chinesische Hochkaräter in diesem Club vertreten: Li Yuan Chao, stellvertretender Ministerpräsident und ehemaliger Leiter der Organisationsabteilung der KPCh, Fu Ying, stellvertretende Außenministerin und ehemalige Botschafterin in London, Ji Chaozhu, ehemaliger Botschafter in Großbritannien und Maos ehemaliger Dolmetscher, Jiang Enzhu, ehemaliger Vorsitzender des Außenpolitischen Ausschusses des Nationalen Volkskongresses, Liu Mingkang, Vorsitzender der chinesischen Bankenaufsicht, Zha Peixin, ehemaliger Botschafter in London und Vorsitzender für die Beziehungen zwischen Volkskongress und der im Europäischen Parlament zuständigen Gruppe, sowie Victor Zhang, *Huawei*-Boss.

1991 schloss sich der Club mit dem *Sino-British Trade Council* zur *China-Britain Trade Group* zusammen. Daraus ging das *China-Britain Business Council (CBBC)* hervor.

Eine ungeheuer mächtige und einflussreiche Lobby-Gruppe, der einige der größten britischen Unternehmen angehören. CBBC wirbt aggressiv für das Neue Seidenstraßen-Projekt und arbeitet eng mit der Überparteilichen Parlamentarischen China-Gruppe zusammen.

Präsident des *48 Group Clubs* ist Stephen Perry, Sohn des Gründers Jack Perry. Die chinesische Fraktion vertritt Hu Jintao, Chinas ehemaliger Staatspräsident (2003-2013).

Großbritannien ist durch den *48 Group Club* dermaßen mit China verbunden, dass eine Umkehr nahezu unmöglich wird. Es ist davon auszugehen, dass Beijing beim Brexit ein gewichtiges Wort mitzureden hatte.

Inzwischen regen sich seit geraumer Zeit verstärkt kritische Stimmen gegenüber China und der Neuen Seidenstraße. Besonders in Frankreich, Macron ist alles andere als ein Freund dieses Projekts. In beiden Kammern der Nationalversammlung haben längst Einheitsfrontorganisationen und getarnte Freundschaftsgruppen Fuß gefasst, die von den Republikanern und Mitgliedern der Macron-Partei dominiert werden. Besonders nahe steht dem Volksrepublik-Regime Jean-Luc Mélenchon. Zuerst mit seiner gegründeten Partei *Parti de Gauche* und seit 2017 mit seiner neuen Bewegung *La France insoumise*.

Doch Xi Jinping lässt sich nicht von seinem Vorhaben abbringen. Im Zuge seiner Europareise besuchte er im März 2019 als erster chinesischer Staatschef das Fürstentum Monaco. Natürlich nicht aus reiner Höflichkeit oder um im Casino zu spielen. Zuvor hatte *Monaco Telekom* mit *Huawei* einen Vertrag über den Aufbau des 5G Netzes unterschrieben.

Das chinesische Sprachrohr »Belt & Road News«, das ausschließlich über jede Kleinigkeit im Zusammenhang mit der Neuen Seidenstraße berichtet, meldete euphorisch: »Die Verbindung von China und Monaco ist Modell für die Zusammenarbeit mit ganz Europa.«

Für Xi Jinpings Vision, China zur Weltherrschaft zu führen, ist ihm kein Staat zu klein, auch nicht das Fürstentum mit seinen 38.000 Einwohnern. Entlang der Seidenstraße soll Staat für Staat, Land für Land, von Ostasien nach Europa und Afrika eingesackt werden.

Mit Monaco hat Beijing Besonderes vor. Der Zwergstaat soll das *Huawe*i-Aushängeschild für die 5G-Technologie werden, obwohl die USA und einige europäische Staaten behaupten, dahinter stecke Spionage im Auftrag Chinas.

Italien und Griechenland sind bereits sehenden Auges in chinesische Abhängigkeit geschlittert. Die offizielle Lesart lautet Handelswege auszubauen für die Absicherung der Rohstoffzufuhr nach China und neue Möglichkeiten für den eigenen Export zu schaffen. Dahinter steckt nichts anderes als die einstige historische Weltmacht zum neuen absoluten Global Player zu machen.

Im Gegensatz zur untergegangenen Sowjetunion will Beijing gar nicht die eigene Ideologie in den Rest der Welt hinaustragen, hat aber auch keine Lust sich ständig wegen Spionage, Menschenrechtsverletzungen, Diktatur, Unterdrückung und anderem, was in Demokratien ausgeschlossen ist, rechtfertigen zu müssen.

Daher mit ein Grund, die Staaten entlang der Neuen Seidenstraße dermaßen in chinesische ökonomische Abhängigkeit zu treiben, dass es keine Regierung mehr wagt, seine Stimme gegen das Regime zu erheben.

Der ehemalige deutsche Außenminister Joschka Fischer warnt eindringlich davor: »Wir Europäer werden gehäckselt werden, wenn wir nicht zusammenstehen.«

Eigentlich läuft es für Xi Jinping ziemlich gut, nur der Franzose plustert sich auf. Die Macron-Regierung spricht von »trojanischen Pferden«, die von China klammheimlich in die EU geschmuggelt wurden. Besonders kleinere EU-Mitgliedsstaaten sind durch chinesische Megainvestitionen in die Abhängigkeit geraten. Es bleibt ihnen gar nichts anderes übrig als im EU-Ministerrat Partei für ihren Gönner zu ergreifen.

Ein deutliches Beispiel dafür fand 2016 statt. Der internationale Schiedsgerichtshof in Den Haag wies Chinas aggressive Gebietsansprüche im Südchinesischen Meer zurück. Doch die China-abhängigen Staaten Griechenland, Kroatien und Ungarn sorgten innerhalb der EU für Druck, sodass die Europäische Union Den Haags Entscheidung nur »zur Kenntnis nahm« und nicht verurteilte.

Frankreich fürchtet, dass die italienischen Häfen mit chinesischem Kapital zu Einfallstoren für Massen an Exporten aus der Volksrepublik werden. Zwar sieht Macron in China einen wichtigen politischen und wirtschaftlichen Partner, auch in der Klimaschutzfrage, aber er besteht darauf, dass europäische Werte und europäische Verfahren beachtet werden.

Während seiner Europareise 2019 war Xi Jinping in Paris zum Staatsbesuch eingeladen. In Anwesenheit des damaligen EU-Kommissionspräsidenten Jean-Claude Juncker und der deutschen Kanzlerin Angela Merkel forderte Macron von seinem Gast »Respekt für die Einheit der EU«. Es wäre höchst interessant gewesen, die wahren Gedanken des chinesischen Staatslenkers zu kennen.

Gemäßigter als die Franzosen gegenüber China verhält sich Deutschland. Mit gutem Grund, der deutsche Außenhandel mit dem Riesenstaat ist weitaus größer und intensiver als der französische. Dennoch läuten in Berlin immer lauter die Alarmglocken.

»Wir gehen nach wie vor davon aus, dass unserer europäisches Modell des demokratischen Rechtsstaats sich von allein ausbreitet«, sagt Michael Roth, SPD-Politiker und Staatsminister für Europa im Außenministerium der Kabinette Merkel III und IV, »Chinas Versprechen von Wohlstand, Sicherheit und Ordnung ist für viele Länder attraktiv.«

Diese Aussage ist ziemlich blauäugig.

Die Sache mit dem Handel ist bereits abgehakt. Unaufhaltsam festigt Xi Jinping die Macht der KPCh und nützt Chinas unermessliche Finanzströme für Investitionen und Handelsverbindungen, um den Einfluss auf andere Staaten noch mehr zu intensiveren.

»Wir stellen fest, dass die chinesische Regierung lieber bilaterale Beziehungen pflegt als Europa als politische Einheit zu behandeln und ernst zu nehmen«, so Roth.

Ein Problem, dass Xi Xinping weidlich zu nützen weiß, ist die Tatsache, dass innerhalb der EU selten an einem gemeinsamen Strang gezogen wird.

So ist Berlin stinksauer auf Italien, da es sich als erster G7-Industriestaat dem Neuen Seidenstraßen-Projekt angeschlossen hat. Der EU-China-Gipfel in Brüssel am 22. Juni 2020, wegen Corona nur als Videokonferenz möglich, brachte seitens der chinesischen Staatsführung keinerlei erkennbare Zugeständnisse. Beijing verfolgt weiter seinen eingeschlagenen Kurs.

Berlin ist in der Frage ratlos, weshalb der von den Chinesen gekaufte griechische Hafen Piräus sich als nicht zweckmäßig erweist. Dafür soll der von Beijing ins Auge gefasste Hafen Duisburg als Schlusspunkt der Neuen Seidenstraße besser sein.

Für Deutschland ist China einer der größten Handelspartner und man will, ja, man muss mit ihm im Geschäft bleiben. Da Trump mit seiner »America first«-Offensive viel Porzellan zerschlagen hat, wendet sich China verstärkt dem Multilateralismus zu, eben einer vielfach verschachtelten Weltwirtschaft mit bereitwillig geöffneten Märkten. Unter Joe Biden werden die Karten neu gemischt, mit ungewissem Ausgang. Langfristig wird Amerika wieder enger mit China kooperieren müssen, nicht nur aus den bereits erwähnten geschäftlichen Gründen der Bidens.

Die Trump-Administration sah, ähnlich wie Frankreich, das Neue Seidenstraßen-Projekt als trojanisches Pferd. Daher setzte Washington auch Italien unter Druck, es solle die Finger vom chinesischen Finanzkuchen lassen, wenn es nicht die Einstellung des geheimdienstlichen Informationsaustausches riskieren wolle.

Das Weiße Haus ist überzeugt, dass Xi Jingping längst mit beiden Augen nach den USA schielt und die amerikanische Weltordnung durch seine eigene ersetzen will. Die Neue Seidenstraße soll dafür das Werkzeug sein.

Es war der 7. September 2013 als Xi Jinping in Nursultan, der ehemaligen kasachischen Hauptstadt Astana, in der Nasabarjew-Universität eine Rede über »Freundschaft zwischen den Völkern« hielt. Hinter dem nichtssagenden Titel verbarg sich allerdings bereits die Ankündigung für das Neue Seidenstraßen-Projekt.

Drei Schwerpunkte veranlassten den chinesischen Staatschef dieses Mammutvorhaben in die Tat umzusetzen. Zum einen, um die Energie- und Rohstoffversorgung des riesigen Landes zu sichern. Mit hoher Wahrscheinlichkeit erhöht sich Chinas Energiebedarf bis 2030 um das Dreifache.

Zum anderen, wegen der Überkapazitäten, die in den letzten Jahrzehnten entstanden waren. Besonders in der Zement-, Stahl- und Metallproduktion, die für die Bauvorhaben entlang der Seidenstraße eingesetzt werden.

Das dritte Motiv für eine Neue Seidenstraße ist die Absicherung der Westgrenzen, da Afghanistan und Pakistan immer heftiger unter den Einfluss islamistischer Fundamentalisten gerieten.

Achtzig Staaten sind inzwischen in der *Belt and Road-Initiative (BRI)* vertreten. Von Pakistan über die Türkei, Serbien und Kenia bis in die Karibik. *Belt* verkörpert die Überlandverbindungen zu den chinesischen Nachbarn bis weit in den Westen hinein – Synonym für Straßen, Bahnstrecken und Flughäfen. *Road* steht für die Renaissance der alten Seewege und Schifffahrtsrouten nach Europa und Übersee.

Parallel dazu die Cyber-Seidenstraße mit modernsten Breitband-Internetverbindungen, wobei *Huawei* tonangebend ist. Bereits heute kontrolliert China weltweit rund die Hälfte der Produktion an Glasfaserkabeln.

Entlang der Neuen Seidenstraße leben mehr als vier Milliarden Menschen, erwirtschaften fast ein Drittel der globalen Wirtschaftsleistung. Für an die tausend Investitionsprojekte steht die unvorstellbare Summe von einer Billion Dollar zur Verfügung. Bereitgestellt von der *China Development Bank (ADB)*, der *Export-Import Bank* und der *Asia Infrastructure Investment Bank (AIIB)*, kontrolliert von Beijing.

Zu diesen Projekten zählen Tiefseehäfen wie Hambantota in Sri Lanka, Piräus in Griechenland, die Eisenbahnlinie von Mombasa nach Nairobi und der Bau der Pelješac-Brücke in Kroatien, und auch ein Fünf-Milliarden-Dollar-Kredit für das wirtschaftlich schwer angeschlagene und krisengeschüttelte Venezuela.

Das BRI-Projekt war von langer Hand vorbereitet. Auf dem *China-Mittel-Ost-Europa-Gipfel* 2012, besser bekannt als *16 +1*, gelang in Warschau Xi Jinping der bislang größte Coup für seine Vision.

China trifft sich regelmäßig mit sechzehn mittel- und osteuropäischen Staaten, darunter elf EU-Mitglieder. Fünf Staaten sind im Westbalkan. China bemüht sich vehement, wirtschaftliche Beziehungen auszubauen und sucht nach geeigneten Investitionsmöglichkeiten in Mittel- und Osteuropa. In Warschau öffnete der damalige chinesische Ministerpräsident Wen Jiabao die Staatsschatullen und lockte mit Krediten in Höhe von zehn Milliarden Dollar. Wen wundert es, dass gierig darauf zugegriffen wurde, ohne lange über die Konsequenzen nachzudenken.

Brüssel war überhaupt nicht erfreut, da anscheinend Beijing eine vorgefasste Abschlusserklärung auf den Tisch legte. Bei den nachfolgenden *16 +1*-Treffen kommen die Entwürfe zwar immer noch aus Beijing, aber zumindest wird den Regierungen zugestanden, eigene Forderungen in Abstimmung mit der EU-Kommission niederzuschreiben. Ob sich China in der Praxis daranhält, steht allerdings auf einem anderen Blatt.

Inzwischen öffnen sich immer mehr die Augen von China-freundlichen Ländern wie Tschechien und Polen und kapieren, dass es von China nichts gratis gibt.

Das chinesische Geld im Überfluss anzunehmen ist eine Sache, die daraus entstandene hohe Verschuldung bleibt bestehen. Montenegro, eines der europäischen Armenhäuser, baut mit Hilfe Chinas ein neues Verkehrsnetz. Die erste Bauphase verschlang bereits rund eine Milliarde Dollar, finanziert zu fünfundachtzig Prozent mit chinesischen Krediten.

Griechenland ist weiterhin aufgrund der Spardiktate nicht besonders gut auf die EU zu sprechen. Daher lässt es sich mit dem Osten ein und bekommt prompt die Rechnung präsentiert. Mehr als vier Milliarden Dollar will die *China Ocean Shipping Company (COSCO)* in den Hafen von Piräus investieren.

Europäische Manager und Unternehmer merken ebenfalls, welches Spiel China tatsächlich treibt. Wie beispielsweise *Siemens*-Vorstandsvorsitzender Joe Kaeser, zuerst ein glühender Verfechter der Neuen Seidenstraße, in der er eine »neue Welthandelsordnung für freien und fairen Handel made by China« sah. Inzwischen ist es für ihn zu einer »Einbahnstraße« geworden.

Jonathan Holslag, Politikwissenschaftler an der Universität Brüssel formuliert es präziser: »Es gibt keine Win-Win-Partnerschaft mit China.«

Sonnenklar, dass Beijing BRI als geopolitisches Projekt bestreitet. Der ehemalige deutsche Außenminister Sigmar Gabriel macht sich größte Sorgen, denn »wenn es uns nicht gelingt, eine eigene Strategie mit Blick auf China zu entwickeln, dann wird es China gelingen, Europa zu spalten.« Die Volksrepublik ist das einzige Land auf diesem Planeten »mit einer wirklich globalen geostrategischen Idee«.

Bereits 2015 sickerten die Pläne durch. Die maritime Seidenstraße führt über die Häfen in Malakka, Malaysien, über Gwadar in Pakistan, Colombo in Sri Lanka und Dschibuti vor Somalia. In Dschubuti sind bereits chinesische Marinesoldaten stationiert.

Den Ausgangspunkt für die Seidenstraßen-Landwege bildet die antike, westliche Hauptstadt Chinas, Xi'an. Die mehr als zweitausend Kilometer lange Eisenbahnlinie nach Ürümqi soll zur Hochgeschwindigkeitsstrecke ausgebaut werden.

Noch klingt es utopisch. Ein Streckennetz von Straßen und Eisenbahnen von London nach Moskau, Jekaterinburg, Nowosibirsk, Irkutsk bis nach Alaska und weiter bis New York ist bereits auf den Zeichentischen vorbereitet.

Im März 2015 unterzeichnete Kasachstan dreiunddreißig Verträge mit China für Infrastrukturprojekte in einem Ausmaß von siebzig Milliarden Dollar.

Die instabilen und wirtschaftlich kaputten Staaten Kirgisien und Tadschikistan dienen China hauptsächlich für den Ausbau von Eisenbahnlinien und Pipelines.

In Usbekistan sind bereits einunddreißig Investitionsprojekte im Bau. Nach Turkmenistan wird eine 7,6 Milliarden teure Pipeline errichtet.

Auf dem Weg nach Europa bekommt Teheran eine wichtige Schlüsselrolle im Seidenstraßentransit. Ankara hat sich mit seinem eigenen *Caravanserai*-Projekt in Stellung gebracht und gilt als ein Vorreiter der Neuen Seidenstraße.

Mit Ende 2014 publizierte die chinesische Nachrichtenagentur Xinhua eine erste Seidenstraßen-Karte. Der Hafen von Antwerpen wird der Endpunkt der Seewege nach Europa sein. Inzwischen ist auch Duisburg zu einer Option geworden.

Wien soll zu einer wichtigen Zwischenstation der Landroute werden.

Ende 2013 hatte China in Afrika bereits knapp siebenundzwanzig Milliarden Dollar investiert. Der kenianische Hafen Lamu ist für die maritime Seidenstraße die wichtigste Anlaufstelle.

Der Treppenwitz der Geschichte ist allerdings, dass die Neue Seidenstraße-Idee nicht von China kam, sondern vom Erzfeind Amerika. 2011 sprach die damalige Außenministerin Hillary Clinton in Indien: »Lassen Sie uns zusammenarbeiten, um eine Neue Seidenstraße zu schaffen. Ein ganzes Netzwerk von Wirtschafts- und Verkehrsverbindungen. Eine Vision des 21. Jahrhunderts.«[70]

Allerdings fehlen den USA das nötige Geld und der lange Atem. China besitzt beides.

*

Nach dem Archivausschnitt mit Hillary Clinton kommt Kokoschansky ins Bild. Auf dem Moderatorenpult ein Foto von Cora Widmers. Die Kamera zeigt es in Großaufnahme und schwenkt dann hinüber zu ihm in die Totale.

»Musste deswegen unsere Kollegin Cora sterben? Weil sie zu viel wusste? Das Neue Seidenstraßen-Projekt wird von China um jeden Preis durchgezogen. Es gibt kein Zurück mehr. Doch die kritischen Stimmen werden lauter und das ist nicht im Sinne der chinesischen Staatsführung. Will man die EU, Europa, die gesamte Welt zur Räson bringen? Schreitet die *Belt and Road*-Initiative für Xi Jinpings Geschmack zu langsam voran, weil sich Kritiker bemerkbar machen? Fürchtet Xi Jinping, dass das Misstrauen künftig stärker zunehmen wird?

Ist Corona die Strafe Chinas? Ich erinnere nochmals daran, die erste SARS-CoV-Epidemie brach 2003 ebenfalls in diesem Land aus, konnte damals sehr rasch eingedämmt werden. SARS-Viren zählen zu den Coronaviridae, sind ein Virusstamm innerhalb der Ordnung der Nidovirales und wurden bereits in den 1960iger Jahren von der britischen Virologin June Almeida entdeckt.

In den darauffolgenden Jahrzehnten machte die Wissenschaft enorme Fortschritte. Künstlich Viren zu erzeugen, stellt heute kein Problem mehr dar. Wir wissen nicht, wie oft inzwischen dieses völlig unbekannte SARS-CoV-2, das unser aller Leben auf den Kopf stellt, mutiert ist.

War es seinerzeit ein Testversuch für einen Ernstfall? Eine biologische Waffe? Niemand kennt die Vorgänge in dem Labor in Wuhan und die sie kannten sind entweder tot oder verschwunden.

Inzwischen ist die Neue Seidenstraße bereits sehr weit fortgeschritten. Zahlreiche Projekte sind bereits realisiert oder im Bau befindlich. China verbrennt nicht sinnlos Unsummen.

Warum nicht in Wuhan wieder zu experimentieren beginnen? Der Grundstock dafür ist bereits 2003 gelegt worden. Und die Wissenschaft hat in der Zwischenzeit gewaltige Fortschritte gemacht.

Zuerst dieses neue Virus im eigenen Land austesten. Hat sich jemals eine chinesische Staatsführung um Menschenleben und Menschenrechte geschert? Nachdem man wusste, was dieses Corona anzurichten vermag, wird dieses Virus über verschleierte Wege hinaus in die Welt geschickt, um gewisse renitente, kritische Regierungen zur Vernunft zu bringen. Natürlich zuerst einmal in Europa. Schließlich liegt das Hauptaugenmerk für die Neue Seidenstraße auf diesem Kontinent.

Vielleicht war es nicht beabsichtigt, dass diese Pandemie dermaßen ausufert? China bleibt trotzdem der Gewinner, hat die Seuche im eigenen Land, zumindest nach außen hin, im Griff, während wir mit Lockdowns und steigenden Infektionszahlen kämpfen.

Zwar blockiert derzeit die Pandemie auch das Megaprojekt Seidenstraße, zumindest in Europa – auf vielen Baustellen kann nur mit halber Kraft gearbeitet werden. Doch das wird China verschmerzen können.

Was werden wir tun, wenn die Impfstoffe nicht das halten, was unterschiedliche Hersteller versprechen? Wenn die Nebenwirkungen den Menschen schwer zu schaffen machen?

Tritt dann China als Retter der westlichen Welt auf den Plan? Zaubert Xi Jingping plötzlich das Nonplusultra eines Impfstoffes aus der Eprouvette und der Retorte? Hypothesen, Theorien – wir wissen es nicht.« Demonstrativ setzt sich Kokoschansky die Schutzmaske auf. »Ob uns Masken dauerhaft vor China schützen können? Bilden Sie sich Ihre eigene Meinung. Guten Abend.«

Die Schluss-Signation wird eingespielt, Kokoschansky geht aus dem Bild. Nachdem die Studioscheinwerfer abgeschaltet sind, meint der Journalist vor dem Team völlig gelassen, obwohl ihm die Knie schlottern und das Herz in der Hose hängt: »Dann warten wir mal die Reaktionen ab.«

»Starke Abmoderation«, sagt Freitag und ihm ergeht es ähnlich wie seinem Partner.

Dieser Beitrag wird weder ungesehen noch ungehört bleiben. In Windeseile wird eine chinesische Übersetzung angefertigt werden und ebenso blitzartig nach Beijing gesendet. Sämtliche über den gesamten Erdball verstreute, linientreue China-Medien werden diesen FNews-Bericht analysieren. Man wird das Nachrichtenportal und vor allem Kokoschansky verdammen und verteufeln. Nichtsdestotrotz, es sind schlichtweg glasklare Fakten und jederzeit beweisbar. Aber das wird Beijing nicht im Geringsten interessieren.

Inzwischen treffen bereits die ersten Anfragen per Mail oder am Telefon ein. Kokoschansky hat seine Mitarbeiter angewiesen, alles abzuwimmeln. Er wird sich zum gegebenen Zeitpunkt wieder öffentlich zu Wort melden wird.

Daniel und seine Leute, die IT-Spezialisten haben nochmals penibel die Anlage auf eventuelle neue Sicherheitslücken überprüft, bevor der Bericht online gestellt wurde.

»Ich kann mir beim besten Willen nicht vorstellen«, meint Kokoschansky zu Freitag, »dass Ludwig Pasterka und seine Kumpane über diese Informationen verfügten, die wir jetzt hinausgeblasen haben.«

»Er wurde aber umgelegt«, bringt es Freitag auf den Punkt, »das ist ebenfalls eine Tatsache.«

»Wer verschaffte Cora dieses Wissen?«, geht Kokoschansky nicht näher darauf ein.

»*mRNA* alias Yiu Liopang«, folgt prompt die Antwort seines Partners.

»Warum hat sie uns nur eher harmloseres Material übergeben?«

»Uns anfüttern? Um herauszufinden, ob wir uns darauf einlassen?«

»Ehrlich, Freitag, ich muss meine ursprüngliche Meinung revidieren und es tut mir sehr leid, dass ich Cora verdächtigte, gleichsam ein Spitzel, eine Spionin zu sein. Das passt nicht mit dem zusammen, was auf ihren USB-Sticks zu finden war und wir soeben veröffentlichten.«

»Eine andere Möglichkeit, sie arbeitete für China und es wurde ihr zu heiß. Sie wollte aussteigen, aber…«, Freitag spart es sich den Satz zu vollenden. Es ist ohnehin klar, was er sagen will. »Wer sollte letztendlich diese brisanten Informationen erhalten? Wir waren sicherlich nicht die erste Adresse.«

»Komm, lassen wir es für heute gut sein«, Kokoschansky klopft ihm auf die Schulter, »verschwinden wir nach Hause.«

»Ich bin gespannt, wie unsere Regierung reagieren wird«, dabei grinst Freitag.

»Totschweigen und ignorieren glaube ich nicht. Vielleicht wird auch längst etwas hinter den Kulissen gegen uns ausgekocht? Beijing wird Gift und Galle spucken, unserem Außenministerium die Hölle heiß machen.«

»Wir sind ein verdammt gutes Duo«, wieder das breite Lächeln des Nigerianers, »aber gleichzeitig verdammt blöd. Jetzt lehnen wir uns nicht mehr aus dem Fenster, sondern hängen bereits draußen und halten uns nur mehr am Fensterblech fest.«

In der folgenden Nacht

Während Lena und Günther tief und fest schlafen, ist Kokoschansky hellwach. Zu viele Gedanken, zu viele Trugbilder, zu viele Albträume, die ihn nicht zur Ruhe kommen lassen. Kaum döst er ein, taucht wieder ein neues unheimliches Szenario vor seinem geistigen Auge auf. Andauernd wälzt er sich herum, in dieser Nacht zeigt Morpheus keinerlei Interesse an ihm, obwohl er hundemüde ist.

Die roten Digitalziffern des Radioweckers auf dem Nachttisch zeigen 5.15 Uhr früh an. Leise steht er auf und schleicht aus dem Schlafzimmer. Lena schläft weiter wie ein Murmeltier. Natürlich hat sie sich den Beitrag angesehen. Als Kokoschansky nach Hause kam, fragte er klarerweise und sie meinte nur, sehr gut aufbereitet und es wird einen gewaltigen Wirbel auslösen. Dann verlor sie kein weiteres Sterbenswörtchen mehr darüber.

Der Journalist geht die Küche, holt eine Mineralwasserflasche aus dem Kühlschrank, öffnet sie und nimmt einen kräftigen Schluck. Er steht am Fenster und blickt hinaus in eine weitere Lockdown-Nacht. Selten fährt ein Auto vorbei. Das fahle Licht der Straßenbeleuchtung sorgt für eine zusätzliche gespenstische Note. Eine ältere Frau führt ihren ebenso betagten Hund Gassi.

Blauer, flackender Schein taucht auf und zerhackt das Dunkel der Nacht. Eine Funkstreife biegt langsam in die Straße ein, gefolgt von einem zivilen Fahrzeug. Die Autos halten direkt vor Kokoschanskys Wohnhaus. Zwei Männer steigen aus dem Wagen, zweifelsfrei *Kieberer*, also Kriminalbeamte. Gefolgt von einem uniformierten Polizisten und seiner Kollegin.

Außer der alten Frau mit ihrem Schäferhund ist weit und breit niemand zu sehen. Kokoschansky beobachtet die Vorgänge hinter dem Vorgang. Die Gruppe steht kurz beisammen, berät sich, um anschließend zielstrebig auf das Haustor zuzugehen.

Der Journalist misst dem Einsatz keine weitere Bedeutung zu. Ihn plagen andere Sorgen und er setzt sich wieder an den Küchentisch, zündet sich eine Zigarette an. Wahrscheinlich statten die vier dem Pärchen einen Besuch ab, das vor einigen Wochen neu zugezogen ist. Immer wieder kriegen sich die beiden in die Haare, das bereits zweimal die Polizei anrücken musste.

Die Beamten öffnen mit einem Zentralschlüssel das Haustor. Zwei fahren mit dem Lift, zwei steigen die Treppen hoch in das vierte Stockwerk. Das hat seinen Grund. Falls das Vögelchen Hals über Kopf davonflattern will, wird es schief gehen, denn die Fluchtwege sind blockiert.

Plötzlich vermehren sich Kokoschansky Probleme massiv, da an der Wohnungstüre Sturm geläutet und kräftig dagegen geschlagen wird.

»Polizei! Sofort öffnen! Polizei!«

Wider Erwarten bleibt er völlig ruhig, ist sich sicher, dass der Besuch dem Pärchen über seiner Wohnung gilt und die Bullen bloß zu dämlich waren, sich die richtige Türnummer zu merken.

Kokoschansky blickt durch den Spion und schließt auf.

»Ja? Worum geht's? Was ist los?«

»Kokoschansky, Heinz Kokoschansky?«, vergewissert sich der ältere der beiden Kriminalbeamten.

»Ja, bin ich«, bestätigt der Journalist, »*Herr* Kokoschansky, so viel Zeit muss bleiben. Und wer stört mich in meiner Nachtruhe?«

Die beiden Kriminalbeamten zeigen ihre Dienstausweise während sich die Polizisten zur Absicherung ihrer Kollegen im Hintergrund halten.

»Chefinspektor Clemens Hasenberger, mein Kollege Abteilungsinspektor Armin Czernitz, Kriminalpolizei«, stellt Hasenberger sich und seinen Partner vor.

»Aha«, Kokoschansky bleibt völlig ruhig, »was liegt an? Dass Sie nicht um eine Spende für den Polizeisportverein kommen, ist mir schon klar.«

»Sie sind vorläufig festgenommen«, teilt ihm Wortführer Hasenberger mit.

»Und weswegen?«

»Das erfahren Sie in der Polizeiinspektion.«

»Leute, so läuft das nicht«, Kokoschansky lässt sich nicht einschüchtern, obwohl ihm längst zum Kotzen übel geworden ist, doch bloß jetzt nicht einknicken und sich eine Blöße leisten, »so lange ich nicht erfahre, weswegen ich beschuldigt werde, müsst ihr mich schon mit der WEGA aus meiner Wohnung holen.«

Abteilungsinspektor Armin Czernitz tritt einen Schritt vor, steht dicht vor dem Hünen, blickt zu ihm hoch und zischt: »Solche Typen habe ich besonders gefressen. Wenn es nach mir ginge, würde ich mit einem pädophilen Scheißtyp ganz anders verfahren.«

»Was?« Erstmals gerät Kokoschansky aus der Fassung. »Nochmals zum Mitschreiben. Wie war das?«

»Was soll dieses Theater eigentlich?«, hört Kokoschansky eine vertraute Stimme in seinem Rücken. Durch den Wirbel ist Lena wach geworden, hat die ganze Zeit über unbemerkt hinter der Türe mitgehört. Sie stellt sich an seine Seite, zeigt auf den Abteilungsinspektor. »Für Ihre vorige Äußerung haben Sie bereits eine geharnischte Dienstaufsichtsbeschwerde am Hals. Darauf können Sie Gift nehmen.«

»Und wer sind Sie?«, fragt der Chefinspektor.

»Seine Frau, auch wenn wir nicht verheiratet sind.«

»Halten Sie sich aus der Amtshandlung heraus«, wird Lena zurechtgewiesen und wendet sich wieder Kokoschansky zu, »kommen Sie endlich mit oder müssen wir etwas anders auftreten?«

»Lena, was wollen die Bullen von Papa?«

Genau das war zu befürchten, dass Günther durch den Radau ebenfalls wach wird und dieses entwürdigende Schauspiel mitbekommt.

»Geh in dein Zimmer«, scheucht ihn Lena weg, »ich komme gleich nach und erkläre es dir.«

»Wer wohnt noch aller hier?«, macht sich wieder Czernitz wichtig.

»Fünf illegale Flüchtlinge in der Küche«, schnauzt ihn Kokoschansky an, »drei im Wohnzimmer und zwei Afghanen sind im Klo einquartiert.« Er dreht sich zu Lena. »Klingel unseren Anwalt aus dem Bett und unsere Leute. Das wird sich sehr rasch aufklären und danach gibt es ein fröhliches Köpferollen.«

»Genug jetzt!«, herrscht Hasenberger den Journalisten an, »Ziehen Sie sich etwas über.«

Lena reicht Kokoschansky seine Jeans, er schlüpft im Vorzimmer hinein, streift sich ein T-Shirt über, steigt in seine Sneakers und greift sich die Daunenjacke. Czernitz hat bereits Handschellen in der Hand, will nach Kokoschanskys Arm greifen.

»Nicht anfassen. Und den *Achter*[71] könnt ihr euch ebenfalls sparen. Ich gehe auch so mit«, und zu Lena, »mach‘ dir keine Sorgen. Diese Schmierenkomödie wird sich schnell auflösen und nachher spielt es *tabula rasa*. Ich bin bald wieder zurück. Lass dir für Günther etwas einfallen.«

Die Polizisten nehmen Kokoschansky in die Mitte, ohne ihn zu berühren. Vor dem Haus wird der Journalist von einem Blitzlichtgewitter geblendet. Ein Kamerascheinwerfer eines Boulevard-TV-Senders leuchtet ihm ins Gesicht. Aus dem Dunkel dahinter die Stimme einer Redakteurin, die wissen will, ob er tatsächlich der Boss eines Kinderpornoringes ist. Kokoschansky tippt sich nur an die Stirn.

»Kompliment«, sagt er zu den Kriminalbeamten, »das muss ich euch lassen. Das habt ihr verdammt gut inszeniert.«

Langsam wird ihm klar, dass ihm eine ungeheure Falle gestellt worden ist und er kann sich denken, aus welcher Ecke diese fürchterliche Anschuldigung nur kommen kann.

Am Morgen

Kokoschansky ist in das Polizeiinspektorat seines Heimatbezirkes gebracht worden und sitzt nun im Verhörzimmer.

Chefinspektor Clemens Hasenberg hat gegenüber dem Journalisten Platz genommen, sein Partner Armin Czernitz lehnt in einer Ecke.

Inzwischen ist es 6.30 Uhr. Kokoschansky dreht den leeren Pappbecher in seinen Händen. Der fürchterliche Geschmack des Automatenkaffees will nicht aus seiner Mundhöhle verschwinden. Er greift nach seinen Zigaretten in der Jacke, steckt sich eine Kippe in den Mund.

»Hier ist Nichtraucher«, bellt der Abteilungsinspektor zu ihm herüber, »und Maskenpflicht.«

»Von mir aus«, sagt Kokoschansky und zündet sie sich an, »was wollt ihr denn machen? Mich deswegen anzeigen? Nur zu.«

Völlig irre fällt ihm sofort die Szene aus »Basic Instinct« ein, als Sharon Stone während eines Verhörs ebenfalls mit einer Zigarette provozierte. Nur das ist leider real und kein Film.

»Aber ich kann sie dir zum Beispiel aus dem Mund schlagen«, giftet Czernitz.

Der Kriminalbeamte ist in seinen Kreisen bekannt dafür, dass er gegenüber Journalisten einen abgrundtiefen Hass hegt.

»Dann mach mal«, fordert ihn Kokoschansky heraus, »weißt du, wie schnell ich trotz meines fortgeschrittenen Alters vom Stuhl kippen kann, mich dabei vorsätzlich verletze und dann bist du dran, du Wichser.«

»Zwei gegen einen«, grinst Czernitz verächtlich, »das hast du schlechte Karten, Schmierfink.«

»Schluss jetzt«, donnert der leitende Chefinspektor und sieht seinen Kollegen scharf an, »also Herr Kokoschansky…«

»Ah, das alte Spielchen *good cop, bad cop*«, unterbricht ihn sofort der Journalist und spielt auf amüsiert, dabei rinnt ihm der Schweiß über den Rücken »ich soll also pädophil sein. Kinderporno und dieses abgrundscheußliche, perverse Zeug. Ihr seid doch vorgeschoben. Dahinter steckt etwas ganz anderes. Wer hat euch beauftragt, mir ein Bein zu stellen?«

»Wir haben eindeutige Beweise«, antwortet Hasenberger völlig ruhig und blickt ihm fest in die Augen.

»Dann möchte ich die sehen.«

»Gern.«

Hasenberger fährt ein Tablet hoch, wischt ein paar Mal über den Bildschirm und schiebt es zu Kokoschansky über den Tisch. Dem Journalisten drohen die Augen aus dem Kopf zu fallen. Dabei werden seine Reaktionen genau von den beiden Kriminalbeamten beobachtet. Kokoschansky sieht sich selbst zu wie er mit kleinen Mädchen und auch Jungen in abscheulicher Weise herummacht. Angewidert und zutiefst erschüttert stößt er das Tablet von sich. Hasenberger kann es im letzten Moment abfangen, bevor es über die Tischkante zu Boden fallen kann.

»Na, legst du jetzt nieder?«[72], fragt Czernitz triumphierend, »hast du genug gesehen? Erinnerst du dich, was du den Kindern angetan hast? Du hast ja selbst einen Sohn. Treibst du es mit dem auch?«

Kokoschansky will aufspringen, um dem Abteilungsinspektor an die Gurgel zu gehen, besinnt sich und zündet sich mit zitternden Händen eine weitere Zigarette an.

»Das ist zwar mein Gesicht«, krächzt er mit heiserer Stimme, »aber niemals mein Körper. Das ist eine Scheiß-Montage, ein Fake. Das muss bereits lange vorbereitet gewesen sein. Unmöglich, das von heute auf morgen herzustellen. Mein Gesicht zu organisieren ist ein Kinderspiel. Schließlich gibt es genug Fotos und Videos von mir. Mit der heutigen Technik lässt sich derartig Ungeheuerliches problemlos herstellen. Da waren professionelle Hacker am Werk.«

»So, so«, spricht nun wieder Chefinspektor Hasenberger, »wie wollen Sie das beweisen, Herr Kokoschansky? Wie ist es möglich, dass Sie Ihre Kinderpornos im Darknet unter dem Account *tallmanlove* anbieten? Haben Sie dafür eine Erklärung? Oder wollen Sie uns weismachen, dass dahinter auch wer anderer steckt? Sie haben sicher mitbekommen, dass wir längst Möglichkeiten und Wege gefunden haben, in dieses durchwegs kriminelle Netz einzudringen.«

Er deutet auf das Tablet.

»Also, gestehen Sie endlich, dann haben wir es hinter uns.«

»Einen Dreck werde ich«, ereifert sich Kokoschansky, »dass Sie und Ihr Kollege bei diesem dreckigen Spiel mitmachen, wird Sie beide noch teuer zu stehen bekommen. Das schwöre ich Ihnen, so wahr ich hier sitze. Der Scheißtyp in den Videos, der sich an den Kindern vergreift, ist tätowiert. Mein Körper weist kein einziges Tattoo auf.«

»Was Besseres fällt dir nicht ein?«, mischt sich wieder Czernitz ein, »Tattoos gibt es zum Aufkleben, um den Körper für diesen Dreckzweck zu tarnen.«

»Mit dir rede ich nicht mehr«, schnauzt ihn Kokoschansky an, »du bist mir zu blöd.« Er wendet sich wieder an den Chefinspektor, »ich habe kein Problem mich vor euch auszuziehen. Dann könnt ihr sofort sehen, dass meine Statur, mein Körper niemals mit dem Schweinehund in den Videos zusammenpassen. Ich verlange eine genaue Analyse dieser Videos und meines Körpers durch Experten. Nicht von euch. Das ist für euch einige Nummern zu groß. Jetzt will ich mit meinem Anwalt reden. Mit euch nicht mehr. Ihr habt keine Ahnung, was wirklich hinter diesem Fake steckt. Ich spreche nur mehr mit dem LVT und BVT.«

»Ihr letztes Wort, Herr Kokoschansky?«, überzeugt sich Chefinspektor Hasenberger.

»So ist es.«

»Abführen.«

Im Laufe des Vormittags

Kokoschansky wurde in die JVA Josefstadt im achten Wiener Gemeindebezirk überstellt. Nachdem er den Gürtel seiner Jeans und die Schnürsenkel aus seinen Sneakers abgeben musste, landete er in einer Zelle in Untersuchungshaft. Auch sein Handy ist er losgeworden. Sie werden es untersuchen und auseinandernehmen, jedoch nichts finden. Es ist eine alte Gewohnheit von ihm, bei heiklen Geschichten stets die SIM-Karte auszutauschen. Auf dieser Karte wird nur nichtssagendes Privates sein. Die Richtige mit brisanten Inhalten liegt gut versteckt in einem Behälter unter einem losen Parkettbrettchen im Wohnzimmer und darauf ein Teppich.

Wenigstens die Zigaretten und sein Feuerzeug haben sie ihm gelassen. Langsam gehen die Glimmstängel zur Neige. Mehrmals urgierte Kokoschansky bereits für ein Telefonat mit seinem Anwalt, es wurde mit immer neuen Ausreden hinausgezögert.

Zumindest ist er allein, obwohl das Gefängnis aus allen Nähten platzt. Der Journalist hat nicht die geringste Lust, sich jetzt mit irgendeinem Kriminellen zu unterhalten. Es ist ihm bewusst, dass man ihn jetzt dunsten lässt. Ebenso ist klar, dass diese üble Geschichte nicht auf österreichischen Mist gewachsen ist, sondern von außen gesteuert wird und er kann sich leicht ausmalen, wer die Fäden zieht. Und im vorauseilenden Gehorsam werden brav die Anordnungen befolgt. Besonders wurmt ihn, dass sich die Behörde dafür hergibt. Das ist sicherlich von höchster Stelle bestimmt und gelenkt.

Draußen wird inzwischen der Teufel los sein. Dass bei seiner Festnahme sofort die Medien auf der Matte standen, spricht für eine eindeutige Inszenierung. Jetzt soll Kokoschansky endgültig fertig gemacht werden. Selbst wenn er unbeschadet aus der Nummer herauskommt und das ist zweifelsfrei der Fall, da er vollkommen unschuldig ist. Doch seine bislang tadellose Reputation hat Schaden erlitten. Nach dem Motto, irgendetwas bleibt immer hängen und es wird schon etwas Wahres dran sein.

Sicherlich sind die heimischen Medien angesprungen und werden diese Geschichte groß aufblasen. Eine willkommene Abwechslung in der monatelangen Corona-Berichterstattung und neuerdings wegen des Wiener Terroranschlags. Beides nervt die Menschen. Zusätzlich eine ausgezeichnete Gelegenheit der Gegner und Neider, Kokoschanskys alte offene Rechnungen zu begleichen.

Die größte Sorge bereiten dem Journalisten seine Lieben. Lena weiß sich zur Wehr zu setzen und sie wird Himmel und Hölle in Bewegung gesetzt haben, um ihn wieder herauszuhauen. Nur, wie wird es Günther verkraften? Natürlich ist der Junge längst aufgeklärt, weiß wie es zwischen Mann und Frau abläuft. Sicherlich wird er sich heimlich mit seinen Kumpels das eine oder andere Schmuddelfilmchen hereinziehen, aber jetzt ist sein Papa, wenn auch nur vorübergehend, als Kinderschänder gebrandmarkt. Genau einer dieser miesen Typen vor denen ihn Lena und sein Vater immer eindringlich warnen.

Für Kokoschansky ist vollkommen klar, hinter dieser Attacke können nur die Chinesen stecken. Der Hackerangriff gegen FNews ging schief, der Mord an Cora Widmers wirbelte viel Staub auf. Davor die Ermordung des Belgiers Francois van der Strabben und zuletzt biss Ludwig Pasterka ins Gras. Seine drei Komplizen bleiben weiterhin verschwiegen wie Gräber.

Ob es sich bei den drei Mordfällen um ein und denselben Täter handelt, liegt noch völlig im Dunklen. Tatsache bleibt, dass sich draußen mit hoher Wahrscheinlichkeit noch immer ein amerikanischer Mafia-Killer, »The Unknown« alias Joey DeSanto im Auftrag der Bonnano-Familie herumtreibt.

Jetzt noch einen vierten Mord riskieren, indem man Kokoschansky umlegen lässt, wäre mehr als kontraproduktiv gewesen. Da ist die Methode der Rufschädigung mittels fingierter Kinderpornos weitaus effektiver und zielführender. Raffiniert ausgeklügelt, da in den Videos, die der Journalist zu sehen bekam, kein einziges asiatisches Kino zu sehen ist, um die Ermittler von Beginn an auf eine falsche Fährte zu locken. Es wurde ihm nicht gesagt, wie viele Videos es sind. Er hofft nur, dass es diesen unbekannten Hackern nicht gelungen ist, kinderpornografisches Material trotz aller neuen Sicherheitsvorkehrungen in die FNews-Rechner zu schmuggeln. Daniel ist sicherlich eine Koryphäe auf seinem Gebiet und sein Team erstklassige Experten, doch die Gegenseite ist ebenso ausgeschlafen.

Eigentlich ist es egal, da die Hacker sicher dafür gesorgt haben, dass die Videos bereits weltweit im Umlauf sind, auf Millionen Handys und PCs, auf einschlägigen Webseiten abrufbar sind.

Es hätte auch nichts gebracht, Lena oder Günther etwas anzutun, da wäre Kokoschansky erst recht ausgeflippt und noch unberechenbarer geworden.

So ist er jetzt für einige Zeit aus dem Verkehr gezogen, zum Nichtstun verurteilt, kann nur auf Hilfe von außen hoffen. Wenn es zum Prozess kommt, wird Kokoschansky sicherlich sämtliche Register ziehen, um mit einem Freispruch als freier Mann den Gerichtssaal zu verlassen.

Doch Staatsanwälte und Richter sind zu manipulieren, Gutachter ebenfalls und Verfahren lassen sich steuern. Somit läuft es auf einen Indizienprozess hinaus und das Urteil wird bereits vorher feststehen. Auf Sex mit Minderjährigen verbunden mit dem Vertrieb von Kinderpornos stehen lange Haftstrafen. Aufgrund der Schwere der Verbrechen kommt nach der Verbüßung die Einweisung in eine Anstalt für abnorme Rechtsbrecher.

Somit wird Kokoschansky bis an sein Lebensende weggesperrt blieben und das bedeutet auch das endgültige Aus für FNews. Recht haben und Recht bekommen sind immer noch zwei verschiedene Paar Schuhe. Hätte man den Journalisten getötet, wäre er zu einem Märtyrer hochstilisiert worden. Es macht ihn fast wahnsinnig zur Untätigkeit verdammt zu sein, während es draußen im Hexenkessel brodelt.

Kokoschanskys Zellentür wird aufgesperrt.

»Mitkommen«, knurrt ein *Kas*[73], ein Justizwachebeamter.

Im Verlauf der weiteren Stunden

Kaum war Kokoschansky abgeführt worden, mobilisierte Lena den persönlichen Anwalt und die FNews-Advokaten. Danach Freitag, und Daniel, den IT-Spezialisten. Zwischendurch beruhigte sie Günther und versuchte ihm zu erklären, dass seinem Papa sehr übel mitgespielt wird. Zwar war Günther anfänglich ein Häufchen heulendes Elend, aber in keiner Sekunde zweifelte er an der Unschuld seines Vaters.

Lena rechnete fest mit Hausdurchsuchungen zu Hause und in FNews, sogar mit einem Besuch des Jugendamts. Auch das versuchte sie dem Buben zu erklären. Schließlich war sie nach dem Gesetz nicht seine Mutter und mit Kokoschansky nicht verheiratet, somit in diesem Fall rechtlos.

Behutsam versuchte sie Günther klar zu machen, dass er wahrscheinlich heute abgeholt und vorübergehend in ein Kinderheim gebracht werden wird. Er solle sich auf keinen Fall dagegen wehren, sondern brav tun, was man ihm sagt, Fragen wahrheitsgemäß beantworten. Das alles würde Papa helfen und sie werde alles daransetzen, um sowohl seinen Vater und ihn wieder schnellstens nach Hause zu holen. Günther brauche keine Angst vor niemanden zu haben.

Kokoschansky bewahrt kaum etwas an heiklen Unterlagen und Material zu Hause auf, das im Falle einer Beschlagnahme von Interesse sein könnte. Alles liegt in seinem Tresor in der FNews-Redaktion. Von besonders heiklen Dokumenten existieren Duplikate, die wiederum an anderen sicheren Orten aufbewahrt werden. Natürlich auch Cora Widmers USB-Sticks.

Lenas Ahnungen erwiesen sich als richtig. Punkt acht Uhr morgens hielt ihr ein Kriminalbeamter den Durchsuchungsbefehl unter die Nase und betrat mit seinen Leuten die Wohnung, gefolgt von einer Frau und einem Mann, Beamte des Jugendamtes.

Dreißig Minuten vorher war noch Freitag vorbeigekommen, nahm einige Festplatten an sich und versteckte sie bei sich zu Hause, bevor er in die FNews-Redaktion fuhr.

Günther wurde in seinem Zimmer von den Jugendamt-Leuten eingehend befragt, Lena durfte nicht anwesend sein.

Die Kriminalbeamten gingen während der Wohnungsdurchsuchung sehr sorgfältig, aber ebenso oberflächlich vor. Zumindest erweckte es bei Lena diesen Eindruck. Zwei PCs, zwei Laptops und zwei Drucker wurden beschlagnahmt. Wieder täuschte sie sich nicht. In einem günstigen Moment zupfte sie einer der Beamten am Ärmel und raunte ihr zu.

»Wir machen das nur, weil wir es uns befohlen wurde. Wir alle mögen FNews und Heinz Kokoschansky. Einer, der sich etwas traut und uns immer wieder die Augen öffnet. Wir sind überzeugt, dass er hineingelegt wurde. Hier«, unbemerkt drückt er Lena ein Kärtchen in die Hand, »rufen Sie den an. Ein Freund von mir, sitzt im BVT. Er weiß Bescheid. Das ist seine private Handynummer. Kopf hoch, diese Scheiße ist bald ausgestanden. Und ich weiß, Sie waren einmal eine von uns. Sehr klug von Ihnen, dass Sie ausgestiegen sind.«

Lena flüstert Danke, wendet sich ab und wischt sich über die Augen. Gleich darauf erlebt sie ein zweites Mal an diesem Tag, dass der Amtsschimmel nicht nur wiehern und ausschlagen kann. Die Beamten des Jugendamtes kommen mit Günther aus dem Zimmer. Der Junge stürzt auf Lena zu und umklammert sie.

»Wir haben uns sehr ausführlich unterhalten«, sagt die Frau, »aus unserer Sicht gibt es keinerlei Gründe Günthers Angaben anzuzweifeln. Er lebt in einem behüteten Umfeld, zeigt keinerlei Verstörungen oder gar Anzeichen eines seelischen und körperlichen Missbrauchs. Daher sehen wir auch davon ab, den Jungen aus seiner gewohnten Umgebung herauszureißen. Wir werden einen entsprechenden Bericht verfassen. Tut uns leid wegen der Unannehmlichkeiten.« Die Beamtin wird eine Spur leiser. »Das sage ich Ihnen privat und mein Kollege ist der gleichen Meinung. Hier ist eine ungeheure Intrige, eine beispiellose Schweinerei im Gange. Wir hoffen, dass es rasch ausgeklärt werden kann und Sie bald wieder ein normales Leben führen können.«

Nochmals bedanken sich Lena und Günther, während sie sich denkt, normaler Alltag mit Koko? Wie und was ist das?

Nach nicht einmal neunzig Minuten ist der Spuk vorbei. Die Kriminalpolizei verabschiedet sich und ein weiteres Mal sagt der Mann, der ihr das Kärtchen zugesteckt hat, dass sie die Geräte nur pro forma mitnehmen, aber sicherlich nicht hineinschauen werden.

Nachdem die Wohnungstüre geschlossen ist, geht Lenas Kraft zur Neige. Sie sinkt in die Hocke und beginnt haltlos zu weinen. Günther nimmt sie in den Arm, hält ihre Hand.

»Nicht, Lena, nicht«, versucht er sie zu trösten und aufzurichten, »komm, jetzt holen wir Papa aus dem Gefängnis.«

»Und die Schule?«

»Ist mir wurscht. Papa ist wichtiger«, sagt der Junge mit dem Brustton der Überzeugung.

Schließlich ist er jetzt der einzige Mann im Haus.

*

Freitag ist nicht untätig gewesen. Jetzt geht es um alles oder nichts. Nachdem er von Kokoschanskys Festnahme erfahren hatte, rief er sofort LVT-Major Hugo Vasicek und Chefinspektor Walter Kurinek an.

Nachdem Freitag die Festplatten aus Kokoschanskys Wohnung sicher aufbewahrte, holte er Kurinek ab und zusammen düsten sie in die Redaktion, um einer wahrscheinlichen Hausdurchsuchung zuvorzukommen und abzublocken. Eine Redaktion auf den Kopf zu stellen ist nicht so einfach wie eine Privatwohnung auseinanderzunehmen. Darauf baut Freitag.

Die Fahrt ist genau nach seinem Geschmack.

Freitag ist als ehemaliger Taxifahrer für seine oft halsbrecherische Fahrweise berüchtigt. Mitunter sind Verkehrszeichen, Regeln und Ampeln für ihn nur Empfehlungen. Und mit einem *Kieberer* auf seinem Beifahrersitz kann er das Gaspedal noch mehr durchtreten. Zwar ist Lockdown mit gleichsam vierundzwanzigstündiger Ausgangssperre, dennoch sind eine Menge Fahrzeuge in den Straßen unterwegs. Abgesehen von denen, die berufsbedingt fahren müssen, werden nicht alle anderen gleichzeitig einkaufen oder zum Arzt müssen.

Sobald sich Vasicek frei machen kann, hat er versprochen, wird er ebenfalls in der Redaktion erscheinen, um die weitere Vorgangsweise zu beraten.

Wie nicht anders erwartet, hat Kokoschansky als Thema kurzfristig Corona abgelöst. Ein bekannter investigativer Journalist mit einer mehr als verwerflichen dunklen Seite als mutmaßlicher Kinderschänder. Das ist Stoff und gibt Zunder.

Sämtliche österreichische Radio- und Fernsehsender berichten über ihn. Manche lassen in ihren Beträgen jegliche journalistische Sorgfaltspflicht vermissen und legen es darauf an, Kokoschansky eins auszuwischen. Für die Tageszeitungen ist es vorerst zu spät gewesen, da die Festnahme bereits nach Redaktionsschluss erfolgte. Doch morgen ist auch noch ein Tag.

Nachdem Freitag von Lena erfahren hatte, was passiert war, trommelte er sofort ein paar FNews-Redakteure zusammen und trug ihnen auf einen Teaser zu produzieren, dass das Nachrichtenportal in Kürze zu dem ungeheuerlichen Vorfall Stellung nehmen wird.

Heute geschieht erstmals seit Bestehen von FNews eine Premiere. Freitag wird sich selbst ins Studio setzen und ausführlich über die Vorgänge in der vergangenen Nacht berichten. Zuerst versuchte er, Lena zu überreden mit ihm gemeinsam ins Scheinwerferlicht zu treten, was sie ablehnte. Vor der Kamera ist nicht ihre Welt.

»Bist du bereit, Freitag?«, fragt der Regieassistent.

»Ja.«

»In fünf Sekunden geht es los.«

Freitag blickt auf die Studiouhr, atmet noch einmal tief durch. Über seinen kleinen Ohrknopf hört er den Regisseur, der das Startzeichen erteilt. Was nun folgt, ist eine gut vorbereitete Brandrede für Kokoschansky, die Freitag in aller Eile zusammen mit einigen Redakteuren verfasste.

Freitag beschuldigt zwar nicht direkt China, lässt aber zwischen den Zeilen durchblicken, dass er sehr wohl die Chinesen für die Hintermänner hält. Er spricht über den Hackangriff auf das Portal, baut eine Brücke vom Mord an Francois van der Strabben zu Cora Widmers, nennt auch erstmals ihren mutmaßlichen Informanten, der sich hinter dem Code *mRNA* verbirgt. Bewusst vermeidet er den Namen Yiu Liopang zu nennen, aus einem ganz bestimmten Grund.

Angespannt verfolgen Chefinspektor Walter Kurinek und Major Hugo Vasicek vom LVT, der gerade rechtzeitig eingetroffen ist, hinter einer Glasscheibe das Geschehen im Studio. Gleich wird der nächste Scoop vom Stapel gelassen. Die beiden Kriminalbeamten haben sich kurzfristig abgesprochen, sind sich einig, genau jetzt ist der richtige Zeitpunkt, das bisher unveröffentlichte Drehmaterial über den Mord an Ludwig Pasterka auszustrahlen. Beide übergehen dabei ihre unmittelbaren Vorgesetzten. Dass es für sie möglicherweise nachträgliche Konsequenzen haben wird ist ihnen egal. Auch haben sie Freitag die Erlaubnis erteilt, bekannt zu geben, dass wahrscheinlich der Mordanschlag in Neu-Leopoldau auf das Konto eines gefährlichen, amerikanischen Mafia-Killers geht und diese Mitteilung vom FBI stammt.

Freitag erzählt, dass von diesem Mann kein einziges brauchbares Foto existiert. Nur der Name Joey »The Unknown« DeSanto wird eingeblendet. Vasicek und Kurinek erhoffen sich, den Amerikaner, falls er sich noch in Wien oder in Österreich aufhält, aus der Reserve zu locken. Er muss kein Wort von diesem Bericht verstehen, sollte er zufällig im Netz sein, es reicht, wenn er seinen Namen liest.

Freitag hört in seinem Ohrknopf die Regieanweisung, »Überleitung zum Beitrag«. Während das bewusst unbearbeitete Drehmaterial von Neu-Leopoldau mit Pasterka ausgestrahlt wird, nimmt Daniel, der IT-Spezialist, neben Freitag hinter dem Moderatorenpult Platz, die nächste Überraschung. Nach der letzten Sequenz von dem Schussattentat schwenken die beiden Studiokameras auf Daniel, der sich kurz vorstellt und erklärt, warum er eigentlich hier sitzt.

»... Was einem unserer beiden FNews-Gründer, Heinz Kokoschansky, widerfahren ist, nennt man *Deepfake* oder anders ausgedrückt aus bestehendem Content wird neuer geschaffen. Ich kenne keine einzige Szene dieser Videos, in denen Kokoschansky so übel mitgespielt wird. Aber ich wage es zu behaupten, genau damit haben wir es zu tun.

Heute ist es extrem einfach Videos zu manipulieren. Ich kann es und Sie genauso. Ich werde es Ihnen erklären, ohne Sie mit komplizierten technischen Details zu langweilen. Die Technologie, die dafür angewendet wird, heißt *GAN*, *Generative Adversial Network*.

Sie müssen es sich so vorstellen. In einem Video werden neue Elemente, in unserem Fall ein neues Gesicht, wie etwa jenes von Heinz Kokoschansky, täuschend echt in Mimik und Bewegung integriert. GAN wurde erstmals 2014 in zwei wissenschaftlichen Arbeiten erwähnt. 2016 war bereits die Anwendung dieser Technologie praktisch möglich.

2017 wurde es richtig populär als die Internetplattform *Reddit* erstmals eine Software auf der Basis von *KI*, also Künstlicher Intelligenz, der breiten Öffentlichkeit präsentierte, basierend auf dem ein Jahr zuvor vorgestellten System *Face2Face*. Mimik und Bewegungen in Echtzeit auf eine andere Person zu übertragen. Zu Demonstrationszwecken wurde das Gesicht von George Bush jr. manipuliert. Alles was dafür nötig war, ist ein Clip von rund fünfzehn Sekunden mit der betreffenden Person und deren Gesicht, das für Manipulationszwecke gebraucht wird. Dann wurde ein 3D-Modell des Gesichts angefertigt, die Gesichtsbewegungen darauf kartografiert und auf das Konterfei der anderen Person übertragen.

So wurde auch Barack Obama ein Opfer dieser neuen Technologie, ebenso der längst verstorbene Richard Nixon. Trumps Todfeindin, Nancy Pelosi, ist ebenfalls manipuliert worden. Sie erweckte in dem Video den Eindruck sturzbesoffen und völlig weggetreten zu sein. Sogar Putins Gesicht wurde bereits auf diese Weise missbraucht.

Face2Face ist heute dermaßen ausgeklügelt und jeder kann ohne jegliches technische Knowhow damit umgehen.« Daniel zeigt nun direkt in die Kamera. »Vielleicht haben Sie auf Ihrem Handy Apps wie *FaceApp*, *Zao*, *Doublicat* oder *MachineTube* heruntergeladen? Diese Apps lassen Sie künstlich altern oder Sie schlüpfen in die Rolle eines bekannten Stars. Ein Spaß, ein Jux, womit man sich die Zeit vertreiben kann.

Ein gefundenes Fressen auch für die Porno-Industrie. Mit dieser Technologie lassen sich problemlos gefälschte Pornos herstellen. Sie kann es genauso oder mich treffen oder eben Heinz Kokoschansky.

Emma Watson wurde ebenso ein Opfer wie Kim Kardashian oder Megan Fox. Alles sind mit Porno-Deepfakes hereingelegt worden.[74] Aber ebenso Kinder deren Gesichter auf andere Kinderkörper transferiert werden und die dann in Kinderpornos auftauchen. Überlegen Sie es sich zweimal oder besser dreimal, ob Sie Fotos Ihrer Sprösslinge ins Netz stellen. Erwachsene können sich wehren, Kinder kaum.

Eines steht fest. Heinz Kokoschansky ist weder pädophil noch in irgendeiner Art in Kinderpornos involviert. FNews wird es lückenlos beweisen, dass er fürchterlich hineingelegt wurde und wir werden die Verantwortlichen zur Rechenschaft ziehen.«

Nach der Ausstrahlung stehen die Telefone in der Redaktion nicht mehr still. In den unterschiedlichen sozialen Medien und Netzwerken gehen die zahllosen Kommentare durch die Decke. Mehrheitlich für Kokoschansky, aber auch nicht eine unbeträchtliche Anzahl an Hass und Freude, dass es ihn endlich erwischt hat. Da ein Schwarzafrikaner vor die Kamera getreten ist, bleiben die rassistischen Tiraden nicht aus. Doch es prallt an Freitag ab. Zumindest lässt er sich nichts anmerken.

Kokoschansky wäre sichtlich stolz auf seine Mitarbeiter, hätte er die Möglichkeit gehabt zu sehen, was Freitag mit dem Team aufgezogen hatte. Kein einziger in der FNews-Mannschaft zweifelt an Kokoschanskys Unschuld. Empörung, Wut, Fassungslosigkeit beherrschen die Redaktion. Ein Kampf Davids gegen Goliath, gleichzeitig eine enorme Motivation alles daranzusetzen, diese ungeheure Schweinerei aufzudecken und Cora Widmers Mörder zu finden.

Lena hat die Ausstrahlung vom Regieraum aus mitverfolgt, während Günther von einer Redakteurin in Obhut genommen wurde. Für den Jungen ist die Aufregung ohnehin bereits viel zu groß, meint Lena, ein bisschen Abwechslung kann ihm nur guttun. Doch so sehr sich die Kollegin auch bemüht, Günther ist für nichts zu begeistern. Zu groß die Angst und Sorge um seinen Papa.

»Hast du inzwischen etwas von Koko erfahren können, Lena?«, fragt Freitag.

»Nein, er darf nicht telefonieren. Aber zwei unserer Anwälte sind derzeit bei ihm. Sie haben mich verständigt. Es geht ihm den Umständen entsprechend gut.«

»Wo sind wir eigentlich? In einer Bananenrepublik?«, Freitag ist völlig außer sich, »Jetzt warte ich nur mehr darauf, dass hier eine Hausdurchsuchung stattfindet.«

»Ich glaube nicht, dass es dazu kommt.«

Dann erzählt sie von der Durchsuchung zu Hause, von den Kriminalbeamten, die auf Kokoschanskys Seite standen, es jedoch nicht zeigen durften und von dem Kärtchen, worauf nur eine Handynummer stand.

»Hast du dort angerufen?«

»Natürlich, Freitag, gleich als sie wieder weg waren. Der Mann am anderen Ende nannte seinen Namen nicht, aber er wusste Bescheid und versprach sich darum zu kümmern. Mehr weiß ich derzeit nicht.«

Freitag winkt Vasicek und Kurinek zu sich. Lena erzählt nochmals, was abgelaufen war und zeigt dem LVT-Major das Kärtchen.

»Das lässt sich doch leicht herausfinden, wem die Nummer gehört«, meint Freitag.

»Sicher, aber nur mit amtlicher Genehmigung, wegen dem Datenschutz. Das sollte nicht notwendig sein. Ich rufe mal an.« Vasiceks Bemühung ist vergeblich, er landet in der Sprachbox. »Ich fahre jetzt zu Koko ins Gefängnis. Mir wird man wohl Auskunft geben.«

»Dann komme ich mit«, beschließt Lena.

»Nein, Frau Fautner«, verweigert der Major, »momentan ist es besser, wenn ich dort allein antanze.«

»Wir machen etwas anderes, Lena«, schlägt Freitag vor, »etwas, was auch Kokoschansky vorhatte und ich auch. Wir statten der Familie Widmers einen Überraschungsbesuch ab. Irgendwer wird wegen des Lockdowns sicherlich zu Hause sein. Günther ist hier bestens versorgt. Mehr können wir derzeit nicht tun.«

»Gut, dann haben wir denselben Gedanken«, sagt Chefinspektor Walter Kurinek, »ich habe das ebenfalls vor. Ich will jetzt endlich wissen, was es mit dem Foto von Cora Widmers und diesem Chinesen im Flur auf sich hat.«

*

Unrasiert, ungewaschen und fertig sitzt Kokoschansky im Halbgesperre in einem Raum, der für Besuche vorgesehen ist, in der JVA Josefstadt. Trotzdem ist er hellwach und erstmals seit seiner Festnahme, die sich inzwischen in eine Verhaftung umwandelte, fühlt er sich sicher, da seine Anwälte hier sind. Natürlich sind Chefinspektor Clemens Hasenberger und sein Partner Abteilungsinspektor Armin Czernitz anwesend. Inzwischen sind die Kriminalbeamten ziemlich kleinlaut geworden. Da die Anwälte wissen, dass ihr Mandant ein Nikotinjunkie ist, haben sie ihm ausreichend Zigaretten mitgebracht. Durch den blauen Dunst betrachtet ist dieses Schlamassel gleich um einiges leichter zu ertragen.

»Sie bleiben also weiterhin bei der haltlosen Anschuldigung, dass unser Mandant Heinz Kokoschansky ein Kinderschänder ist und Kinderpornos im Darknet verkauft«, bohrt Dr. Winfried Tusarek wiederholt nach.

»In den Filmen«, entgegnet Hasenberger, »ist er eindeutig zu erkennen und sein Account lautet *tallmanlove*.«

»Das ist Ihnen Beweis genug«, stellt Dr. Emil Josch kopfschüttelnd fest, »obwohl Ihnen unser Mandant mehrmals versicherte, dass es sich dabei nicht um seinen Körper handelte, was jederzeit beweisbar ist.

Sein Gesicht wurde missbräuchlich verwendet und auf diesen unbekannten Mann montiert. Schon einmal von der *Face2Face*-Technologie gehört?

An Ihren ratlosen Gesichtern erkenne ich, nein. Sie beide sollten sich bei Ihren Kollegen in der Meldestelle für Kinderpornografie und den zuständigen Spezialisten der Abteilung kundig machen, bevor Sie einen unbescholtenen Staatsbürger und anerkannten Journalisten aufgrund hanebüchener, an den Haaren herbeigezogenen Vorwürfe einlochen. Damit kommen Sie nicht durch und das wird ein böses Nachspiel für Sie haben, das können wir Ihnen versprechen. Dienstaufsichtsbeschwerden gegen Sie sind bereits eingereicht. Auch, dass Sie uns vorerst nicht zu unserem Mandanten vorließen, wird Ihnen erhebliche Probleme beschaffen.«

»Wir fordern eine lückenlose Aufklärung in diesem beispiellosen Fall«, legt Tusarek nach, »das ist ein skandalöser Rechtsbruch ohnegleichen. Dieser Mann wird wie ein Schwerkrimineller behandelt, der er zweifelsfrei nicht ist. Wer will an ihm ein Exempel statuieren? Wer will ihn vernichten? Sowohl menschlich als auch wirtschaftlich. Wer hat Sie vorgeschoben? Wir verlangen seine vollständige Rehabilitation.«

»Ja, aber…«, versucht Czernitz einzuwenden.

»Was, aber?«, fragt Tusarek.

Doch ein Klopfen an der Tür unterbricht das Gespräch. Ein Justizwachebeamter tritt ein und deutet Hasenberger, der aufsteht und mit dem Uniformierten nach draußen geht. Kaum eine Minute später kehrt der Chefinspektor zurück und Kokoschansky hat den Eindruck, dass der Mann um einige Zentimeter kleiner geworden ist. Ihm folgen zwei weitere, dem Journalisten völlig unbekannte Herren. Noch ein Dritter kommt herein. Endlich ein bekanntes Gesicht. Kokoschanskys Miene erhellt sich, als er Major Hugo Vasicek sieht.

»Franz Pellendorfer, BVT und mein Kollege vom LVT«, stellt sich der ältere Mann vor, zeigt seinen Dienstausweis und wendet sich an die beiden Kriminalbeamten »ab sofort, meine Herren, übernehmen wir vom BVT und LVT. Das ist nicht mehr Ihr Fall.«

»Ja, aber…«, wieder will es Czernitz genau wissen.

»Auf Wiedersehen, die Herren«, Pellendorfers Tonfall duldet keinen Widerspruch.

Mit hängenden Köpfen und hasserfüllten Blicken auf Kokoschansky verlassen die Kriminalbeamten den Raum.

»So, da wir jetzt unter uns sind«, sagt Pellendorfer und setzt sich, »darf ich Ihnen Herrn Mayer vorstellen. Belassen wir es einfach bei diesem Namen. Der Grund dafür, er gehört ebenfalls zu den Schlapphüten wie wir. So wird es doch von euch Journalisten allgemein bezeichnet, oder? Kollege Mayer ist Angehöriger des BND[75]. Um welche Institution es sich dabei handelt, muss ich wohl in diesem kleinen Kreis nicht näher erläutern.«

Die Anwälte sind zwar mit allen Wassern gewaschen, jetzt ist ihnen ihre Verblüffung anzusehen, ebenso wie Kokoschansky. Nun scheint sich das Blatt zu seinen Gunsten zu wenden.

»Gleich vorweg, Herr Kokoschansky«, fährt Pellendorfer weiter fort, »nach unserer Unterredung sind Sie ein freier Mann und können nach Hause. Es tut mir sehr leid, dass Sie in diese schreckliche Lage geraten sind und ein paar Stunden in diesem nicht sehr einladenden Gebäude verbringen mussten. Für jetzt bleiben wir noch hier, weil es der sicherste Ort für unser Gespräch ist. Selbstverständlich ist die Anzeige gegen Sie nicht mehr aufrecht und das in die Wege geleitete Verfahren bereits eingestellt.«

»Ich sehe Ihnen Ihre Verwunderung an, meine Herren«, ergreift nun erstmals Mayer das Wort, »ich bin nach Wien gekommen, weil Sie, Herr Kokoschansky, unwissentlich in eine geheimdienstliche Operation geraten sind, von der Sie nichts wissen können und die bereits seit einiger Zeit auf Hochtouren läuft, im Zusammenhang mit Corona und den Impfstoffen. Der BND und das BVT arbeiten dabei seit Monaten zusammen. Inzwischen ist auch das LVT hinzugezogen worden.«

»Es gibt noch ausländische Kollegen«, sagt Pellendorfer, als er Kokoschanskys Schmunzeln bemerkt, »die mit uns zusammenarbeiten. Ich bin auch nicht mit allem einverstanden, was sich in meiner Dienststelle abspielt, aber Minister kommen und gehen. Und ich habe schon einige erlebt und es werden noch weitere folgen. Pardon für meine Einwurf, Herr Kollege.«

»Sie werden sich nun fragen, warum ich überhaupt hier bin«, geht Mayer nicht näher darauf ein, »indirekt Schuld«, dabei lächelt er erstmals, »ist das einer Frau zu verdanken. Nämlich Ihrer Lebensgefährtin Lena Fautner, Herr Kokoschansky. Heute Morgen fand bei Ihnen eine Hausdurchsuchung statt. Allerdings nur um dem Gesetz Genüge zu tun, die Beamten standen auf Ihrer Seite. Einer der österreichischen Kollegen steckte Frau Fautner vertraulich eine Telefonnummer zu. Nachdem der Rambazamba vorbei war, rief sie an. Danach wurde ich verständigt und bin schleunigst nach Wien geflogen.«

»Ich nehme an«, kombiniert Kokoschansky und sieht Pellendorfer an, »das waren Sie und Sie haben danach Herrn Mayer informiert.«

»Wie es zustande kam«, sagt der BVT-Mann, »ist nebensächlich.

Unwissentlich sind Sie, Herr Kokoschansky, in eine Geheimdienstoperation geplatzt, die mit den Impfstoffen zur Bekämpfung von Corona zu tun hat.«

»Der Stein kam mit dem Mord an dem Belgier Francois van der Strabben in Wien ins Rollen«, übernimmt nun wieder der BND-Mann, »damit rechneten wir nicht. Wir hatten diesen Mann wegen zahlreicher dubioser und krimineller Geschäfte im Visier. Nicht nur wir waren an ihm interessiert, auch die Russen, Chinesen und Amerikaner.

Als die Pandemie ausbrach und später die Forschungen für Impfstoffe begannen, witterte er ein Riesengeschäft, womit er nicht Unrecht hatte. Uns ist bekannt gewesen, dass er in Brüssel aus und ein ging, sich mit Politikern traf, ein Lobbyist war und sicherlich von der Pharmaindustrie bezahlt wurde.

Van der Strabben hielt sich mehrmals in Wien auf, traf sich öfters mit einem österreichischen Politiker. Inzwischen kennen wir den Namen.«

»Den Sie aber einem Journalisten nicht verraten werden«, platzt es aus Kokoschansky heraus.

»Nein«, wieder ein Lächeln, »aber zu Ihrer Beruhigung nur ein kleines Licht, kein großer Fisch, ein Wichtigtuer. Auch die deutschen Politiker, mit denen er verkehrte, sind im Bundestag eher in den hinteren Reihen zu finden. So wie es sich bisher darstellt, suchte der Belgier Verbündete für seine Aktivitäten. Anscheinend war ihm das beabsichtigte Geschäft über den Kopf gewachsen, konnte es nicht mehr im Alleingang bewerkstelligen.«

»Welches Geschäft?«, hakt Kokoschansky ein.

»Können Sie sich das nicht denken?«, lautet Mayers Gegenfrage.

»Ein groß aufgezogener Handel mit gefälschten Impfstoffen.«

»Sie sind ein fixes Kerlchen, Herr Kokoschansky. Wenn es geschickt organisiert und mit den richtigen Leuten durchgezogen wird, sind binnen kurzer Zeit Millionen, Milliarden zu verdienen. Die Welt giert nach dem erlösenden Impfstoff, der sie endlich von dieser Geißel Corona befreit. Viele Menschen wird es nicht interessieren, sobald ein Stoff frei zur Verfügung steht, woher das Zeug stammt. Hauptsache, es wirkt.

Ob van der Strabben Zugang zu bereits vorhandenen Fälschungen hatte, wissen wir nicht. Er wurde zu früh umgebracht. Allerdings musste er ein falsches Spiel getrieben haben, betrieb seine Lobbyarbeit an mehreren Fronten, was ihm letztendlich das Leben kostete, weil er an den Meistbietenden verkaufen wollte.«

»Wissen Sie, wer ihn auf dem Gewissen hat?«, fragt der Journalist.

»Nein, leider nicht. Dafür kommen viele in Frage.«

Für Kokoschansky klingt diese Antwort sehr glaubwürdig. Der BND tappt in diesem Fall ebenso im Dunkeln wie die Österreicher.

»Dann haben Sie mit Ihrem Nachrichtenportal über diesen Mord berichtet«, Mayer fixiert Kokoschansky, »ohne jedoch genauere Details zu veröffentlichen. Sie und wir wissen, dass der Belgier fürchterlich zugerichtet war. Sie müssen über exzellente Informanten verfügen. Ich will gar nicht wissen, wie Sie zu diesen Insiderinformationen gekommen sind, weil Sie es ohnehin nicht preisgeben werden.«

»Richtig«, jetzt grinst Kokoschansky, »dank der bekannten österreichischen Schlamperei in manchen Dingen gar nicht so schwierig. Es wurde eine chinesische Zigarettenpackung in der Tasche und das Etikett eines belgischen Nobelschneiders im Sakko übersehen.«

»Ich weiß, ich habe Ihren Bericht sehr aufmerksam verfolgt«, wieder verrät Mayers professionelles Pokerface keinerlei Regung, was er tatsächlich denkt, »wir sehen immer wieder in FNews rein. Aus Informationsgründen, wie wir es auch bei anderen Portalen tun.

Nach diesem Bericht über van der Strabben wurden wir sehr hellhörig. Daher beschlossen wir, nun ich möchte es so ausdrücken, Sie ein bisschen im Auge zu behalten.«

»Ihnen ist schon klar, Herr Mayer oder wie immer Sie heißen mögen«, meldet sich nun erstmals Tusarek zu Wort, »dass wir Anwälte sind und Herrn Kokoschansky vertreten. Mit anderen Worten, der BND ließ einen österreichischen Staats- und EU-Bürger beschatten.«

»Herr Doktor…«

»Tusarek.«

»Herr Doktor Tusarek, haben Sie die Absicht, den BND zu verklagen? Die politischen und diplomatischen Beziehungen zwischen

Österreich und Deutschland zu gefährden? Vergessen Sie dabei nicht, meine Herren Anwälte, es ist ein Zeichen unseres guten Willens, dass ich hier und heute rede. Ebenso gut hätte ich darauf bestehen können, dass Sie beide diesen Raum verlassen.

Ich betone abermals, wir wollen weder Herrn Kokoschansky noch seinem Portal ans Leder. Nur Herr Kokoschansky ist als Journalist unwissend in eine Sache geraten, die sämtliche bisherigen Dimensionen zu sprengen droht. Corona hat weltweit alles auf den Kopf gestellt. Natürlich wollen dunkle Elemente groß absahnen. Die Pandemie macht es möglich.

Wenn Sie jetzt, werte Advokaten, Intentionen haben, den BND vor Gericht zu zerren, wäre das nur Wasser auf die Mühlen der Gegenseite. Bedenken Sie das und vor allem vergessen Sie das nicht. Ihr Mandant hat sich bereits sehr weit aus dem Fenster gelehnt und er ist weiterhin in großer Gefahr. Nicht nur er, seine Familie, seine Mitarbeiter. Eine Journalistin, die für sein Portal arbeitete, ist bereits tot.«

Kokoschanskys Gesichtsfarbe wechselt in aschfahl. Nun hört er erstmals aus kompetentem Mund, was tatsächlich Sache ist. Für ihn gibt es keinen Zweifel, Mayer nicht zu glauben, obwohl er sich mit diesem aalglatten Typ niemals privat an einen Tisch setzen würde. Was hätte der BND-Mann davon, ihm einen Bären aufbinden zu wollen? Ihm nur Angst einjagen, dass er die Geschichte sausen lässt? Das hat sicherlich der BND inzwischen begriffen, dass man einen Kokoschansky nicht so einfach in die Enge treiben kann. Wenn es allerdings gegen Lena und Günther gerichtet ist, dann wird er sich weitere Vorgehensweisen zweimal überlegen und die Notbremse ziehen. Die Rute, die ihm Lena vor einigen Tagen ins Fenster stellte, ist fest in seinem Hinterkopf verankert.

»Lasst mal gut sein«, sagt der Journalist leise zu seinen Anwälten, »ich will endlich wissen, was wirklich los ist. Sie können offen reden, die beiden Herren bleiben hier.«

»Gut«, setzt Mayer fort, »die Fronten sind geklärt. FNews hat sich mit China angelegt. Auch den letzten Bericht haben wir gesehen. Es wurde zwar nicht ausgesprochen, nur indirekt vermittelt, dass in Wuhan dieses Virus bewusst hergestellt wurde, um der restlichen Welt zu beweisen, wozu die chinesische Staatsführung imstande ist, wenn es nicht nach ihrem Willen geht. Weil sie das Neue Seidenstraßen-Projekt mit allen Mitteln vorantreiben und durchsetzen will. In Ihrem Bericht, Herr Kokoschansky, haben Sie es bereits anklingen lassen, dass einige westliche Regierungen gar nicht mehr so Feuer und Flamme dafür sind wie ursprünglich. Inzwischen hat man gemerkt, wie schnell man in chinesische Abhängigkeit gerät.

Ein Schuss vor den Bug war der Angriff auf FNews. Wir werden es nie beweisen können, doch man kann davon ausgehen, dass China dahintersteckt. Es wird nicht der letzte gewesen sein, selbst wenn Sie, und davon gehe ich aus, das Nachrichtenportal nach den neuesten technischen Standards abgesichert haben.

Es gibt in China unzählige Hackergruppen wie beispielsweise *Diba*, um nur eine zu nennen. Täglich haben zehntausende Chinesen nichts anderes zu tun als im Auftrag des Staates, der Geheimdienste und der Volksbefreiungsarmee weltweit in Computern und Netzwerken herumzuschnüffeln, Daten zu sammeln und *Malware* auszuschicken.

Vergleichbar mit Putins Trollfabriken wie in Sankt Petersburg, jedoch nicht in diesen riesigen Dimensionen wie China.

FNews kam wieder auf die Beine und setzt seine Arbeit fort, was natürlich nicht unbeobachtet bleibt. Plötzlich wird *mRNA öffentlich, schickt Informationen aus Kasachstan und …*«

»Wer oder was ist *mRNA*?«, Kokoschansky hofft endlich Klarheit zu erhalten, »Yiu Liopang?«

»Chapeau«, nickt anerkennend Mayer, »Sie sind ziemlich dicht dran, Herr Kokoschansky. Ihr Portal beschäftigte seit Jahren einen Maulwurf.«

»Cora Widmers …«

Mayer sieht Kokoschansky durchdringend an, nickt bedächtig. Verflucht, also doch! Der Journalist hegte immer noch die Hoffnung, sich gründlich getäuscht zu haben und ihr schwer Unrecht getan zu haben. Diese Bestätigung trifft ihn mitten ins Herz.

»Warum?«, fragt er und schluckt schwer.

»Yiu Liopang war Widmers Führungsoffizier, gehört dem CPIFA

an, dem chinesischen Volksinstitut für auswärtige Angelegenheiten. Eine der zahlreichen Einheitsfrontorganisationen mit unverfänglichen Allerweltbezeichnungen für Spionage. Wann und wie sie den Chinesen kennenlernte, wissen wir nicht.«

Dafür ich, doch das binde ich euch nicht auf die Nase, denkt Kokoschansky, sofern sie uns nicht belogen hatte.

»Wenn es tatsächlich so ist«, unterbricht der Journalist, »warum schickte dieser Yiu Liopang Unterlagen an unsere Mitarbeiterin, die sie an mich und meinen Partner weitergab? Das passt nicht zusammen.«

»Doch«, widerspricht Mayer, »ob es tatsächlich sein richtiger Name ist oder nur ein Deckname, ist uns nicht bekannt, aber auch derzeit nicht wichtig. Liopang sendete angeblich aus Kasachstan, was sicherlich eine Finte war.«

»Einverstanden. Verdammt, aus welchem Grund? China war vor der Pandemie für FNews nicht besonders wichtig, gewann für mich, für uns, erst durch Wuhan an Bedeutung. Außerdem hatte dieses Material zwar eine gewisse Brisanz, war dennoch nicht die Bombe.«

»Herr Kokoschansky, inzwischen wissen Sie ja, wie China tickt. Das haben Sie in Ihrem letzten Bericht bewiesen. FNews ist für Beijing ein sehr interessantes Medium wie weltweit viele andere auch.«

»Gut, gut«, winkt Kokoschansky ab, »soll sein. Herr Mayer, beantworten Sie mir jetzt zwei Fragen. Erstens, warum erzählen Sie mir das alles im Beisein meiner Anwälte? Das ist mehr als ungewöhnlich für einen Geheimdienstmann. Zweitens, FNews ist im Vergleich zu etlichen anderen Nachrichtenportalen in der Cyberwelt ein verhältnismäßig kleines Portal, das ab und zu in Österreich für Aufsehen sorgt, das war es dann auch.«

»Herr Kokoschansky«, bisher hatte der BVT-Angehörige Pellendorfer nahezu regungslos zugehört, »durch den BND wissen wir seit längerer Zeit, dass Cora Widmers eine Spionin war und im Sold von China stand. Nach dem österreichischen Gesetz stehen darauf lange Haftstrafen für denjenigen, der für eine ausländische Macht zum Nachteil Österreichs spioniert.«

»Jetzt fragen sich mein Kollege und ich«, wird nun Anwalt Josch aktiv, »wenn Sie das gewusst haben, warum wurde Cora Widmers nicht aus dem Verkehr gezogen und verhaftet. War das LVT eingebunden?«

Pellendorfer atmet tief ein, ringt mit sich selbst, ob er die Katze aus dem Sack lassen kann oder besser darf. Ein Blick zu Mayer, der wieder keinerlei Regung zeigt.

»Das war so erwünscht.«

»Von wem?«, lässt nun Turasek nicht locker.

»Ganz oben. Sehr hoch oben«, lautet die knappe Antwort.

Plötzlich hat sich der Spieß umgedreht und das BVT gerät durch Pellendorfer in erhebliche Schwierigkeiten. Was ist das für eine Show, die hier abgezogen wird?

»Seit den ersten Erfolgen von FNews, die auch im Ausland für einiges Aufsehen sorgten, gibt es die Anweisung dieses Portal genauer zu beobachten. Ganz oben bedeutet Regierungsseite. Besonders schlimm wurde es, als die Sozialdemokratie in diesem Land aus dem Ballhausplatz hinausgeflogen war. Welche Ecke danach besonders Druck auf uns ausübte, muss ich nicht erklären. Was danach alles mit dem BVT passierte, ist ebenso kein Geheimnis. Darüber möchte ich mich gar nicht näher auslassen.«

»Und ihr habt uns die gesamte Zeit über in vielen Belangen im Regen stehen gelassen«, schweigt auch LVT-Major Hugo Vasicek nicht mehr länger, »und ihr vom BND habt das ebenfalls alles gewusst.«

»Wir haben genug Probleme im eigenen Land«, zieht sich Mayer aus der Affäre, »wir haben unsere eigenen Interessen zu vertreten.«

»Herr Kokoschansky, man will Sie mit allen Mitteln mundtot machen. Ein für alle Mal.«

Pellendorfer ist anzusehen, wie unwohl er sich in seiner Haut fühlt.

»Wenn es sein muss auch mit getürkten Kinderpornos«, Kokoschansky lacht gequält, »dann ist diese Sauerei im eigenen Land ausgeheckt worden.«

»Nein«, wehrt Pellendorfer entschieden ab, »unter Garantie nicht. Dieser Dreck wurde im Ausland produziert.«

»Warum packen Sie aus, Herr Pellendorfer? Warum reden Sie so freimütig, Herr Mayer?«

»Weil ich nicht mehr will«, antwortet der BVT-Beamte, »weil es mir bis obenhin reicht. Ich schaue nicht mehr länger zu, in welche Richtung dieses wunderbare Land abdriftet. Ich steige aus. Cora Widmers wurde nicht nur von China benutzt, sondern auch von der österreichischen Regierung um Sie, Herr Kokoschansky, und somit FNews endgültig zu vernichten. Sie abknallen zu lassen oder ein fingierter tödlicher Unfall mit einem manipulierten Auto wäre zu auffällig gewesen. Ebenso sich an Ihrer Lebensgefährtin oder Ihrem Sohn zu vergreifen, um Sie in die Knie zu zwingen. Daher Sie gewaltfrei unschädlich machen. Doch da spiele ich nicht mehr mit. Da wurde eine rote Linie überschritten. Ich wiederhole nochmals, was man Ihnen mit den gefälschten Kinderpornos anzutun versuchte, stammt nicht aus unserem Land.«

»Was macht Sie da so sicher?«, will Turasek wissen, »Kennen Sie diesen Kram?«

»Nein, ich weiß es eben.«

»Wir haben diese Filme heute gesehen«, wirft nun sein Kollege Josch ein, »diese Filme werden genauestens analysiert werden und wir lassen auch diesen Fake-Account im Darknet checken.«

»Das ist Ihnen schon bewusst, meine Herren«, Kokoschansky hat sich zurückgelehnt und die Arme vor der Brust verschränkt, »das wird alles über FNews veröffentlicht. Schließlich habe ich meine Anwälte als Zeugen.«

»Das wissen wir«, klinkt sich wieder Mayer ein, »jedoch unter einer Bedingung. Ich war nie in Wien, ich habe nie mit Ihnen gesprochen, Herr Kokoschansky. Wir kennen uns nicht.« Ein kurzer Blickwechsel zwischen den Anwälten und dem Journalisten.

»Meine Bedingung, Sie halten mit Ihrem gesamten Wissen nicht länger hinter dem Berg, Herr Mayer. Dann werde ich unter Gedächtnislücken leiden.«

Langsam scheint die frostige Stimmung aufzutauen, als Mayer nach Kaffee fragt.

»Ist nicht zu empfehlen«, sagt Kokoschansky, »ich weiß, wovon ich rede.«

»Ich dachte, Wien ist für seinen Kaffee berühmt.«

»Aber nicht hier im Häfen«, grinst Kokoschansky.

Sieh an, der BNDler kann sogar lachen und diesen Dialektausdruck hat er ebenfalls verstanden. Nachdem ein Justizwachebeamter eine Runde Automatenkaffee gebracht hat, wird es wieder ernst.

Mayer nimmt einen Schluck, verzieht angewidert das Gesicht und bestätigt, dass der Journalist Recht hat.

»Yiu Liopang existiert tatsächlich«, eröffnet Pellendorfer die nächste Runde, »er lebt in Wien, genießt Diplomatenstatus und ist somit immun. Somit ist davon auszugehen, dass *mRNA* sein Material über eine getürkte Kasachstan-Mailadresse von Wien aus versendete. In den letzten Monaten waren von ihm keine Reisetätigkeiten festzustellen.

Wir haben unsere Regierungen in den letzten Jahren mehrmals darauf hingewiesen, dass wir einen chinesischen Spion in der Stadt haben und er ist sicherlich nicht einzige, doch wir werden stets zurückgepfiffen. Österreich wagt es nicht diesen Mann auszuweisen aus Angst vor wirtschaftlichen Repressalien seitens China. Seine Wohnung befindet sich im Botschaftsviertel im dritten Bezirk in unmittelbarer Nähe zur chinesischen Vertretung.«

»Wie praktisch«, kann sich Kokoschansky den höhnischen Seitenhieb nicht verkneifen.

»Cora Widmers war öfters bei ihm privat und er bei ihr am Esteplatz in ihrer Wohnung. Natürlich haben wir beide mehrmals observiert. Wir gehen davon aus, dass sie ein Verhältnis hatten.«

»Dann kommt Liopang auch als ihr Mörder in Frage. Vielleicht hatte er auch einen Schlüssel? In Coras Wohnung gab es weder Einbruchs- noch Kampfspuren«, sagt Kokoschansky.

»Durchaus denkbar«, bestätigt der BVT-Beamte, »es kann jedoch ebenso ein gedungener Killer gewesen sein. Von unseren Beschattungen wissen wir, dass Widmers viele Chinesen kannte, sich in chinesischen Kreisen aufhielt. Unser Problem: China wird für uns immer ein Buch mit sieben Siegeln bleiben. Wir verstehen deren Denkweisen nicht, ihre Mentalität, ihr gesamtes Wesen, völlig unabhängig von der Sprache. Ebenso gut kann ihr Mörder der Kellner oder Koch eines China-Restaurants gewesen sein, der auch Angehöriger einer Einheitsfrontorganisation oder Geheimdienstmitarbeiter ist. Selbst einer dieser Teigtaschenerzeuger kommt in Frage. Wir wissen nicht einmal, wie viele chinesische Spione sich in Wien aufhalten. Ob Triaden-Ableger hier sind? Das ist eine in sich völlig abgeschottete, eigene und für uns unzugängliche Welt. Der Mordfall wird wohl für immer unter »Ungeklärt« abgelegt werden müssen.«

»Na schön«, Kokoschansky greift nach einer Zigarette, »das leuchtet mir alles ein. Ich war am Tatort, als die Ermittlungen voll im Gang waren und wurde von einem Mann angesprochen, dass ich mich raushalten soll. Bald stellte sich heraus, dass es sich dabei um Ludwig Pasterka handelte, der später vor uns bei laufender Kamera erschossen wurde.«

»Das war unser Mann«, lässt sich Mayer noch mehr in die Karten blicken.

»Wollen Sie mich verarschen? Der Typ war ein waschechter Wiener und kein Piefke!«

»Das stimmt, Herr Kokoschansky. Pasterka war in Wien geboren, wanderte aber bereits mit zwanzig Jahren damals noch in die Bundesrepublik Deutschland aus. Mit Stationen in Stuttgart, Münster, Hamburg und Lübeck. Ein hochintelligenter Mann, der immer als Privatdetektiv arbeitete. Als er einen aufsehenerregenden Mordfall in Münster aufklärte, bei dem die Kripo gänzlich versagte, wurden wir auf ihn aufmerksam. Damals waren wir noch in Pullach stationiert.

Wir konnten ihn überzeugen für uns zu arbeiten. Er war einverstanden und wir bildeten ihn zu einem erstklassigen V-Mann aus. Ein Meister der Tarnung und Täuschung, wurde von uns nur für besonders heikle Operationen eingesetzt. War er in Wien klang er wie ein Wiener. In Deutschland sprach er wie«, der BND-Mann leicht spöttisch, »eben Piefkes reden. Nun wollen Sie wissen, wie es zu dem Zwischenfall in dieser Elisabeth-Kapelle kam.«

»No na…«

»Pasterka ist nur sein Legendenname und dabei bleibt es auch. Er wurde von uns in eine Gruppe eingeschleust, die mit Francois van der Strabben zusammenarbeitete, um mit ihm im kommenden Impfstoffgeschäft mitzumischen. Wie Sie wissen, Herr Kokoschansky, eine Frau und drei Männer inklusive Pasterka. Die drei sind schwere Kaliber in Sachen Betrug, Hehlerei im großen Stil, vor allem im Kunstdiebstahl, aber auch im Bereich von Kampfstoffen und biologischen Waffen. Kurzum, sie beschäftigen sich nur mit lukrativen Coups. Anderes ist nicht von Interesse.«

»Sind es Deutsche?«, will Kokoschansky wissen, »Sie sind doch noch inhaftiert.«

»Die Nationalitäten sind nicht von Bedeutung«, blockt Mayer ab, »und sie sind nicht mehr in Österreich. Seit vergangener Nacht nicht mehr.«

»Was?«

Kokoschansky greift sich an den Kopf.

»Sie wissen ja, wie gewisse Dinge unter der Hand geregelt werden. Unser Innenminister ruft seinen österreichischen Amtskollegen an, erklärt ihm die Brisanz der Sachlage. Auf den Aktendeckel wird der Stempel ›Geheime Verschlusssache‹ geknallt und landet im Tresor für die nächsten Jahrzehnte. In geheimer Mission werden die Leute außer Landes gebracht und die Angelegenheit ist vom Tisch. Kein Hahn kräht mehr danach.«

»Sind sie wenigstens bei euch hinter Gitter?«

»Ich muss Sie enttäuschen, Herr Kokoschansky. Wir brauchen sie noch, ohne dass die drei wissen, die Betonung liegt auf *noch*, wer die schützende Hand über sie hält. Nachdem van der Strabben und Pasterka nicht mehr leben, wird das Trio in seine Fußstapfen treten und versuchen das Megageschäft zu machen. Wir versuchen, sie umzudrehen und sie für unsere Zwecke einzuspannen. Die drei sitzen nicht ein, aber sind in unserem Gewahrsam.«

»Ich wurde mit dem Code *mRNA* zur Elisabeth-Kapelle gelockt«, langsam dröhnt Kokoschanskys Schädel, »waren das die Chinesen? Arbeiten sie mit diesem Trio zusammen?«

»Die Botschaft stammte von Pasterka.«

»Also hat er mich beschattet.«

»Auch.«

»Wer noch?«

»Denken Sie nach.«

»Hab' verstanden«, dabei blickt der Journalist durchdringend Pellendorfer an, der seinem Blick nicht standhalten kann.

»Unsere Überlegung war«, setzt Mayer fort, »dass Sie auf *mRNA* anspringen werden und wir lagen mit unserer Vermutung goldrichtig. Leider hat das BVT, und diesen Vorwurf kann ich meinem Kollegen nicht ersparen, zu nachlässig gehandelt. Andererseits war nicht damit zu rechnen, dass Ihr Partner, Herr Kokoschansky, wie hieß er doch gleich?«

»Sein Spitzname ist Freitag, dabei bleibt es.«

»Gut. Plötzlich taucht dieser Herr Freitag mit Kripo und Spezialkräften auf und damit war es für uns vorbei.«

»Was wollte dieses Quartett eigentlich von mir?«

»Im schlimmsten Fall Sie töten, Herr Kokoschansky«, antwortet der BND-Agent, als wäre es die natürlichste Sache der Welt, »wenn Sie nicht mit Ihren Informationen herausrücken und vor allem, von wem sie stammen. Doch Ihr Partner hatte die vier souverän ausgetrickst.«

»Und das wurde vom BND und vom BVT billigend in Kauf genommen«, stellt Tusarek glasklar fest.

»Geheimdienstoperationen sind mitunter sehr schmutzig«, verschanzt sich Mayer hinter dieser sehr eindeutigen Formulierung, »wenn sie zum Erfolg führen sollen.«

Somit verdanke ich Freitag mein Leben. Dafür hättet ihr mich geopfert, einfach so. War nur ein Journalist, der zu neugierig war. Kokoschansky ist sehr bemüht sich nichts anmerken zu lassen. Am liebsten möchte er aufspringen und diesen Mayer und Pellendorfer zusammenschlagen.

Freunde der Blasmusik, ihr werdet euch noch wundern. Blitzartig ist ihm eine Idee eingeschossen.

»Drei hockten bei uns in Haft«, bleibt Kokoschansky weiterhin nach außen gelassen, obwohl er eigentlich seinen beiden verhinderten Henkern gegenübersitzt. Für ihn steht außer Zweifel, dass diese unbekannte Frau, ohne mit der Wimper zu zucken, abgedrückt hätte. »Pasterka geht aber frei, hält sich weiterhin in Wien auf, trifft sich mit mir, will reden. War das auch von euch eingefädelt?«

»Nein«, bestreitet Pellendorfer, »nach unserer Gesetzeslage musste er freigelassen werden.«

»Er ist uns aus dem Ruder gelaufen, war nicht mehr zu kontrollieren«, übernimmt wieder der BND-Mann, »inzwischen haben wir den Grund herausbekommen. Pasterka gelang es bereits vor längerer Zeit, drüben in Amerika Kontakte mit der Cosa Nostra zu knüpfen, zu einer bestimmten Mafia-Familie. Anscheinend hatte er Zugang zu einer Fälschung von *Remdesivir*, ein Medikament gegen das Virus. Inzwischen steht fest, dass es nur bedingt einsetzbar ist und von Experten eher davon abgeraten wird. Es ging es nur ums Geld, was sonst?

Die Mafia kann ein Vielfaches bezahlen von dem, was wir ihn Deutschland bieten können. Darum wollte Pasterka aussteigen. Es ist ihm zu heiß geworden. Allerdings wusste er nicht, dass er sich mit dem gefälschten Medikament, das nichts taugt, bereits das eigene Grab geschaufelt hatte. Er war so dumm und glaubte tatsächlich Mafia linken zu können.«

»Dann kam *The Unkown* alias Joey DeSanto ins Spiel.«

»Richtig, Herr Kokoschansky«, Mayer nickt, »warum sich Pasterka ausgerechnet diese Großbaustelle in Neu…?

»Neu-Leopoldau.«

»Ja, danke. Wir wissen es nicht und er kann es nicht mehr beantworten. Ebenso unbekannt ist uns, wer DeSanto steckte, wo er Pasterka finden wird.«

Du nicht, Freundchen, aber vielleicht ich…

»Ist der Killer noch im Lande?«, will der Journalist wissen.

»Keine Ahnung«, Pellendorfer zuckt mit den Schultern, »es wird nach ihm weltweit gefahndet.«

»Hätte DeSanto nicht Pasterka abgeknallt«, Kokoschansky stützt sich auf dem Tisch auf, blickt Mayer direkt in die Augen, »dann hätte Ihr Verein dafür gesorgt, dass ihm etwas zustößt.« Dessen Antwort ist Schweigen. »Meinen Anwälten und mir ist noch immer nicht klar, warum Sie uns und Herr Pellendorfer das alles so unverblümt auf dem Silbertablett servieren? Dahinter steckt doch eine Absicht, ein gewisses Kalkül. Und verkaufen Sie mich jetzt nicht für blöd, dass Sie mir eine Superstory bieten wollen.«

»Ist es so schlecht als Journalist einen ausgezeichneten Draht zum BND zu haben?«, Mayer spielt mit seinem Feuerzeug, »Wir möchten Sie, Herr Kokoschansky, für uns gewinnen. Wird nicht auch im Journalismus des Öfteren mit unlauteren Methoden und Mittel gearbeitet? So fremd sind sich unsere Branchen nicht. Es ginge lediglich um gemeinsamen Informationsaustausch.«

Zur gleichen Zeit

Lena, Freitag und Chefinspektor Walter Kurinek sitzen im Wohnzimmer von Cora Widmers Eltern in der Villa in Perchtoldsdorf. Wie angenommen, arbeitet der Vater Holger Widmers im Homeoffice. Seine Frau Ann-Kathrin hat Kaffee serviert. Inzwischen ist auch Coras Bruder Jan zu der Runde hinzugestoßen. Er war joggen, setzt sich nun frischgeduscht und umgezogen zu seiner Familie. Auf einer Kommode steht Coras Bild mit einem Trauerflor, davor eine brennende Kerze.

»Gibt es etwas Neues?«, fragt der Vater, »Haben Sie schon eine Spur zu Coras Mörder?«

»Leider nicht«, antwortet Kurinek, »aber wir lassen nicht locker. Das kann ich Ihnen versprechen.« Er sieht sich um. »Ich sehe hier viele Asiatika stehen. Vasen, verschieden Buddha-Statuten. Sind Sie Asien-Liebhaber?«

»Das stammt alles von unserer Tochter«, erklärt Ann-Kathrin mit brüchiger Stimme, »sie hat uns immer etwas mitgebracht.«

»Haben Sie den Namen Yiu Liopang schon einmal gehört?«, eröffnet nun Kurinek die Offensive und bemerkt eine gewisse Unruhe bei Holger Widmers, die seine Frage ausgelöst hat. Ebenso beim Rest der Familie.

»Klingt chinesisch«, antwortet der Vater und räuspert sich, »nein, eigentlich nicht.«

»Komisch«, Kurinek bohrt weiter, »als wir Ihnen die Todesnachricht überbringen mussten, hing im Flur ein Foto Ihrer Tochter auf dem sie zusammen mit Yiu Liopang zu sehen ist. Es ist das gleiche Foto, das wir auch in Coras Wohnung sichergestellt haben.« Natürlich erwähnt Kurinek mit keiner Silbe, dass dieses Bild auf einem der beiden versteckten USB-Sticks gefunden wurde. »Heute hängt dieses Foto nicht mehr an dieser Stelle, wurde ausgetauscht.«

»Somit kann man davon ausgehen, dass Sie mit einem weiteren Besuch unsererseits rechneten«, mischt sich nun Freitag ein, »warum haben Sie dieses Foto verschwinden lassen?«

»So nicht, Herrschaften«, hat sich Holger Widmers wieder gefangen, »das sind ungeheure Unterstellungen. Bitte gehen Sie jetzt. Sie werden von meinem Anwalt hören.«

»Natürlich.« Zu oft hat der Kriminalbeamte diese Scheindrohungen bereits gehört. Das kann ihn nicht schrecken. Dafür legt er eine Kopie des erwähnten Bildes auf den Tisch. »Das ist Ihre Tochter Cora und der Mann neben ihr ist Yiu Liopang. Zumindest hat Ihre Tochter diesen Mann mit diesem Namen mehrmals in ihren hinterlassenen Unterlagen erwähnt.«

»Unsere ermordete Kollegin«, nimmt nun Freitag Holger Widmers in die Zange, »hatte uns erzählt, dass sie in ihrer Studienzeit Yiu Liopang kennengelernt hatte und mit ihm auch ein Techtelmechtel hatte. Daran ist absolut nichts Verwerfliches, völlig in Ordnung und legitim. Aber warum streiten Sie ab, den Chinesen zu kennen oder gekannt zu haben und lassen dieses Foto verschwinden?«

»Ich rede nicht mit Journalisten«, geht nun Widmers zum Angriff über, »schon gar nicht mit Leuten von einem windigen Internetportal, deren Chef mit grauslichen Kinderpornos handelt und selbst dabei mitwirkt. Jan, ruf die Polizei.«

Lena ist extrem bemüht, ihre Fassung nicht zu verlieren. Hat es sich bereits herumgesprochen, ihr Koko ist bereits vorverurteilt. Sie verflucht sich selbst, dass sie nicht bei Günther in der Redaktion geblieben ist.

»Brauchen Sie nicht, Herr Widmers«, sagt Kurinek, »die Polizei ist bereits hier.«

»Sie kann ich schwer hinausschmeißen, aber Sie beide«, Widmers zeigt auf Lena und Freitag, »verlassen augenblicklich mein Haus. Jan, begleite die Herrschaften hinaus.«

*

Freitag hat Lena abseits von der Villa in den Arm genommen.

»Kränk dich nicht«, versucht er zu trösten, »wir alle wissen, dass Koko fürchterlich reingelegt wurde und dahinter eine gewaltige Sauerei steckt.«

»Irgendetwas bleibt nach so einer Geschichte immer kleben. Ich muss nur auf Facebook gucken, um zu sehen, was die Leute über ihn denken und von ihm halten.«

»Das sind Idioten, die jeden Scheiß teilen und nachbeten, ohne zu überlegen. Die Mehrheit steht hinter Koko.«

»Ich kann nicht mehr. Ich hole jetzt Günther und versuche, ob ich endlich mit Koko reden kann.«

»Mach' das, Lena. Nimm mein Auto. Ich fahre mit Kurinek zurück. Ich schaue mir inzwischen die noble Gegend etwas genauer an. Du, pass' auf und lass' dich nicht verrückt machen. Eines steht jedenfalls fest. Dieser Widmers, diese Familie, ist nicht koscher. Ich habe mich ein bisschen kundig gemacht und Kurinek präpariert. Ein bisschen herum recherchiert und ich bin fündig geworden.«

»Ich will jetzt gar nichts darüber wissen. Sei mir nicht böse.«

»Kann ich sehr gut verstehen. Wer weiß, vielleicht ist Koko längst wieder draußen.«

»Dein Wort in Gottes Ohr.«

»Auf den kann man sich nicht immer verlassen.«

*

Chefinspektor Walter Kurinek blättert in seinem Notizbuch.

»Herr Widmers, Sie sind Architekt von Beruf, arbeiten für das Architekturbüro *StyleArchWonder* mit Sitz in Tübingen, Ihrer Geburtsstadt. Ein Ableger dieses Büros ist in Wien, in der Gonzagagasse im ersten Bezirk.«

»Ja und?«

»Dieses Büro wiederum ist für den internationalen Baukonzern *SilkRoadArch* tätig, ansässig in Dongguan im Perlfluss-Delta. Der Konzern gehört zwei chinesischen Magnaten und einem britischen Immobilientycoon.«

»Worauf wollen Sie hinaus, Herr Chefinspektor?«, fragt unwirsch Widmers, »Ich habe nicht unendlich Zeit. Was ist daran so besonders? *SilkRoadArch* baut in vielen Ländern. Im asiatischen Raum, in den arabischen Emiraten, weltweit. Auch in Wien.«

»Ich weiß«, Kurinek lässt die Familie nicht mehr aus den Augen, besonders Holger Widmers, »in unserer Stadt mit einer Subfirma der *SilkRoadArch*, der *VBC*, der *Vienna Building Corporation*. Im Vorstand sitzen wieder Chinesen, alle in Wien wohnhaft, und ein Tiroler Immobilienhai. Sehr interessant ist der Aufsichtsrat dieser Firma, da ist auch ein gewisser Yiu Liopang vertreten. Und die *VBC* ist auch an dem neu entstehenden Stadtteil Neu-Leopoldau beteiligt, scheint aber unter den verschiedenen Bauträgern nicht auf. Wie können Sie sich das erklären, Herr Widmers?«

»Ich bin Architekt. Ich entwerfe, entwickle, konstruiere und zeichne die Pläne für die erteilten Aufträge. Ich habe keine Ahnung, wie sich diese Firmenkonstellationen zusammensetzen und es interessiert mich auch nicht. Ich schaffe Bauwerke und weiter nichts.«

»Waren Sie öfters in China?«

»Natürlich. Ist das vielleicht strafbar?«

»Dann wissen Sie auch über das Neue Seidenstraßen-Projekt Bescheid.«

»Das ist wohl klar, oder?«, Holger Widmers wird zunehmend nervöser. »Ich kapiere nicht, was dieses blödsinnige Frage-Antwort-Spiel bedeuten soll. Wir haben auf tragische Weise unsere Tochter verloren, unser Sohn seine Schwester. Ich bitte Sie, das endlich zu berücksichtigen, Herr Chefinspektor.«

»Ich mache nur meine Arbeit so wie Sie Ihre Bauten errichten, Herr Widmers. Warum bestreiten Sie Yiu Liopang zu kennen? Liegt Ihnen so wenig daran, dass der gewaltsame Tod Ihrer Tochter aufgeklärt wird?«

*

Nichts los in dieser Ecke von Perchtoldsdorf. Freitag hängt herum, vertritt sich die Beine, beobachtet, doch es gibt nichts zu beobachten. Klar, es ist Lockdown, die Menschen haben sich zu Hause verkrochen. Wer hier wohnt hat einiges auf dem Konto. Aber auf einigen Häusern wird sicherlich die Bank ihre Hand draufhalten. Freitag wird langsam kalt und er stellt den Kragen seiner Jacke hoch, gräbt seine Hände in die Taschen. Zunehmend wird es langweilig.

Endlich regt sich etwas. Ein älterer Herr kommt aus einem Haus, trägt seinen Müll zur Tonne im Garten.

»Entschuldigung«, spricht ihn Freitag an und der Mann zuckt zusammen. Anscheinend sind hier Schwarzafrikaner eher die Ausnahme. Er zückt seinen Journalistenausweis, hält das Dokument blitzschnell dem Mann unter die Nase, um es sofort wieder in der Jacke verschwinden zu lassen. »Werner Mokongo«, stellt er sich vor, was natürlich gelogen ist. Kokoschansky nennt das alternative Recherche. »Kriminalpolizei«, Amtsanmaßung und strafbar. Doch Freitag kann sehr gut einschätzen, bei wem der illegale Bluff funktioniert. »Ich ermittle im Mordfall Cora Widmers.«

»Ich wusste gar nicht, dass…«, sagt der alte Mann und wirkt sehr erstaunt.

»…es auch schwarze Kieberer gibt. Ich bin waschechter Wiener, nur etwas zu lange unter der Höhensonne gelegen«, flunkert Freitag und grinst breit.

Der Mann ist anscheinend sehr obrigkeitshörig, er verschwendet nicht einen Gedanken daran nochmals den Ausweis zu sehen.

»Mein Gott, die arme Familie. Ich habe es in der Zeitung gelesen. Fürchterlich, sein Kind so verlieren zu müssen. Cora war ja Journalistin. Sicherlich kein einfacher und wie man sieht auch sehr gefährlicher Beruf. Und Sie ermitteln in diesem Mordfall, Herr…«

»Mokongo. Ja, was ist das für eine Familie? Was erzählt man sich so über die Leute?«

»Hochanständig kann ich Ihnen nur sagen. In unserem Viertel ist das eine kleine Welt für sich. Herr Widmers, ein Architekt und was man so hört, baut er auch viel in China. Die Widmers wohnen nur ein paar Schritte von mir entfernt. Sie können gleich selbst mit Ihnen reden. Die Familie ist sicherlich zu Hause, wie wir alle wegen Corona.«

»Ja, das ich mache ich dann gleich. Wenn Herr Widmer so viel für die Chinesen baut, bekommt er sicherlich auch öfters Besuch von denen, oder?«

»Oh, ja. In ihrem Garten hat es schon richtig tolle chinesische Feste gegeben. Ein paar Mal haben sie auch die Nachbarn dazu eingeladen. Und«, der auskunftsfreudige Nachbar beugt sich über den Zaun, »was man so hört, war Cora auch mit einem Chinesen liiert. Warum auch nicht? Aber ich will nichts gesagt haben? Gibt es schon eine Spur zum Mörder?«

»Wir arbeiten daran. Jedenfalls danke und noch einen schönen Tag.«

Freitag schaut, dass er sich vom Acker macht. Der Nachbar sieht ihm noch nach, bevor er sich wieder in seine vier Wände zurückzieht.

*

»Also haben Sie mir nichts weiter zu sagen, Herr Widmers«, Kurinek klappt sein Notizbuch zu und steckt es zurück in seine Jacke.

»Nein. Bitte, verlassen Sie jetzt mein Haus. Alles Weitere nur mehr über meinen Anwalt.«

Plötzlich regt sich Ann-Kathrin Widmers, die bisher scheinbar teilnahmslos im Fauteuil gesessen ist.

»Mein Mann nicht, aber dafür ich«, sagt sie mit leiser Stimme.

»Sei still«, will ihr Holger Widmers den Mund verbieten.

»Nein, ich habe bereits viel zu lange geschwiegen. Cora ist nicht seine Tochter. Sie stammt aus meiner ersten Ehe. Jan ist unser gemeinsames Kind.«

»Mutter, hör' bitte auf«, versucht nun auch der Sohn sie zu stoppen.

»Nein, Jan, jetzt muss endlich reiner Tisch gemacht werden. Das hätte schon viel früher geschehen müssen. Jetzt ist es zu spät, mein Kind ist tot. Bevor noch mehr Unglück geschieht muss jetzt aufgeräumt, und zwar gründlich. Ja, wir kennen Yiu Liopang sehr gut…«

*

Freitag fröstelt es. Wie lange will Kurinek da noch drinnen bleiben? So bleibt ihm nichts anders übrig als weiter herumzustreunen und er schlendert durch die Gassen. Plötzlich stutzt er. Abseits der Widmers-Villa parkt eine Mercedes Limousine der C-Klasse mit WD-Kennzeichen. WD steht für Fahrzeuge des Diplomatischen Korps. Freitag denkt nicht lange nach. Kurzerhand fotografiert er das Kennzeichen mit seinem Handy, sendet es an LVT-Major Hugo Vasicek mit der Bitte das Kennzeichen überprüfen zu lassen. Es ist zwar nicht ausgeschlossen, dass hier ein Diplomat einer anderen ausländischen Vertretung wohnt, vornehm genug ist schließlich diese Gegend, doch bloß nichts unversucht lassen.

*

Holger Widmers ist in sich zusammengesunken, hat es aufgegeben, sich gegen seine Frau aufzulehnen.

»Cora ist durch meinen Mann in etwas hineingeraten«, sprudelt Ann-Kathrin los, »was ihr letztendlich den Tod gebracht hat. Holger hat sich mit den Chinesen auf einen gefährlichen Deal eingelassen. Wofür?«, sie breitet die Arme aus, »Dafür! Für diesen gehobenen Lebensstil mit allem was dazugehört. Villa, Zweitwohnsitz in Kitzbühel, zwei Autos, feudale Urlaube, ein fettes Gehalt und sonstige Boni. Alles von China finanziert. Mit dem vorläufigen Schlusspunkt, dass unsere Tochter als erste im Familiengrab liegt.

Ich habe Holger immer gewarnt, lass die Finger davon. Bau deine Häuser, Brücken, was auch immer wo du willst, aber vergiss China. Ja, er zählt zu den Stararchitekten und das weiß auch *SilkRoadArch* und setzt ihn unter Druck, ebenso wie die *VBC*.

Wir gehören zur High Society, doch um welchen Preis? Dieses Neue Seidenstraßen-Projekt wird noch unser aller Untergang sein. Ich will nicht auch noch meinen Sohn verlieren.

Ja, Yiu Liopang war der Freund meiner Cora. Sie kannten sich bereits aus Studienzeiten, gingen ein Verhältnis miteinander ein, das auch bis zu ihrem Tod andauerte. Yiu Liopang pendelte zwischen seiner, Coras Wohnung und unserem Wohnsitz. Wir…«

»Entschuldigung«, unterbricht Chefinspektor Kurinek Ann-Kathrins Redeschwall und zieht sein Handy aus der Tasche. Die SMS-Nachricht sorgt bei ihm für Gänsehaut.

Yiu Liopang muss im Haus oder in unmittelbarer Nähe sein. Ich bin unterwegs zu dir, Hugo. (Koko ist wieder frei.)

Kurinek kann sich nicht erklären, wie es zu dieser Nachricht kommt. Doch Vasiceks Nummer stimmt. Jetzt muss der Kriminalbeamte die Zeit überstehen, bis der LVT-Mann eintrifft und er hofft, dass er nicht alleine kommt. Zumindest ein Lichtblick, Kokoschansky ist draußen.

»Entschuldigung«, wiederholt Kurinek, steckt das Handy weg, »bitte, erzählen Sie weiter, Frau Widmers.«

»Wird sie nicht.«

Kurinek zuckt zusammen. Im Türrahmen steht ein Chinese und zielt mit einer Pistole genau auf ihn.

»Nimm deine Waffe heraus und schieb' sie zu mir herüber«, folgt ein weiterer Befehl in blütenreinem Hochdeutsch.

»Yiu Liopang…«, sagt ihm der Chefinspektor auf den Kopf zu, »damit kommst du niemals durch.«

»Das lass' meine Sorge sein. Wird's bald?«

Kurinek muss sich fügen. In Zeitlupe zieht er seine Glock aus dem Holster, legt sie auf den Parkettboden, stößt sie mit dem Fuß hinüber zum Chinesen, der darauf steigt.

»Hör auf, Yiu, was muss noch alles geschehen, bis endlich Ruhe ist?«, schreit Ann-Kathrin auf.

Die Antwort ist ein Schuss, der haarscharf neben ihrem Kopf in eine Vase einschlägt und das edle Stück zertrümmert.

*

»Scheiße! Was war das?«, reißt es Freitag, »Das kam aus der Widmers-Villa.«

Er sprintet zurück, doch er bemerkt nichts Verdächtiges. Kurzerhand klettert er über den Metallzaun, der für den sportlichen Mann kein Hindernis ist. Dass ihn dabei eine Überwachungskamera im Visier hat, stört ihn nicht.

Freitag schleicht um das Haus herum, sucht nach einer Möglichkeit unbemerkt einzudringen. Durch den Haupteingang ist keine Option, da müsste er klopfen oder läuten. Verdammt, wo bleibt Vasicek!

Es ist immer das Gleiche. Jedes Haus hat seine Schwachstelle, obwohl die Bewohner glauben, es ist abgesichert wie Fort Knox. Dieses Kellerfenster ist das beste Beispiel dafür. Vielen Dank! Freitag muss es nicht einmal einschlagen, nur aufstoßen. Behände schwingt er sich ins Hausinnere. Familie Widmers weiß zu leben. Der Weinkeller spielt alle Stücke und würde einem Gourmet-Restaurant zur Ehre gereichen.

Er schleicht die Treppe hoch, hört eine Stimme, die er nicht zuordnen kann. Bisher hat er nichts Brauchbares gefunden, was sich als Waffe eignet, also muss eine Flasche Beaujolais Jahrgang 2005 herhalten.

Vorsichtig drückt Freitag die Türe auf, wieder diese Stimme. Es sind Drohungen, die ausgestoßen werden. Kein Zweifel, die Familie ist in Gefahr und mittendrin Kurinek. Freitag schleicht sich durch den Eingangsbereich, links geht es zum Wohnzimmer, aus dem die Stimme herausdringt.

Er presst sich an die Wand, tastet sich Zentimeter für Zentimeter vorwärts, die Weinflasche festhaltend. Jederzeit zum Zuschlagen bereit. Er sieht einen eher schmächtigen Mann mit dem Rücken zu ihm stehend. Nach der Körperhaltung zu schließen wird Kurinek bedroht. Freitag geht in die Hocke, sodass ihn nur der Chefinspektor sehen kann.

»Was willst du damit bezwecken?«, spielt der Kriminalbeamte auf Zeit, lässt sichts anmerken, dass er Freitag sieht, »Du bist am Arsch, Yiu Liopang.«

Freitag glaubt nicht recht zu hören. Also haben ihn seine Vermutung, sein Instinkt doch nicht im Stich gelassen.

»Was glaubst du, Bulle, was mir passieren wird? Ich sag's dir, nichts. Ich genieße diplomatische Immunität.«

»Die kannst du dir nach deinem Auftritt sonst wo hinstecken.«

Das Geplänkel reicht, dass Freitag dicht hinter dem Chinesen stehen kann. Für die Widmers ein neuerlicher Schock. Sie starren angsterfüllt auf den Eindringling. Selbstverständlich bleibt dem Chinesen diese unerwartete Situation nicht verborgen. Er will herumwirbeln, doch das gute Tröpfchen trifft ihn voll auf den Kopf. Die Flasche zersplittert und der teure Rotwein vermischt sich mit Yiu Liopangs Blut.

Der Chinese stürzt wie ein gefällter Baum zu Boden.

Epilog

»Das war knapp«, sagt Kurinek zu Freitag, »danke. Wie hast du das geschafft?«

»Erzähle ich dir später.«

Der Chefinspektor nimmt seine Waffe wieder an sich, steckt auch die Pistole des Chinesen ein.

»Verzeihung«, kurzerhand reißt er ein Samtband herunter, das einen der Vorhänge zusammenhält und fesselt damit den bewusstlosen Chinesen. Zum wiederholten Mal hat der *Kieberer* seine Handschellen im Büro vergessen.

Ein neuerlicher Krach lässt sämtliche Anwesende erzittern. Gegen einen Rammbock der WEGA-Polizisten hält kaum eine Türe stand. Sie fliegt mitsamt Türstockteilen aus der Verankerung und knallt auf die Steinfliesen.

Vermummte und schwer bewaffnete Polizisten mit gezogenen Waffen stürmen herein, brüllen ihre Kommandos. Kurinek bremst sie ein.

»Kollegen, alles bereits vorbei. Aber es schadet nicht die Bude trotzdem zu durchsuchen. Er«, dabei deutet er auf Freitag, »hat uns da rausgeboxt.«

»Das ist also dieser Yiu Liopang«, sagt LVT-Major Hugo Vasicek und blickt auf den noch immer regungslosen Chinesen, »verständigt die Rettung.«

Als Letzter betritt Kokoschansky das Haus, steigt über die am Boden liegenden Trümmer der Haustüre. Freitag bemerkt ihn zuerst, läuft auf ihn zu und drückt ihn an sich.

»Du stinkst«, sagt er und Tränen stehen in seinen Augen.

»Arschloch, sitz‘ du mal stundenlang im Häfen. Da hast du ja einiges angestellt. Das nenne ich einen Partner.«

Nun sieht auch Holger Widmers den Journalisten und tobt.

»Was will der Kinderschänder in meinem Haus? Raus!«

Kokoschansky geht auf ihn zu. »Was hast du soeben gesagt?«

Im gleichen Moment kassiert der Architekt zwei gewaltige Ohrfeigen, dass er glaubt sein Schädel platzt.

»Das werden Sie noch bereuen«, wimmert er, »das wird sehr teuer.«

»Wovon redet er?«, fragt Vasicek, »Ich habe nichts gesehen. Ihr vielleicht?«, wendet er sich an seine Kollegen. »Die drei sind vorläufig festgenommen.«

»Lassen Sie meine Frau und meinen Sohn daraus«, knickt Holger Widmers endgültig ein, »ich werde reden.«

Sanitäter und eine Notärztin der Wiener Berufsrettung versorgen den verletzten Yiu Liopang. Für seine Bewachung im Krankenhaus werden zwei Beamte abgestellt.

*

Holger Widmers wird festgenommen und im anschließenden Verhör durch die Mangel gedreht. Es hilft ihm nicht, dass er seinen persönlichen Anwalt und einen Rechtsvertreter der *VBC*, der auch befugt ist für die *SilkRoadArch* zu sprechen, an seiner Seite hat.

Dem Mann ist anzusehen, dass er endgültig genug hat und nur mehr seine Ruhe will. Er wusste, dass Yiu Liopang für chinesische Geheimdienste arbeitete. Allerdings nicht, dass seine Ziehtochter Cora ebenfalls mit drinhing. Das wird ihm erst klar, als er mit eindeutigem Material von Coras USB-Sticks konfrontiert wird.

Das Foto im Flur seiner Villa musste Widmers auf Anordnung von Yiu Liopang verschwinden lassen, nachdem die Polizei zum ersten Mal im Haus aufgekreuzt war. Der Chinese wusste jedoch nichts von Coras geheimen Datenträgern.

Widmers gibt zu, dass er bei seinen zahlreichen beruflichen Aufenthalten in China immer wieder von unterschiedlichsten Organisationen und Institutionen aufgefordert, ja, bedrängt wurde sich noch mehr für dieses Land der Zukunft einzusetzen, nicht nur mit seinen Bauwerken. Bis er sich eines Tages korrumpieren ließ, den versprochenen Verlockungen nicht mehr widerstehen konnte. Er sammelte Informationen aus der österreichischen und internationalen Baubranche, über geplante Bauvorhaben, über verschiedene Firmen, Unternehmen und Konzerne, gab sie über Yiu Liopang weiter.

Durch Yiu Liopang weiß China von der Existenz der FNews, da seine Freundin Cora für dieses Portal arbeitete und ihm regelmäßig berichtete, was in diesem Online-Sender vor sich ging.

Widmers erzählt, dass Cora ebenso wie er nicht mehr weiter spionieren wollte, aber Angst vor ihrem Freund hatte, sie sich sogar von ihm trennen wollte. Yiu stellte Cora auf die Probe, tarnte sich als *mRNA* und spielte ihr Material zu, das vorher von Beijing abgesegnet worden war, weil es keinerlei Schaden anrichten konnte. Cora ging ihm auf den Leim und das bedeutete ihr Ende.

Widmers ist auch der Meinung, dass Yiu seine Ziehtochter auf dem Gewissen hat. Entweder tötete er sie selbst oder heuerte einen Killer an. Da es keinerlei Einbruchs- und Kampfspuren gab, ist er dieser festen Überzeugung. Eine weitere Möglichkeit, Yiu überließ kurzfristig seinen Schlüssel von Coras Wohnung ihrem Mörder.

Auf die Frage, warum er sich nicht an die Polizei wendete, sagt Widmers: »Das hätte alles nur noch verschlimmert. Nachdem Cora tot war, kam Yiu einen Tag vor ihrem Begräbnis zu mir nach Hause und bat um einen Vier-Augen-Gespräch in meinem Arbeitszimmer. Dort ließ er endgültig die Maske fallen. ›Du gehörst uns. Cora war so dumm, wollte aussteigen. Wie du gesehen hast, ist unser Arm sehr lang und reicht bis nach Perchtoldsdorf. Ich glaube nicht, dass du auch Ann-Kathrin und Jan verlieren möchtest. Du bist auf jeden Fall der letzte, der dran glauben muss, wenn du nicht spurst. Ich denke, wir haben uns verstanden.‹

Nach seinem letzten Auftritt bei uns zu Hause traue ich ihm zu, dass Yiu uns alle kaltblütig über den Haufen geschossen hätte. Zuerst den Kriminalbeamten, dann meine Familie und am Schluss ich. Zum Glück konnte ihn dieser Schwarzafrikaner überwältigen. Was kann ihm aufgrund seiner Immunität in Österreich groß passieren? Mehr als die Ausweisung wird es nicht sein. Wie dann in China mit ihm weiter verfahren wird, entzieht sich meiner Kenntnis, doch ich kann es mir lebhaft vorstellen.

Mir blieb nichts anderes übrig als gute Miene zum bösen Spiel zu machen. Ich wurde von Yiu gefragt, ob ich einen sicheren Ort wüsste, wo man eine offene Rechnung begleichen könnte. Spontan nannte ich Neu-Leopoldau, da wir dort ebenfalls bauen. Warum verdeckt, weiß ich nicht. Das müssen Sie mir glauben. Ich zeigte Yiu einige Baupläne von Objekten, die ich entworfen hatte. Er entschied sich für einen bestimmten Rohbau. Vorher musste ich noch erkundigen, ob an dem Tag X, der vorgesehen war, Arbeiten im Gang wären. Daher rief ich den zuständigen Bauleiter an, der mir bestätigte, dass an diesem Tag tatsächlich in diesem Bau sämtliche Arbeiten ruhten.

Ich habe diesen FNews-Beitrag gesehen und mir fiel es wie Schuppen von Augen, wofür Yiu diesen Rohbau brauchte. Wer dieser Ludwig Pasterka war, weiß ich nicht.

Doch eines weiß ich nach diesem Tag und bitte nehmen Sie das ins Protokoll. Ich werde ab sofort nicht mehr für *StyleArchWonder* arbeiten, ich kündige. Somit führe ich auch keine weiteren Planungstätigkeiten weder für *SilkRoadArch* noch für die *VBC* aus.«

»Dann können wir nichts mehr für Sie tun.« Seine Anwälte erheben sich. »Wir werden diese Aussage umgehend weiterleiten. Das Ihnen Millionenklagen blühen, ist Ihnen wohl klar.«

Grußlos verlassen die Advokaten den Verhörraum.

»Schützen Sie meine Familie«, sagt Widmers zu Vasicek und Kurinek, »sie sind durch mich in diese fatale Situation geraten. Ich weiß, dass man mich erwischen wird. Entweder hier drinnen oder draußen. Meine Uhr läuft ab.«

*

Nachdem Kokoschansky aus dem Gefängnis entlassen worden war, verständigte er zuerst Lena, erkundigte sich nach Günther und fuhr anschließend mit seinen Anwälten in deren Kanzlei. Die Advokaten können noch immer nicht fassen, warum dieser BND-Mayer und Pellendorfer vom BVT so freimütig aus dem Nähkästchen plauderten. Das ist ihnen in ihren bisherigen Karrieren noch nie passiert. Sie plädieren dafür, dass deren Aussagen niemals kommentarlos unter den Tisch gekehrt werden dürfen. Auch Kokoschansky ist ihrer Meinung. Wie sagte doch Mayer, Geheimdienstoperationen sind mitunter sehr dreckig. Das kann auch Journalismus sein. Der Zweck heiligt die Mittel.

Turasek ließ heimlich den Recorder seines Handys mitlaufen, ohne, dass es die beiden Schlapphüte bemerkten. Die Anwälte werden sich im FNews-Studio vor die Kamera setzen und über dieses Gespräch ausführlich berichten. Zwar ist es nicht sauber, da Kokoschansky zugesagt hat, diesen BND-Mayer nicht zu nennen, aber dafür können es seine Rechtsvertreter. Turasek und Josch werden gegen den BND und das BVT Anzeige wegen Amtsmissbrauch erstatten und Dienstaufsichtsbeschwerden einreichen.

Der geheimnisvolle Mayer vom BND wird zum V-Mann Ludwig Pasterka Stellung nehmen müssen und es wird auch dem BVT nicht erspart bleiben.

Auf Druck der Anwälte müssen die Kriminalbeamten Hasenberger und Czernitz die Kinderpornos herausrücken, die umgehend Daniel, dem IT-Spezialisten und seinem Team zur Analyse übergeben werden. Zwar können sie nicht die Urheber und den Herstellungsort eruieren, jedoch eindeutig beweisen, dass es Fälschungen sind. Dafür stellt Kokoschansky eine Reihe von privaten Fotos, die ihn in Badehose zeigen, zur Verfügung.

Das Material übernehmen auch die Spezialisten der Meldestelle für Kinderpornografie, um die Hersteller ausfindig zu machen. Der Darknet-Account *tallmanlove* kann geknackt werden. Die Spur führt in den asiatischen Raum.

Kokoschansky droht jedem über FNews Klagen an, der ihn als Kinderschänder bezeichnet.

*

Wie nicht anders zu erwarten, flattern die Protestnoten zwischen Ballhausplatz und chinesischer Botschaft hin und her, nachdem durch FNews öffentlich gemacht wurde, wer Yiu Liopang ist.

Der chinesische Botschafter wird ins österreichische Außenministerium zitiert, in Bejing muss sein österreichischer Amtskollege zum Rapport antreten. Es braut sich ein politisches Gewitter zusammen. China droht Österreich mit wirtschaftlichen Sanktionen und die österreichische Regierung will Boykottmaßnahmen gegen die Volksrepublik verhängen.

Die diplomatischen Kanäle auf beiden Seiten glühen, während Yiu Liopang zu sämtlichen Anschuldigungen schweigt. Er verzieht auch keine Miene, als mit der Tatsache konfrontiert, dass seine Pistole, eine chinesische QSZ-92 9x19 mm Parabellum, mit der er die Familie Widmers und Chefinspektor Walter Kurienek bedrohte, ident ist mit der Mordwaffe, mit der Francois van der Strabben erschossen wurde.

In zähen Geheimverhandlungen zwischen der österreichischen und chinesischen Diplomatie lenkt schließlich Beijing ein. Man einigt sich auf einen Kompromiss, um das Gesicht der Volksrepublik halbwegs zu wahren. Yiu Liopang behält seine Immunität und erhält seinen Prozess in der Heimat.

In einer Nacht- und Nebelaktion wird der Chinese ausgeflogen. Sein weiteres Schicksal ist längst besiegelt. Kaum hat Yiu Liopang chinesischen Boden betreten, wird er sofort verhaftet und verschwindet in einem der zahlreichen Geheimlager in Xinjiang.

Der Mordfall Cora Widmers wird offiziell als ungeklärt *ad acta* gelegt. Inoffiziell sind sich sämtliche in der Causa Involvierten sicher, entweder war Liu Yiopang der Mörder selbst oder der Auftraggeber. Mit ziemlicher Sicherheit ist Liopang der Mörder des Belgiers Francois van der Strabben. Ob er selbst den Mann dermaßen zurichtete oder Helfer hatte, wird für immer ein Rätsel bleiben.

*

Auch in Deutschland schlagen die Wogen hoch und führen zu ernsthaften Verstimmungen mit Österreich. Berlin tobt als es SPIEGEL-Journalisten gelingt, »BND-Mayer« zu enttarnen und astrein nachweisbar ist, dass er für die Chinesen spionierte und auf deren Payroll stand.

Ebenso gelingt es ihnen das mysteriöse Trio, das zusammen mit Ludwig Pasterka Kokoschansky in der Elisabeth-Kapelle wahrlich töten wollte, aufzudecken.

Karina Gogoschkowa, eine gebürtige Russin, der Spanier Rodriguez Gomez Barranquito und der Deutsche Heribert Uhland. Es war BND-Mayer, der mit ihnen kooperierte und dafür sorgte, dass sämtliche Taten aus ihren Strafregistern gelöscht wurden. Der Grund: Er kannte bestens den Belgier Francois van der Strabben und gab ihm mehrmals Rückendeckung bei dessen zwielichtigen Geschäften, wofür BND-Mayer stets fürstlich entlohnt wurde.

Francois van der Strabben handelte im Auftrag sowohl der Russen als auch der Chinesen mit Silicium, das unentbehrlich in der Mikroelektronik und in der Halbleiterherstellung ist. Russland und China sind Marktführer, beanspruchen drei Viertel der globalen Förderung für sich. Ebenso handelte der Belgier mit seltenen Erden wie Yttrium, Dysprosium und Terbium, die zu achtzig Prozent in der Volksrepublik vorkommen. Sie werden für den Bau elektrischer Teile, sogenannter Aktoren, benötigt und finden sich auch in Laptops.

BND-Mayer war es, der van der Strabben mit dem Trio, das vorher noch ein Quartett war, bekannt machte. Es ging um Impfstofffälschungen im großen Stil.

Doch Pasterka tanzte aus der Reihe, war alles andere nur kein V-Mann des BND, sondern ein ganz gewöhnlicher Krimineller. Das war ein Lügenmärchen von BND-Mayer, das er ihnen präsentierte. Es stimmte lediglich, dass Pasterka nach Deutschland ausgewandert war, tatsächlich als Privatdetektiv arbeitete und in Lübeck im Alleingang einen spektakulären Mordfall aufdecken konnte. Das erweckte das Interesse von BND-Mayer.

Pasterka gelang hinter Mayers Rücken und der anderen drei Kontakt zur Cosa Nostra aufzunehmen, um sein eigenes Süppchen zu kochen, was allerdings schief ging. Vielleicht gab BND-Mayer den entscheidenden Tipp, den er möglicherweise von Pellendorfer im BVT erfuhr, weiter an die Amerikaner? Sogar direkt an die Bonnano-Familie, die ihrerseits Joey »The Unknow« DeSanto losschickte?

BND-Mayer schweigt zu sämtlichen Vorwürfen, wartet auf seinen Prozess. Zusammen mit Gogoschkowa, Barranquito und Uhland.

In Wien wird Pellendorfer in seinem Büro im BVT tot aufgefunden. Er hat sich mit seiner Dienstwaffe selbst gerichtet.

Warum BND-Mayer und Pellendorfer gequatscht haben, bleibt weiterhin unbekannt. Eine mögliche Theorie, die Nummer wurde ihnen zu groß und sie rechneten damit, dass Kokoschansky sich nicht an die Vereinbarungen hielt und trotzdem berichtete, wie es auch der Fall war. Lieber ein paar Jahre im Gefängnis verbringen und danach abtauchen als von unbekannten Hintermännern um die Ecke gebracht werden.

Pellendorfer fehlten dafür anscheinend die Nerven.

Als Kokoschansky von den SPIEGEL-Recherchen erfuhr, meinte er nur, warum neidisch sein. Immer kann man nicht gewinnen. Dafür bekam er eine SPIEGEL-Coverstory und ein ausführliches Interview in SPIEGEL-TV.

*

Irgendwann wird zufällig wer aus dem Wasser auf der Donauinsel einen flachen länglichen Koffer herausfischen. Darin ein zerlegtes Spezialgewehr. Es wird nachzuweisen sein, dass genau mit dieser Langwaffe Ludwig Pasterka getötet wurde. Allerdings nicht mehr, woher das Gewehr stammte und wer es dem Schützen übergab.

*

»Was machst du da?«, fragt Kokoschansky.

»Wonach sieht es denn aus, Koko?«

»Du packst. Also, jetzt ist es so weit. Jetzt bekomme ich endgültig die Rechnung präsentiert.«

Lena lächelt ihn an, geht zu ihm, setzt sich an seine Seite.

»Du bist oft wirklich ein Trottel. Wir verreisen.«

»Wie verreisen? Wohin? Im Lockdown?«

»Schon vergessen? Unser kleines Häuschen in der Wachau, das wir vor Jahren geerbt haben. Wir haben es noch viel zu wenig genutzt.«

Vor Jahren als Wolfram Panker, der vom Kriminalbeamten auf Wirtschaftsdetektiv umsattelte und ohne Familie war, im Zuge einer Story, die Kokoschansky aufgerissen hatte, ermordet wurde, vererbte er Lena und Kokoschansky sein Detektivbüro und dieses kleine, schmucke Häuschen.

»Ja und Günther? Die Schule?«

»Es gibt dort ebenfalls Internet, daher ist Homeschooling kein Problem. Und du wirst Homeoffice machen, damit FNews weiterläuft. Außerdem hast du noch Freitag und das Team. Worauf wartest du? Pack endlich deinen Krempel zusammen. Ich will jetzt von diesem ganzen Dreck nichts mehr hören und sehen.«

*

Vor dem Buffalo Inn-Canyon Motel in Austin, Texas, wartet ein schwarzer Pickup mit getönten Scheiben. Die zwei Männer im Wageninnern lassen das Gebäude nicht aus den Augen, halten ihre großkalibrigen Pistolen schussbereit. Es ist gegen 23 Uhr. Endlich öffnet sich eine Zimmertüre in der langen Reihe der Kurzzeithotelzimmer.

Ein Mann mit mittlerer Statur tritt heraus, streckt sich, will anscheinend frische Nachtluft tanken. Der Pickup setzt sich Bewegung, fährt im Schritttempo auf den Gast zu. Plötzlich wird das Feuer eröffnet. Mehrere Salven zerfetzen regelrecht den Ahnungslosen. Der Wagen prescht in einem Höllentempo hinaus in die Nacht.

Er, der immer auf der Hut war, war nur ein einziges Mal sorglos. Die Mafia vergisst niemals…

*

In Kabul stehen zwei bärtige Männer in ihren traditionellen Gewändern in einem Hightech-Labor, versteckt in einem Haus neben einer vielbelebten Straße und schauen auf die Apparaturen.

»Du bist sicher, dass es klappt?«

»*Inschallah*, todsicher. Ich dachte nicht, dass es so leicht herzustellen ist.«

»Warten wir ab, bis die Ungläubigen ihre Lockdowns beendet haben. Dann schicken wir ihnen *Covid 20… Allahu akbar*.«

Anhang I - Mafia und Corona

Für die weltweit agierenden Syndikate existieren keine Krisen. Sie ziehen aus jeder Katastrophe, jedem Umsturz, jedem Umbruch ihren Nutzen. Wirtschaftliche Schäden können ihnen nur punktuell zugefügt werden und die entstandenen Verluste werden auf schnellstmöglichem Weg wieder ausgeglichen.

Heute bestimmen Investmentbanker, Broker, Analysten und Börsenexperten das Geschehen. Milliardenschwere Übernahmekonflikte von Unternehmen und Konzernen im Zusammenspiel mit Politik und Lobbyismus dominieren in dieser Schattenwelt. Wer sich dagegen zu wehren versucht, fällt plötzlich einem mysteriösen Unfall zum Opfer oder verschwindet unauffindbar für immer.

Sickert etwas durch oder jemand beginnt zu singen und die Behörden werden aufmerksam, hinken sie meist nur hinterher. Mitunter dauern Verfahren Jahre, scheitern letztendlich oft an entscheidenden Beweisen und Formalfehlern.

Justiz und Ermittlungsbehörden fehlen personelle und finanzielle Ressourcen während die organisierte Kriminalität aus dem Vollen schöpft. Interessenskonflikte, Befangenheiten und diskret überreichte prall gefüllte Umschläge erschweren zusätzlich Ermittlungen und Verfahren.

Was hatten die Panama Papers tatsächlich bewirkt? Außer ein paar Bauernopfer, nichts. Die großen Global Players bleiben weiterhin unangetastet und unbehelligt.

Mit der Globalisierung und den neuen Technologien erschließen sich zusätzliche sprudelnde Einnahmequellen mit Langzeitwirkung. Brüssel über den Tisch ziehen und EU-Fördertöpfe verschwinden in dunklen, nicht mehr nachvollziehbaren Kanälen.

Das Schlepperunwesen verdient sich eine goldene Nase mit Flüchtlingen. Natürlich funktioniert dieses miese Geschäft nur in Europa, dabei hat die amerikanische Cosa Nostra das Nachsehen. Jene Mexikaner, denen es gelingt die Trump-Mauer zu überwinden, würden nicht einmal die Spesen decken.

Die Auftragsvergabe von Bauvorhaben, der Bausektor fest in Händen der italienischen Mafia. Wasserrechte verscherbeln, Müllentsorgung – vom Hausmüll über Industrie- und medizinische Abfälle bis zum atomaren Dreck bringen Unsummen ein. Das Bombengeschäft mit Gesundheit, Krankheiten, Medizin und Pharmazeutika.

Uralt wie die Mafia selbst funktioniert die traditionelle Schutzgelderpressung, besonders in Italien, wo der Pizzo erfunden wurde, aber ebenso in den amerikanischen Cosa Nostra-Hochburgen. Wer sich dagegen auflehnt oder säumig ist, dem droht heftiges Ungemach.

Entweder steht er eines Tages vor der Brandruine seines Betriebes, verbringt den Rest seines Lebens im Rollstuhl oder ist sofort tot. Das Anbieten dieses »besonderen Schutzes« gegen ständig steigende Prozente am Umsatz haben sich sofort nach dem Zusammenbruch des Kommunismus russische Syndikate und osteuropäische Banden von den Italienern abgekupfert.

Entführungen und Lösegeldforderungen sind weiterhin eine lukrative Quelle in Kalabrien. Nur dringt kaum etwas durch, wenn 'Ndrangheta und Camorra zuschlagen.

Manipulierte Aktienkurse, dubiose Hedgefonds, Geldwäsche im großen Stil, nichts ist unmöglich. Die Klimaschutzdebatte eröffnet neue weitere Geschäftsfelder mit unsichtbarer Ware – Energie und erneuerbaren Energien.

Produktfälschungen sind fest in italienischen und asiatischen Händen. In der Sportwelt werden Olympiaden, Fußballweltmeisterschaften gekauft, im Fußball Spiele manipuliert, russische Oligarchen und andere zwielichtige Figuren mit dem nötigen Kapital erwerben Clubs.

Die heutigen italienischen Mafiaköpfe sind, wenn es ihr Intellekt erlaubt, bestens ausgebildet, können Abschlüsse renommierter Universitäten vorweisen. Oft waren ihre Großväter und Väter noch Analphabeten und luden die Lupara, die abgesägte Schrotflinte, durch, wenn jemand aus der Reihe tanzte. Eine altbewährte Methode wird weiterhin angewandt: lupara bianca. Das Morden ohne Leichen, die Opfer lösen sich in Säurefässern auf.

Besonders in Las Vegas und Reno hat das analoge Glücksspiel, noch vor der Pandemie, ziemlich gelitten. Heute muss dem Spieler etwas geboten werden, um ihn bei Laune zu halten. Nur der Casino-Aufenthalt ist entschieden zu wenig. Atemberaubende Shows, spektakuläre Attraktionen, Sex für jede Neigung, Drogen, Alkohol sollen den Spieler einlullen und seine Kreditkarten zum Glühen bringen. No limit in jeglicher Hinsicht. Das Internet machte den Bossen dann einen gewaltigen Strich durch die Rechnung und darauf musste rasch reagiert werden. Anfänglich als Feind betrachtet, ist das Web längst zu einer zusätzlichen und überaus gewinnbringenden Einnahmequelle geworden.

Wer spielen will, muss nicht mehr sein Zuhause verlassen. Rund um die Uhr können virtuelle Spielhöllen, seriöse und illegale, besucht werden, um dem schnellen Glück hinterherzujagen. Selbstredend, dass dabei mit jedem Mausklick die Syndikate mitschneiden. Zieht ein illegaler Anbieter dem Spieler das letzte Hemd aus, sind rechtliche Schritte eher aussichtslos.

Jährlich werden mit Online-Casinos nur in Deutschland 1,5 Milliarden Euro umgesetzt, weltweit sind es vierunddreißig Milliarden. Ideale Waschmaschinen um erworbene Krypto-Währungen wie beispielsweise Bitcoins und andere bislang bekannte 5.309 virtuelle Währungsformen in reale Gewinne umzuwandeln. Eine der Drehscheiben für Online-Casinos ist die philippinische Hauptstadt Manila. Die Hände darüber halten asiatische Syndikate und die Triade, die chinesischen Mafiaorganisationen.

Natürlich lassen sich auch die Russen dieses Geschäft nicht entgehen. Sie haben sich auf die guten, alten, einarmigen Banditen spezialisiert und wenden sogenannte »Seitenkanalattacken« an. Allerdings nicht mit Trojanern oder ähnlichem, sondern mit speziellen Programmen zum Stören der Computersysteme.

Dafür tastet man aus der Entfernung die Strahlung der Bildschirme ab und gelangt auf diese Weise an Daten. Die Attacken werden sowohl für Slot machines als auch für Geldausgabeautomaten angewendet, um mit besonderen Frequenzen abzukassieren. So funktioniert es.

In der Praxis zeichnen die Ganoven mit ihren Handys oder Minikameras etliche Spiele im Casino auf, die sie beeinflussen möchten. Das gesammelte Material wird umgehend nach Sankt Petersburg geschickt, dort gesichtet und für die Funktion des maschinenspezifischen Zufallszahlengenerators eine Kalkulation erstellt.

Der Komplize im Casino erhält von den Analysten eine Zeitmarkerliste auf sein Mobiltelefon gesendet. Diese Kennzeichnungen machen sich genau eine Viertelsekunde vorher durch Vibration des Handys bemerkbar, bevor der Spieler die Play-Taste drückt.

Profis schaffen mit diesem Betrug bis zu zehntausend Dollar am Tag, Vierer-Teams können bis zu einer Viertelmillion pro Woche verdienen – steuerfrei. Auch der österreichische Glücksspielkonzern Novomatic weiß von dieser intelligenten und hochprofessionellen Masche ein Lied zu singen.

Nun hat diese Pandemie für einen weiteren, empfindlichen Tiefschlag gesorgt. Millionen Menschen sind in die Arbeitslosigkeit abgeglitten, das Geld sitzt nicht mehr so locker.

Ähnlich schwere Einbußen muss auch der Drogenhandel verkraften. Während des Lockdowns sind sämtliche Vertriebswege von Süd- und Lateinamerika in die USA und weiter nach Europa lahmgelegt gewesen. Ebenso erging es den asiatischen Routen. Das bisschen Stoff, das dennoch durchrutschte, deckte nicht einmal annähernd die Spesen während in den Produktionsländern die Lager überquellen.

Das Darknet, das Netz hinter dem Netz, kann die Verluste nicht ausgleichen, da es sich um Kleinmengen handelt. Zahlreiche Konsumenten lassen sich ihre Drogen per Post zustellen, dafür müssen die Suchtmittel erst wieder zu den Dealern gelangen, um verkauft werden zu können.

Langsam beginnt das Suchtmittelgeschäft wieder anzulaufen, es wird aber längere Zeit brauchen bis wieder die alten, horrenden Gewinnmargen erzielt werden können. Das bedeutet, dass eine neue Drogenschwemme ausbrechen wird. Die Kokain-Lager des Golf-Kartells in Kolumbien sind bis unter die Decken vollgestopft und die Mexikaner werden sich um den Vertrieb im großen Stil kümmern.

Gleiches gilt für die Vertriebswege im asiatischen Raum, eine gigantische Drogenzange umschließt Europa.

Prostitution war einmal sehr einträglich, doch das ist lange her.

Auch im Rotlichtmilieu ist das Internet inzwischen zum Vermittler geworden. Welche Nutte braucht heute noch tatsächlich einen Zuhälter? Bordelle, Schmuddelpuffs und Laufhäuser mussten während des Lockdowns die roten Laternen ausschalten, aber die Zeiten, wo man mit Fleischeslust reich werden konnte, gehören längst der Vergangenheit an. Besonders hart trafen die Maßnahmen die Prostituierten selbst. Nun hingen sie völlig in der Luft, konnten nicht mit staatlicher Unterstützung rechnen, waren auf diverse Hilfseinrichtungen angewiesen.

Frauenhandel und in weiterer Folge Menschenschmuggel bleiben weiterhin nur in Osteuropa ein blühendes Geschäft, wenn den Opfern der vermeintlich goldene Westen schmackhaft gemacht wird. Ähnlich läuft es mit dem Schleuserwesen aus dem arabischen Raum über das Mittelmeer in die Länder, wo angeblich Milch und Honig fließen. Die Tausenden Ertrunkenen auf dem Meeresgrund sprechen deutlich eine andere Sprache.

Die großen, weltumspannenden Syndikate sind an diesen Geschäften nicht interessiert. Das überlassen sie gerne kleinen Gangs und Banden. Für die Mafia ist das Kleinkram, sie denken und handeln in anderen Dimensionen, operieren verdeckt und abgeschottet.

Die Mafiafamilien in den USA wissen genau Bescheid über diese einmalige, durch die Seuche ausgelöste Chance. Wie damals 1929 während der Weltwirtschaftskrise und in der Prohibitionszeit als ihre Vorfahren die bis heute gültigen Strukturen der Cosa Nostra aufgebaut hatten.

Jetzt sollen alle an einem Strang ziehen, sowohl in Amerika wie auch drüben auf dem alten Kontinent und über Kooperationsmöglichkeiten mit den Asiaten nachdenken. China zeigt vor, wie es anzustellen ist. Dieser Planet ist groß genug, sodass sämtliche Verbrecherorganisationen auf ihre Rechnung kommen. Komplett kampflos wird es nicht ablaufen, dafür ist die Gier zu unersättlich.

Wann, wenn nicht jetzt wäre es möglich, komplette Regierungen und Staaten gewaltlos unterwandern ohne, dass es von außen bemerkt wird. Die neue, große Wirtschaftskrise lauert bereits ante portas und wird erst in den kommenden Jahren voll ausbrechen. Die Vorboten zeichnen sich bereits ab. Bis es so weit ist möchte die Mafia gewisse Angelegenheiten bereits in trockenen Tüchern haben.

Die Staatshaushalte sind völlig überlastet, die Schuldenberge in astronomische Höhen geschnellt und übersteigen das normalbürgerliche Vorstellungsvermögen. IWF und EZB[20] sind im Grunde nicht ernst zu nehmen, Versorgungspostenorganisationen für abgehalfterte Politiker. Macht man sich die Mühe und sieht sich die Biografien der Führungskräfte dieser Organisationen an, gibt es mehr als genug dunkle Flecken auf den scheinbar blütenweißen Westen.

Das gleiche Zeugnis kann getrost für die EU ausgestellt werden. Eigenartig, wie auffällig verdächtigt ruhig sich die Union während der letzten Monate der Corona-Zeit verhalten hatte und weiterhin nur sehr schaumgebremst auftritt.

Logischerweise beobachtet die organisierte Kriminalität die politischen Vorgänge sehr genau und zieht Schlüsse zu ihrem Vorteil daraus.

Daher jetzt dem angeschlagenen und wankenden Riesen in die Kniekehlen treten, um ihn endgültig ins Straucheln und am besten gleich zu Fall zu bringen. Danach ihm wieder auf die Beine helfen, zu bestimmten Bedingungen.

Zweifelsohne hat Corona der Mafia erhebliche wirtschaftliche Schäden zugefügt. Aber sie besitzt ausreichend eiserne Reserven, hat ihre Schäfchen im Trockenen, raffiniert gebunkert und ausgeklügelt versteckt in undurchdringlichen, rechtlich astreinen, jedes gesetzliche Schlupfloch ausnutzenden Firmengeflechten. Der entscheidende Vorteil: Zugriff zu jeder Zeit.

Laufen gegen einige Mafiosi Ermittlungen, kommt es zur Beschlagnahme ihres Vermögens und zum Einfrieren der Konten, macht das in Summe weltweit nur die erweiterte Portokasse aus.

Manchmal ist es sogar gewollt, unliebsame Leute über die Klinge springen zu lassen und sich lästige Konkurrenten vom Hals zu schaffen oder um von weitaus größeren Unternehmungen abzulenken.

Diese Konglomerate zu entwirren und auf ihre Ursprünge zurückzuverfolgen, dauert gefühlte Ewigkeiten. Dafür sind die Justizapparate und Ermittlungsbehörden viel zu schwach, überlastet, personell unterbesetzt und in ein begrenztes finanzielles Raster gepresst.

In der neuen Zeitrechnung nach Corona haben sich die Kräfteverhältnisse entscheidend geändert. Jetzt sind Staatsoberhäupter, Regierungen, Justiz und die am Boden liegende Wirtschaft nahezu Schnäppchen. Selbstverständlich gilt das keineswegs für viele andere Staaten auf diesem Globus. Es ist aber ausreichend, wenn einzelne Regierungs- und Amtsträger gekauft werden können, die dann im Sinne der Mafiasyndikate gewisse Interessen vorantreiben. Das ist die Herausforderung, der sich die Mafia stellt und es wird auf längere Sicht zu verwirklichen sein.

Ihr braucht Cash? Wieviel? Könnt ihr haben. Was springt für uns dabei heraus? Wir mischen im Hintergrund mit, ihr tanzt nach unserer Pfeife. Wir ziehen die Fäden und ihr verkauft es nach außen so, dass niemals Rückschlüsse auf uns gezogen werden können. Wie ihr das anstellt, euer Problem. Wir haben das Geld, das euer Land nicht endgültig vor die Hunde geht. Eure Entscheidung…

Etliche Entscheidungsträger werden mitspielen. Außerdem hat jeder seinen Knackpunkt. Nur eine Preisfrage. Abgesehen vom Verlust des persönlichen Images, falls etwas herauskommt, was nicht für die Öffentlichkeit bestimmt ist, können sie es sich nicht leisten, dass ihr Staat unter die Räder kommt und sie aus ihren Ämtern gejagt werden. Dafür hängen sie viel zu sehr an der Macht.

Natürlich wollen sie nicht auf gewisse Zuwendungen für ihr Entgegenkommen verzichten. Schließlich lässt sich einiges, vorbei an der Steuer, abkassieren. Bis sie endlich aufwachen ist es längst zu spät, zu tief verstrickt und erpressbar, bleiben sie an der Leimspindel kleben.

Eine dieser Marionetten sitzt bereits von russischen Gnaden im Weißen Haus und die Cosa Nostra hatte ihren Segen dazu gegeben. Trump als Prototyp des nützlichen Narzissten, der für Macht bereit ist, alles und jeden über Bord zu werfen und seine Seele bereitwillig an den Teufel verkauft hat. Schafft er es abermals nach dem 3. November, ändert sich nichts und business as usual. Fliegt er aus Washington raus, wird man sich entsprechend um seinen Nachfolger kümmern und ihm deutlich machen, wie das System zu funktionieren hat. Schließlich gibt es da diese Geschichte in der Ukraine mit Bidens Sohn Hunter…

Trump liegt mit Deutschland im Clinch, will seine Truppen abziehen, die NATO schwächelt. Eigentlich nimmt die Welt Donald schon die längste Zeit nicht mehr ernst. Einer, der über Twitter Politik betreibt, kann nicht ganz dicht sein.

Putin wartet ab und ist auf die EU stinksauer. Die Union angeschlagen und obendrein die Pandemie. Beste Voraussetzungen für den Big Deal, die der organisierten Kriminalität ausgezeichnet in den Kram passt.

Das stimmt die amerikanische Cosa Nostra bis zu einem gewissen Grad zuversichtlich. Allerdings wurde ein Problem viel zu lange ignoriert oder sehr stiefmütterlich behandelt. Nun beginnt es sich zunehmend zu rächen, diesem nicht von Beginn an genügend Aufmerksamkeit gewidmet zu haben, was bereits frühere Gangstergenerationen verabsäumt hatten.

Die Brückenköpfe sind vor langer Zeit geschaffen worden und wirken harmlos, entwickelten sich zu exotischen Touristenmagneten. Die Chinatowns in New York, San Francisco und anderen amerikanischen Städten und in Europa. China ist unaufhaltsam auf dem Vormarsch und mit ihnen die Triaden.

Diese chinesischen Gangster sind praktisch unsichtbar, fallen nie auf und schon gar nicht aus dem Rahmen, Unstimmigkeiten werden untereinander geregelt und niemand bekommt es mit. Gerät einer von ihnen ins Netz der Fahnder, beißen sie sich an ihm die Zähne aus. Er verrät nicht einmal seinen Namen. Die Triaden sind ebenso nicht greifbar wie SARS-CoV-2.

Die Mafia ist klug genug sich niemals auf einen Krieg mit den chinesischen Gangstern einzulassen, den sie nur verlieren können. Gegen Syndikate mit zehn-, zwanzig- bis zu sechzigtausend Mitgliedern – gewissermaßen Klein- und Mittelstädte voller Verbrecher – macht die Cosa Nostra keinen Stich.

Bekanntlich brach dieses Virus in Wuhan in der Provinz Hubei aus. Die Triaden liegen nicht auf der faulen Haut und warten die Pandemie ab. Das genaue Gegenteil ist der Fall. Sie profitieren bestens davon und wissen, wie sie damit umzugehen haben.

Mit Triaden-Bossen an einen Tisch zu setzen ist eine Illusion. Nicht einmal ihre Namen sind bekannt, geschweige ihr Aussehen. Nur engste Vertraute kennen die Identität ihres jeweiligen Oberhauptes, für das Fußvolk ist es nur eine Nummer. Der Boss einer Triade wird als 489 bezeichnet. Mit ihrem System sind die chinesischen Gangster der westlichen organisierten Kriminalität haushoch überlegen und daran wird sich nie etwas ändern.

Eine Stadt ist wiedererwacht

Das Spielerparadies ist längst wieder aus seiner Zwangslethargie erwacht, zu der es unverschuldet, wie große Teile der Welt, über Monate verurteilt war. Ebenso wie die Spielermetropolen Atlantic City und Reno, die es ebenfalls kalt erwischt hatte.

Trotz des wieder pulsierenden Lebens in Las Vegas liegt ein schwerer, imaginärer Schatten über die Stadt, nur scheinbar übertüncht von Millionen und Abermillionen bunter Lichter in schrillsten Leuchtkaskaden und Kombinationen.

Weltweit begann eine neue Zeitrechnung – vor und nach Corona.

Auf dem Strip, der angesagten Vergnügungsmeile, blinken wieder die eindrucksvollen, gigantischen Hotelkomplexe und Casinos in allen nur erdenklichen, ausgeklügelten Farbvariationen. Zwar lächelt wieder der weltberühmte Marlboro-Man, er wirkt irgendwie verhalten. Nichts ist mehr wie es vor der Pandemie war und wird es auch nie wieder sein.

Viele Besucher, die durch die Straßen von einer Attraktion zur nächsten ziehen, von Casino zu Casino flanieren, wollen von diesem gefährlichen Virus nichts wissen. Genug Unbelehrbare oder besser Idioten laufen herum als gäbe es kein Corona. Ihr Vorbild sitzt im Weißen Haus.

Keine Spur von gedrückter Stimmung, Pessimismus, Angst und Unbehagen. Das ist Las Vegas. Niemand kümmern die steigenden Infektionsraten und die horrenden Totenzahlen der an Covid 19-Erkrankten.

Der anfängliche Schock wurde durch Unbekümmertheit, Fahrlässigkeit, Unverständnis und Egoismus abgelöst. Das Vergnügen triumphiert über SARS-CoV-2. Doch Corona spielt eifrig an den Roulette- und Kartentischen, an den Spielautomaten mit – und gewinnt.

Proportional steigt ständig die Zahl an Verschwörungstheoretikern, Scharlatanen und Beratungsresistenten. Für sie wurde diese Pandemie von Aliens, Bill Gates, George Soros und allem Übel, was dazwischen liegt, bewusst unter die Menschheit gebracht.

Ein unfähiger, durchgeknallter und realitätsferner Präsident sitzt im Oval Office, hält seine bombastischen Unterschriften in die Fernsehkameras als er wolle der Welt beweisen kein Analphabet zu sein, labbert und twittert wirres Zeug, spielt nahezu täglich mit dem Feuer.

Damit nicht genug trat noch der Alltagsrassismus in eine neue Phase als in Minneapolis weiße Brutalo-Cops den schwarzen George Floyd auf dem Gewissen haben und kurz danach in Atlanta wieder weiße Polizisten einen Afroamerikaner in den Rücken schossen. Weitere schwarze Cops-Opfer folgten. Die Bewegung Black Lives Matter formierte sich und die USA erlebten einen Flächenbrand wie schon lange nicht mehr.

Amerika ist zu einem Pulverfass mutiert. Der kleinste Funke reicht und das Land explodiert endgültig. Das interessiert in Las Vegas kaum jemanden, sich amüsieren und vor allem in den Casinos zu gewinnen sind weitaus wichtiger.

Corona brachte es zuwege, was bislang in der Geschichte der Stadt Las Vegas einzigartig war. Selbst FBI, DEA, ATF und andere amerikanische Ermittlungsbehörden schafften es niemals Sin City, eine der Mafia-Hochburgen, vollständig lahm zu legen.

Casinos, Hotels, Bars, Restaurants, Showbühnen, Spielhöllen und Shops, die bislang vierundzwanzig Stunden und dreihundertfünfundsechzig Tage im Jahr in Betrieb waren, mussten auf ungewisse Zeit die Rollläden herunterlassen.

Das schafften weder 9/11 noch die Finanzkrise von 2008 oder Amerikas größtes Massaker vom 1. Oktober 2017 als Stephen Paddock von einem Fenster des Luxushotels Mandalay Bay aus wahllos in die Besucher eines Musikfestivals feuerte und achtundfünfzig Menschen abknallte. Nur am Tag der Beerdigung von John F.

Kennedy 1963 hielten einige Casinos ihre Pforten geschlossen.

Nichts konnte das Dollar-Perpetuum mobile und die gewaltige Geldwaschanlage Las Vegas stoppen bis es von dem bis dahin eher weltweit unbekannten, chinesischen Wuhan in der Provinz Hubei eines Besseren belehrt wurde. Etwas nahezu Unsichtbares, nur unter dem Mikroskop erkennbar, nistete sich im Menschen ein und wurde durch Menschen rund um den Erdball in rasender Geschwindigkeit verbreitet.

Das Milliardengeschäft brach völlig in sich zusammen, rien va plus. Eng verbunden mit dem Glücksspiel ist auch der internationale Tourismus weggebrochen, eine der Haupteinnahmequellen des Bundesstaates Nevada.

Ebenso völlig unvorbereitet traf es die nahezu undurchdringliche, verschwiegene Parallelwelt, nicht nur in den USA. Die Mafia erwischte es kalt und völlig machtlos, da dieser Gegner unsichtbar, daher nicht zu fassen und zu eliminieren war. Den Bossen sind die durch das Virus hingerafften Menschen völlig egal, das Geschäft muss wieder florieren.

Bis Ende Mai erwischte es allein in Las Vegas dreihundertsiebenundachtzig Menschen und die Infektionszahlen stiegen. Am 14. Juli 2020 waren es bereits 1.447 Fälle. Danach sanken die Zahlen beständig. Am 10. September in diesem fatalen Jahr waren es immerhin noch zweihundertsechzig, die sich Corona eingefangen hatten. Im Herbst 2020 verzeichnete die Statistik für den Bundesstaat Nevada 72.886 Fälle, 1.441 überlebten die Pandemie nicht.

*

Die Mafia profitiert von jeder Krise, für die weltweiten Syndikate und Clans existieren keinerlei Schranken. Während die Regierungen für Nothilfen gesetzliche, rechtliche und bürokratische Hürden überwinden müssen, kann die Mafia ungehemmt aus vollen Töpfen schöpfen, da ihre Mittel unbegrenzt sind.

In Las Vegas stieg die Arbeitslosenrate von vier auf vierzehn Prozent. Für die amerikanische Cosa Nostra ein Segen. Etliche werden nie wieder einen Job bekommen, aber sie und ihre Familien wollen überleben. Die Mobsters brauchen immer Leute für die Drecksarbeit.

Am 4. Juni war der Spuk endlich vorbei. Der Gouverneur von Nevada, Steven Sisolak, hob den Lockdown auf, den die uneinsichtige Bürgermeisterin von Las Vegas, Carolyn Goodman, stets für den totalen Wahnsinn gehalten hatte.

Ausgerechnet dieses pulsierende Spieler-Babylon zur Geisterstadt erklären! Ein Ort, wo im Gegensatz zum übrigen puritanischen Amerika alles erlaubt ist: um Unsummen zocken, überall rauchen, kiffen und koksen, Prostitution und Stripshow – rund um die Uhr Halligalli. Auf keinen Fall potentielle Spieler vergraulen! Wer besonders viel Geld in der Stadt lässt, dem werden die absurdesten und bizarrsten Sonderwünsche, ohne mit der Wimper zu zucken erfüllt. Jeffrey Epstein kann nicht mehr reden und Ghislaine Maxwell wird sich hüten.

Viele Unternehmen stehen vor der Pleite oder sind bereits im Konkurs. Die Banken gewähren keine Kredite, da sie selbst um die eigenen Existenzen bangen. Jene, denen das Wasser bis zu den Hälsen steht, pumpen die Cosa Nostra an und es wird ihnen sofort geholfen. Allerdings zu deren Bedingungen und das bedeutet Wucherzinsen und äußerst knapp bemessene Rückzahlungsspielräume. Sonnenklar, dass die meisten Schuldner in Verzug geraten.

Wer seine Kniescheiben nicht mit Baseballschlägern zertrümmert haben will, irgendwo im Wüstensand außerhalb der Stadt verscharrt sein möchte oder riskiert, dass einem Angehörigen etwas zustößt, verkauft seinen Laden weit unter dem tatsächlichen Wert um einen Pappenstiel.

Vor dem endgültigen Stillstand kamen 2019 42,1 Millionen Besucher nach Las Vegas, 150.000 Hotelbetten waren ständig ausgebucht. Plötzlich war vom 18. März bis zum 4. Juni Schluss mit lustig.

Wann wird wieder ein spektakulärer Boxkampf stattfinden und weltweit übertragen? Wann sind die Tresore wieder vollgefüllt?

Mehr als die Hälfte des Staatshaushaltes von Nevada hängt vom internationalen Tourismus ab. Wann wieder Besucher aus aller Herren Länder in Las Vegas und Reno, dem zweiten Spieler-Olymp, eintreffen, steht noch in den Sternen. Dass beide Städte so rasch wie möglich wieder auf die Beine kommen und an vergangene Zeiten anschließen können, liegt sowohl in der Intention des Gouverneurs wie von der Cosa Nostra.

Die Elfenbeinkugeln rotieren wieder in den Kesseln der Roulettetische, die Baccarat-Schlitten werfen die Karten aus, die Würfel werden bei Seven Eleven geschüttelt. An den Black Jack- und Pokerplätzen stapeln sich bunte Jetons und Chips in unterschiedlich hohen Werten. Die Slot Machines surren, blinken und rattern, fressen gierig und unaufhörlich Münzen und Scheine. Doch die momentanen Umsätze sind für Las Vegas-Verhältnisse geradezu lächerlich.

Vor Covid 19 nahm Las Vegas jährlich sechs Milliarden Euro ein – ein Bettel gegenüber Macau, dem »chinesischen Las Vegas«, das pro Jahr dreißig Milliarden bilanzierte.

Langsam kehren die, momentan überwiegend amerikanischen Berufsspieler und Gambler zurück, und viele Amateure verfallen dem Trugschluss – weniger Andrang, höhere Gewinnchancen. Groß die Erwartungen und Hoffnungen. Schneller als sie denken können, zerplatzen die Träume. Manche landen danach in der Gosse. Oder im Leichenschauhaus, weil sie sich infiziert haben.

Die Casinohallen bleiben weiterhin fensterlos und ohne Wanduhren. Es hat dich nicht zu interessieren, ob draußen bereits wieder der Tag angebrochen ist. Spiele und verliere nach Möglichkeit. Nimm noch einen unserer freien Drinks, jede Pechsträhne hat einmal ein Ende. Du bist uns egal, uns interessiert nur, was du in deinen Taschen hast. Unsere Höflichkeit, Freundlichkeit und Zuvorkommenheit nichts als Show and the show must go on.

Sind dir Karten, Würfel und Roulette nicht hold, dann schnapp dir dein Bunny, das du dir an der Bar aufgegabelt hast. Unsere Wedding Chapels sind rund um die Uhr geöffnet. Die paar Dollars wirst du für die Formalitäten zusammenkratzen können und einer unserer unzähligen Elvis-Imitatoren traut euch anschließend in einer kitschtriefenden Zeremonie. Kommt am Morgen die Ernüchterung, könnt ihr euch gleich in Reno, nur ein paar Meilen entfernt, wieder scheiden lassen und dort weiter spielen…

Nicht nur Corona hat Amerika und die Welt fest im Griff, es ist ebenso unberechenbar wie der Präsident im Weißen Haus. Am 3. November entscheidet sich, ob Crazy Donald für eine weitere Amtszeit im Oval Office thront. Es ist durchaus möglich, dass er es ein zweites Mal mit einer manipulierten Wahl schafft.

Moskau braucht eine narzisstische Marionette in Washington und gleichfalls China. Trumps Drohgebärden sind nicht weiter als pöbelndes Geplänkel, die Chinesen haben sich längst in den USA eingenistet. Selbst Kim Jong-un, ebenfalls durchgeknallt, wird aus Trump nicht schlau und ernst hat er ihn ohnehin nie genommen.

Gewinnt Herausforderer Joe Biden das Rennen, wird er sicher nicht in jeden Fettnapf treten, aber was kann der alte Mann tatsächlich bewirken? Verliert Trump, wird er das Wahlergebnis anfechten, von Fake News brabbeln und einmal mehr Schwachsinn twittern. Bis die USA wieder in die Gänge kommen, wird wertvolle Zeit verstreichen.

Das passt gewissen Kreisen genau in den Kram. Die Hebel der Macht bedienen andere, von denen die breite Masse nichts mitbekommt. Der jeweilige Präsident ein Strohmann – Staffage – gesteuert von Hintermännern, die kaum jemand zu Gesicht bekommt.

Zum einem, die evangelikalen Rattenfänger, gewisse Prediger unterschiedlicher Freikirchen von denen sich George Bush jr. stark beeinflussen ließ, zum anderen die Cosa Nostra. Solange sich beide Lager nichts ins Gehege kommen und davon ist auszugehen, bleibt alles in bester Ordnung. Beide vereint die Gier Geld zu scheffeln, Machtausübung, Einflussnahme und Manipulation.

Für Trump organisiert die evangelikalen Anhänger Jerry Falwell jr., ein Anwalt und Sohn des fundamentalistischen Baptistenpredigers Jerry Falwell. 2007 starb der Vater und der Junior übernahm als Erbe die Liberty University, eine evangelikale Privatuniversität in Lynchburg, Virginia.

2012 lernte Falwell Trump kennen und engagierte sich später in den republikanischen Vorwahlen für den späteren Präsidenten. Allerdings goutierte das ein Teil der ultrarechten Paradereligiösen nicht. Ihnen gefiel Trumps Lebensstil nicht, er hatte zwei Scheidungen hinter sich und seine unklare Haltung bezüglich Abtreibung passte nicht in ihre Ideologie. Ende Jänner 2017 wurde Falwell jr. vom Präsidenten zum Kommissionsvorsitzenden berufen, um das United States Department of Education zu reformieren. Falwell jr. ist ein vehementer Verfechter für eine libertäre Waffengesetzgebung und wettert nur allzu gerne gegen den Islam.

Darum ist Trump nützlich und wird es möglicherweise weiterhin sein, weil er nicht begreift, was tatsächlich läuft. Sein Umfeld wird ihm weiterhin schön nach dem Mund reden. Nur vereinzelte Stimmen begehren auf, weil sie seinen Starr- und Stumpfsinn, seine Dummheit, nicht mehr länger mit- und ertragen können.

Jene, die ihm weiterhin die Treue halten, sind nicht blöd und spucken sich selbst in die wohlgefüllten Futtertröge. Während Trumps Amtszeit gab es genügend Anlässe ihm ein Impeachment-Verfahren anzuhängen. Doch bekanntlich geschah nichts. Bei Clinton reichte bereits ein Seitensprung, um ihn schwer in die Bredouille zu bringen.

Crazy Donald scheint sakrosankt zu sein und das wird wohl seine Gründe haben. Mit ihm weiterhin an der Spitze schwächelt Amerika, genau im Sinne von Putin, Xi Jinping und der Cosa Nostra. Darum bleibt Trump ungeschoren, nicht ein einziger Attentatsversuch auf den Präsidenten, weil er die vorgegebene Marschrichtung, die nicht auf seinem Mist gewachsen ist und ohnehin nicht kapiert, stur beibehält.

America first – ein hohler, dabei publikumswirksamer Slogan, mehr nicht, wie beispielweise für jene im Mittelwesten, die nicht weiter als bis zum Ende ihrer Weidezäune denken können.

Wer die beabsichtigte Route verlässt, bezahlt. Dallas und Kennedy werden für immer weltweit im Gedächtnis eingebrannt bleiben als wäre es erst gestern geschehen. Ebenso der Mord an seinem Bruder Robert in Los Angeles. Sam Giancana und Kuba ließen grüßen…

In den USA überlegt es sich jeder Präsident zweimal, ob er sich mit der Cosa Nostra anlegen soll. Weder Johnson, Nixon, Ford, Carter, Reagan noch die beiden Bushs, Clinton und Obama ließen sich darauf ein. Nur die Kennedy-Brüder wollten es unbedingt wissen und vermodern deshalb seit Jahrzehnten in Arlington.

Trump hat selbst zu viel Dreck am Stecken und kann es sich gar nicht erlauben, sich zu weit aus dem Fenster zu lehnen. Wenn er hochkarätige russische Mafiosi in seinem New Yorker Trump Tower beherbergt, wird er es tunlichst unterlassen. Selbst mit seinem IQ.

Das neue Geschäftsfeld – Corona

Die ehrenwerte Schattengesellschaft ist heute genauso skrupellos wie sie es seit jeher war, geht jedoch mit der Zeit und löst nicht sofort Probleme mit Waffen und Bomben. Zumindest in den USA. In Europa, vor allem in Italien, dem Mutterland der Mafia, ist es noch nicht angekommen.

Die spektakulären Attentate auf Falcone und Borsellino liegen lange zurück, aber ihr Tod hat ein Umdenken bewirkt. Obwohl keine Politiker, dafür die Verkörperung der Justiz, waren sie nicht mehr länger bereit die Mafia nach Belieben schalten und walten zu lassen. Große Teile der Bevölkerung legten ihre Ängste ab, gingen auf die Straßen und protestierten. Immer mehr Pentiti – Überläufer – nahmen allen ihren Mut zusammen, brachen das Schweigegebot der Omertá und lieferten ihre Bosse ans Messer.

Zu den berühmtesten italienischen Verrätern zählen Tommaso Buscetta – er starb 2002 eines natürlichen Todes in Florida – und Giorgio Basile, genannt »das Engelsgesicht«, ein Auftragskiller der `Ndrangheta. Heute lebt er mit Sohn und Tochter und neuen Identitäten an einem geheimen Ort.

In den USA sorgten Joe Valachi mit den »Valachi-Papieren« und Sammy »The Bull« Graviano mit ihren Aussagen für Aufsehen und Schlagzeilen. Obwohl Aussteiger Todeskandidaten sind, starb Valachi ebenfalls einen natürlichen Tod und Graviano lebt an einem unbekannten Ort.

Tiefschläge dieser Art stecken Mafia, Camorra, `Ndrangheta und Cosa Nostra weg. Punktuell werden durch Razzien, Verhaftungen, Prozesse, Verurteilungen und lange Haftstrafen Schäden angerichtet, bringen Schlagzeilen, aber es sind nur kurzfristige Erfolge für den Staat und die Behörden. Entweder werden die Imperien von den Zellen aus geleitet, eine Sache der Höhe des Schmiergeldes. Es findet sich immer jemand, der sich schmieren lässt oder Nachfolger übernehmen wie Stafettenläufer das Zepter in der Mafiahierarchie.

In der amerikanischen Cosa Nostra sind die Bosse stets Männer, aber auch bei der Camorra und 'Ndrangheta, die ebenfalls in den USA vertreten sind. Im Gegensatz zu Italien, wo längst Frauen an der Spitze der Syndikate und Familienclans stehen. Ursprünglich waren in den Zehn Geboten der Mafia, die tatsächlich existieren, Frauen in Führungspositionen nie vorgesehen. Nach der Verhaftung von Salvatore Lo Piccolo 2007, der seit 1983 auf der Flucht war und im Untergrund lebte, fiel den Carabinieri dieser Dekalog in die Hände.

Eine Donna di mafia, eine Mafia-Frau, wird dann zum Boss in gonella, zum »Boss im Rock«, wenn sich kein geeigneter Nachfolger findet, weil die Führungskräfte entweder ermordet wurden oder inhaftiert sind. Meist sind diese weiblichen Bosse sogar weitaus grausamer und brutaler.

In der italienischen Mafia geben in den unterschiedlichen Familien und Clans Giusy Vitale, Nunzia Graviano, Carmela Iuculano, Giuseppa Salvo, Francesca Cirtarda, Angela Russo, Vincenza Cali, Cinzia Lipari, Antonietta Bagarella, Felicia Impastato und Giovanna Galatolo den Ton an.

In der Camorra dominieren Maria Licciardi, Assunta »Pupetta« Maresca, Rosetta Cutolo und Antonella Madonna unterschiedliche Syndikate. Giusy Pesce und Maria Concetta Cacciola leiten Teile der 'Ndrangheta. Inzwischen sitzen einige dieser Frauen hinter Gittern.

In früheren Zeiten absolute Tabus haben heute ihre Gültigkeit verloren. Frauen und Kinder wurden immer verschont. Jetzt werden sie erbarmungslos umgebracht, um den Feind zur Räson zu bringen. Die Mafia kennt weder Grenzen noch Gnade, wie 2007 das Massaker in Duisburg bewies als zwei 'Ndrangheta-Familien aneinander gerieten.

Um keinen Deut besser, wenn nicht sogar noch schlimmer, sind die osteuropäischen und russischen Syndikate. In der 1990er Jahren war auch Wien Schauplatz dreier, knapp hintereinander folgender Morde. Zuerst erwischte es Sergej Achmedow, danach den georgischen Paten David »Dato« Sanikidze und zuletzt Israel Laster. Allen dreien Tötungen lagen unterschiedliche Motive zugrunde und standen in keinerlei Zusammenhang.

Zuletzt kam es zu einer tödlichen Schießerei kurz vor Weihnachten 2018 als am helllichten Tag Montenegriner vor einem renommierten Innenstadtlokal die Waffen zogen.

Wer es noch immer nicht glaubt, die organisierte Kriminalität ist weltumspannend. Die Staaten, die bisher verschont blieben, lassen sich an einer Hand abzählen. Wer sich in den Weg stellt oder zu viel schnüffelt, wird aus dem Weg geräumt. Zuletzt die kritischen Journalisten Daphne Caruana Galizia auf Malta und in der Slowakei Ján Kuciak und seine Verlobte Martina Kušnirova.

Während in der westlichen Hemisphäre manches durchsickert und aufgedeckt werden kann, dringt aus Asien so gut wie nichts an die Oberfläche, wenn sich chinesische Triaden bekriegen oder in Japan Oyabuns, die Bosse der Yakuza Mordaufträge erteilen.

Cosa Nostra, Mafia, `Ndrangheta, Camorra, Sacra Corona Unita, Mala del Brenta und Stidde mit ihren Ursprüngen in Italien reagieren blitzartig auf neue Entwicklungen, richten umgehend ihre illegalen Tätigkeiten danach aus, passen sich geschickt an und können ungehindert aus dem Vollen schöpfen. Gelingt dann und wann ein Schlag gegen die organisierte Kriminalität sind die Handschellen kaum um die Gelenke geschlossen und die frei gewordenen Positionen bereits wiederbesetzt.

Die Mafia, und dabei sind Russen, Süd- und Lateinamerikaner, die amerikanischen Mobsters, Albaner, Serben, Montenegriner, Mazedonier, Türken sowie arabische Clans miteingeschlossen, liegt wie ein engmaschiges Netz über dem Globus. Selbstverständlich profitieren diese Verbrecher von der Globalisierung, nutzen sie meisterhaft für ihre Zwecke aus.

Den ausgewanderten Sizilianern gelang in der Weltwirtschaftskrise von 1929 das Kunststück sich Stück für Stück das Amerika der Prohibition zu erobern und unter den Nagel zu reißen. Ihre Nachfolger konnten ihre Macht auf soliden Fundamenten weiter ausbauen.

Selbst der Zweite Weltkrieg ermöglichte es den italienischen Mafiosi durch die Landung der Amerikaner auf Sizilien 1943 daraus Profit zu schlagen. Die Verbindungen der Cosa Nostra über den großen Teich zur alten Heimat in Europa sind nie abgerissen.

Die Liste lässt sich fortsetzen: der Kalte Krieg, der Berliner Mauerfall, der Zusammenbruch der Sowjetunion, die EU, keine Grenzen mehr, die Ostöffnung – Ereignisse, die den Paten bestens in die Hände spielten, ihre Macht und ihren Einfluss stärkten, ihre Vermögen abermals in astronomische Höhen schnellen ließen.

Jetzt kommt eine weitere Agenda hinzu, die Corona-Pandemie. Wieder haben sich neue Geschäftsfelder und sprudelnde Einnahmequellen eröffnet. Das Geld liegt auf der Straße. Man muss sich nur bücken und es aufheben.

Der Kalte Krieg ist nicht zu Ende, er spielt sich in anderen Dimensionen im Untergrund und in der Cyberwelt ab. Nicht mehr offene Machtkämpfe auf Biegen und Brechen zwischen Staaten, Wettrüsten und Kräftemessen auf hochpolitischen Ebenen, kein Säbel rasselt mehr zwischen West und Ost.

Eine Übermacht hat sich längst auf die Zukunft eingestellt und dringt immer stärker auf verschlungenen, bestens getarnten Pfaden Richtung Westen. Seit Jahren unterwandert Beijing äußerst geschickt und unauffällig westliche Staaten, sichert sich wirtschaftliche Standbeine. Im Schlepptau, gedeckt von ganz oben, die chinesische Mafia, die Triaden.

One Belt, One Road – die Neue Seidenstraße lautet die Bezeichnung des von China ausgelegten Köders und wonach der Westen gierig schnappt. Regierungen hofieren China, stimmen Lobeshymnen an, geben öffentliche Luftblasen-Statements ab, fordern ab und zu zahnlos die Einhaltung der Menschenrechte. Auch Österreich ist nicht davor gefeit und spielt mit.

Der Vormarsch aus dem Reich der Mitte lässt sich nicht mehr aufhalten. Das ist sämtlichen Mafiasyndikaten in Europa, im Osten und in Übersee klar. Ein Gegner, weitaus stärker als es Covid 19 jemals sein wird.

Wer weiß, ob nicht Corona bewusst verbreitet wurde? Doch gänzlich von der Hand zu weisen ist es nicht. Letztendlich fehlen die Beweise und sollten sie existieren, werden sie unter Verschluss gehalten und wahrscheinlich niemals publik werden. Zumindest nicht in dieser Generation.

Ohne in das Fahrwasser der Verschwörungstheoretiker abzudriften – ist es tatsächlich purer Zufall, dass die erste SARS-Pandemie 2002/2003 ihren Ausgang in China nahm? Damals startete das Virus seinen Angriff am 16. November 2002 von Südchina aus. Letztendlich waren fünfundzwanzig Staaten mit 8.096 Infizierten mit 774 Todesopfern laut WHO betroffen. Erst am 31. Juli 2003 wurde offiziell die Pandemie für besiegt erklärt.

Wie 2020 mauerte die chinesische Regierung und rückte erst am 10. Februar 2003 gegenüber der Weltgesundheitsorganisation mit der Wahrheit heraus. Innerhalb der eigenen Grenzen wurden Berichte unterdrückt und zensiert, die gleichen Vertuschungsversuche wie 2020.

Deutschland verzeichnete seinen Patienten Null am 28. Jänner 2020 im bayerischen Stockdorf, dem Sitz des Unternehmens Webasto, einem Autozulieferer für Standheizungen und Schiebedächer. Ausgelöst durch eine chinesische Mitarbeiterin der Webasto-Zweigstelle in Shanghai, die nach Bayern gereist war. Die Eltern der Chinesin stammen aus Wuhan und besuchten ihre Tochter in Shanghai wenige Tage vor deren Abreise nach Deutschland. Die Webasto-Mitarbeiterin fühlte sich bereits bei ihrem Abflug nach Europa unwohl…

Zuerst eine kleinere Pandemie 2002/2003 als Testballon? Danach weitere Forschungen in China, um Ende 2019 ein verbessertes und weitaus gefährlicheres Virus auszusenden?

Anhang II

- Austrian Chamber of Commerce, Hongkong, www.austrocham.com
- Austria China Foundation Ltd., Hongkong
- China-Büro Salzburg, Stadt Salzburg, www.salzburgagentur.at/china-buero
- ChinaCultureDesk, Wien, www.chinaculturedesk.com
- Chinesischer Kulturverein in Österreich, Wien
- Förderverein der Beziehung China-Österreich, Wien
- Gesellschaft zur Förderung freundschaftlicher und kultureller Beziehungen zur Volksrepublik China (ÖGCF) & Sohmen-China-Stiftung, Wien
- Konfuzius-Institut an der Universität Wien, www.konfuzius-institut.at
- Konfuzius-Institut der Karl-Franzens-Universität Graz, www.konfuzius-institut.uni-graz.at
- Österreichisch-Chinesisches Freundschaftsforum, Klosterneuburg
- ÖCJG – Österreichisch-Chinesische juristische Gesellschaft, Wien
- www.oecjg.com
- Österreichisch-Chinesisches Wirtschaftskomitee, Wien
- Organisation zur Unterstützung der Österreichisch-Chinesischen Wirtschaftsbeziehungen, Wien
- Verband Chinesischer Akademiker aus Deutschland und Österreich, Beijing
- Verein für chinesische Gastronomen in Österreich, Wien
- Verein zur Förderung des Austausches von Wirtschaft, Wissenschaft und Kultur zwischen Österreich und China, Wien
- https://www.bmeia.gv.at/oeb-peking/bilaterale-beziehungen/oesterreich-china/gesellschaften-vereinigungen/

Anhang III

Einheitsfrontorganisationen

ACFROC: Allchinesischer Bund repatriierter Auslandschinesen
CAIEP: Chinesischer Rat für den internationalen Personalaustausch
CCPIT: Chinesischer Rat für die Förderung des internationalen Handels
CICIR: China Institutes of Contemporary International Relations
CPAFFC: Gesellschaft des Chinesischen Volkes für Freund mit dem Ausland
PKKCV: Politische Konsultativkonferenz des Chinesischen Volkes
CCPPNR: Chinesischer Rat für die Förderung der friedlichen nationalen Wiedervereinigung; soll abweichende Meinung in der Taiwan-Frage unterdrücken.
COEA: Chinesische Vereinigung für Auslandsaustausch
COFA: Chinesische Vereinigung für Übersee-Freundschaft
CPIFA: Chinesisches Volksinstitut für auswärtige Angelegenheiten
CSSA: Vereinigung chinesischer Studenten und Wissenschaftler im Ausland.
OCAO: Büro für ausländische Angelegenheiten
SAFEA: Staatliche Verwaltung für ausländische Experten

Initiativen der Unterwanderung (eine Auswahl)

»Geborgte Boote«: in der wörtlichen Übersetzung »Boote ausborgen, um zur See zu fahren«, bedeutet die Nutzung ausländischer Medien zur Verbreitung von KPCh-Botschaften.
»Große Firewall«: Abschottung des chinesischen Internets vom internationalen für Informationskontrolle durch Regelungen und Technologieneinsatz.
»Positive Energie«: ein Schlagwort um Medien und Organisationen zur positiven Berichterstattung über China zu drängen.
»Tausend Talente Plan«: ein seit 2008 betriebenes Programm um ausländische Experten und Wissenschaftler an chinesische Universitäten zu binden.

Organisationen im Dienste Chinas

2VBA: 2. Abteilung der ehemaligen Generalstabsabteilung der Volksbefreiungsarmee (VBA). Ihr Nachfolger das Nachrichtendienstbüro der Gemeinsamen Stabsabteilung der Zentralen Militärkommission.

3VBA: 3. Abteilung der ehemaligen Generalstabsabteilung der VBA, zuständig für die Fernmeldeaufklärung.

ABP (Advanced Business Park): in Beijing ansässiges Immobilienunternehmen, das Boris Johnson in seiner ehemaligen Bürgermeisterfunktion in London den Zuschlag für ein Projekt im Wert von einer Milliarde Euro im Royal Albert Dock gab.

ACPAI (America China Public Affairs Institue): angeblich eine gemeinnützige Einrichtung für engere Beziehungen zwischen den USA und China. Präsident ist Fred Teng, gleichzeig auch Sonderrepräsentant von CUSEF in Amerika.

CAFI (China Arts Foundation International): Die New Yorker Dependance der China Arts Foundation. Gegründet 2004, um Einfluss über kulturelle Veranstaltungen auszuüben und nachrichtendienstliche Informationen zu sammeln. Die CAF selbst wurde 2006 von Deng Xiaopings Tochter Deng Rong ins Leben gerufen, unterstützt von der mit der VBA verbundenen CAIFC.

CASS (Chinese Academy of Social Sciences; Chinesische Akademie der Sozialwissenschaften): wichtigste nationale Forschungseinrichtung (gegründet 1977); im Status eines Ministeriums; untersteht direkt dem Staatsrat.

CBA (Chinese Benevolent Association): verschiedene Organisationen in Chinatowns in US-amerikanischen Städten; im Westen der USA als Zhonghua huiguan, im Osten als Zhonghua gongsuo bezeichnet.

CBBC (China-Britain-Business-Council): eine britische Lobbygruppe, die für Handel mit China wirbt. 1991 mit Unterstützung des 48 Group Club als China-Britain-Trade-Group gegründet.

CCIEE (China Center for International Economic Exchanges): seit 2009 in Beijing ansässiger Think Tank ; untersteht der Nationalen Kommission für Reform und Entwicklung; wird vom ehemaligen stellvertretenden Ministerpräsidenten Zeng Peiyan geleitet.

CCG (Center für China and Globalization): in Beijing 2008 gegründete Denkfabrik mit enger Verbindung zur Einheitsfront; geleitet von Wang Huiyan.

CCTV (China Central Television; Chinesisches Zentralfernsehen): Chinas wichtigster TV-Sender; 2018 zusammen mit dem Chinesischen Nationalen Radio zur China Media Group (CMG) verschmolzen; untersteht der Propagandabteilung der KPCH.

CEIBS (China Europa International Business School): 1994 gegründete Wirtschaftsuniversität in Shanghai auf Vereinbarung der chinesischen Regierung mit der EU.

CETC (China Electronics Technology Group Corporation): staatliches Firmenimperium, spezialisiert auf Kommunikationsausrüstung, Software, Computer und andere Elektronik mit dem Ziel zivile Elektronik für die VBA nutzbar zu machen.

CGTN (China Global Television Network): internationaler Arm von CCTV mit Produktionsstätten in Washington D.C., Nairobi und London.

CIC (China Investment Corporation): Staatsfonds für die Verwaltung eines Teils der Devisenreserven.

CICIR (China Institutes of Contemporay International Relations; Chinesisches Institut für zeitgenössische internationale Beziehungen): eine Denkfabrik, 1965 gegründet, untersteht dem Ministerium für Staatssicherheit.

CIPG (China International Publishing Group): die Fremdsprachenbüros der Partei; unterstehen der Propagandaabteilung des Zentralkomitees der KPCH; firmiert auch als China Foreign Languages Publshing Adminstration.

CITIC (China International Trust and Investment Corporation): mit der VBA verbundene staatliche Investmentgesellschaft.

CUSEF (China-US Exchange Foundation): in Hongkong 2008 gegründete Stiftung, die von Tung Chee-hwa, dem ehemaligen Regierungschef von Hongkong, geleitet wird; beste Verbindungen zur VBA.

EDI MEDIA: in Los Angeles ansässiges Multimediaunternehmen mit Verbindungen zu CRI; Vizepräsident ist James Su, der stellver-

tretender Vorsitzender der ACFROC ist.
HNA Group (Hainan Airlines Group): Firmenkonglomerat in Haikou (Luftfahrt, Finanzdienstleistungen, Bausektor u.a.); wahrscheinlich Verbindungen zur Parteispitze.
ICAS (Institute for China-America Studies): Denkfabrik in Washington D.C.; 2015 als Außenstelle des chinesischen Nationalen Instituts für Studien zum Südchinesischen Meer gegründet; finanziert von der Hainan Nanhai Forschungsstiftung.
NACPU (National Association for China's Peaceful Reunification); Nationale Vereinigung für die friedliche Wiedervereinigung Chinas): Dachorganisation der US-Niederlassungen des Chinesischen Rats für die friedliche nationale Wiedervereinigung (CCPPNR).
NUDT (National University of Defense Technology; Nationale Universität für Verteidigungstechnologie): eine der wichtigsten chinesischen Universitäten in Changsha (Hunan), untersteht der Zentralen Militärkommission.
SASTIND (State Administration for Science, Technology and Industry for National Defense; Staatliche Verwaltung für Wissenschaft, Technik und Industrie in der Landesverteidigung): chinesische Regierungsbehörde, die dem Ministerium für Industrie und Informationstechnologie untersteht.
SCO (Shanghai Corporation Organization; Shanghaier Organisation für Zusammenarbeit): von China dominierte, 2001 in Shanghai gegründete Sicherheitsorganisation; Sitz in Beijing; Mitglieder: Russland, Kasachstan, Kirgistan, Tadschikistan, Usbekistan, Pakistan.
SCOBA (Silikon Valley Overseas Business Association): Zusammenschluss von Geschäftsleuten und technischen Experten; sowohl Festlandchinesen als auch chinesischstämmige Amerikaner; einige sind Berater nationaler und provinzieller Regierungsbehörden in China.
USCPFA (U.S.-China Peoples Friendship Association): in den USA ansässige »Freundschaftsorganisation«, seit 1974 bestehend.
ZJUKA (Zhejiang UK Association): Heimatverband für in Großbritannien lebende Chinesen und Personen chinesischer Herkunft, die ursprünglich aus der Provinz Zhejiang stammen.

(vgl. Clive Hamilton, Mareike Ohlberg, Die lautlose Eroberung. Wie China westliche Demokratien unterwandert und die Welt neu ordnet, München 2020, S.482ff.)

Kokoschanskys Corona-Lektüre

Ken Alibek, Stephen Handelman, Bioterror. Tod aus dem Labor, München 2001
Fang Fang, Wuhan Duary. Tagebuch aus einer gesperrten Stadt, Hamburg 2020
Michael Fleischhacker (Hg.), Corona. Chronologie einer Entgleisung, Wien 2020
Peter Frankopan, Die Neuen Seidenstraßen. Gegenwart und Zukunft unserer Welt, Berlin 2020
Cornelius Granig, Darknet. Die Welt im Schatten der Computerkriminalität, Wien 2019
Peter C. Gøtzsche, Tödliche Medizin und Organisierte Kriminalität. Wie die Pharmaindustrie das Gesundheitswesen korrumpiert, München 2019
Clive Hamiliton, Mareike Ohlberg, Die lautlose Eroberung. Wie China westliche Demokratien unterwandert und die Welt neu ordnet, München 2020
Klaus Knittelfelder, Inside Türkis. Die neuen Netzwerke der Macht, Wien 2020
Adam Kucharski, Das Gesetz der Absteckung. Was Pandemien, Börsencrashs und Fake News gemeinsam haben, Stuttgart 2020
Manfred Matzka, Hofräte Einflüsterer Spin-Doktoren. 300 Jahre graue Eminenzen am Ballhausplatz, Wien 2020
Huib Modderkolk, Der digitale Weltkrieg, den keiner kennt, München 2020
Michael Morris, Fake News. Die anderen Enthüllungen, Fichtenau 2017
Viktor Mayer-Schönberger, Kenneth Cukier, Big Data. Die Revolution, die unser Leben verändern wird, München 2013
Gerald L. Posner, Die chineische Mafia. Die Triaden – das gefährlichste Heroin-Kartell der Welt, Bergisch-Gladbach 1988
David Quammen, Spillover. Der tierische Ursprung weltweiter Seuchen, München 2020
Gerald Reischl, Internet of Crimes. Warumwir alle Angst vor Hackern haben sollten, München 2020

Jacques Ruffié, Jean-Charles Sournia, Die Seuchen in der Geschichte der Menschheit, Stuttgart 1987
Sayragul Sauytbay, Alexandra Cavelius, Die Kronzeugin. Eine Staatsbeamtin über ihre Flucht aus der Hölle der Lager und Chinas Griff nach der Weltherrschaft, Zürich 2020
Cordt Schnibben, David Schraven (Hg.), Corona. Geschichte eines angekündigten Sterbens, München 2020
Pär Störm, Die Überwachungsmafia. Das gute Geschäft mit unseren Daten, München-Wien 2003
Christopher Wylie, Mindf*ck. Wie die Demokratie durch Social Media untergraben wird, Köln 2020
Das Kriminalmagazin 15/2020 und Wolf H. Wagner in neues-deutschland.de vom 25. März 2020
www.kontrast.at
https://www.unenvironment.org/faith-frontline-covid19
http://www.scientology.at/staywell
www.kla.tv
www.naturstoff-medizin.de
www.openaire.eu

Anmerkungen

1 Fang Fang, Wuhan Diary. Tagebuch aus einer gesperrten Stadt, Hamburg 2020, S. 65, 62
2 Clive Hamilton, Mareike Ohlberg, Die lautlose Eroberung. Wie China westliche Demokratien unterwandert und die Welt neu ordnet, München 2020, S. 65
3 vgl. Fang Fang, S. 45
4 Cordt Schnibben, David Schraven (Hg.), Corona. Geschichte eines angekündigten Sterbens, München 2020, S.75
5 Aqua Terra Zoo in Wien
6 Wiener Dialekt: abpaschen = flüchten, fliehen, abhauen
7 Neuro-Linguistisches Programmieren; sehr umstrittene Kommunikationstechniken
8 ZEIT ONLINE vom 20. Juli 2020 »Eine Karriere auf Kosten Europas von Florian Gasser
9 PROFIL vom 12. Juli 2020
10 Sitz der SPÖ
11 www.icln.at
12 vgl. Klaus Knittelfelder, Inside Türkis. Die neuen Netzwerke der Macht, Wien 2020, S. 34ff.
13 https://zackzack.at/2019/07/31/wer-ist-gerald-fleisch-mann
14 www.begeistern.phlippmaderthaner.com/
15 www.kontrast.at, www.printfriendly.com/p/g/9UGWsh, www.parlament.gv.at/WWERPAD_01986/index.shtml
16 Arbeitsmarktservice
17 10. Wiener Gemeindebezirk
18 Federal Bureau of Investigation (FBI), Drug Enforcement Adminstration (DEA), Bureau of Alcohol, Tobacco, Firearms and Explosives (ATF)
19 Oswald gilt offiziell als Mörder von John F. Kennedy; der gebürtige Jordanier Sirhan erschoss dessen Bruder Robert »Bobby« Kennedy; Ray hat Martin Luther King auf dem Gewissen.
20 Internationaler Währungsfonds, Europäische Zentralbank

21 Wiener Dialekt: Kriminalbeamter
22 Wiener Dialekt: schlafen
23 Wiener Dialekt: sich übergeben
24 Bundesamt für Verfassungsschutz und Terrorismusbekämpfung
25 Wiener Dialekt: nachfragen, kontrollieren
26 untergeordnete Behörde: Landesamt für Verfassungsschutz und Terrorismusbekämpfung
27 vgl. Telepolis 27. März 2020; IS und Corona: Freude über die Schwächung der »Kreuzfahrer-Nationen«; www.heise.de/tp/features/IS-und-Corona-Freue-ueber-die-Schwaechung-der-Kreuzfahrer-Nationen-4692564.html
28 https://www.firmenabc.at/hygiene-austria-lp-gmbh_zZkL
29 vgl. https://zakczack.at/2020/07/21/maskenconnection-ins-kanzleramt-ehemann-von-kurz-assistentin-oesterreichs-groesster-maskenproduzent/; GEWINN vom 4. Februar 2020; https://www.wochenblick.at/schiefe-optik-mann-von-kanzler-bueroleiterin-produziert-neuerdings-schutzmasken/; https://www.lenzing.com/de/newsroom/pressemitteilungen/pressemitteilung/bundeskanzler-kurz-besucht-Maskenproduktion-der-hygiene-austria; Österreichische Verkehrszeitung vom 27. April 2020; https://www.ots.at/presseaussendung/OTS_20200508_OTS0182/hygiene-austria-verzeichnet-fulminanten-produktionsstart-mit-mund-nasen-mas…; https://www.ots.at/presseaussendung/OTS_20200528_OTS0082/hygiene-austria-produziert-kindermasken-fuer-schule-und-ferienebetreuung-bild
30 Landespolizeidirektion Wien
31 Wiener Gauner- und Polizeisprache: Tipp
32 www.pressetext.com/news/20200806027_pts202000806027
33 Begriffe aus dieser »Religion«, erfunden vom Gründer Ron L. Hubbard. Clear bedeutet, der Mensch ist frei von Aberrationen, akuten und psychosomatischen Krankheiten. Clear ist die Vorstufe zu den einzelnen, insgesamt fünfzehn OT

(Operating Thetan)-Stufen, die je nach erreichten Grad zum »Übermenschen« führen sollen, für den nichts unüberwindlich ist, der Zeit und Raum verlassen kann. Nach Hubbards Tod führt David Miscavige Scientology.

34 http://www.pressetext.com/new/20200604027

35 Wiener Gauner- und Polizeisprache: Verbrecher, Ganove

36 vgl. Süddeutsche Zeitung vom 3. Juli 2020 »Polizei hackt sich in schmutzige Geheimnisse von Killern und Dealern«

37 Währung der Volksrepublik China. Renminbi = Volksgeld; Volkswährung; internationale Abkürzung CNY; 1 Yuàn = 10 Jiǎo = 100 Fēn; 1 € = 8,186 CNY; 100 € = 12,216 CNY

38 vgl. https://t3n.de/news/bytedance-tiktok-mutter-macht-3-1284831/

39 vgl. »Eine Milliarde Kunden: SIX Group bringt WeChat in die Schweiz«, Handelszeitung vom 17. April 2018

40 Wiener Dialekt: Gefängnis

41 Wiener Dialekt: Geld

42 vgl. Schnibben, Schraven, S. 187f.

43 Wiener Dialekt: loses Liebesverhältnis

44 Wiener Gauner- und Polizeisprache: Faustfeuerwaffe

45 Bundeskriminalamt

46 Wiener Dialekt: abfällige Bezeichnung für uniformierte Polizisten

47 vgl. Schnibben, Straven, S. 64f., S. 67f.

48 Allgemeiner Nachrichten- und Sicherheitsdienst (Algemene Deinst Inlichting en Veillingheld, ADIV), Service Général du Reviseseignement et de la Sécurité (SGRS), Staatssicherheit (Veillingheld van de Strat/Staatsveillingheld (SV), Sûreté de l'Etat (SE)

49 Wiener Dialekt: Gast- und Biergarten

50 ARD, Panorama vom 5. November 2020

51 Wiener Gauner- und Polizeisprache: nicht registrierte Faustfeuerwaffe

52 PROFIL 27. September 2020, S. 44f.

53 ebd.

54 Wiener Gauner- und Polizeisprache: Informant

55 https://www.md.de/gesundheit/chinesisch-virologin-coranavirus-stammt-aus-dem-labor-in-wuhan-wissenschaftler-haben-zweifel-KNRBQAOE7JBMT...
56 Euronews vom 17. September 202058 vgl. ebd.
57 vgl. ebd.
58 vgl. ebd. und https://www.zdf-de/nachrichten/panorama/cornoanvirus-wuhan-labor-studie-yan-bannon-100.html
59 vgl. ebd.
60 vgl. Manfred Matzka, Hofräte Einflüsterer Spindoktoren. 300 Jahre graue Eminenzen am Ballhausplatz, Wien 2020, S. 221ff.
61 vgl. Sayragul Sautybay, Alexandra Cavelius, Die Kronzeugin. Eine Staatsbeamtin über ihre Flucht aus der Hölle der Lager und Chinas Griff nach der Weltherrschaft, Zürich 2020, S. 240
62 Handelsblatt vom 16. November 2020 und www.dw.com/uiguren-lager-vw-verteidigt-werk-in-xinjiang/a-51425104
63 vgl. Sautybay, S. 241
64 vgl. ebd.
65 vgl. Hamilton, Ohlberg, S. 19f.
66 www.verfassungsschutz.de
67 meinbezirk.at vom 29. Jänner 2014
68 s. Anhang II
69 https://interaktiv.tagesspiegel.de/lab/china-der-gefuerchtete-partner/
70 vgl. Handelsblatt vom 29. März 2019, FORMAT vom 29. Mai 2015; die maßgeblichen Informationen in diesem FNews-Bericht stammen von Hamilton, Ohlberg.
71 Wiener Gauner- und Polizeisprache: Handschellen
72 Wiener Gauner- und Polizeisprache: Geständnis ablegen
73 Wiener Gaunersprache: »Kaiserlicher Aufschließer«; ein sprachliches Relikt aus der Monarchie
74 vgl. Gerald Reischl, Internet of Crimes. Warum wir alle Angst vor Hackern haben sollten, München 2020, S. 37ff.
75 Bundesnachrichtendienst, deutscher Geheimdienst